맥도날드에서
아침을

맥도날드에서
아침을

장준혁 소설

바른북스

목 차

Make A Wish!

오늘 밤도 가영은 혼자다. 창밖으로 비치는 컴컴한 공원 풍경을 멍하니 바라보며 생각에 잠긴다. 단골 포차에서 사장님과 급하게 마셨던 술이 이제야 조금 깨는 것 같다. 아까 집에서 있었던 일 때문에 아직도 가슴이 뛰고 속이 울렁거린다. 미친 걸까? 엄마가 제정신이 아닌 것 같다. 어떻게 이런 일이 내게 생길 수가 있을까? 이젠 정말 집에 가기가 싫다. 아니 두렵다. 당분간은 절대로 집 근처에도 가지 못할 것 같다. 불금에 혼자 맥도날드에서 이러고 앉아 시간을 보내고 있는 자신이 한없이 처량하고 한심했다. 어쩌다 내가 이렇게 됐을까?

너무도 변해버린 엄마. 도대체 엄마가 왜 저럴까? 내가 알던 엄마가 더 이상 아닌 것 같다. 무슨 이유인지 모르겠다. 최근 나한테 일어난 여러 사건들만으로도 감당하기 벅차 너무 힘들고 괴로운데 인생 포기한 사람처럼 같이 망가져 가는 엄마의 모습을 보고 있는 게 너무 불편하고 아프다. 나도 문제지만 엄마는 정말 대책 없이 망가져 가고 있는 것 같다. 이젠 엄마랑 말하는 것도 싫고 얼굴 보는 것도 싫다. 도대체 엄마와 내 사이가 어쩌다 이렇게 됐을까? 내가 다시 집에 갈 수 있을까?

  아까 놀라서 집을 뛰쳐나와 집 근처를 서성이다 너무 속상해 친구들끼리는 이모로 부르는 단골 실내포차 사장님을 찾아갔었다. 고양이 두 마리가 가족의 전부인 포차 이모는 엄마와 둘이 어렵게 사는 가영을 마치 딸처럼 잘 대해준다. 가영의 집안 사정을 뻔히 알 텐데 아무런 내색 안 하고 답하기 곤란한 질문은 일체 하지 않는 이모가 때때로 고맙다. 손님들이 남기고 간 소주병의 남은 술들을 가져다 마시며 이런저런 이야기를 나눈 것 같다. 집에서 도망쳐 나온 후 경황없이 허둥지둥 달려와 술을 급하게 마셔서 그런지 이모와 무슨 이야기를 나눴는지 기억이 잘 나지 않는다. 잠깐 필름이 끊긴 것 같다. 그래 아마도 난 이모에게 늘 그랬듯이 어서 돈을 벌고 싶다고 그랬을 거고 이모는 가만히 내 이야기를 들어주며 날 위로해 줬을 것이다.

  포차에서 나와 공원 벤치에 앉아 술이 깨길 기다리며 킥보드 타는 아이들의 모습을 한참 지켜보다 바람이 불고 날씨가 추워져서 벤치에서 일어나 저녁 시간 북적대던 사람들이 썰물처럼 다 빠져나간 맥도날드로 들어와서 가영은 벌써 두 시간째 같은 자리에 앉아 시간을 보내고 있다. PC방을 가고 싶지만 혹시 그 무리들이나 아는 사람들과 마주칠까 걱정도 됐고 돈도 없었다. 가출하겠다고 맘먹고 집에서 뛰쳐나온 지 며칠이 지났지만 이젠 추위를 피해 자러 갈 곳도 없고 수중에 돈도 한 푼 없다.

배가 고프다. 다른 애들처럼 엄마 카드 들고 다니며 먹고 싶은 거 돈 걱정 않고 맘껏 먹고 카드를 마구마구 긁을 수 있으면 얼마나 좋을까? 초밥이 먹고 싶다. 2년 전 생일 때 먹은 후 한 번도 먹어본 적이 없다. 정말 초밥이라면 지금이라도 당장 스무 개 서른 개도 혼자서 다 먹을 수 있을 것 같다. 초밥이 눈앞에 아른거린다. 전국노래자랑 말고 전국 초밥 많이 먹기대회 같은 건 안 하나? 그런 대회가 있다면 언제든 나가서 1등 할 자신이 있다. 휴대폰 케이스에 꽂아두었던 비상금 천 원짜리 두 장으로 조금 전 참고 참다 가장 싼 불고기 버거를 콜라도 없이 사서 먹었다. 점심을 굶어서인지 그래도 배가 고프다. 콜라가 먹고 싶었지만 꾹 참으며 버거가 목으로 잘 넘어갈 수 있을 때까지 아주 천천히 꼭꼭 씹어서 넘겼다. 여기서 약 100미터 떨어진 곳에 공원을 찾는 시민들을 위한 음수대가 있다. 겨울이 아니었으면 달려가서 시원한 물을 들이켜고 왔겠지만 겨울이라 동파 방지를 위해 공원에서 수도를 잠가두었다.

친구들 앞에서 꺼내 보이기도 이젠 부끄러운 싸구려 구닥다리 휴대폰은 5년 넘게 써서인지 아무리 집에서 만땅 충전을 해와도 몇 시간만 지나면 배터리가 닳아 없어진다. 정말 하늘에서 돈다발이 떨어져서 기적처럼 수중에 돈이 왕창 생기면 가영은 가장 먼저 휴대폰을 바꾸고 싶다. 좋은 케이스와 스티커로 예쁘게 치장하고 꾸민 다른 아이들 것과 같은 멋진 휴대폰을 들고 다니고 싶다. 사람들 앞에서 휴대폰을 꺼낼 때마다 내 신분의 등급을 나타내는 징표를 보여주는 것 같아 너무 싫다. 데이터가 적은 가장 싼 요금제라서 틈만 나면 공용 와이파이가 되는 공원이나 맥도날드같이 무료 와이파이가 되는 곳에서 가영은 와이파이 난민이 되어 시간을 보낸다. 그래서 늘 무료 와이파이가 제공되는 맥도날드는 가영에겐 사막 속 오아시스와도 같은 쉼터이다. 돈이 없어 뭘 시켜 먹는 적도 없이 늘 앉는 2층 구석자리에 앉아 있어도 뭐라 하는 사람도 없다. 이곳에서 파는 메뉴는 돈이 아무리 많다고 해도 사치나 허세를 부릴만한 비싼 먹거리가 없다. 가끔 신문 기사에서 볼 수 있는 십만 원짜리 호텔 빙수나 몇 달 치 예약이 밀려 있어서 한참을 기다려야 먹을 수 있다는 몇십만 원짜리 오마카세 같은 다른 세상 사람들의 호화로운 메뉴 때문에 위화감을 느끼지 않아도 되는 공간이기도 하다. 돈이 많은 사람도 가영처럼 주머니가 가벼운 아이도 비슷비슷한 가격대의 메뉴를 차별 없는 자리에 앉아 모두 맛있게 먹을 수 있는 평등하고 마음 다칠 일 전혀 없는 안심 공간이기도 하다. 다만 한 가지 아쉬운 것은 휴대폰을 충전할 곳이 없어서 배터리를 조금씩 아껴가며 휴대폰을 써야 한다는 것이다. 친구들과 한 번 가본 적 있는 스타벅스나 커피빈 같은 곳은 군데군데 충전할 곳이 있어 좋지만 그곳의 커피값은 가영이 편의점에서 가끔 큰맘 먹고 사 먹는 도시락값보다도 비싸다.

가끔 광고 외엔 아무 문자도 오지 않는 조용한 카톡 창을 열어보곤 한다. 가영이 차단을 했거나 차단당해서 이젠 카톡의 대화 친구도 거의 없다. 카톡 창을 열어 얼마 안 남은 어릴 적 친구들이 혹시나 프로필 사진 업데이트한 게 없나 찾아본다. 다들 조용하다. 이어폰을 다시 귀에 꽂고 음악을 듣는다. 요새 가장 자주 듣는 래퍼 Millie B의 'm to the b' 노래와 Bhad Bhabie의 'Geek'd' 노래들을 반복해 들으며 기분을 전환해 보고 싶었지만 달라지는 건 없었다. 이 두 십 대 래퍼들은 얼마나 멋진 삶을 살고 있을까? 돈도 엄청 벌었겠지. 자기 또래의 힙합 가수들이 살고 있을 화려하고 멋진 삶이 부러웠다. 자기도 이 래퍼들처럼 언젠가 돈을 아주 많이 벌게 해달라고 가장 좋아하는 아이돌 그룹 NCT의 'Make a Wish' 노래를 따라 부를 때마다 맘속으로 소원을 빌었다. 할 일도 없고 휴대폰만 보고 있자니 배터리가 더욱 빨리 닳아 없어지는 것 같아 가영은 휴대폰을 덮고 졸다 다시 일어나 휴대폰을 켜고 아무 연락도 오지 않는 카톡 창을 열어보곤 하며 시간을 보내고 있다.

자정이 한참 지난 맥도날드에는 가영과 거의 매일 이곳에 종이 가방 두 개를 들고 와서 새벽 네 시까지 졸다 가시는 허름한 옷

차림의 나이 드신 아주머니, 시간 가는 줄 모르고 달콤한 사랑의 대화에 푹 빠져 있는 서로 어색한 존댓말로 끝날 것 같지 않은 사랑의 대화를 나누고 있는 서로 안 지 얼마 안 되어 보이는 어린 커플뿐이었다. 잊고 싶은 학교에서의 그 사건 이후로 가영은 늘 혼자였다. 친하게 지내던 학교, 동네 교회 친구들도 가영을 멀리하고 새롭게 친해져서 잠시 함께 다녔던 그 무리하고도 더 이상 연락할 수 없었다. 그들의 눈에 띄면 안 되었다.

  어디론가 집으로부터 아주 멀리 떨어진 곳으로 가고 싶다. 어른들처럼 차가 있으면 신나게 밟아 서해든 동해든 푸른 바다를 보러 어디든 가고 싶다. 최근에도 몇 번 가출하려고 나왔지만 늘 수중엔 돈이 없고 재워달라 부탁할 친구도 이젠 없기에 길어야 이틀이나 며칠을 못 넘기고 엄마에게 항복하듯 집에 다시 들어가야 했었다. 이번엔 정말이지 아주 먼 곳으로 가서 한참 동안 집으로 돌아가지 않을 계획이다. 그러고 싶다. 그러나 다짐과 달리 현실은 하룻밤을 이곳 맥도날드나 공원 벤치에서 배를 곯으며 보내다가 더 이상 배고픔을 참지 못할 때쯤이면 마트 시식코너를 서성이거나 엄마가 없는 시간에 집으로 잠깐 들어가 라면을 끓여 먹고 엄마가 알아채지 못하게 깨끗하게 설거지와 뒷정리를 하고 다시 나오기를 반복했다. 그럴 때마다 엄마한테 지는 것 같은 기분이 들어 맘은 편하지 않았지만 배가 고프고 추울 때면 어쩔 수가 없었다. 가출할 때마다 매번 집 근처에서 맴도니까 맘이 약해지고 결국 다시 집 근처를 맴도는 것 같다는 생각을 매번 했다.

그러지 않으려면 집을 나오자마자 맘 독하게 먹고 동네로부터 아주 먼 곳으로 떠나야 한다는 걸 가영도 안다. 엄마가 걱정을 할 정도로 오래 집에 돌아가지 않고 싶다. 그렇게 엄마한테 내가 정말 많이 화가 났다는 걸 시위하고 싶었다. 그렇지만 돈이 없다. 그래도 이번엔 정말 아주 오래 집에 안 들어갈 생각이다. 다시 맘이 약해져 백기 투항하듯 집으로 걸어 들어가지 않기 위해 집에서 아주 먼 곳으로 갈 테다. 내가 걸어 돌아올 수 없는 아주 멀고 낯선 곳으로. 부산이나 여수 같은 곳은 어떨까? 가보고 싶다. 돈이 없다. 아까 배고픔을 참다못해 휴대폰 케이스에 비상금으로 넣어두었던 천 원 두 장을 꺼내 불고기 버거를 먹었으니 이젠 정말 돈이 한 푼도 없다. 지금 이 결심이 흐릿해지기 전에 이 동네를 벗어나 아주 먼 곳으로 가고 싶다. 버스터미널에 가서 기사 아저씨한테 사정을 해볼까? 횟집에 횟감 배달하러 매일 오는 트럭 아저씨한테 돌아가는 길 바닷가 근처 아무 곳에나 내려달라고 할까? 아니면 CCTV 없는 골목길에서 여중생들한테 돈을 뜯어 밤기차표를 사볼까? 이런저런 궁리를 해봤지만 용기가 나지 않았다. 가영은 또다시 머리를 테이블에 기대고 잠을 청했다.

얼마나 졸았을까? 옆 테이블에서 졸고 있던 종이가방 아주머니가 앉은 채로 테이블 위에 머리가 닿을 듯 말 듯 꿈벅꿈벅 졸다 머리를 테이블에 쿵 하고 찧는 소리에 놀라 가영은 잠에서 깨었다. 한참을 잔 것 같은데 아니 그랬으면 좋았을 텐데 시간은 이십 분도 흐르지 않았다. 자리에서 잠깐 일어나 가영은 종이가방 아주머니 자리 근처에 잠시 서서 테이블에 엎드려 깊이 잠이 든 아주머니를 봤다. 매번 이곳을 올 때마다 이 시간이면 마주치는 아주머니였다. 근처 식당에서 일을 하시는 분 같았다. 종이가방 안을 살짝 엿보니 곱게 접은 유니폼이 보인다. 늦게까지 식당일을 하고 새벽에 건물 청소를 하시고 집으로 가시는 분일까? 생각했던 적이 있다. 항상 무언가 신문지에 볼펜으로 늘 열심히 쓰고 계시곤 했는데 오늘은 피곤하셨는지 조용히 코를 골며 깊은 잠에 빠지신 것 같았다. 왜 저렇게 고생하며 사실까? 아주머니 손 옆에 놓인 성경책이 눈에 띄었다. 새벽이 오길 기다리며 성경 공부를 하고 계셨던 건지 아니면 바라는 소원을 적고 계셨던 건지 사지는 않았을 것 같은 철 지난 신문지는 알아볼 수 없는 작은 글씨들로 가득했다. 어서 아주머니의 기도가 하늘에 닿아 더 이상 이곳에서 힘들게 쪽잠을 주무시지 않았으면 하고 가영은 생각했다.

가출을 이미 여러 번 해봐서 노숙을 경험해 본 가영은 집 나와 밖에서 잠을 잔다는 게 얼마나 고생스러운 일인지 잘 안다. 그래도 요새 같은 겨울이 가출하기엔 더 좋다. 무더운 여름이나 장마철에 가출해서 새벽까지 공원이나 건물 계단에서 잠을 자다 모기와 축축한 습기 그리고 땀 때문에 고생을 한 적이 많았다. 땀에 절어 냄새나고 끈끈이처럼 몸에 쩍쩍 달라붙는 옷을 갈아입을 옷이 없어 계속 입고 다녀야 했고 팔과 다리는 모기에 물려 밤새 긁은 붉은 핏자국으로 가득할 때가 많았다. 추운 겨울엔 두꺼운 패딩 점퍼를 입고 나와 바람 피할 수 있는 건물 계단이나 화장실에서 웅크리고 잠이 들어도 지낼만했다. 처음 가출했던 그땐 꼭 돈이 있어야 이곳 맥도날드에 들어올 수 있는 줄 알았다. 이젠 직원 눈치도 덜 보고 아이스크림콘 하나 사 먹고 구석진 자리에 앉아 몇 시간씩 시간을 보내기도 하고 가끔 돈이 없을 땐 친구 기다리는 척하며 혼자 앉아 있기도 할 정도로 남의 시선을 덜 의식하는 경지에 이르렀다.

문득 몇 주 전 집을 나와 거리를 배회하다 너무 춥고 지쳐 늦은 밤 이곳 맥도날드에 왔는데 하필 그날 밤 주방 장비들을 세척하고 점검하는 날이라 영업을 일찍 종료하는 바람에 발길을 돌려 공원 공중화장실에서 밤을 새운 날이 떠올랐다. 하필 그날 생리까지 터지는 바람에 공중화장실 두루마리 휴지를 길게 뜯어 여러 겹으로 말아 생리대 대신 사용하기도 했었다. 친구들은 엄마가 준비해 주거나 용돈이 넉넉해 인터넷으로 생리대나 탐폰을 대량으로 구매해 두고 부족함 없이 쓴다는데 늘 부족한 용돈을 쪼개서 그때그때 편의점에 가서 사서 써야 하는 가영에겐 생리대가 가장 비싼 사치품이기도 했다.

추웠지만 화장실은 바닥이 얼어서 여름처럼 지린내가 나지 않아서 좋았다. 사람도 거의 드나들지 않아서 센서등이 작동하지 않아 화장실이 전등이 꺼진 컴컴한 상태로 어두웠지만 보통 애들과 달리 겁이 없는 가영에겐 오히려 조용해서 밤을 보내기 좋았다. 겨울에는 얼지 말라고 천장에 매달린 작은 히터에서 뜨거운 바람이 나왔다. 그 온풍기의 실내온도 설정은 항상 22도로 되어 있었다. 절전을 위해 국가에서 권장하는 실내온도 18도 정도로 설정되어 있어야 하는 건 아닌가 하는 생각도 들었지만 넓은 화장실에 비해 워낙 작은 온풍기라 온도 설정을 그렇게 조금 높게 해놓은 것 같았다. 22도로 설정되어 있어도 화장실 실내는 세면대 수도가 얼지 않을 정도로만 따뜻했다. 한겨울에 공원 화장실에 들러 핑음을 내며 뜨거운 온기를 불어내는 그 온풍기를 볼 때마다 액정 표시창에 뜬 빨간색 디지털 숫자 22가 가영을 반갑게 맞이해 주는 것만 같았다. 늘 혼자인 가영에게 숫자 2는 너무도 따뜻하고 부러운 숫자였다. 혼자 말고 둘이 함께이고 싶은 마음에서일까 가영은 숫자 1보다는 2를 더 좋아했다. 돈이 없어 배고픈 밤에 그 숫자를 보고 있으면 치킨이 먹고 싶은 가영의 눈에 황당하게도 유명한 치킨 프랜차이즈 광고가 떠오르기도 했다. 아 배고파. 둘둘치킨 먹고 싶다. 숫자 22를 보고 둘둘치킨을 떠올릴 정도로 가영은 늘 배고프고 먹고 싶은 게 많았다. 가출 이후 굶을 때가 많다 보니 어쩌다 먹을 게 생기거나 얻어먹을 기회가 생기면 다람쥐가 입안 가득 도토리를 담듯이 예전에 없던 폭식하는 습관까지 생겼다.

추운 겨울밤 화장실 변기 위에 앉아 휴대폰으로 인스타를 보다 겨울 날씨를 피해 괌이나 세부로 놀러 간 부잣집 친구들이나 유명 연예인들의 여행 사진을 보곤 서럽고 허탈해서 나만 왜 이렇게 살아야 되나 하는 생각에 알 수 없는 분노가 치밀어 눈물을 흘릴 적도 있다. 한 번도 가보지 못한 멋진 여행지, 앞으로도 영원히 묵을 일 없을 것 같은 고급 호텔이나 리조트, 처음 보는 멋진 음식들, 하지만 그 무엇보다 가영이 부러웠던 건 인스타에 간간이 올라오는 잘사는 친구들의 가족사진이었다.

특히 방학이면 동남아 휴양지로 여행 가서 멋진 배경을 뒤로하고 화목하게 웃고 있는 가족사진. 그런 사진을 볼 때마다 너무 부럽고 그렇게 느끼는 자신이 초라하게 느껴져 그런 사진을 올리는 친구의 계정을 언팔 한 적도 있다. 혹시 나중에 알바를 하든 나쁜 짓을 하든 어떻게든 돈을 모아 명품 가방이나 해외여행을 갈 기회가 생길지 모르겠지만 그런 행복한 가족사진을 찍을 일은 가영에게 절대 없을 것이다. 가영이 아주 어릴 때 아빠, 엄마와 함께 한강 고수부지에 놀러 가서 찍은 사진이 유일한 가족사진이었다. 가영이 초등학교를 들어가며 아빠가 아프기 시작했고 늘 침대에 누워 거동을 제대로 못 하고 야위어만 가던 아빠는 사진 찍는 걸 아주 싫어하셨다. 그래서 그 이후론 함께 찍은 가족사진이 없다.

최근에 엄마와의 사이가 아주 나빠지면서 그나마 어쩌다 불규칙하게 찔금찔금 받던 얼마 안 되는 용돈도 끊긴 지가 오래되었다. 처음 가출했을 땐 딸이 굶고 다니는 건 아닌지 걱정이라도 됐는지 가영이 방 책상 위에 가끔 만 원짜리 한두 장이 놓여 있곤 했는데 얼마 전부터는 아예 그런 것도 다 끊겼다. 가출해서 밖에서 떠돌다 가끔 집에 엄마 없는 거 확인하고 몰래 들어와 라면 끓여 먹고 깨끗하게 뒷정리하고 나가는 걸 엄마도 뻔히 알 텐데 집에 돈이 떨어진 건지, 아니면 내가 정말 싫거나 미워진 건지, 아니면 무슨 심경의 큰 변화가 있거나 정신이 이상해진 건지, 더 이상 용돈을 주지 않는다.

그나마 상태가 좋은 컴퓨터나 주변 기기, 스타일이 맘에 들지 않아 몇 번 입지 않은 옷들을 중고 거래 마켓에 아주 헐값에 팔거나 엄마가 돈을 숨겨두는 옷장 서랍이나 부엌 수납함에서 운 좋게 돈을 발견하거나 싱크대나 침대 밑에서 주운 돈으로 가영은 최근까지 근근이 버텨왔다. 그 짓도 몇 번 하니 이젠 더 이상 내다 팔만한 물건도 슬쩍할 돈도 집에 없었다. 얼마 전엔 엄마 귀걸이, 반지, 목걸이를 들고 금은방에 간 적이 있었는데 대부분 가짜였고 반지는 순도가 아주 낮은 싸구려여서 돈도 얼마 안 된다고 해서 그냥 집에 다시 가져다 놓았던 적도 있었다. 엄마 결혼할 때 받은 패물들은 어려운 형편에 진작에 다 내다 팔았을 것이다. 그래도 여자라고 길거리에서 싸구려 액세서리들을 사서 그동안 달고 치장하고 다녔을 엄마를 생각하니 엄마가 불쌍하다는 생각이 들기도 했다. 예쁜 얼굴에 몸매도 여전히 괜찮은 편이라 좋은 옷 입고 잘 꾸미고 다니면 아주 멋져 보일 텐데 늘 돈에 쪼들려 살아서 그런지 엄마가 한 번도 그렇게 화려한 모습으로 외출하는 걸 가영은 본 적이 없었다. 엄마가 중요한 물건들을 숨겨두는 화장대 맨 아래 서랍엔 더 이상 돈이나 돈 될만한 물건들은 없었다. 대신 이상한 약봉지와 병원서 받아 온 처방전이나 진단서만 수북이 쌓여갈 뿐이었다. 약골에 늘 잔병치레하며 살던 엄마인데 아빠가 돌아가신 후 몇 년간 그 약한 몸으로 돈벌이하느라 몸이 많이 상한 것 같았다. 혹시 엄마가 어디가 아픈 걸까 궁금해 처방전을 들여다봐도 가영은 알 수 없는 내용들뿐이었다. 얼마 전부턴 잘 안 마시던 술까지 입에 대고 가끔 폭음까지 하는 엄마가 더더욱 걱정되었다.

돈이 많았으면 좋겠다. 혼자 있을 때 가영은 돈이 많아 행복한 자신을 상상하곤 한다. 엄마처럼 불쌍하게 살기는 너무 싫다. 엄마처럼 그렇게 사는 게 무슨 의미가 있을까? 엄마는 왜 살까? 행복을 느낄 때가 있을까? 도대체 무슨 낙으로 살까? 나 때문에? 아니, 설마 나 때문에 죽지 못해 사는 건 아니겠지? 정말 그런 생각은 이제 하고 싶지도 듣고 싶지도 않다.

돈을 벌고 싶다. 그럴 때마다 자정 넘어 가끔 동네 교회 언니들과 들르던 실내포차 이모의 돈 좀 꽤나 벌어봤다던 젊은 시절 무용담이 떠올랐다. 그래 남들이 뭐라 하든 나도 돈만 벌 수 있다면 그 이모처럼 못 할 게 뭐야? 아니 더한 일도 할 수 있어. 아니 그래야만 해. 돈이 있으면 사고 싶은 것도 맘껏 사고 하고 싶은 것도 뭐든지 다 할 수 있을 텐데 얼마나 좋을까?

매번 집 나왔다 며칠 못 버티고 다시 집으로 들어가야 했지만, 돈만 있다면 원룸 아니면 고시원 작은 거라도 하나 얻어서 나만의 공간에서 간섭 안 받고 편하게 지낼 수 있을 거야. 그래 이번엔 정말 돈을 벌어야 돼. 돈을 벌어서 다시는 집에 돌아가지 않을 거야. 다신 엄마한테 굴복하듯 집으로 돌아가지 않을 거야. 엄마한테 지기 싫어. 돈 때문에 배고파서 돈 없어서 길에서 추위에 떨다 집에 다시 들어가는 일은 없을 거야. 그래야 엄마도 드디어 생각이란 걸 좀 하게 되겠지. 지금 나에게 얼마나 잘못하고 있는지 얼마나 큰 상처를 주고 있는지 그래서 처절하게 미안함을 느끼게 할 거야. 그래 돈을 벌자. 내가 하고 싶은 것들이 얼마나 많았는데. 엄마한테 말 한번 꺼내보지 못한 것도 결국은 그놈의 돈 때문이잖아. 나도 피아노도 배우고 싶었어. 남들 다 다니는 학원도 가고 싶었다고. 그래 어떻게든 돈을 벌어야 해.

가영은 볼펜을 꺼내 맥도날드 플라스틱 쟁반 위에 깔린 광고지 종이를 뒤집어 그 위에 버킷 리스트들을 하나하나 써 내려갔다. 돈을 벌어야 한다는 의지가 약해질 때마다 꺼내서 보자고 다짐하며 써 내려갔다. 내가 왜 돈을 벌어야 하는지 그 이유나 목적들이 명확하면 돈을 더 열심히 벌 수 있을 거야. 가영은 미소를 띠며 소원을 적어 내려가기 시작했다.

원룸 구해서 나만의 예쁜 방 꾸미기, 친구 놀러 오면 수다 떨며 잘 수 있는 하얀 색 나무로 된 이층침대, 휴대폰 아이폰 최신형으로 바꾸기, 샤넬 백 그리고 명품 화장품 사기, 코 성형하기, 유럽 여행 가기, 하고 싶은 것, 갖고 싶은 것들을 상상하는 것만으로도 가영의 입가엔 환하게 미소가 번졌다. 넓은 PC방, 멋진 카페, 옷가게, 노래방, 술집 들이 코 닿을 듯 바로 근처에 다 모여 있는 강남의 화려한 동네 가장 멋진 주상복합 건물 꼭대기 층 전망 좋은 방을 얻어 거실, 침실 벽지와 욕실 타일도 내가 좋아하는 색깔, 스타일로 새로 다 싹 다시 바꾸고 고급스러운 커튼과 블라인드로 넓은 창문도 멋지게 꾸며야지. 그래 지난번 동네 술집에서 보고 감탄했던 샹들리에 조명도 식탁 위에 설치할 거야. 가파르게 경사진 길을 한참을 걸어 등산로 입구 근처까지 가야 나타나는 오래된 빌라 반지하는 이제 안녕! 집에서 깨끗이 씻고 나와도 무더운 여름날 애들 만나러 한참을 걸어 내려가면 옷이 땀에 흠뻑 젖어 마라톤 뛰다 왔냐고 가영 옷의 땀 냄새를 맡는 시늉을 하며 친구들이 놀리던 기억이 떠올랐다. 그런 멋진 곳에 살면 더 이상 '마라톤 경기는 언제 나가냐?'라며 비아냥거리며 놀림 받는 일은 없을 거야.

담배도 집 안에서는 절대 안 피울 거야. 멋진 가구나 벽지에 냄새가 배면 안 되겠지. 친구들이 오면 화려한 샹들리에 조명 아래서 원두를 직접 갈아 내린 향 좋은 커피를 마시고 너무 애정하고 가장 좋아하는 소주한테는 미안한 일이지만 손님들과는 위스키나 와인을 마실 거야. 앤티크 스타일 진열장엔 고급 와인이나 위스키를 종류별로 가득 진열해 놓을 거야. 크으~. 매일 밤엔 발렌타인 17년 위스키 한 잔을 한참을 코로 입으로 음미하며 홀짝대다 잠을 청하게 되겠지. 발렌타인은 너무 비싼가? 윈저 위스키도 괜찮지. 사실 위스키는 마셔본 적은 없지만 발렌타인이 윈저보다 좋다는 건 동네 언니한테 들어서 안다. 소주만 마셨었는데 어느 날부터인가 윈저 위스키에 중독된 것 같다며 돈 있으면 그것만 사다 마신다는 동네 언니의 말이 떠올랐다. 12년은 별로고 적어도 17년은 돼야 마실만하다고 눈을 가늘게 뜨며 술을 음미하는 표정을 지으며 말하는 언니를 보며 어떻게 그런 차이를 아는 걸까? 궁금하고 괜히 그 언니가 멋져 보였던 적이 있었다. 내가 접해도 보지 못한 걸 너무도 잘 알고 있는 듯해서 어떤 거대한 벽이 그 언니와 나 사이에 존재하고 있는 듯하다고 그때 생각했었다. 그래 제일 먼저 그 언니를 초대해서 발렌타인 17 아니 21년을 커다란 잔에 가득 따라 줄 거야. 가영은 잠시 눈을 감고 위스키를 마시는 상상을 했다. 어떤 맛일까? 분명 멋지고 고급스러운 맛일 거야. 비싼 건 그만큼의 값어치를 하니까.

그리고 당장 이 꼬진 핸드폰은 버리고 가장 최신 기종 가장 고급 사양의 아이폰 프로 모델로 바꿀 거야. 멋진 금장 케이스까지 사고 예쁘게 치장해서 아이들 앞에서 이젠 당당하게 내 핸드폰을 꺼낼 거야. 엄마가 지하철 역사 안 노점상에게서 사 온 이만 원짜리 닳고 닳은 구닥다리 인조 가죽 지갑도 버려버리고 백화점에서 산 구찌 지갑에 오만 원짜리 지폐를 열 장 아니 스무 장 이상씩 빼곡히 채워 넣어서 주머니 속 말고 남들한테 잘 보이게 늘 테이블 위에 꺼내 두어야지.

립스틱이나 틴트도 할인 매장에서 파는 싸구려 말고 백화점에 가서 명품 로고가 크게 박힌 걸로만 사서 동네 노는 언니들이 자랑스럽게 들고 다니는 구찌 가죽 파우치 안에 가득 넣고 다닐 거야. 칠십만 원 넘게 주고 산 거라고 볼 때마다 자랑하던 동네 언니의 그 주름진 검정색 가죽 파우치가 너무너무 갖고 싶었는데 그거보다 훨씬 크고 비싸다는 버킨 백도 하나 사야지. 언니들처럼 비싼 고급 향수도 뿌리고 다닐 거야. 땀 냄새 대신 샤넬 넘버 파이브가 사람들의 코를 놀래주겠지? 겨울이면 니베아 크림하고 립밤 하나로 버텼는데 그런 시절이 그리울 거야. 작은 샘플들하고 싸구려 파운데이션, 보습제, 립스틱 몇 개밖에 없어 몰래 빌려 바를 것 하나 없는 썰렁한 엄마 화장대 같은 초라하고 비참한 인생과는 영원히 굿바이 할 거야.

청담동 명품매장에 가서 베르사체 블라우스도 사 입어야지. "왜 이렇게 싸지?" 하는 도도하고 자신감 넘치는 표정으로 여러 벌 색깔별로 사서 입어야지. 아마도 그렇게 큰돈은 처음 써보는 거라 속으로 긴장되고 쫄려서 심장이 너무 뛰어 혹시나 멈추기라도 하면 어쩌지? 긴장해서 실수라도 하면 어떡해? 그럼 뭐 우황청심환 같은 거 하나 먹고 가면 되겠지. 아니 무슨 우황청심환까지. 그냥 나답게 혹시라도 긴장될 것 같으면 소주팩 하나를 원샷하고 들어가면 되겠지. 너무 동경하고 가보고 싶던 곳이라 가영은 상상만으로도 벌써 마음이 떨려왔다.

청담동 고급 미용실에 가서 머리 손질하고 나오며 가장 어려 보이는 막내 스탭에게 팁으로 오만 원짜리 지폐 건네면서 "수고 했어요. 음료수 사 먹어요!"라고 웃으며 말해야지. 집에서 혼자 거울 보며 문구용 가위로 앞머리만 모아 자르며 버티는 초라한 생활도 이젠 끝이야. 대충 비누로만 머리 감는 것도 이젠 끝이야. 연예인들이 쓴다는 고급 샴푸와 린스만 사다 머리도 감을 거야. 아냐. 뭐 그냥 매일 미용실 가서 샴푸 하고 드라이 서비스도 받으 면 되겠지. 신발장엔 비싼 명품 구두와 한정판 운동화가 가득할 거야.

그리고 돈이 많으면 강남의 좋은 성형외과에 가서 코도 좀 손 을 볼 거야. 아빠 엄마가 키도 크고 잘생기고 예쁜 얼굴이라 어려 서부터 친구들한테 '너는 니 기럭지와 몸매 만들어 준 엄마 아빠 한테 감사해야 된다.'라는 소리를 가끔 듣긴 했지만 그래도 콧대 를 조금 더 올리면 모든 사람들이 부러워하는 얼굴이 될 거야. 엄 마는 요새 또래 아이들이 모이면 가장 많이 하는 이야기가 뭔지 모를 거야. 다들 모이면 넌 여길 고치면 더 예뻐질 텐데, 넌 여길 좀 손보면 훨씬 인상이 좋아질 텐데라며 나이는 어려도 다들 성 형에 대한 이야기를 가장 많이 하고 방학이 지나면 형편 좋은 집 애들은 엄마가 나서서 딸을 병원에 데려가서 얼굴이 몰라보게 달 라져서 오는 경우도 있는 걸 파마하러 미용실 갈 돈조차 아끼는 엄마가 어찌 알까? 수술할 형편이 안 되는 애들은 용돈 모으거나 엄마를 졸라서 비교적 저렴한 가격에 필러 시술을 받기도 하고 시술 효과가 좋다고 소문나면 다들 그 병원으로 우르르 몰려가서 같은 시술을 받고 오기도 한다. 가영 역시 콧대를 조금 높이고 콧방울을 조금 줄이는 수술을 하면 아이돌만큼 예뻐질 거란 소릴 많이 들었지만 수술하려면 최소 이백만 원은 들었다. 엄마의 주머니 사정을 뻔히 아는 가영에겐 필러 시술 비용조차 차마 입 밖으로 꺼내기 어려운 큰돈이었다. 돈이 많다면 그런 걱정 안 하고 얼마든 더 예뻐질 수 있을 거야. 그러면 모든 남자들이 날 우러러 보겠지? 나를 따르는 친구들도 엄청 많이 생길 거야.

 여름엔 휴가도 못 가보고 늘 동네 공원이나 마트 아니면 다이소 돌아다니며 시간 때웠는데 돈이 많이 생기면 하룻밤 자는 데 이천만 원 정도 한다고 하는 최고급 호텔 스위트 룸에서 호캉스도 할 거야. 그런데 잠이 올까? 이천만 원이면 명품 옷에, 명품 구두에, 명품 가방도 살 수 있는데 정말 그 돈을 쓰고 잠이 올까? 이 돈이면 뭘 할 수 있을 텐데…. 아니 어디 여행을 갈 수 있을 텐데…. 이 돈이면…. 뭐 이런 생각 하다가 날밤 새우는 건 아닐까? 그런 어마어마한 돈을 내고 그런 고급스러운 방 안에서 아무 생각 없이 숙면을 취하는 사람들은 어떤 사람들일까? 나는 수십억을 들여 인테리어를 화려하게 치장했다는 그 비싼 방엔 어떤 화려한 욕실이 있을까? 어떤 그림들이 걸려 있는지, 침구와 가구들은 어떤 제품인지 살펴보느라 정신없고 행복해서 잠이 안 올 것 같은데…. 정말 잠이 올까? 뜬눈으로 밤을 새우는 건 아닐까?

와 정말 돈이 많으면 너무 행복하겠지? 사고 싶은 거, 먹고 싶은 거, 놀 거리, 여행할 곳 생각하느라 바빠서 아마 불행할 틈은 1초도 없을 거야. 그렇게 돈이 많은데 어디 어두컴컴하고 우울한 잡념들이 처량하게 비집고 들어올 틈이 있겠어? 상상하는 것만으로도 이렇게 행복한데 말이야. 그런데 정말 내게 그런 돈이 생긴다면 어떨까?

한참을 멍하니 생각에 잠겼던 가영은 고개를 들어 공원을 바라보았다. 공원 건너편 언덕 위 저 멀리 가영이 사는 동네가 꺼져가는 전구처럼 어둠 속에서 희미하게 꿈벅꿈벅거리듯 모습을 나타냈다. 맘껏 돈을 쓰는 상상만으로도 한없이 들떴던 가영의 마음은 냉장고에서 방금 꺼낸 차가운 물을 벌컥벌컥 들이켠 것처럼 싸늘하게 가라앉았다. 넓은 유리 창문 하나 사이로 따뜻함과 추위가 극명하게 갈리는 추운 겨울의 날씨만큼이나 가영의 마음 역시 냉혹한 현실의 세계로 되돌아온 기분이었다.

문득 2년 전 처음으로 알바를 하고 귀가하던 날이 떠올랐다. 낯선 동네 낯선 공간에서 처음 본 사람들의 지시를 받으며 하루 종일 모르는 사람들에게 음식을 나르고, 고기를 굽고, 자르고, 서빙을 하느라 녹초가 되어 한참을 지하철 열차 안에서 서서 졸다 깨어나 천천히 걸어 올라왔던 지하철 계단. 익숙한 풍경이라 그날따라 왠지 반가웠던 풍경. 불과 몇십 분 전철을 타고 왔을 뿐인데 가영이 일했던 강남 거리와는 너무도 달랐던 풍경. 하지만 지굿지굿해서 늘 벗어나고 싶었던 우리 동네 전철역 입구의 풍경을 그날따라 괜히 몇 번이나 둘러보다가 저 멀리 한참을 걸어 올라가야 할 언덕길 위로 초라하게 보이던 동네 모습을 보고 울컥했던 기억이 새삼 떠올랐다.

　밝은 웃음과 미소가 얼굴에 가득한 젊은 커플들로 가득했던 화려한 강남 거리와 달리 동네 거리엔 젊은 사람들이 없었다. 그때 처음 자신처럼 가난한 동네 아이들은 이 시간에 어쩌면 다들 부자 동네에 가서 일을 하고 있는 건 아닐까? 하는 생각을 했다. 강남 아이들은 여름이면 가족들과 해외여행을 가고 명품도 한두 개씩은 입거나 들고 다니고 미국이나 유럽으로 어학연수도 다닌다고 들었는데 우리 동네에선 그런 아이들은 반에서 한두 명 있을까 말까 한 거의 천연기념물 수준의 극소수이고 오히려 더 못 사는 집 애들 삥 뜯어서 노래방이나 룸카페 놀러 간 걸 자랑이라고 떠벌리는 동네 오빠들, 생판 모르는 아저씨들이랑 조건 만남 해서 번 돈으로 돈 없는 남친이랑 동해 바다 놀러 갔다 온 걸 인스타에 올려 자랑하는 언니들이 주변에 있을 뿐이었다.

　비탈진 언덕길을 오르며 마주해야 했던 익숙한 동네 풍경. 낡은 의자를 문 앞에 꺼내놓고 앉아 지나다니는 사람들을 바라보며 소일하거나 일 나간 딸이나 손주를 기다리고 계신 할머니들. 그분들 덕에 가영 역시 안심하고 이 골목을 어려서부터 오르내릴 수 있었다. 거리에 낙엽처럼 뒹구는 아무렇게나 버려진 쓰레기들. 음식물 쓰레기봉투 주변에 모여 노는 귀여운 길고양이 친구들. 깨진 정화조 뚜껑 사이로 흘러나오는 불쾌한 냄새. 어두운 골목 가장자리에 서서 노상방뇨 하는 아저씨. 강남 거리에서 보던 고급 외제차들 대신 경사길에 위험하게 주차되어 있는 빈 과일 상자가 짐칸에 가득한 작은 화물차들, 낡은 소형차들과 배달 오토바이들, 곧 돈으로 바꿀 폐지 더미나 종이박스가 구석구석 쌓여 있는 좁은 골목이 가영의 눈에 띌 뿐이었다.

꼬르륵. 조금 아까 불고기 버거를 먹었는데 음료수 없이 넘기느라 너무 꼭꼭 씹어먹은 탓에 벌써 소화가 다 되어버린 건지 배꼽시계가 난리다. 아 치맥이 먹고 싶다. 방금 튀겨 김이 모락모락 올라오는 치킨 다리를 뜯고 시원한 생맥주 한 모금 마시면 더 바랄 것이 없을 것 같다. 단골 호프집 프라이드 치킨이 눈앞에 어른 거렸다. 시원한 생맥주가 어서 오라고 손짓하며 말을 거는 것 같았다. 단골 호프집 주방에서 일하는 아저씨는 얼마나 좋을까? 늘 치킨이나 감자를 질리도록 먹겠지? 치킨집 알바들은 손님이 남기고 간 맥주나 치킨도 마시고 먹을 수 있을 테니 얼마나 좋을까? 그런 욕심에 가영도 동네 치킨집에서 알바를 해볼까 생각해 봤었지만 식당과 달리 미성년자를 뽑지 않는 치킨집에서 일한다는 건 고등학생이 술집 뚫는 것보다 훨씬 어려운 일이었다.

잠깐 걸어가서 동네 호프집 앞을 기웃거려 볼까? 사 먹을 돈은 없지만 쪽팔림을 감수하고 얻어먹을 허기는 늘 있으니까. 혹시 아는 교회 언니들이 치킨을 먹고 있을지도 모르잖아. 치킨집 문 앞에서 왔다 갔다 어슬렁거리다 눈에 띄면 될 텐데. 아니다. 나를 예전처럼 가련한 마음 가득한 눈길로 다시 쳐다봐 줄까? 이젠 그러지 않겠지. 가영은 휴대폰 화면의 시간을 본다. 호프집이 문을 곧 닫을 시간이다. 괜히 움직이면 칼로리만 소모되고 배만 더 고플 것 같다. 아니 소문이 다 퍼져 교회 언니들도 자신을 불편해하거나 꺼려할지도 모른다. 그냥 미동도 하지 말고 이 자세 그대로 잠이 들어 여기서 밤을 보내야겠다. 아 담배도 피우고 싶다. 아까 밤에 한 대 얻어 피우고 아직까지 못 피우고 있다. 지금 이 시간에 나가봐야 지나다니는 사람이 없어 얻어 피우기도 어려울 것 같다. 밖은 한겨울이다. 휴대폰 배터리도 거의 다 떨어졌다. 잠이나 자자. 틱톡 댄스 동영상을 잠시 보던 가영은 휴대폰을 테이블 위에 덮어놓고 머리를 테이블에 바짝 붙여 엎드려 누워 쉽게 다가와 주지 않는 잠을 다시 한번 청해보았다.

냉동만두

　　빼애액~. 빼액~. 퓨우우~. 퓨우우~. 요란한 소음과 식욕을 자극하는 뜨거운 증기를 연신 뿜어내며 돌아가는 전자레인지 안을 진혁은 뚫어지게 쳐다본다.

　시작 버튼을 누르고 몇 분이 지나자 비닐 포장지가 터지지 말라고 살짝 뜯어놓은 구멍 틈 사이로 빼액 빼액 증기 기관차처럼 날카롭고 요란한 소리를 내며 뜨거운 김이 새어 나왔다. 진혁은 그 모습을 볼 때마다 비닐 포장지 속 만두들이 마치 나 이제 다시 살아났으니 어서 날 여기서 꺼내달라고 몸부림치는 것처럼 느껴졌다. 전자레인지가 돌아가며 만두의 원래 맛과 식감이 되살아나는 것뿐만 아니라 숨마저 꽁꽁 얼어붙은 채로 냉동실에서 선택을 기다리고 있던 돌처럼 딱딱하게 굳은 냉동만두의 생명이 되살아나는 것 같았다.

그 만두들이 마치 언젠가 해동되어 다시 살고 싶다는 굳은 염원과 함께 오래전 꽁꽁 얼려져 버린 냉동인간들이 기나긴 기다림 끝에 환생 장치에서 환희의 해동 과정을 거치며 다시 살아나서 나 여기에서 빨리 꺼내달라고 소리치고 몸부림치는 것처럼 보였다. 냉동만두가 전자레인지 안에서 3분 30초 만에 뜨거운 김을 내뿜으며 방금 빚어 솥에 쪄낸 만두처럼 맛있는 만두로 환생하는 걸 볼 때마다 진혁은 어릴 적 소년잡지에서 흥미롭게 읽었던 냉동인간 기사에서 보았던 흑백 사진이 떠올랐다. 사진 속에서 자기가 보관될 냉동캡슐 안으로 체험 삼아 들어가 보는 아픈 사람들의 심각하지만 억지로 웃어 보이는 듯한 어색한 표정의 그 얼굴들이 만두들 위에 각자 하나씩 흐릿하게 겹쳐 보이곤 했다.

그 사람들이 정말 냉동에서 풀리는 날이 있을까? 냉동에서 풀리며 뜨거운 입김을 기도와 식도를 통해 다시 입 밖으로 내불며 처음 보는 낯선 과학자나 의사에게 자신과 가족의 안부를 묻는 날이 정말 올까?

아주 꽁꽁 얼어 숨도 쉬지 않는 것 같은 냉동만두가 전자레인지에서 나온 후 그 얇지만 촉촉하고 탄성이 있는 만두 반죽을 나무젓가락으로 툭 찌르면 그 작게 뚫린 틈 사이로 뜨거운 삶의 입김을 차가운 공기 중으로 불어낼 때면 냉동인간이 환생 장치에서 해동되어 나와서 나 이제 다시 살아 돌아왔다는 탄성과 함께 기도를 타고 올라온 뜨거운 입김을 불어내는 것처럼 느껴질 때가 있었다.

그때나 지금이나 궁금한 게 있다. 그런 냉동인간들의 정신은? 영혼은? 사랑과 추억과 슬픔에 대한 기억과 감정들은…. 그것들도 언 상태로 보존되었다가 다시 살아나는 것인가? 다들 혈액을 빼고 주입한 냉매가 얼며 냉동인간의 미세 혈관들이 온전할까 염려를 하지만 그런 물리적 현상이나 육체의 현상 유지보다 중요한 것이 인간의 기억과 정신 그리고 영혼과 같은 그런 보이지 않는 영역의 것일 수도 있는데 그것 역시 냉동된 상태로 영구히 온전하게 잘 보존되는 것인지 그때나 지금이나 여전히 궁금하다.

　그때 냉동됐던 사람들은 그들의 기억이나 영혼이 보존될 것이란 확신을 갖고 냉동기계 안에 들어갔을까? 만약 자신의 기억이 보존된다는 게 확실치 않은 걸 알았다면 그걸 시도하지 않았을 사람들은 그들 중에 한 명도 없었을까? 수십 년 후 의료 기술의 발달과 신약 개발로 그들이 그토록 무서워했던 불치병으로부터 벗어나기 위해 해동되어 깨어났을 때 자기가 누구인지 자기가 누구를 위해 살았는지 자기가 누구 때문에 이런 위험을 시도했는지 기억을 못 한다면 얼마나 두렵고 허무할까? 아니 기억이 남아 있어도 그때의 가족들이나 연인이 더 이상 같은 하늘 아래 살고 있지 않다면…. 하기야 오늘내일 죽을지도 모르는 그 긴박한 상황에서 한가하게 이런저런 걱정이나 가능성을 모두 다 따져볼 마음의 여유도 없이 대부분 사랑하는 가족들에 의해 냉동장치 안에 들어갔을 것이다. 어떡하든 영원한 죽음을 면해보겠다는 절박한 심정만이 남아 있었을지도 모른다.

왜 어른이 되며 잊고 지냈던 냉동인간이 요새 문득 자꾸 다시 떠오르는 걸까? 나의 병 때문에? 치료할 방법이 없다는 그 병이 먼 훗날엔 간단하게 치료가 될 수 있는 병으로 바뀌어 있을까?

내가 냉동인간으로 만들어져 보관될 돈이 있는 것도 아니고 나를 돌봐주고 훗날 기다려 줄 이도 이젠 없는데 이런 냉동인간의 기술이 더 이상 나와 무슨 상관이 있다고…. 아니 이런 쓸데없는 잡다한 상상에라도 관심을 둬야 우울한 감정을 조금이나마 떨쳐 버릴 수 있고 별 볼 일 없는 내 생명의 끈이 그나마 더 유지될 수 있을지도 모른다.

그녀와의 이별 후 최근 부쩍 심해진 우울증 때문일까? 이따금 삶의 의지를 잃어갈 때면 나도 냉동인간이 되어 먼 훗날 좋은 시절에 다시 태어나고 싶다는 실현 가능성 없는 상상을 은연중에 했었는데 이젠 그런 희망도 더 이상 아무 의미가 없는 것 같다. 아직 병의 심각한 단계까지 온 것도 아니라는데 가끔씩 찾아오는 통증과 마비 증상 때문에 정상적인 생활을 하는 게 이렇게 힘들다면…. 산다는 게 무슨 의미가 있을까?

잡념을 멈추고 진혁은 젓가락으로 만두 한 개를 집어 입으로 호호 불어 식힌 후 입에 넣고 살짝 깨물어 만두에서 흘러나오는 육즙을 눈을 감고 음미한다. 맛있다. 정신없이 일할 때나 이렇게 맛있는 음식을 먹을 때면 그나마 우울한 생각에서 잠시라도 벗어날 수 있어서 좋다. 오래전 중국 무협 영화 속 사막 어딘가 허름한 식당에서 주인공이 만두를 너무도 맛있게 먹는 장면에 꽂힌 후 진혁은 만두 마니아가 되었다. 집에 먹을 게 없거나 밤늦게 일 끝나고 허기를 채울 문 연 식당이 없어도 가까운 편의점에 가면 언제나 만날 수 있는 만두. 반찬 없이도 간단하게 요기를 채울 수 있는 만두가 진혁은 좋았다.

근처 호프집 주방에서 일하는 진혁은 새벽 두 시 일이 끝나고 출출할 때면 동네 공원 입구에 있는 편의점에서 냉동만두에 컵라면이나 하루 종일 손님들의 선택을 받지 못해 아직도 자리를 지키고 있는 유통기한이 몇 시간밖에 안 남았을 인기 없는, 그래서 살아남아 반갑게 자기를 반겨주는 고마운 편의점 도시락으로 때울 때가 많다. 오늘 밤도 진혁은 컴컴한 공원 한가운데 공터를 바라보며 아무도 없는 편의점 밖 야장 파라솔 의자에 앉아 하루를 무사히 보냈다는 안도감과 맛있는 만두를 먹을 수 있음에 감사하며 마지막 남은 식은 만두 한 개를 손으로 집었다.

만두를 먹은 진혁은 공영 주차장으로 가기 위해 동네 공원을 가로질러 걸었다. 오랜만에 동해로 여행을 가기 위해 연비가 좋은 소형차를 빌려두었다. 넉넉지 않은 형편에 절약하고 아껴 쓰는 습관이 밴 진혁에게 렌트카를 이용하는 건 가끔 누릴 수 있는 사치다. 보통 때 같으면 지하철을 타고 고속버스터미널에 가서 이른 새벽 버스를 타고 차에서 졸며 동해 바다로 향했을 것이다.

진혁은 공원을 지나며 습관적으로 마치 관리인이라도 된 것마냥 공원 이곳저곳을 둘러보며 걸었다. 가게에서 일하고 집에서 자는 시간을 빼곤 거의 공원에서 살다시피 할 정도로 진혁은 공원에서 시간을 보내는 걸 좋아한다. 진혁이 거주하는 상가 건물 꼭대기 층 고시텔에서 내려다보이는 공원을 품은 전망은 고전 영화 속 대저택의 전망 좋은 꼭대기 층 다락방에서 내려다보는 멋진 정원의 모습과 흡사하다. 고시원 창문을 열면 공원 가장자리 커다란 느티나무 나뭇가지들 사이로 공원의 넓은 공터가 시원하게 펼쳐진다. 여름이면 푸른 잎들이 창문 앞에서 산들산들 바람에 춤을 추고, 그 사이로 비치는 공원의 풍경을 바라보고, 아이들의 노는 모습을 바라보고, 그들이 떠드는 소음을 듣는 걸 좋아했다.

　불면증 때문에 유튜브에서 비 오는 소리를 긴 시간 녹음한 동영상 틀어놓고 자는 사람들이 있다고 하는데 진혁은 공원에서 아이들이 즐겁게 뛰어노는 소리를 먼 거리에서 녹음해 잔잔하게 들려주는 동영상도 하나 있으면 좋을 것 같다는 생각을 한 적이 있었다. 좁은 골목에서 한두 명의 아이들이 시끄럽게 떠드는 소리는 귀에 거슬릴 수도 있겠지만 넓은 공원에서 여러 아이들이 웃고 떠들며 노는 소리는 아이들의 맑고 힘찬 기운과 공원을 맴도는 바람, 그리고 햇빛에 서로 합쳐졌다 넓게 흩어지기를 반복하며 먼 데서 들려오는 듯한 몽롱하고 아련한 느낌의 듣기 좋은 잔잔한 소음을 만들어 준다.

거의 대부분의 여가 시간을 동네 공원에서 산책하거나 벤치에서 쉬며 보내는 진혁은 공원에 대한 애착이 크다. 그래서인지 이 넓은 공원을 관리하는 아저씨들이 가끔 부럽다고 느낄 때가 있다. 각자 출근하며 입고 온 옷들은 달라도 공원에서 일할 때면 아저씨들은 언제나 '공원 관리'라는 글자가 등에 새겨진 조끼를 걸쳐 입고 마치 특수부대 마크가 박힌 제복이라도 입은 것처럼 자부심 가득한 얼굴로 서로 도우며 분주히 일한다. 바쁘게 일하다가도 가끔 쉴 때면 서로 모여 앉아 담배 한 대 물고 웃고 떠들며 즐겁게 대화를 나누기도 하는데, 그 모습을 볼 때면 늘 주방에서 혼자 일하는 진혁이 제대 후 오랫동안 경험하지 못한 동료애가 느껴져서인지도 모른다. 진혁 또래의 사람들은 출세하려고 열심히 공부하고 노력해서 좋은 직장에 취직하고 승진하고 더 많은 돈을 벌기 위해 매일매일 악착같이 일하며 살겠지만 아프기 시작하면서 진혁의 꿈은 아주 소박하게 바뀌었다. 남들이 어떻게 생각하든 자신이 좋아하는 나무와 꽃, 그리고 산책 나온 강아지나 화단에 숨어 사는 길고양이들을 맘껏 만날 수 있는 이 공원에서 동네 주민들을 위해 봉사하며 즐겁게 일하는 아저씨들이 부러웠다. 봄이 오면 화단에 거름을 주고, 여름엔 태풍이나 호우에 대한 대비를 하고, 가을이면 단풍을 감상할 시간도 없이 떨어지는 낙엽을 치우고, 눈이 오는 겨울엔 사람들이 왕래하기 편하게 눈을 쓸어 길을 내어주는 바쁜 일상이겠지만 실내에 갇혀 지내는 보통 직장인들과 달리 공원 안에서 계절의 변화를 느끼며 지내는 것도 좋아 보였다.

먼 훗날 혹시라도 지금처럼 살아 있다면, 지금 정도의 건강을 유지하고 있고, 살기 위해 돈을 벌어야 한다면 이곳 동네 공원을 위해 저 아저씨들처럼 일을 해보고 싶단 생각을 자주 했다. 하지만 공원에서 그 나이 든 아저씨들을 보면서 늘 그런 긍정적인 생각만 떠오르는 건 아니었다. 가끔은 내가 저 아저씨들 나이까지 살아 있을까? 저렇게 건강하게 움직이고 일하며 밝게 웃으며 살 수 있을까? 하는 미래에 대한 막연한 불안감에 휩싸일 때도 있었다.

　동해 바다로 여행을 떠나기 위해 곧 이 동네를 벗어나야 했지만, 진혁은 좋아하는 서부 영화 '하이 눈'에서 퇴임하는 마지막 날까지 마을의 안전을 위해 자신의 임무를 최선을 다해 완수하는 보안관 게리 쿠퍼처럼 아끼는 동네 공원 이곳저곳을 습관적으로 두루두루 살피며 차가 있는 주차장으로 향했다. 그런 진혁의 눈에 한 소년이 들어왔다. CCTV가 설치되어 있는 가로등 밑에서 소위 김밥 패딩이라 부르는 검정색 긴 외투를 입고 깊게 푹 눌러 덮어쓴 패딩 모자 안에 야구 캡 모자까지 뒤집어쓴 채 두 눈만 간신히 보일 듯 말 듯 내놓고 게임 삼매경에 빠져 있는 초등학생 남자아이였다. 진혁은 평소에도 늦게까지 집에 안 가고 공원에서 배회하는 어린 학생들이 있으면 자신의 방황하던 학생 시절 모습이 떠올라 그냥 지나치지 못했다.

　애야! 집에 안 가니? 진혁이 게임 하느라 무아지경에 빠진 아이 모자를 두드리며 물었다.

네? 놀란 아이는 눈을 휘둥그레 뜨고 진혁을 잠깐 쳐다보더니 다시 휴대폰을 들여다봤다.

많이 늦었는데…. 벌써 새벽 두 시야. 부모님이 안 찾으셔?

아빠는 공무원인데 지방에 근무하셔서 주말에만 오시고 엄마랑 둘이 지내는데 오늘은 엄마가 외할머니 뵈러 부산에 가셨어요. 그리고….

잠시 눈을 맞추고 말을 하던 아이가 다시 휴대폰 화면 위에서 손가락을 분주히 움직이며 게임을 했다.

아니. 낯선 사람에게 그렇게 친절하게 자세히 얘기 안 해도 돼. 집 주소도 알려주고 집에 뭐 있는지도 다 알려주게? 그런데 추운데 집에 안 가고 여기서 뭐 해?

게임 하잖아요. 엄마가 자기 없을 때 게임 하지 말라고 집 와이파이를 막아놓고 가셨어요.

그래서?

친구들하고 온라인으로 게임 해야 하는데 집에 있으면 접속할 수가 없어서 여기서 하고 있는 거예요.

여기는 인터넷이 돼?

네. 여기 가로등 주변이 공원 무료 와이파이 구역이에요.

이렇게 추운데 PC방이라도 가지.

아저씨 혼자 살아요?

어? 그건 왜?

아들 없어요?

….

그런 것 같아서요. PC방은 이 시간엔 제 나이에 못 가죠. 어른들은 다 아는데.

그런가? 아니 그건 그렇고 아니 집에서 공부하라고 인터넷 막 아놓고 가셨을 텐데 넌 여기서 이렇게 모자도 두 개나 쓰고 목도리로 얼굴 감싸고 중무장하고 그렇게 눈만 빼꼼 내놓고 게임 하고 있는 거야?

진혁은 어이가 없어 웃는다. 그렇게 작은 화면으로도 게임이 되니? 눈 안 아파?

휴대폰으로 게임 안 하면 아저씨는 휴대폰으로 뭐 해요?

휴대폰은 들고 다니는 전화잖아. 통화하거나 문자를 보낼 때 주로 쓰지. 휴대폰이 게임 하라고 들고 다니는 거니?

네. 전 그래요. 게임 하고 있을 때 전화 오면 정말 짜증 나요.

널 보니 꼭 어린 시절 나를 보는 것 같구나. 나도 부모님 말씀 많이 안 들었었지.

아저씨도 저처럼 공부 안 하고 게임만 했어요?

아니. 반대지. 공부하지 말라고 하셨는데 아주 열심히 했었지.

에이.

소년은 믿기지 않는다는 표정으로 진혁을 올려 쳐다보며 씨익 웃었다. 그러곤 얼른 다시 휴대폰을 바라보며 두 손을 열심히 움직였다.

아니, 우리 아버지는 내가 운동선수가 되길 바라셨는데 난 운동부 숙소에서 도망쳐 나와서 공부를 했었어.

아~. 네. 그런데요, 저 엄마한테 혼나니까 이르지 마세요 내가 너 오늘 처음 봤는데 니 엄마가 누군지 어떻게 알고 고자질 하겠니? 혼날 짓 하고 있는 거는 아니? 엄마한테 미안은 한 거야?

아니요.

여기 추운 데서 게임 하다 감기라도 걸리면 엄마가 마음이 아플 텐데…. 그래도 안 미안해?

엄마한테 조금 아까 전화 왔었어요. 집으로 전화했는데 왜 전화 안 받냐고. 그래서, 집에서 공부하다 잠깐 아이스크림 사러 편의점 와 있다고 거짓말했어요. 솔직하게 대답 못 한 건 미안해요.

그래 사나이는 솔직해야 돼. 그래야 모든 일에 당당할 수 있어.

네! 잘 알겠습니다.

소년이 군대식 기합이 섞인 목소리로 고개도 들지 않고 휴대폰을 쳐다보며 말했다. 아마도 그만 대화하고 싶다는 표현인 것 같았다. 그런 소년의 모습이 귀여웠다.

지금 두 시니까 딱 한 시간만 더 하고 집에 가는 거다. 알겠니? 이따 내가 세 시에 다시 이 길로 지나가니까 그때까지 게임 하고 있으면 혼날 줄 알아.

네. 아저씨. 빨리 들어갈게요.

진혁은 소년이 머리를 숙이고 휴대폰 게임에 열중해 있는 모습을 몇 번이나 뒤돌아보며 걸었다. 추위에 몇 시간을 꼼짝 않고 게임에 빠져 있는 저 열정과 정신력으로 공부하면 저 아이가 커서 의사, 판검사 되는 건 누워 떡 먹기일 거라 생각하며 공원 입구 공영 주차장에 세워둔 쏘카 차량을 향해 천천히 걸어갔다.

쏘카 차량 앞에 도착한 진혁은 트렁크를 열고 세면도구와 여벌의 옷과 양말이 든 배낭을 내려놓고 앞주머니에서 휴대폰 충전기를 꺼내 운전석에 앉아 시거잭에 연결했다. 휴대폰을 거치대에 걸고 내비게이션 앱을 켜서 목적지인 주문진항을 검색했다. 고속도로를 타면 210킬로미터를 달려 두 시간 십 분 만에 도착하고 일반 국도로 가면 거리는 크게 차이가 없는 235킬로미터지만 시간은 약 두 배가 걸려 네 시간 십 분 후에 도착할 거라고 친절하게 내비게이션 앱은 알려줬다. 시간이 더 걸린다고 나왔어도 진혁은 언제나처럼 일반 국도를 타고 갈 것이다. 네 시간이라…. 아, 갑자기 피곤이 몰려왔다. 시원한 아이스 아메리카노로 졸음을 쫓고 맑은 정신으로 출발하는 게 좋을 것 같다는 생각이 든 진혁은 차에서 내려 길 바로 건너에 있는 맥도날드로 향했다.

불금이 끝나고 자정이 지난 새벽 두 시경, 맥도날드 매장 안은 고요하고 한산했다. 진혁은 키오스크에서 아이스 아메리카노를 주문했다. 주문하기 무섭게 나온 커피를 받아들고 진혁은 늘 앉는 2층 창가자리로 가기 위해 계단을 올랐다. 넓은 2층 매장엔 손님이 별로 없었다. 가끔 들를 때마다 마주치는 종이가방을 들고 다니는 아주머니. 오늘도 새벽 첫차를 기다리고 계신 건지 자리에 앉아 졸고 계셨다. 반대편 구석엔 젊은 커플이 피곤하지도 않은지 얼굴에 웃음 가득한 얼굴로 대화 삼매경에 빠져 있다. 그리고 진혁이 늘 앉는 창가 쪽 자리 근처 테이블에서 엎드려 잠을 자고 있는 여자 손님이 한 명 보였다. 긴 머리가 얼굴을 가려 잘 알 수 없지만 복장으로 보아 아마도 대학생쯤 되어 보이는 것 같았다. 진혁은 늘 앉는 2층 창가자리에 가서 앉았다.

불과 몇 주 전, 진혁은 이 자리에 앉아 그녀와의 행복한 강릉 여행을 꿈꿨었다. 그리고 얼마 후 떠나간 그녀를 그리워하며 혼자 창밖을 내다보며 조용히 눈물 흘리고 아쉬움에 울먹였던 곳도 바로 이 자리였다. 오래전 진혁이 중학교 들어갈 무렵 생긴 맥도날드 매장. 커피 맛을 몰랐던 어린 시절, 그때엔 밀크셰이크를 마시며 근처 여중에 다니는 짝사랑했던 여자아이를 생각하며 맘 설렜던 곳도 이 자리였다. 고등학생이 되어선 늦은 밤 이곳에 앉아 학업에 대한 각오를 다지기도 했고 고2 때 같은 반 옆자리에 앉았던 친구가 갑작스럽게 세상을 떠나 병원에 다녀온 날 밤 그 친구를 떠올리며 미안한 마음에 울기도 했었던 자리이기도 하다. 강원도로 혼자 군 입대하러 가는 날 이른 새벽, 맥모닝을 먹으며 이 자리에 앉아 군 생활의 각오를 다지기도 했었다. 군대에서 휴가를 나와도 만날 친구나 여자가 없던 진혁은 이곳에 앉아 주변 테이블에서 행복하게 대화를 나누는 젊은 커플들을 흘깃흘깃 부러운 시선으로 훔쳐보다 눈이라도 마주치면 고개를 홱 돌려 창밖 공원 풍경을 내려다보는 척하며 혼자 청승맞게 햄버거 세트를 사 먹으며 시간을 보냈던 곳도 이 자리다. 어쩌면 맥도날드 2층 이 공간은 진혁에겐 집보다 편하고 추억이 많은 공간이다. 문득 이곳에 처음 왔던 날 신기한 눈으로 매장을 둘러보던 중학생 때부터 최근 그녀와의 이별 후 이 자리에 앉아 마음 아파했던 순간의 기억들까지가 무수한 사진으로 변해 눈앞 커다란 통유리창을 스크린 삼아 한 편의 단편 영화처럼 진혁의 눈앞에 주마등처럼 스쳐 지나가는 것만 같았다. 허무하게도 시간은 빨리 흘렀다.

시원한 아이스커피 한 모금을 마셨다. 커피 향만큼이나 짙은 외로움이 식도를 타고 위를 거쳐 온몸으로 퍼져나가는 것 같았다. 어딘가로 떠난다는 설렘 대신 짙은 공허함과 무력감이 혈관을 따라 독약이 퍼지듯 진혁의 몸을 죄어오기 시작했다. 그녀와의 즐거웠던 순간과 함께했던 추억들이 떠올랐다. 하지만 차가운 커피는 생채기 위에 떨어뜨린 소독약처럼 어느새 그녀와의 달콤했던 추억 대신 이별 후의 쓰라린 기억들로 진혁을 힘들게 했다. 다시 그런 여자를 만날 수 있을까? 좋은 시절을 헛되이 흘려보내고 늦은 나이에 자신에게 다가왔던 처음이자 마지막 사랑일 것 같았던 그녀. 그녀 없이도 내가 살아갈 수 있을까? 진혁의 마음은 절벽에서 떨어진 후 자신의 몸 위로 커다란 바위가 굴러와 그 밑에 깔려 옴짝달싹할 수 없이 눌려 있는 것마냥 비참하게 느껴졌다.

진혁은 제대하고 당장 돈을 벌어야 했기에 이곳저곳을 떠돌며 알바나 비정규직으로 일해왔다. 하지만 한 곳에서 오래 일한 경험이 거의 없어 일을 그만두면 늘 다시 혼자가 되었다. 독립해서 내 가게를 차리고 싶은 생각도 있었지만 물려받은 재산 하나 없고, 신용 대출도 어렵고, 도움 청할 가까운 친척 한 명 없는 진혁에겐 정말 말 그대로 꿈같은 꿈일 뿐이었다. 그래도 현재 일하고 있는 치킨집 주인아저씨는 맘이 좋은 분이라 4년 넘게 주방에서 혼자 일하고 있다. 아직은 젊어서 그나마 바쁠 땐 서빙도 하고 손님 응대도 하며 일하지만 나이가 더 들거나 병이 더 악화되면 지금 하고 있는 일들을 자기보다 어리고 더 빠릿빠릿하고 더 잘 웃고 친절한 알바들한테 자리를 내어줘야 할지 모른다는 불안감에 빠지곤 했다. 그런 위기감에 정신없이 일만 하며 돈을 벌고 훗날 어머니 요양원 비용이나 본인의 병원비를 충분히 모을 때까지 아끼고 저축하며 연애 한번 못 하고 외롭게 살아왔다. 가끔 이렇게 인적 드문 늦은 밤에 맥도날드나 편의점 야장에 앉아 혼자 커피를 마시거나 새우깡에 소주를 들이켜며 스트레스를 풀거나 신세 한탄 하는 것이 유일한 소일거리였다.

이렇게 살다 어느 날 갑자기 근무력증이 악화돼서 호흡곤란으로 비좁은 고시원에서 홀로 발버둥 치다 지켜보는 사람 하나 없이 쓸쓸히 세상을 떠나는 악몽 같은 비참한 미래를 가끔 떠올려 보기도 했다. 아마도 그때쯤이면 자신같이 혼자 살다 조용히 저 세상으로 가는 사람들이 너무 많아 더 이상 뉴스나 신문 사회면에 기사로도 취급되지 않아 정말 아무도 관심을 가져주지 않는 고독한 죽음이 될 것 같다는 생각도 했다. 태어날 땐 가족, 친척 그리고 간호사, 의사의 축복을 받고 태어났겠지만 갈 때는 아무에게도 잘 가란 배웅조차 받지 못할 그런 고독한 세상과의 이별을 하게 될 것 같다는 생각을 하면 가슴 한구석이 아려올 때도 있었다.

아주 추운 겨울날에나 어쩌다 덮고 자는 얇은 담요를 빼곤 50 리터 대용량 쓰레기봉투 하나만 있으면 언제든 모든 짐을 다 버리고 홀연히 떠날 수 있을 정도의 조촐한 세간살이만 유지하며 살았다. 가끔 읽는 책도 서점에 가서 서서 대충 훑어보거나 도서관에서 빌려다 보았기 때문에 보통 여느 집에서 가장 많은 부피를 차지하는 책이나 옷이 거의 없으니 짐은 당연히 적었다. 돈 때문이기도 했지만 언제든 쓰레기봉투 하나에 속세의 흔적과 미련마저 다 비우고 떠날 수 있는 자유로운 삶을 원했기 때문일지도 모른다. 가끔 조용한 새벽에 형광등 대신 책상 위 작은 촛불 모양의 장식등 하나 켜놓고 무념무상의 시간을 보낼 때면 고시원이 진혁에겐 산속 고요한 암자처럼 경건하고 따뜻하게 느껴질 때가 있었다.

내 소유의 가전제품이나 가구, 변변한 옷가지 몇 벌 가진 것 없이 살아왔기에 혹시라도 갑작스러운 고독사를 당해 구청이나 시에서 자신의 마지막 흔적을 수습하고 정리하러 나온 사람들이 "뭐 이렇게 아무것도 없이 살다 간 사람이 있나?" 하는 생각을 할 정도로 스님 같은 무소유의 삶을 살다 간 어느 청빈하고 고독한 청춘의 짧은 인생의 마지막을 목도하고 너무도 가여워 눈물을 찔끔 흘릴지도 모를 거란 생각을 하기도 했다.

진혁에게 비우고 떠난다는 의미는 이 동네를 떠난다는 의미이기도 했고 정말 우울하고 미래가 안 보일 때까지 기다리지 말고 그나마 좀 더 자유롭게 움직일 수 있고 사람답게 살만할 때 스스로 이 세상을 떠나는 선택을 하겠다는 의미이기도 했다. 어려서부터 늘 기관지염을 달고 살았던 진혁. 근무력증 진단을 처음 받고 가장 예후가 안 좋다는 호흡기 근육의 악화가 예상된다는 의사 말에 진혁은 절망했었다. 사람들은 알까? 나의 고시원 방이 늘 깨끗하게 정리되어 있는 이유를? 내가 늘 신분증을 지갑 속에 잘 챙겨 다니는 이유를? 매일 방문을 나설 때마다 다신 내가 돌아올 수 없을지도 모른다는 마음으로 마지막을 정리하듯 진혁은 방과 짐들을 정리하고 나갔었다. 악착같이 모은 돈이 삼천만 원정도 되었을 때 이젠 어머니 노후 비용으로 충분히 모은 것 같다는 생각이 들어 부담 없이 언제든 떠나도 될 것 같다는 생각이 들었다. 그 시점에 책상 위 눈에 잘 띄는 곳에 놓아둔 A4용지 위에 유서 같기도 한 최후의 말을 비장하게 남겨놓았다.

"저 먼 곳으로 여행을 떠납니다. 저를 찾지 마세요."

그 여행이 이 동네를 떠나 낯선 곳으로 향한 여정인지 아니면 이 세상을 영원히 떠나는 뜻밖의 여행일지 진혁도 예측할 수 없지만, 그 메모를 써 붙이고 나서 마음이 한결 가벼워진 건 부인할 수 없었다. 혹시라도 다시 돌아올 수 없는 선택을 하더라도 친척이나 나를 아는 몇 안 되는 지인들은 내가 어딘가 어떤 먼 곳 하늘 아래서 자유롭게 떠돌며 그럭저럭 잘 지내고 있을 거라 생각할 것이다. 그랬으면 좋겠다.

적어도 그녀를 만나기 전까진 그랬다. 늘 떠날 준비를 하는 사람처럼 욕심 없이 비우며 버리며 살았다. 꼭 하고 싶었던 일이 아니더라도 진혁을 찾는 곳이라면 밥벌이의 무게에 눌려 치열하게 일하고 버티며 살았었다. 여자를 만나 사랑에 빠지고 행복한 미래를 꿈꾸게 될 줄은 꿈에도 미처 생각 못 했었다. 그녀를 만나고 잠시나마 진혁의 모든 삶이 달라졌다. 돈을 벌 수 있어 일이 즐거웠고 더 악착같이 돈을 모으고 싶었다. 뭔가를 늘리고 싶었고 더 채우고 싶었다. 머릿속에서 지워졌던 미래가 다시 살아나 그녀와 함께하는 행복한 미래를 꿈꿨다. 그녀를 위해 더 좋은 사람이 되고 싶었다. 돈을 벌어 더 큰 병원에서 비싼 진료도 다 받아보고 싶었다. 오래 살고 싶은 생각이 들었다. 처음으로 로또를 사보기도 했고 투잡을 알아봤고 주식 투자 서적도 빌려 읽었다. 얼마 전 그녀가 갑자기 사라지기 전까지 그랬다. 그녀가 사라지고 모든 게 사라졌다. 한순간 설레던 행복은 사라지고 혈관을 따라 염산 같은 고통의 액체가 온몸을 떠돌고 있는 것처럼 사는 게 고통스럽고 괴로웠다.

　금요일 밤, 아니 토요일 새벽 다시 이렇게 예전의 모습 그대로 홀로 맥도날드 2층 구석 창가자리에 앉아 창밖 플라타너스 나뭇가지가 바람에 흔들리는 걸 바라본다. 곧 동해안으로 떠난다. 그녀와의 이별 후 다시 찾아온 죽음과도 같은 우울한 감정을 동해 바람에 훌훌 떨쳐버리고 다시 한번 삶의 의지를 찾을 수 있을까? 아니면, 그토록 바라던 나의 마지막을 이번엔 실현할 수 있을까?

뭐든 상관없다. 이젠 모든 준비가 됐고 미련도 없다. 시원한 동해의 바람과 파도를 맞으며 단단하게 뭉쳐 응어리진 나의 고통과 희망을 에워싸고 있는 그 지긋지긋한 미련의 껍데기들이 그 바람과 파도에 다 벗겨지고 산산이 부서져 내가 진정 선택해야 할 길이 무엇인지 알고 싶을 뿐이다.

커피에 수면제를 탄 걸까? 손목 혈관에 프로포폴 용액이 들어온 것처럼 갑자기 졸음이 몰려왔다. 요 며칠 생각이 많아 새벽잠을 설쳐 그런 것 같다. 진혁은 두 손목을 테이블 위에 겹쳐 모으고 살며시 베개를 베듯 그 위에 기대어 잠깐 눈을 붙여보기로 했다. 잠이 오는 줄도 모르게 진혁은 스르르 깊은 잠에 빠져들었다.

저도 갈래요!

       부스럭하는 종이가방 구겨지는 소리에 잠에서 깬 진혁은 얼마나 시간이 흘렀을까 놀라서 휴대폰 액정 위 시간을 살펴보았다. 새벽 네 시 반이 넘었다. 근처 테이블에서 사랑의 밀어를 나누던 커플은 안 보이고 의자에 앉은 채로 불편한 잠을 자던 종이가방 아주머니가 버스 첫차를 타러 가기 위해 곧 일어서려는 것 같았다. 눈을 감고 성경책을 쥐고 소리 없이 중얼거리는 것으로 봐서 방금 새벽 기도를 드린 것 같았다. 기도를 끝내고 테이블 위에 있던 성경책과 신문지와 볼펜을 종이가방에 넣고 계셨다. 누구를 위해 저렇게 열심히 기도를 하는 걸까?

  아들 잘되라고, 오늘 하루도 무사히 별일 없으라고, 밤낮으로 불공드리는 울 엄마처럼 아마도 자식들을 위해서일 거다. 이 근처에서 주점이나 식당에서 늦게까지 일하고 이제 집으로 가시려는 것 같다. 아마도 저 종이가방 안에는 어제 하루 종일 바쁘게 일하며 땀에 절고 더러워진 유니폼이 들어 있을 것이다. 대중교통이 끊긴 시간에 일이 끝나 비싼 택시비를 아끼려 이곳에서 시간을 보내고 첫차 시간에 맞춰 일어나시는 것 같았다. 어서 집에 도착해서 포근하고 따뜻한 이불 속에서 편안한 베개를 베고 달콤한 잠을 주무실 수 있길 바랐다.

진혁 근처 자리에서 졸던 젊은 여자 손님은 아직도 깊은 잠에 빠져 있다.

차가 막히기 전에 강변북로를 타려면 한두 시간 내로 출발해야 할 것 같다. 서둘러야 했다. 갑자기 허기가 몰려왔다. 생각해 보니 어제 불금이라 손님이 많고 바빠서 저녁도 거르고 정신없이 안주를 만들고 그릇을 씻었다. 손님이 남긴 치킨 한 조각을 주워 먹은 게 전부였다. 아니, 편의점에서 냉동만두도 데워 먹었지. 그런데 왜 이렇게 허기진 걸까? 뭐라도 먹어야겠는데 이 시간에 문을 연 식당이나 편의점은 근처에 없었다. 오랜만에 맥모닝을 먹어야겠다. 새벽 네 시부터 판매하는 맥모닝을 먹어본 지도 오래되었다. 지금 호프집에서 일하기 전 대리운전을 할 때는 손님을 기다리거나 손님을 태워주고 첫차를 기다리며 대기하던 곳 근처 맥도날드에 가서 종이가방 아주머니처럼 시간을 때우다 배가 고프면 맥모닝을 사 먹곤 했다.

근처 24시 해장국집에서 국밥을 먹고 너무 배부른 상태로 동해까지 먼 길을 운전하면 졸릴지 모르니 모닝커피도 마실 겸 가벼운 식사로 맥모닝이 딱 좋을 것 같았다. 맥모닝을 주문하러 키오스크가 있는 1층으로 가기 위해 진혁은 자리에서 일어나 계단 쪽으로 천천히 걸었다. 자고 있는 어린 여자 손님 테이블을 지나치려다 진혁은 뭔가를 발견하고 몸을 숙여 홀 바닥에 떨어져 있는 휴대폰을 주웠다. 진혁의 휴대폰과 똑같은 오래된 싸구려 기종이었다. 혹시나 하는 마음에 주머니를 뒤져보았지만 진혁의 휴대폰은 주머니 안에 그대로 있었다. 진혁의 눈길은 여자 손님 테이블 위로 향했다. 테이블 위에 휴대폰이 보이지 않았다. 아마도 여자 손님이 자다가 휴대폰을 바닥에 떨어뜨린 것 같았다. 진혁은 여자 손님 자리로 가까이 다가가 소리 안 나게 살짝 휴대폰을 테이블에 올려놓았다. 순간 뒤척이던 그 손님의 긴 머리카락에 손이 닿으며 젊은 여자 손님은 놀라 잠에서 깼다.

어리둥절한 표정으로 눈을 깜박이며 잠시 주위를 둘러보던 가영이 약간 짜증스런 목소리로 입을 열었다.

아니 누구신데 제 핸드폰을 만지는 거예요?

아니 그게 아니고 이게 바닥에 떨어져 있어서 지금 막 주워서 올려놓는 중이었어요.

아…. 그래요? 죄송합니다. 아니 감사합니다. 가영은 잠이 덜 깬듯한 어리둥절한 표정을 지으며 고개를 숙여 인사하며 작은 목소리로 말했다.

순간 진혁과 가영 둘은 서로 얼굴을 마주 보았다.

아…. 안녕하세요? 우리 가게 가끔 오시죠? 친구들과 늦은 시간에 가끔 치맥 하러 오셨죠? 가게에 올 때마다 치킨무를 좋아하는지 여러 번 리필 해달라고 하는 손님이어서 진혁은 한눈에 가영을 알아봤다. 치킨무를 서너 번 리필 해달라고 부탁하는 손님은 거의 없었기에 진혁은 가영의 얼굴을 바로 알아봤다.

아. 아저씨, 안녕하세요? 네, 수연 언니하고 얼마 전에도 갔었죠. 어떻게 제 얼굴을 알아보시네요. 어쩐지 저도 좀 낯이 익은 분이라 생각됐는데…. 유니폼을 입은 모습과 달라서 바로 알아보지 못했어요.

진혁은 가게에서 일할 땐 언제나 검정색 유니폼에 검은 모자를 푹 눌러쓰고 일했다.

수연 언니? 수연이가 아니고? 둘이 친구가 아닌가? 진혁은 속으로 생각했다.

수연은 가게에 자주 오는 단골이라 진혁도 잘 아는 아이였다. 또래에 비해 동안이라 주점을 뚫기 어려워서 지난해까진 치킨에 스프라이트만 마시다가 올해 초 성년이 되었다고 민증을 자랑하며 술을 마시기 시작한 친구라 진혁도 잘 알았다. 그런데 그 수연이가 언니라고? 친구가 아니고? 가영의 나이가 궁금했다.

아니 그런데 왜 이 시간에 여기에 혼자 있어요? 진혁은 의아한 표정을 지으며 물었다.

아…. 집에 친척분들이 갑자기 많이 놀러 오셔서요. 제가 그 친척들과 별로 친하지도 않고 같이 자기에 불편해서 제가 친구 집에 간다고 말하고 집을 나왔는데 친구한테 전화했더니 주말에 할머니 생일잔치가 있다고 갑자기 시골로 할머니 뵈러 간다고 엄마랑 차 타고 내려가고 있다고 하길래….

아. 그렇구나. 그러면 친구들하고 PC방이나 만화방이라도 가지 그랬어요?

네. 그러려고 했는데 밤늦은 시간이라서요.

순간 가영은 실수했음을 깨달았다.

밤이라서? 대학생 아니었나?

아…. 그게 아니고. 친구들이 다 약속이 있어서 같이 가서 게임하자고 할 친구가 없어서…. 아니 그게 아니라 급하게 나오느라 돈을 안 갖고 나와서요…. 가영은 당황해서 얼떨결에 대충 둘러대려다 버벅거리고 말았다.

진혁은 가영이 미성년자임을 눈치챘다.

가영도 자신이 미성년자임을 들킨 것 같다는 생각이 들었다. 친했던 동네 오빠가 눈감아 줘서 그 오빠가 일하는 PC방에서 가끔 밤새 게임을 하곤 했는데 야간에 어린 학생들 PC방 입장시킨다고 동네 학부모들이 신고해서 그 오빠가 경찰서 조사까지 받은 후로는 심야 시간에 동네 PC방에 간 적이 없었다.

너 몇 살이니? 솔직히 말해봐. 진짜 나이가 어떻게 돼? 오래전 몇 달간 PC방에서 알바를 했었던 진혁이 물었다.

나이요? 실은요…. 저 아직 고등학생이에요. 이번 겨울 지나면 고3이 돼요. 아저씨가 생각하는 미자 맞아요. 미성년자라고요. 잠시 생각에 잠겼던 가영은 자포자기하듯 다소 퉁명스럽게 답했다.

뭐라고? 여태 난 네가 대학생인 줄 알았는데…. 너 그러고도 우리 가게에 올 때마다 맥주 마신 거니? 그랬구나. 어쩐지. 같이 오는 친구들이 어려 보여서 내가 분명 민증 검사했던 것 같은데…. 다 대학생인 줄 알았는데….

아. 친구가 아니라 같은 교회 다니는 언니들이었어요. 처음 그 언니들하고 갔을 때 저한테 민증 보여달라고 해서 깜짝 놀랐었어요. 보통 그 늦은 시간에 가면 민증 검사 안 하는데…. 갑자기 하셔서. 그래도 그 언니들 먼저 학생증 보시고 제 거 보려고 하시려는 순간 옆 테이블 단체 손님들이 우르르 시끄럽게 나가셔서 결제하러 가시는 바람에 저 민증 검사하는 거 잊으셨는지 그냥 패스하셨었어요. 그리고 그다음부터는 프리패스였죠. 한 번 검사했던 일행이라 생각하셨는지 저한테 민증 보자는 얘기 더 안 하셨어요. 제가 일부러 속인 건 아니에요. 민증이 없어서 우물쭈물하고 있었는데 아저씨가 그냥 카운터 쪽으로 뛰어가고 그다음부턴 민증 보잔 얘기 안 했잖아요. 그리고 술도 언니들이 주문했지 제가 시킨 적은 없어요. 전 조금씩 나눠 마시기만 했어요. 어쨌든 그래도 미안해야 되는 거라면 미안해요. 아저씨.

진혁이 일하는 호프집은 치킨만 먹으러 오는 학생들도 있고 야간에는 손님이 줄어 한산할 때면 주인아저씨가 일찍 퇴근하고 진혁 혼자 주방과 서빙을 같이 보느라 신분증 검사를 엄격하게 하지 않을 때가 있었다. 그래서 치맥을 즐기고 싶은 성숙한 외모의 좀 노는 동네 고딩들에겐 제법 알려진 인기 있는 가게였다. 진혁네 가게뿐 아니라 단속이 덜한 심야 시간대에 동네 고딩들한테 뚫린 술집들은 많았다. 너무 장사가 안돼 단속이 거의 안 나오는 심야 시간에는 어차피 손님 없어서 가게 접을 판인데 이래 망하나 저래 망하나 하는 심정으로 한 달 영업정지쯤 겁내지 않고 어려 보이는 손님들에게 민증 검사 안 하고 술을 파는 곳들도 더러 있었다. 호프집 주인아저씨는 가영이 어릴 때부터 가영의 엄마 아빠랑 아는 사이라 가영은 주인아저씨가 없을 때만 그 호프집에 갔었다.

아 그랬구나. 아니 그런데 어째 언니들이 너보다 더 훨씬 어려 보이니. 네가 고등학생일 거라고는 꿈에도 생각 못 했는데. 아니 네가 언니들보다 훨씬 나이 들어 보여. 그때 손님들 결제 때문에 그런 것도 있지만 난 네가 가장 나이 많아 보여서 그냥 패스했던 거야.

뭐라고요? 제가 그렇게 늙어 보여요?

아니. 나이보다 성숙해 보인단 얘기지. 대학생 2~3학년으로 보였어.

그러나저러나 다음부턴 절대로 우리 가게에서 맥주 마시면 안 돼. 알겠니? 네 언니나 친구들이 술 포장주문 해서 공원 가서 함께 치맥 하는 거야 뭐라 못하겠지만 말이야. 알겠니? 그러다 걸리면 가게 영업정지 한 달인 거 너도 알지? 가뜩이나 장사 안돼서 주인아저씨 힘든데 영업정지라도 당하면 큰일 나. 알겠지?

네…. 매번 갈 때마다 혹시나 민증 보자고 하면 어쩌나 해서 마음졸이며 갔는데 이젠 다 들통났으니까 그냥 맘 편하게 더 자주 갈게요.

뭐라고?

사실 저 맥주 그렇게 좋아하지 않아요. 아저씨가 맥주 먹지 말라고 하니까 다음부터는 소주 시켜 먹을게요. 어쩌다 가끔 맥주 당길 때만 가서 시원한 생맥주 한 모금 마시는 거예요. 저 편의점에서 달달한 과자하고 소주 마시는 게 더 좋아요. 술은 소주가 최고죠. 배도 안 부르고 더 빨리 취해서 기분 좋아지고. 그래도 잘 모르겠지만 안주로 치킨 먹을 땐 정말 맥주 마시고 싶으면 제가 시키진 않고 언니들 거 조금씩 뺏어 마실게요. 그건 괜찮죠?

가영은 진혁의 눈을 빤히 쳐다보며 앞으로도 자기 하고 싶은 건 하고 살 테니 자기 인생에 간섭 말아줬으면 좋겠다는 듯한 표정의 미소를 지으며 말했다. 진혁은 성숙하고 예쁜 외모에 약간 반항기 있어 보이는 표정으로 나이 차이도 별로 안 나 보이는 것 같은 가영이 자길 아저씨라 부르는 호칭이 어색하고 불편했다. 가영 역시 가게에선 손님에게 대하듯 존댓말을 써주던 아저씨가 자기가 미성년이라고 갑자기 반말을 쓰는 게 기분 좋진 않았지만 가게 안에서 손님 관계로 대화하고 있는 것도 아니고 자기가 나이도 한참 어린 걸 알기에 그냥 넘어가기로 했다.

아 참, 이러고 있을 때가 아니지. 진혁은 강변북로가 막히기 전에 어서 출발해야 될 것 같다는 생각이 들었다. 서둘러야 했다.

저기…. 아니 이름이 뭐니? 진혁은 갑자기 가영을 보고 뭐라 호칭해야 할지 주저됐다. 가게에서처럼 손님이라 부르기도 뭐하고 학생이라 부르기도 그렇고 계속해서 너라 부르기도 뭐했다.

저요? 어…. 비밀이에요. 이름은 알아서 뭐 하게요? 성은 안씨예요.

내가 미스 안이라고 부를까? 이름 안 알려주면 너 치킨무라 부른다. 너 치킨무 좋아하잖아?

치킨을 먹을 때 기본으로 제공되는 케첩이나 양념소스 외에도 특이한 소스를 주문하는 손님들이 더러 있어서 진혁은 그런 손님들을 잘 기억했다. 주로 여자 손님들이 그랬다. 핫소스나 마요네즈 달라는 손님도 있었고 스테이크 먹을 때 부어 먹는 소스나 알아듣기 어려운 영어를 써가며 생전 들어보지도 못한 생소한 소스를 달라는 손님들도 있었다. 가장 기억에 남는 손님은 치킨을 식초에 찍어 먹겠다며 식초 중에서도 콕 찍어 사과식초를 달라고 했던 술 취한 여자 손님이었다. 마침 컵 물때 닦는다고 사둔 식초가 있어 작은 소스 용기에 따라 주었는데 그 손님은 치킨을 식초에 맛있게 찍어 드셨지만, 옆자리 손님들 중엔 코를 막고 그 손님을 째려보는 분들도 있었다. 남자 손님들 중엔 치킨을 기다리는 중에 치킨무를 안주 삼아 맥주 한두 잔을 순식간에 비우는 분들도 있었다. 어떤 젊은 남자 손님은 치킨무를 여러 번 리필 하며 꼭 치킨무 국물까지 다 마셨다. 시큼한 맛을 싫어하는 진혁은 상상도 할 수 없는 일이었다. 치킨무를 손도 대지 않는 손님들이 많아 대부분 음식 쓰레기통에 손님이 먹다 남기고 간 치킨무를 버릴 때마다 아깝다는 생각이 들 때가 많았기에 진혁은 치킨무를 더 달라는 손님이 있으면 전혀 아깝다 생각하지 않고 언제나 가득 리필 해주곤 했다. 진혁이 가영의 얼굴을 기억하고 있는 이유이기도 했다. 늦은 밤 가게에 와서 치맥을 먹을 때면 늘 치킨무를 리필 하러 가영이 빈 종지를 들고 진혁 앞에 서서 부탁을 했기 때문이다. 꼭 한 번이 아닌 두세 번 리필을 해가는 가영의 얼굴을 진혁은 모를 수 없었다.

제가 무슨 치킨무를 좋아해요?
너네 테이블은 항상 치킨무 여러 번 리필 하잖아. 아니야?
그건 맞죠. 그런데 치킨무 먹는다고 꼭 치킨무를 좋아하는 건 아니잖아요. 사실 가영은 치킨무를 좋아하지 않았다. 돈이 없어 언니들이 사주는 치킨을 늘 얻어먹는 처지라 눈치가 보여 가영은 좋아하는 치킨 다리를 먼저 먹지도 않았고 함께 먹다 인원수대로 치킨 조각이 남지 않으면 조금 전에 컵라면 먹고 와서 배부르다고 둘러대거나 휴대폰을 보는척하며 대신 치킨무를 안주 삼아 맥주를 마시곤 했다. 공짜로 눈치 안 보고 더 먹을 수 있는 건 오직 치킨무였기 때문이었다.

그건 또 무슨 말이야? 아 그럴 수도 있지. 살다 보면 싫지만 계속 만나고 얼굴 맞대며 살아야 하는 경우도 있는 것처럼 말이야.
그리고 치킨무가 뭐예요? 저 화사 언니가 멤버인 마마무는 좋아하는데…. 그 언니 있잖아요. 곱창 먹방으로도 유명한 화사 언니. 절 치킨무라 부를 거면 차라리 마마무라 불러주세요. 저 마마무 노래 정말 좋아해요.

아 화사? 나도 알지. 나도 화사 팬인데. 난 노래는 잘 모르지만 그 먹방은 봤어. 정말 맛있게 먹더라. 그런데 정말 마마무라 부를까?

아니요. 그냥 이름 말할게요. 저 가영이에요. 성까진 알 필요 없잖아요.

아까 안씨라며. 그럼 안가영이네? 학교 잘 안 가니? 엄마가 학교 가라고 하면 안 가용 그렇게 대답하는 거 아니지?

가영은 어이가 없다는 듯 웃었다.

가영. 나 지금 맥모닝 먹을 건데 너도 먹을래? 내가 사줄게.

가영은 아무 말 없이 졸린 눈으로 진혁의 눈을 바라보았다.

빨리 말해. 나 어서 먹고 출발해야 해. 먹을 거니?

가영은 진혁의 얼굴을 쳐다보며 하품을 했다.

뭐야? 먹겠다는 거야? 아니야? 말해봐. 진혁은 재촉하듯 물었다.

아니 그냥 애매해서요.

뭐가 애매해? 바쁘니까 빨리 말해.

정말이에요.

뭐가?

애매하다니까요.

안 먹겠다는 거지? 진혁은 가영에게 확인하듯 물었다.

가영은 아무 말 없이 멍한 표정으로 진혁을 쳐다보았다. 진혁은 서둘러 맥모닝을 주문하기 위해 1층으로 내려갔다. 먹겠다는 건가? 아닌가? 애매하다는 건 또 무슨 뜻이지? 잠이 덜 깼나? 가영의 대답을 이해하기 어려웠지만 급한 마음에 진혁은 더 이상 묻길 포기하고 후다닥 빠른 걸음으로 계단을 내려가 키오스크에서 에그 맥머핀 콤보 맥모닝 세트 두 개를 주문했다. 안 먹으면 싸 가지고 가면 되지. 아예 물어보지 않았으면 모르겠는데 먹을 거냐고 이미 물어봤는데 내 거만 들고 올라가서 혼자 먹으면 혹시 서운해할지도 모를 것 같아 진혁은 에라 모르겠다 하는 마음으로 두 개를 시켰다. 손님이 없는 시간대라 맥모닝은 금방 나왔다. 알바생은 한 쟁반에 두 개 세트를 담아주었다. 진혁은 계단을 올라 가영의 자리에 먼저 가서 눈을 감고 앉아 있는 가영 앞에 쟁반을 소리 나지 않게 조용히 내려놓고 자기 몫의 맥모닝 세트와 커피를 두 손에 들고 자신이 앉았던 자리로 되돌아가서 맥모닝을 먹기 시작했다.

잠시 후 가영이 중얼거리는 소리에 진혁은 고개를 돌려 가영을 바라보았다.

아니…. 안 먹는다고 했잖아요. 약간 짜증스러운 표정으로 가영이 말했다. 저 지금 다이어트 중인데…. 그리고 저 소시지 에그 맥머핀 세트 좋아하는데…. 주문하기 전에 뭐 좋아하는지 물어보셨어야죠.

아…. 미안! 난 안 먹는다는 표현인 줄 몰랐어. 애매하다고 했잖아. 어쨌든 뭐 먹을지 미리 한번 물어볼 걸 그랬네. 어쨌든 쏘리.

도대체 알 수 없는 가영의 반응에 진혁은 맥모닝을 사주고도 얼떨결에 사과를 해야 했다.

에이 다이어트 망했어요. 아저씨 때문에 살찌면 어떡해요?

아니. 배부르면 억지로 먹지 마. 내가 이따 점심때 먹으면 돼. 진혁이 자리에서 일어나 가영의 자리로 맥모닝을 가지러 가려 했다.

음식은 따뜻할 때 먹어야죠. 식은 걸 무슨 맛으로 먹어요? 어쨌든 아저씨가 사 온 성의를 봐서 입맛은 없지만 그래도 먹을게요. 어쨌든 잘 먹을게요. 진혁은 가영의 테이블로 향하던 발걸음을 돌려 다시 자리로 돌아와 햄버거를 먹기 시작했다. 고개를 들어 아직은 어두운 창밖의 풍경을 바라보며 뜨거운 커피를 천천히 마셨다. 으깬 감자를 튀긴 것부터 천천히 먹으며 가영이 잘 먹고 있나 궁금해서 살짝 뒤를 돌아 가영을 바라보았다. 가영의 쟁반에 있던 으깬 감자튀김과 에그 맥머핀은 이미 사라지고 없었다. 가영은 뜨거운 커피를 입김을 불어가며 휴대폰에 시선을 고정한 채 천천히 마시고 있었다. 가출을 하며 돈이 없어 자주 굶어본 가영은 언제부턴가 뭔가 먹을 게 생기면 배가 고프지 않아도 동면을 준비하는 곰들처럼 배부를 때까지 꾸역꾸역 먹어두는 버릇이 생겼다.

입맛이 없다며 벌써 다 먹은 건가? 도대체 알 수 없는 아이군. 속으로 진혁은 생각하며 에그 맥머핀을 향긋한 내음의 커피와 함께 서둘러 먹었다.

아저씨도 여기서 밤새웠어요? 아까 잠깐 보니까 졸고 계시던데…. 커피를 다 마신 가영이 물었다.

어. 일 끝나고 잠 깨러 커피 마시러 왔다가 잠깐 졸았어. 잠깐이 아니네. 두 시간 넘게 잔 것 같은데….

자정 넘어 웬 커피예요? 잠 안 오게.

어. 잠 오지 말라고 마신 거 맞아. 그런데 잠이 오네.

왜요? 어디 가세요?

어. 두 시쯤 동해 바다로 출발할 계획이었거든. 그때 떠났으면 지금쯤 거의 한계령쯤 도착해 있을 텐데…. 곧 출발해야지.

저도 갈래요.

뭐? 진혁은 가영의 말에 놀라서 마시던 커피를 흘릴뻔했다.

어딜 간다고?

아저씨 따라 동해 갈 거라고요. 사실 저 동해 바다에 가려고 했어요.

동해 바다가 얼마나 넓은지 아니? 난 강릉 쪽으로 가는데…. 진짜 동해 간다고? 어디를 가야 되는데?

저도 강릉에 가야 돼요.

왜? 강릉에 왜 가는데?

가야 돼요. 꼭이요.

글쎄 왜? 누굴 만나러 가는 거니?

꼭 만나야 될 사람이 있어요. 꼭이요.

내가 알면 안 되는 사람이니?

….

가영은 아무 말 없이 진혁을 바라보았다. 입을 굳게 다문 가영의 눈가에 순간 눈물이 고였다.

그래. 무슨 말 못 할 사정이 있나 보구나. 가영의 갑작스러운 눈물에 당황한 진혁은 더 이상 묻지 않았다. 몸이 아프신 할머니나 할아버지를 뵈러 외갓집에라도 가려고 하는 건가? 하고 속으로 생각했다. 어쨌거나 맹랑한 아이였다. 물어보는 것도 아니고 그냥 일방적인 통보 형식의 가겠다는 의사 표현이었다.

아니 그런데⋯. 아무리 사정이 있다고 해도 '같이 가도 돼요?' 도 아니고 '같이 갈래요.'는 또 무슨 경우니? 진혁이 작은 목소리로 말했다.

근데 아저씨 주말에 가게 안 열어요? 토요일에도 일하지 않아요? 가영은 진혁의 질문엔 대꾸도 하지 않고 자기가 묻고 싶은 말을 했다.

그렇지. 그런데 이번 주말에 가게 내부 인테리어 공사한다고 사장님이 이틀 쉬라고 하셔서.

언제 출발할 거예요?

길 막히기 전에 서울 벗어나려면 빨리 출발해야지. 오 분 내로 갈 거야.

알았어요. 잠깐 화장실 가서 얼굴 좀 닦고 올게요.

정말 같이 가겠다는 거니? 날 얼마나 잘 안다고 이렇게 겁 없이 다짜고짜 같이 따라가겠다는 거니? 그리고 여기서 밤새웠다면서 오늘 집에는 안 들어가? 아직 고등학생이라면서⋯. 부모님이 걱정 안 하시니?

주말이잖아요. 그리고 아까 말했잖아요. 친구 집에 있는 줄 아실 거예요.

정말 집에 안 가도 돼? 정말 괜찮은 거 맞아?

저도 사람 가려가면서 말해요. 아저씨는 관상을 봤을 땐 절대 나쁜 사람은 못 돼요. 됐죠? 그러니까 저도 같이 갈래요.

너도 관상을 보니? 진혁이 관상이라는 말에 다소 놀란듯한 표정으로 가영에게 물었다.

네?

아냐. 그냥 나도 모르게 말이 나왔네. 그래 그렇게 봐줘서 고마운데…. 사람은 겉만 봐선 알 수 없어. 그리고…. 그래도 아직 학생인데 부모님 허락받고 가야 하는 거 아니니? 강릉이 동네 편의점 가듯 갈 수 있는 곳도 아닌데.

정직하게 허락받고 어떻게 같이 가요? 아저씨라면 허락해 주겠어요? 동네 호프집 아저씨하고 둘이 주말에 동해 바다 가겠다면요?

아. 그렇긴 하네. 어차피 또 거짓말을 하게 되겠네.

그러니까 어서 같이 떠나요. 저 정말 바다 보고 싶었어요. 혹시 내가 붙어 따라다니는 게 불편해서 그러는 거면 동해 근처에 도착하면 저 아무 곳에나 내려줘도 돼요. 바다가 보이는 곳 아무 데나 내려주면 알아서 사라져 줄게요.

그게 아니라…. 진혁은 가영을 잘 알지 못했고 서로 대화를 나눈 것도 불과 몇 분 안 되었지만 말로는 이기기 힘든 아이라는 걸 금방 깨달을 수 있었다.

그런데 동해는 어떻게 가요?

강릉 가는 길이야 많지. 주문진에 도착해서 경포해변 쪽으로 내려갈 거야. 고속도로 말고 국도를 타고 천천히 주변 경치를 즐기면서 갈 거야. 양평 홍천 인제 한계령 양양 거쳐서. 주문진 도착해서 주문진항 구경하고, 식사하고, 해안도로 타고 경포 쪽으로 내려가서 1박 할 예정이지. 시간 되면 안목항에 가서 커피도 한잔하고.

주문진 이름이 독특하네요. 가영이 어렸을 때 강릉이란 지명과 함께 어렴풋하게 들어본 듯한 지명이었다. 그런데 왜 주문진이에요?

주문진에 가서 네가 바라고 꿈꾸는 것들을 바다를 보며 마음속으로 주문해 봐. 그러면 진짜로 바닷속 용왕님이 다 들어줄 거야. 주문하면 주문한 대로 진짜로 다 돼. 그래서 주문진이야.

에이 재미없어. 지금 막 지어낸 말이죠? 농담이죠? 가영은 어이없다는 듯 웃는다. 아니야. 반은 맞고 반은 너 말처럼 내가 지어낸 농담이야.

저 진짜 동해 한 번도 못 가봤어요. 물론 남해도요. 친구들은 부모님하고 제주도나 해외여행도 다녀왔다고 자랑하는데 저는 바다라곤 고1 때 주말에 동네 언니들하고 인천 월미도 가서 바다 본 게 전부예요. 사실 바다 보러 간 건 아니고요. 유튜브에서 많이 본 바이킹하고 디스코 팡팡 타러 갔었어요. 잠깐이었지만 놀이공원 앞에 탁 트인 바다를 보니 기분이 너무 좋았어요. 가영은 어릴 때 아빠가 돌아가셔서 남들처럼 먼바다로 가족여행을 다닌 기억이 없었다.

월미도 좋지. 우리 인생이 인천 앞바다처럼 잔잔하고 늘 평온했으면 얼마나 좋겠어. 싱겁지 않고 그렇게 짭조름하면서 무료하지 않게 적당히 재밌으면 말이야. 서해 바다가 친근하고 아기자기한 맛이 있다면 동해 바다는 쉽게 다가가기는 어렵지만 그저 멀리서 바라보는 것만으로도 좋은 그런 묘한 매력이 있어. 아직 안 가봤다고 해서 얘기하는 건데 동해가 태평양과 좀 더 가까운 바다라서 그런지 뭔가 더 진짜 바다 같은 느낌이 들어. 너도 학교에서나 동네에서 멋진 선배나 남자애들 많이 보겠지만 조금만 시간 내서 시내나 강남이나 홍대 같은 데 가보면 동네에서는 보지 못한 더 세련되고 멋진 남자들을 볼 수 있잖아. 아마 동해 바다가 그럴 거야. 젊었을 땐 시간 내서 동해 바다를 한번 가보는 것도 좋을 것 같아. 특히 비바람이 심하게 치는 날, 무섭도록 포효하며 격렬하게 파도치는 모습을 보면 정말 잊지 못할 정도로 좋을 거야. 우리 인생에 이런 시련과 열정적이고 격정적인 순간들이 앞으로 찾아오겠구나. 그래 멋지게 모험하듯 도전을 즐기며 살아야겠다 뭐 그런 마음의 각오를 품고 다져보는 시간을 아직 어릴 때 한 번은 가져보면 좋을 것 같단 얘기지. 동해 바다는 특히 오늘처럼 바람 세게 불어 파도가 무섭게 치는 밤에 보면 정말 멋져. 묘한 생각이 들게 하지. 삶의 근원. 아주 원시적인 생명의 근원에 대한 생각 말이야. 바람 부는 컴컴한 밤에 망망대해를 바라보며 파도 소리를 듣고 있으면 때론 바다가 나를 보고 어서 다시 돌아오라고 소리치는 것 같이 들릴 때도 있어. 진혁이 진지한 표정으로 말했다. 그렇지만 미간을 찌푸리며 자신을 쳐다보고 있는 가영의 눈빛과 마주치며 하던 이야기를 멈췄다.

아…. 내가 말이 좀 많았나?

아니요. 그냥 좀 희한해요. 근데 원래 이렇게 막 뜬금없이 진지해지고 그런 성격이에요? 멋져 보이려고 일부러 노력하는 그런

타입은 아니죠? 가게에선 조용히 일만 하셔서 이렇게 말 잘하는 분인 줄 몰랐어요. 조금 뜬금없고 어렵지만 어쨌든 재밌고 독특해요. 그런데 시도 때도 없이 갑자기 막 진지해지고 인생이 어쩌고저쩌고하는 사람들 보면 좀 피곤하던데…. 자주 이러진 않죠? 아저씨 친구 별로 없죠?

일부러 그러는 건 아니고 가끔 나도 모르게 말이 막 나올 때가 있어. 지나고 나면 내가 무슨 말을 했는지도 잊을 때도 있고…. 진혁은 말없이 가영을 바라보았다.

어쨌든 바다를 많이 좋아하고 많이 생각하나 봐요. 지구 생명의 근원이 바다에서 왔잖아요. 저도 과학 시간에 배웠어요. 아저씨 말 들으니까 어서 동해 바다를 보고 싶어요. 가영이 말했다.

맥모닝을 먹고 나니 가영은 담배 한 모금이 더욱 절실하게 느껴졌다.

아저씨는 담배 안 피워요? 가영이 물었다.

담배도 피우니? 난 안 피우는데….

그럼 저 오천 원만 빌려줄래요? 갚을게요.

안 갚아도 돼.

와. 아저씨 부자예요?

아니, 빌려줄 돈이 없어.

에이.

학생이 무슨 담배니? 정말 담배 피우는 거니?

왜 피우면 안 돼요?

미성년은 아직 담배 피우면 안 되는 거 아냐?

사지 말란 거 아네요? 판매가 불법이지 피우는 것도 불법인가요?

몰라서 묻는 거니?

왜 불법이죠?

피우는 건 불법 아닌가? 그 생각은 안 해봤네.

법에서 안 된다고 하면 꼭 하지 말아야 하나요? 아저씨는 무단 횡단 안 해봤어요? 거리에 침 안 뱉어봤어요? 그리고 왜 열아홉 살은 안 되고 스무 살은 되는 거죠? 스무 살로 나이를 정한 기준은 뭐죠? 여든 인생을 넷으로 나눠 봄, 여름, 가을, 겨울 중 봄에 해당하는 어린 시절엔 담배를 피우지 말란 말이잖아요. 봄까지 참았다가 여름부터 담배를 피우란 얘긴데 전 오래 살 의지도 자신도 없어요. 그러니까 스무 살로 기준을 정한 건 법으로 가장한 전체주의적 폭력 아닌가요? 전 예순 넘어 살 생각이 없어요. 그럼 저의 봄에 해당하는 15년이 지나고 열여섯 살 때부턴 담배를 피워도 되는 거 아닌가요? 도대체 무슨 논리로 스무 살이란 기준이 만들어진 건지 모르겠어요.

네 말 들어보니 일리가 있긴 하네. 나도 왜 스무 살인지 생각은 안 해봤는데 대학 들어가기 전까진 열심히 공부만 하란 뜻도 있겠지. 아직 철이 들기 전에 잘못된 선택을 할 수도 있는 거고. 어린 사람이 담배 피우면 건강에 안 좋고 성장이나 발육에도 안 좋기 때문이겠지.

아니 그럼 저처럼 건강하고 튼튼한 사람이 담배 피우는 게 건강에 나쁘겠어요? 아니면 나이 들어 아프고 골골대는 환자들이 담배 피우는 게 건강에 나쁘겠어요? 저처럼 팔팔한 아이는 담배 피우면 불법이고 아파 당장 죽을 것 같은 사람도 법적으론 담배 피워도 문제없다는 게 더 이상하지 않아요?

아니 그게 아니고 어쨌든 너무 일찍 담배를 피우면 평생 더 많은 담배를 피우게 될 테니 국가에서 흡연 시작 연령을 어떻게든 늦춰보려는 거겠지….

그럼 여자 평균 나이가 80이면 인생의 1/4이 지나면 담배를 피워도 된다는 얘기인데, 저는 늙어서 골골대며 오래 살 생각 없이 짧고 굵게 건강할 때까지만 살다 갈 생각인데…. 그럼 저는 열두 살이나 열다섯 살 때부터 피워도 되는 거 아녜요? 그 정도가 제 인생의 반의반 토막 시점이 될 테니까요.

너 정말 독특하구나. 허튼소리 같지만은 않고 어쨌든 듣고 보니 일리 있는 말이긴 해. 그렇지만 국가가 그렇게 세세하게 개인들 사정 다 따져가며 법을 정할 수 없으니 대충 평균 내서 일괄적으로 법을 만들고 따르라고 규제하는 거겠지. 진혁은 자신도 모르게 가영과 대화를 하며 가영의 논리에 말리는 것 같단 생각이 들어 논쟁을 끝내고 싶었다.

그러니까 돈 좀 줘봐요.

지금 시간에 편의점 연 곳도 없을 텐데.

어. 잠깐만요…. 금방 올게요.

진혁의 말이 끝나기도 전에 창밖을 바라보던 가영은 자리에서 재빠르게 일어나 빠른 걸음으로 계단을 내려가 밖으로 나갔다. 진혁은 다시 뒤를 돌아 창밖을 내려다보았다. 마침 맥도날드 앞을 지나는 술에 취한 젊은 남자들이 횡단보도 앞 벤치에 앉아 담배를 피우고 있었다. 근처 술집에서 새벽까지 술을 마신듯해 보였다.

가영은 남자 무리한테서 얻은 담배 한 개비를 입에 물고 어두운 건물 구석자리로 옮겼다. 라이터로 불을 붙여 한 모금 깊게 빨아 목 안으로 삼켰다.

휴우~. 살 것 같다. 그러나저러나 이 시간에 여기서 단골 치킨집 주방 아저씨를 만나다니…. 당황스럽기도 했고 창피하기도 했다. 가끔 치킨에 맥주 마시고 싶을 때 사복 입고 동네 언니들이랑 가서 치맥 즐기던 곳이었는데 이젠 저 아저씨가 내 정체를 알게 되었으니 앞으로도 내게 계속 맥주를 마시게 해줄지 모르겠다. 에라 모르겠다. 어차피 이젠 동네 언니들하고도 만나지 않으니 큰 상관은 없지 뭐. 정 먹고 싶으면 다른 곳을 새로 뚫거나 아니면 캔 맥주 사서 치킨은 배달해서 공원에서 먹으면 그만이다. 아니 이번에 동해로 멀리 가면 한동안 이 동네에 다시 안 올지도 모르니 그런 걱정은 할 필요가 없을지도 모른다. 그런데 그 치킨집이 동네 후배네 집에서 하는 곳인데…. 교회를 함께 다니던 친한 후배네 가게라서 가영은 그 치킨집 사정을 잘 알았다. 요새 잘나가는 프랜차이즈 치킨집이 근사한 인테리어로 치장하고 건너편에 새로 오픈해서 장사가 안돼 주인아저씨가 가게를 접을까 고민하다 가게 인테리어를 새로 하기로 맘을 먹어서 공사를 시작한다고 들었다. 이틀간 휴가를 얻어 동해로 놀러 간다고 하는 걸 보니 정말 공사를 하는 것 같다. 후배한테 듣기론 장사가 요새 너무 안돼 가게 내부도 수리하고 몇 달 내로 마지막 남은 주방 직원 한 명마저 내보내고 걔네 엄마가 서빙 보고 주인아저씨가 대신 주방을 보게 될 것 같다고 했었는데 저 아저씨는 그걸 알고 있는 걸까? 아닌 것 같았다. 후배네 엄마는 보험회사 영업 일을 오래 했는데 최근 불경기라 실적이 너무 저조해서 조만간 그만둔다고 했다. 아까 말하는 표정을 봐선 자기가 잘릴지도 모른다는 걸 저 아저씨는 아직 모르고 있는 것 같았다. 어쨌든 내가 알 바는 아니다. 내가 관여할 일도 아니고. 미리 알아서 좋을 것 하나도 없을 것 같으니 그냥 모른척하는 게 좋을 것 같다. 파트타임으로 일하던 여자 대학생 알바도 얼마 전 그만뒀는데 나머지 한 명 남은 직원마저 자르는 걸 봐선 후배네 가게가 정말 장사가 안되는 것 같다. 동해를 다녀오면 얼마 후에 아마도 주인아저씨가 아주 미안한 표정을 지으며 저 아저씨에게 가게를 그만둬 줘야 할 것 같다고 말하겠지? 어쨌든 그 일도 가영이 알 바는 아니다.

가영이 담배를 피우고 맥도날드로 돌아왔다. 패딩과 입에서 담배 냄새가 배어 나왔다.

어휴 냄새…. 담배는 어떻게 피우고 왔어? 진혁은 미간을 찌푸린 채 손가락으로 코를 막으며 말했다. 담배 없다고 길 위에 있는 꽁초 주워 피우고 온 건 아니지? 진혁은 조금 전 가영이 낯선 남자들로부터 담배 빌리는 걸 못 본 척 농담하듯 물었다.

무슨 소리예요?

진혁은 이른 새벽 술집 골목 앞을 지나다가 비닐봉지 하나를 들고 다니며 긴 꽁초를 줍고 다니는 노숙자를 본 기억이 나서 물었다. 한두 개 주워 피우는 것도 아니라 한참을 돌며 비닐봉지 가득 누군가 잠깐 피우다 버린 긴 꽁초들을 주워 모으고 있던 그 모습을 잊을 수가 없었다. 그 아저씨뿐만 아니라 자정 넘어 인적 드문 시간에 맥도날드 앞에 있는 벤치 위에 놓인 종이봉투를 뒤져 남겨진 햄버거나 감자튀김 그리고 컵에 든 남은 콜라를 마시러 오는 젊은 여자를 본 적도 여러 번 있었다. 노숙자라고 하기엔 비교적 멀쩡한 정장 코트 차림의 옷차림에 삼십 대 중반쯤으로 보이는 젊은 나이의 여자였는데 일자리를 잃어 생활이 갑자기 궁핍해졌는지 가끔 이른 새벽 무렵 맥도날드 주변을 돌며 음료수 컵을 들어 흔들어 보고 종이봉투 속을 들여다보던 그 여자가 문득 떠올랐다.

다 방법이 있죠. 저만의 노하우가 있어요.

뭔데?

그냥 라이터를 늘 들고 다녀요.

뭐 도너츠 만드는 묘기 보여주고 한 까치 얻는 거야?

담배 연기로 도너츠 만드는 게 뭐 묘기예요? 요새 여중생 애들도 다 하는 건데. 밖에서 담배 피우려고 나온 언니나 오빠 아니면 젊은 아저씨들이 담배 꺼낼 때 잽싸게 다가가서 라이터 켜고 웃으며 담뱃불을 붙여줘요. 그리고 미안한 척 웃으며 제가 담배가 떨어져서 그런데…. 거기까지만 말하면 대부분 그냥 한두 개비 기분 좋게 주시곤 해요. 제 얼굴이 연식이 좀 돼 보여서도 그렇고 당당하게 라이터 꺼내면 미성년이라 안 보는 것 같아요. 이미 담배 물고 피우고 있어도 가끔은 조금 기다려 봐요. 전자 담배 피우는 사람들은 빼고요. 아이 씨 요샌 전자 담배 피우는 사람들이 점점 많아져서 짜증 나요. 전자 담배는 얻어 피울 수 없으니까요. 어쨌든 겨울엔 추우니까 한 대만 피우고 들어가는 게 아니라 개중에 한두 명은 연달아 피우는 사람들이 있거든요. 다시 새 담배 입에 물 때 라이터에 불 켜고 다가가서 담배에 불붙여 주고 한 개비 얻어 피우곤 하죠. 어떤 아저씨들은 몇 개비씩도 주곤 해요. 특히 술에 취한 양복 입은 젊은 아저씨들이 타깃이에요. 가영은 담배를 얻어 피우고 오는 데 성공해서인지 기분 좋은 표정을 지으며 의기양양하게 말했다.

꼭 예전에 나이트클럽 화장실에서 물수건 들고 있다가 손님들 일 보고 나면 바로 다가가 수건 건네고 팁 받던 웨이터들 얘기 같네. 그게 보통 얼굴이 두껍지 않으면 못 하는 일인데. 어쨌든 성공했다니 괜찮은 방법인가 보네. 진혁은 가영의 얼굴을 바라보며 생각했다. 잠깐 몇 분 사이에 가영의 얼굴은 고등학생인지 대학생인지 헷갈리는 예쁘고 앳된 얼굴에서 순간 대여섯 살은 더 나이가 확 들어 보이는 생활력 넘치고 조금은 퇴폐적이게까지 보이는 성숙한 얼굴의 아가씨로 보였다.

아저씨 혹시 보조 배터리나 충전기 있어요?
어 차량용 충전기는 있지. 아까 마트에서 하나 사 왔는데 차에 있어.
아저씨 휴대폰이 뭐예요? 아이폰 아니죠?
그럼 어른인데 어떻게 아이 폰을 쓰니?

어머 그거 지금 유머라고 한 거예요? 가영은 재미없다는 듯 무표정한 얼굴로 답했다.

너도 이제 아이 티 벗은 숙녀니까 아이폰 쓰면 안 돼.

가영이 웃지 않자 웃으며 농담을 건넨 진혁은 괜히 무안해져서 웃음기를 거두고 다시 말했다.

사실 난 너랑 똑같은 모델의 핸드폰을 써. 아까 떨어져 있는 네 휴대폰 주우면서 내 건가 했어.

아저씨도 이런 싸구려 구린 폰 쓰세요?

너도 같은 거 아냐?

난 친한 친구가 이런 싸구려 꼬진 폰 쓰면서 액정도 다 깨진 채로 다닌다고 놀림 받아서 내가 쓰던 아이폰이랑 바꿔줬어요. 그 애가 아이폰 한번 써보는 게 소원이라고 해서요. 저야 새로운 모델 나올 때마다 새 걸로 바꿀 수 있으니까요. 가영은 얼떨결에 자기도 모르게 거짓말을 했다.

그렇구나. 그 나이 때는 그런 거에 민감할 때지. 그렇지만 나처럼 나이 들면 그런 건 별로 중요치 않게 돼. 학생들처럼 휴대폰을 늘 곁에 두고 자주 보는 것도 아니고. 나야 어쩌다 인터넷 기사 보거나 유튜브에서 영화 보는 게 전부라서 좋은 사양의 핸드폰은 필요 없어. 예전에 좋은 거 써봤는데 술 마시고 한 번 잃어버리고 나선 이젠 그냥 잃어버려도 부담 없는 저가 폰을 써.

어쨌든 잘됐네요. 요샌 이 충전핀 달린 휴대폰 쓰는 사람이 거의 없는데. 충전핀이 달라서 최신 폰 쓰는 다른 애들 충전기는 빌릴 수도 없어요.

아니 충전기 있어도 여기 맥도날드는 충전할 곳이 없을 텐데…. 차에서 한 이십 분 정도만 충전해 주고 가져다줄까? 아 빨리 동해로 출발하긴 해야 하는데….

아니 저도 같이 갈래요.

아니 그냥 나 혼자 가도 되는데. 차 안이 추울 텐데. 이십 분 정도만 여기서 기다려.

아니요. 같이 갈래요.

둘은 자리에서 일어나 맥도날드를 빠져나와 바로 앞 도로 공영 주차장에 주차된 진혁의 차, 아니 쏘카를 통해 진혁이 빌려둔 차로 향했다. 하필 주차장의 몇 대 있던 차들은 다 빠지고 넓은 주차장엔 진혁이 빌린 소형차와 그 차 바로 옆에 주차된 고급 중형 세단 두 대만이 있었다. 키가 큰 진혁과 함께 걷던 가영은 당연하다는 듯이 큰 차 조수석 문 앞에 먼저 다가가서 섰다.

아냐. 그 차 말고.

진혁은 머쓱한 표정을 지으며 소형 스파크 차량 운전석 옆으로 다가가 문을 열고 운전석 시트에 앉아 시동을 걸었다.

건장한 체격의 진혁과는 전혀 어울리지 않는 아주 작은 소형차였다. 어머 아저씨 덩치는 산만 하면서 뭐 이런 작은 차를 타고 다녀요?

내 차는 아니고 빌린 차야. 겨울에는 춥잖아. 작은 차가 히터 켜면 금방 따뜻해지니까 좋아. 물론 요금도 저렴하고.

진혁은 가영을 위해 조수석 문을 열어주고 재빨리 히터를 풀로 켰다. 그리고 가영의 핸드폰을 충전기에 연결했다.

잠깐만 앉아서 음악 들으며 기다려. 내가 음악 틀어줄 테니까.

진혁은 라디오를 켰다.

근처에 문 연 편의점 있으면 천 원 내고 맡기면 되는데 요샌 열두 시 넘으면 장사하는 편의점들이 없네요.

예전처럼 24시간 하는 가게들이 많이 없어졌지. 그래 이젠 편의점도 24시간 하는 곳이 거의 없어. 이 근처 다른 햄버거 가게도 이제는 열두 시면 문을 닫잖아. 여기 맥도날드도 새벽에 손님이 많지 않고 배달 주문이 줄면 그렇게 될지도 모르겠지.

안 돼요. 그럼 어쩌다 밤에 갈 곳 없을 때 저 같은 사람들은 갈 곳이 없어져요.

어쩔 수 없지. 그게 자본주의야. 돈이 안 되는 곳에 더 이상 서비스는 없어. 수요가 없는 곳에 상품은 존재하지 않지. 그렇지 않으려면 너나 나나 여기 동네 사람들이 새벽에도 자주 와줘야겠지.

근처 24시 술집, 식당 들이 장사가 안돼 많이 문 닫고 영업 시간을 단축하니까 여기도 곧 영향을 받을 거야. 그렇게 되면 언젠가는 여기도 새벽엔 문을 닫게 될지도 몰라. 서운하겠지만 그래도 받아들여야겠지. 너도 돈 안 주는데 알바 계속 나가겠니? 햄버거 가게들도 냉정하게 말하면 돈 못 버는 시간에 계속 문을 열고 손님을 기다리고 있을 이유가 없는 거야.

예전엔 이 근처 햄버거 가게도 24시간 영업했었는데 지금은 자정이면 문을 닫아서 서운하다고 누가 그러더라고…. 그런데 생각해 보면 그 가게가 그나마 심야에 문을 닫아서 맥도날드가 새벽까지 계속 영업을 할 수 있는 건지도 몰라. 손님 없는 심야 시간에 두 가게 모두 장사하고 있으면 둘 다 문을 닫았을지도 모를 일이지. 유지될 만한 손님이 안 오면 가게가 문을 열고 있을 이유가 없거든. 그게 아이들은 아직 잘 모르는 자본주의의 냉정함인 거야. 우리가 사회주의보다 쿨하다고 생각하는 자본주의의 차가운 냉정함이지. 이미 많은 익숙한 것들, 당연하다고 생각했던 것들이 이젠 더 이상 그렇지 않게 된 것들이 많잖아. 새벽에도 늘 열려 있던 편의점이 이젠 더 이상 보기 어려워진 것처럼. 그렇게 익숙한 것들로부터 하나둘 멀어지고 그걸 받아들이며 우린 인생을 살아가게 되는 것 같아. 그렇게 우린 세월을 보내고 나이를 먹어가지. 너도 어느 순간부터 편의점에서 담배를 사도 술집에 가도 더 이상 신분증 보여달라고 하지 않는 그런 날들이 올 거고 나중에 좋아하는 사람 만나 가정을 꾸리면 더 이상 너 혼자만 생각하며 살지 않고 자기보다 아이가 먼저인 삶을 살게 될 거야. 또 살다 보면 엄마, 아빠도 더 이상 이 세상에 없는 슬픈 순간도 오겠지. 늘 내 옆에 있어줄 것만 같은 그분들이…. 그렇게 당연하고 익숙하다고 생각하는 주변의 것들이 내 곁을 떠나며 우리 인생도 그렇게 강물처럼 아주아주 먼 바다에 있을 것만 같은 인생의 종점으로 흘러가는 것 같아. 난 가끔 내 인생의 끝에 내 옆과 내 주변을 지키고 있을 것들과 마지막 풍경이 어떤 것일지를 가끔 생각하곤 해. 그 순간에 내가 사랑하는 사람이 내 곁에 있을지 내가 좋아하고 익숙했던 방에서 창밖으로 마지막 계절의 풍경을 감상하며 세상과의 마지막 이별을 할 수 있을지 아니면 병원 침상에 의식 없이 누워 있다 가게 될지…. 그렇게 여러 고민과 생각 속에 정신없이 바쁘게 떠밀려 살다 결국 우리가 평소엔 존재조차 잘 인식하지 못하고 살아가고 있는 감사하고 익숙한 많은 주변 환경들, 이 공기들 빛들 그리고 익숙한 소음들로 가득 찬 이 공간들과 이별하며 우리는 인생의 끝을 맞이하겠지.

가만히 듣고 있던 가영의 얼굴이 어두워졌다.

아. 미안해. 내가 또 말이 많았나 보네. 늘 말없이 지내는 과묵한 진혁은 어쩌다 편한 상대를 만나 말할 기회가 생기면 그간 맘속에 쌓아두었던 얘깃거리들이 한 번에 봇물 터지듯 쏟아져 나오는 버릇이 있었다. 말이 없다고 생각이 없는 건 아니니까….

갑자기 또…. 이런 진지한 얘기 하기 있기예요? 담에 또 이런 얘기 할 거면 미리 깜빡이 좀 키고 들어오세요. 가영이 손끝으로 눈가에 맺힌 눈물을 살짝 닦으며 물었다.

아저씨 박찬호 알아요?

찬호 박? 메이저리거? IMF 때 힘든 국민들에게 힘을 줬던 그 야구 선수를 내가 왜 몰라?

모르는 거예요. 지금 제 질문에 그렇게 답하면 아저씨는 모르는 게 맞아요.

무슨 말이야?

아저씨 호프집에서 말없이 일하는 모습만 봐서 그런지 이렇게 얘기를 잘하는 사람일 거라 전혀 생각 못 했어요. 그거 알아요? 아저씨 말투, 아니 아저씨 말하는 걸 들어보면 누구랑 대화하는 것 같지 않고 어느 수필집 같은 책에 있는 글을 낭송하는 것 같아요. 구어체가 아니고 문어체처럼 들려요.

그런가? 평소에 일하면서 대화할 일이 없으니까 생각들을 꾸욱 꾸욱 눌러 쌓아놨다가 지금처럼 어쩌다 말할 일이 생기면 그냥 그게 다 한꺼번에 터져 나오는가 봐. 미안해.

어른들은 나이가 들어 늙는 게 아니라 생각이 많아져서 늙나 봐요. 방금 아저씨 말 들으며 그런 생각이 들었어요. 생각이 문제예요. 쓸데없는 생각 그리고 걱정이요. 그래도 이번 얘기는 공감이 좀 돼요. 그래서인지 슬퍼요. 어쨌든 아저씨는 생각이 많은 사람 같아요. 쓸데없는 생각이요. 그런데 그런 생각은 도대체 왜 아니 어떻게 하게 되는 거예요? 우리 같은 학생들은 햄버거 가게가 둘 다 열면 더 좋지 그 정도까지밖에 생각 못 하잖아요. 쪼금 유식해 보이기도 했어요. 제가 잘 못 알아들어서 그런 건지도 모르지만. 자본주의가 어쩌고저쩌고 그런 거는 어디서 배운 거예요?

가게에 매일 경제신문이 한 부씩 오는데 주인아저씨가 보고 나면 나도 손님 없을 때 읽곤 하는데 그런 이야기들이 많이 나와. 나 스스로 느낀 거라기보단 가게 사장님한테 듣거나 배운 것들이 많지. 우리도 새벽 두 시까지 영업하는데, 손님이 없는 날이면 사장님이 맨날 근처 다른 술집들 손님 얼마나 있는지 몰래 가서 보고 오라고 시키곤 해. 그러곤 그렇게 말하지. 이렇게 손님이 적으면 밤에 영업해 봐야 인건비, 전기료도 안 나온다고. 옆에 가게들이 망해서 아예 문을 닫거나 심야 영업을 하지 말아야 우리 가게가 계속 밤에 영업할 수 있을 텐데…. 뭐 맨날 그런 푸념 듣다 보니까 그런 말이 나도 모르게 나온 것 같네.

　자본주의고 뭐고 저는 잘 모르겠고 맥도날드는 주문하지 않고 앉아 있어도 뭐라 하지 않아서 좋아요. 점심이나 저녁 바쁜 시간대 말고 한가한 때 와서 부담 없이 커피 한 잔 마시거나 아이스크림콘 하나, 아니면 그냥 아무것도 안 시키고도 혼자 조용히 시간 보내기 좋은 것 같아요. 노숙자들이 서울역에 모이고 노인분들이 무더위 쉼터나 경로당에 가서 편하게 쉬듯 주문 안 했다고 눈치 안 주는 맥도날드는 주머니 가벼운 학생들에겐 부담 없이 찾아와 쉴 수 있는 쉼터 같은 곳이죠. 와이파이도 무료로 사용할 수 있고 아무것도 시키지 않아도 뭐라 눈치 주거나 쳐다보는 직원이 없기 때문에 맥도날드는 가영에겐 집만큼 아니 집보다 더 편한 곳이다. 엄마에게 용돈을 받지만 늘 부족해서 가영은 햄버거 세트 한번 제대로 맘껏 사 먹어본 적이 없다. 어쩌다 먹는 사천구백 원짜리 저렴한 세트 메뉴도 가영에겐 사치였다. 보통은 그냥 아무것도 시키지 않고 시간을 보내거나 편의점에서 사 온 저렴한 크래커를 옷주머니에 넣어두고 배고플 때 몇 개씩 몰래 꺼내서 먹곤 했다. 돈이 있을 땐 가끔 천오백 원이나 이천 원에 먹을 수 있는 파이를 시켜 먹거나 육백 원짜리 콘 아이스크림 한두 개를 먹고 허기를 때울 때도 있었다. 아이스크림콘처럼 단 거를 먹으면 돈 별로 안 들이고 잠시 허기를 잊을 수 있어 좋았다. 가끔 프리미엄 햄버거를 아무 망설임 없이 사 먹는 부잣집 친구들이나 어른들을 보면 가영도 어서 커서 돈 많이 벌어서 먹고 싶은 비싼 햄버거를 세트 메뉴로 맘껏 먹어야겠다는 생각도 했다.

가끔 갈 곳 없는 노숙인들도 와서 추위를 피해 밤을 새우고 가기도 하잖아. 그래도 내쫓지는 않잖아. 외국이라면 다를 것 같기도 한데…. 매장이 넓고 직원들이 바빠서일 수도 있겠지만 우리나라가 예부터 집에 찾아오는 손님 잘 대접해서 보내는 풍습이 있어서일 수도 있을 거야. 옛날 양반가에서는 거렁뱅이가 찾아와도 밥 한 끼 대접하고 사랑방에서 재워주고 보내곤 했다잖아. 아마 우리 민족에게 아직 그런 정이 남아 있는 것 같아.

1/3은 충전된 것 같은데…. 이제 그만 나도 가봐야 할 것 같은데….

네. 출발해요.

안 가?

어딜요?

집에 가든지 맥도날드에 다시 가든지. 각자 갈 길 가자고. 나 바빠. 난 동해로 출발한다고.

저도 간다니까요.

안 된다니까.

저도 안 된다니까요.

이렇게 고집부릴 거면 충전기 연결하자마자 진작에 출발했으면 좋았을 걸. 곧 길 막힐 텐데…. 진혁이 작은 목소리로 투덜거리듯 말했다.

아니. 내가 처음부터 따라간다고 했으면 여기 태워주셨겠어요?

그건 그렇고 어쨌든 내가 널 잘 모르는데 어떻게 이렇게 널 태우고 갈 수 있겠어? 가까운 곳도 아니고. 집에서 허락은 받아야지.

가영은 토라진 척 얼굴을 돌려 창밖을 내다봤다.

그럼 십 분만 더 충전해 줘요. 핸드폰이 오래돼서 그런지 금방 배터리가 닳아요.

알았어. 그럼 딱 십 분이다.

삐친 표정의 가영은 고개를 돌려 창밖을 계속 바라봤다. 피곤한 표정의 진혁도 휴대폰을 보는척하며 아무 말 없이 있었다.

엄마 손길이 뻗치지 않는 먼 곳으로 가려 했던 바람이 어쩌면 뜻하지 않게 쉽게 이뤄질 것 같다. 우연히 만난 이 아저씨가 나를 아무도 모르는 그 먼 곳으로 데려다줄 수 있을 것 같다. 아무래도 낯선 곳에서 밥이라도 먹고 지내려면 우선 얼마간의 돈은 있어야 하겠지? 아저씨를 꼬드겨 돈을 빌리거나 그것도 어려우면 미안하지만 지갑에서 돈 좀 몰래 빌려 도망쳐야지. 그래, 돈을 빌리려면 우선 있는 척 좀 해야 할 것 같은데…. 너무 없어 보여선 안 되겠지? 나중에 엄마가 빌려준 돈 두 배로 갚는다고 얘기하고 잘 구슬려서 돈을 빌려볼까? 나중에 속았다는 걸 알아도 돈 얼마 때문에 나를 찾아 쫓아오거나 경찰에 신고하진 않겠지? 그래도 동네 이웃이고 한때는 내가 가게 손님이었는데…. 그래 놓쳐선 안 될 아주 좋은 기회가 내게 찾아온 거야. 가영은 창밖을 내다보며 혼자만의 상상에 잠겼다.

아니 그냥 잘 꼬드겨서 잠시라도 나랑 같이 지내게 해볼까? 만약 그게 어렵다면 바다까지 가서 회라도 근사하게 얻어먹고 헤어질까? 헤어지고 나면? 나 혼자서라도 동해 바다 근처 번화가를 찾아가 밤새 숙식이 가능한 PC방이나 만화방에서 일자리를 알아보면 되겠지. 어떻게든 되겠지. 아니면 동네 포차 이모가 그랬던 것처럼 여관이나 민박집 찾아가서 사정사정해서 후불로 달방 얻어서 지내고 술집이나 다방 같은 데서 일하면서 빨리 돈을 모아야지. 가게를 열 수 있는 보증금하고 1년 치 월세 천만 원 정도 모으면 나의 꿈인 작고 예쁜 애견샵을 여는 거야. 공부 스트레스도 더 이상 참기 힘들고 애들한테 가난하다고 왕따 당하기도 싫고 일진 선배들 피해 다니며 지금처럼 아슬아슬하게 더 이상 살고 싶지 않아. 이유 없이 갑자기 변해버린 엄마의 모습도 더 이상 보고 싶지 않고 알콜 중독자처럼 변해버린 엄마의 술주정 같은 푸념과 잔소리도 그만 듣고 싶어. 그리고 무엇보다 지난밤 악몽 같았던 그런 일로부터 벗어나고 싶어. 그래 무조건 이 아저씨를 따라 이 지긋지긋한 동네로부터 아주 아주 먼 곳으로 가야지. 동해까지 가서 난 그냥 사라지는 거야. 엄마로부터 학교로부터 나를 아는 모든 사람들로부터 잊히는 거야. 그리고 새로 태어나는 거야. 아무도 나를 찾지 않겠지. 동해 바다에 가면 난 기억을 잃고 실종된 사람처럼 새로운 인생을 사는 거야. 지금까지의 가영은 더 이상 없는 거야. 알에서 부화한 바다거북 새끼들이 온갖 역경을 뚫고 모래사장을 기어 목숨 걸고 망망대해 자유의 바다로 뛰어들어 새로운 세상으로 나가듯이 나도 지금 그렇게 동해 바다를 향해 가고 있는 거야. 그 많은 새끼 거북들 중에서 그 넓은 바다를 떠돌다 어릴 적 떠났던 그 해변으로 되돌아오는 거북이 얼마나 될까? 나도 지금 떠나면 아마도 한동안 다시는 아니 어쩌면 영원히 이곳으로 돌아오지 못할지도 모를 거야. 영원히…. 가영 혼자 상상의 나래를 펴는 사이 한 시간 같은 십 분이 또 지났다.

십 분 다 됐네. 이제 거의 반 가까이 충전됐네. 이제 어서 가. 나도 빨리 출발해야 돼.

가영은 아무 말이 없었다. 자고 있는 것 같았다.

진혁은 가영의 어깨를 가볍게 흔들어 깨웠다. 자는 척 연기를 하고 있는 가영은 아무런 대꾸도 하지 않았다.

진혁은 조금 더 세게 가영의 어깨를 앞뒤로 흔들었다.

가영, 일어나. 집에 가야지. 십 분 지났어.

역시 아무런 반응이 없었다.

좀 더 세게 흔들어 볼까 생각하다 진혁은 잠시 멈추고 가영이 눈뜨길 기다려 봤다. 가끔 호프집에 오는 술 취한 손님들이 마감 때까지 자리에서 졸면서 일어나지 않으면 깨워서 집에 돌려보내야 하는 게 참으로 고역일 때가 있었다. 그나마 남자 손님들은 흔들어서 깨우면 되지만 여자 손님들은 절대 몸에 손을 대지 말라고 신신당부했던 주인아저씨 말이 문득 생각났다. 나중에 성추행으로 신고당할 수 있다고 주인아저씨가 주의를 준 것이 기억 나서 진혁은 가영의 어깨를 만지는 걸 그만두었다. 대신 목소리 톤을 높여서 이름을 계속 불렀다.

가영, 일어나. 어서 일어나라고. 나 이제 출발해야 돼. 가영은 꿈쩍도 안 했다.

에이 모르겠다. 그냥 같이 갈까? 가다 서울 벗어나기 전에 다시 한번 깨워봐서 일어나면 전철역이나 버스 정거장 근처에 내려주고 난 강원도로 가면 되겠지. 아니면, 그냥 같이 갈까? 잠을 푹 자지 못해서 운전하다 졸릴까 봐 조금 걱정되었는데 가영이 옆에서 말동무라도 해주면 심심하지도 않고 졸리지도 않아 좋을 것 같단 생각도 들었다. 진혁은 잠시 생각에 잠겼다. 하지만, 서로 잘 알지도 못하는 사이에 이렇게 무작정 같이 가도 되는지 혼란스러웠다. 가영이 집을 나와 밤을 새운 이유도 솔직히 잘 이해가 안 되었고, 혹시 부모님이 애타게 찾고 있는 건지도 모르겠단 생각이 들었다. 무엇보다 엄마가 많이 걱정하실 텐데 허락은 받고 가는 게 좋을 것 같았다. 휴대폰 문자가 왔다는 핑계로 깨워봐야겠단 생각이 문득 들었다.

가영아, 어서 일어나 봐. 문자 온 것 같은데.

가영은 그 소리에 졸린 눈을 비비는 척하며 고개를 돌려 휴대폰을 만졌다. 역시 효과가 있었다.

아니야. 내가 잘못 들었나 봐. 나한테 온 문자인 것 같네. 미안. 이제 충천 많이 된 것 같으니까 어서 일어나서 가. 진혁이 가영의 휴대폰에서 충전핀을 빼며 말했다.

같이 갈 거라니까요.

안 된다니까.

저도 안 된다니까요.

정말 같이 갈까? 나도 지금 조금 졸린데 네가 조수석에서 잠 안 오게 말 걸어주면 좋을 것 같긴 한데. 하지만,

뭐가 하지만이에요. 거기까지만 말해요. 더 말하지 마요. 가영은 손을 뻗어 진혁의 입을 가리는 시늉을 하며 말했다.

가영은 같이 갈 수 있을 거란 희망에 감았던 눈을 크게 뜨며 미소를 참으며 서서히 몸을 일으켰다.

네가 맥도날드에서 밤을 새운 것도 조금 이상하고 그래서 사실 혹시 가출했거나 사고 쳐서 지금 너희 엄마가 애타게 널 찾고 있는 건 아닌지 경찰에 가출이나 실종 신고해 둔 건 아닌지 하는 생각까지 들었어. 지금 이 시간에도 집에서 잠도 못 자고 너희 부모님이 널 애타게 찾고 있는 건지도 모르겠고 말이야. 혹시 나 졸지에 어처구니없이 어린 여학생 납치범 되고 그러는 거 아냐? 아니면 너 사고 치고 도주하고 있는데 널 도와줘서 나중에 나까지 범인 도피죄로 같이 쫓기게 되는 거 아니냐고? 경찰들이 CCTV 조회해서 내가 휴대폰을 미끼로 너를 꼬드겨서 차에 태우고 납치해 간 걸로 생각하면 어떡하냐구? CCTV에는 우리 대화 음성은 안 나올 거 아냐? 어린 여자 꼬셔서 나쁜 짓 하고 나서 저 어디 강원도 산골 인적 드문 으슥한 곳으로 묻으러 가는 걸로 알고 경찰이 나를 쫓아오면 어쩌냐구?

이상한 영화를 너무 많이 보셨네요. 아저씨. 가영은 어이없다는 듯 말했다.

그러니까 나랑 같이 동해 가려면 딱 한 가지만 해줘. 지금 엄마한테 전화해서 동해 바다 간다는 말 안 해도 좋으니까 오늘도 친구네서 놀다가 하루 더 자고 간다고 거기까지만 허락받아 봐. 내가 들을 수 있게 스피커폰으로. 난 옆에서 조용히 있을 테니까.

지금 이 시간에 어떻게 전화해요. 엄마 늘 피곤해서 토요일 아침엔 늘 늦잠 자요. 아마도 어젯밤에도 술 마시고 새벽에 잠들었을 거예요. 그리고 이 시간에 내가 엄마한테 전화하면 뭔 일 생겼나 하고 더 놀랄 거예요. 이렇게 일찍 전화하면 '우리 딸이 무슨 큰 심경의 변화라도 있는 건 아닌가?' 하고 걱정하실 거라고요. 늦은 밤에도 전화 안 하던 애가 이렇게 아침 일찍 전화해 봐요. 이상한 생각 안 들겠어요? 죽으려는데 마지막으로 엄마한테 목소리 한번 들려주고 가려고 전화했나? 그렇게 생각할지도 모른다고요.

그런가? 하기야. 전화 걸기엔 너무 이른 시간이지. 하물며 보통때 전화 한번 안 했다면 이 새벽 시간에 전화 갑자기 오면 놀라시겠어. 그렇다고 점심 무렵까지 기다렸다가 허락받고 출발할 수는 없고…. 이를 어쩌나. 진혁은 또 가영의 말에 말리고 말았다는 듯한 난감한 표정을 지으며 중얼거리듯 말했다.

가영은 삐친듯한 표정을 짓고 다시 고개를 창밖으로 돌리며 말없이 자는척했다.

몰라요. 그냥 나도 바다 보러 갈래요. 바다에 도착하면 깨워줘요, 라고 졸린듯한 목소리로 가영이 고개를 돌린 채 중얼거렸다.

진혁은 난처했다. 어서 빨리 떠나야 길이 막히지 않을 텐데….

에라이 나도 모르겠다. 그래 그럼 출발한다. 또 이따 뭐라 하지 말고. 강원도 가는 길에 차 돌려 서울로 다시 데려다 달라고 하기 없기다. 차의 시동을 걸며 진혁이 말했다.

자는 척 연기를 하고 있던 가영은 잠에서 덜 깬듯한 졸린 목소리로 작게 네…. 하고 아이가 웅얼거리듯이 작은 목소리로 말했다.

그래 나도 너한테 파도치는 강릉의 그 멋진 바다 풍경을 보여주고 싶긴 해. 정말 네가 동해 바다에 가본 적이 없다면 정말 좋을 거야. 파도치는 웅장한 동해의 바다 모습을 정말 본 적이 없다면 말이야. 그러고 보니 늘 나 혼자였네. 그 멋진 동해 바다의 파도치는 풍경을 바라봤던 기억 속에 진혁은 늘 혼자였다. 그래 그때마다 그런 생각이 들었었지. 정말 혼자 보기 아까운 풍경이라고. 동네 좁은 차도를 천천히 벗어나며 진혁은 흘깃흘깃 가영의 잠든 옆모습을 바라보며 속으로 생각했다.

김밥 패딩이라 부르는 검정색 긴 점퍼를 입고 흰색 나이키 야구 모자를 푹 눌러쓴 채 가영은 그새 다시 잠이 든 듯 눈을 감고 있었다. 풍성하고 긴 갈색 머리가 목 뒤에서 가슴 쪽으로 폭포처럼 흘러나와 패딩 위 봉긋하게 솟아오른 가슴 부위에 뱀이 똬리를 틀 듯 엉켜져 연못처럼 고여 있었다. 럭비공처럼 어디로 튈지 예측할 수 없는 톡톡 튀는 개성 있는 성격, 넓은 초원 위를 거침없이 뛰어다니는 힘세고 강인한 야생마처럼 절대 누구에게도 길들여지지 않을 것 같은 야성미는 오뚝하게 솟은 콧날과 잘 어울려 보였다. 친구들한테 배웠는지 아직은 어설프게 그린 조금은 과한듯한 눈 화장, 애교살 화장이 오히려 더 학생티가 나 보였지만 두꺼운 패딩 위로도 풍만하고 봉긋하게 부풀어 오른 가슴이나 붉은 립스틱이 칠해진 야무진 입매와 턱은 도도한 관능미 가득한 영락없는 성숙한 아가씨의 외모였다. 붙인 눈썹 같아 보이지 않는 긴 속눈썹, 말할 때 뚫어지게 상대방을 쳐다보며 말하는 크고 깊은 오묘한 눈에는 자신감이 가득했지만 어딘가 모를 슬픔 또한 옅게 배어 있었다. 가영이 눈을 감은 사이 천천히 동네 길을 운전하며 진혁은 가영의 얼굴을 찬찬히 바라보았다. 민증을 확인하지 않고 가영을 보고 미성년이라 말할 수 있는 어른은 아무도 없을 거란 생각이 들었다.

가영은 자는 척 연기까지 하느라 신경을 많이 써서 그런지 갑자기 급피곤해져서 정말로 다시 잠이 들고 말았다. 진혁은 쌔근쌔근 코로 숨소리를 내며 잠이 들어버린 가영의 모습을 걱정스럽지만 호기심 가득한 눈길로 바라보았다. 참으로 독특한 아이다. 그리 잘 알지도 못하는 사이이면서 먼 동해까지 함께 따라가겠다고 차에 타서 저렇게 태평스럽게 잠이 든 걸 보면 사람을 잘 믿고 따르는 밝은 성격이거나 아니면 반대로 혼자 있는 걸 싫어하고 외로움을 잘 타는 성격일지도 모를 거란 생각이 들었다. 좁은 동네 차도를 벗어나 큰길에 들어선 진혁은 급한 마음에 속도를 조금 높여 전방을 주시하며 말없이 운전하기 시작했다.

The Way We Were

　　가영을 데리고 갈 건지 말 건지 마음속 갈등이 끝나고 조수석에 앉은 가영도 조용히 잠들자 잠시 동요되었던 진혁의 마음 역시 차분해졌다. 그러자 잠시 잊고 있었던, 아니 애써 억누르고 있던 그녀의 생각들이 불쑥 그 자리를 메우고 들어섰다. 이별 후 아픈 기억들이 수면 위로 다시 떠오르기 시작했다. 이별의 아픔을 잊기 위해 술로 지샜던 많은 밤들, 홀로 새벽녘에 찾았던 서해 바닷가 해변의 쓸쓸한 풍경들이 떠올랐다. 얼마 전 혼자 새벽 일찍 다녀왔던 강화도해변. 괴롭고 힘들 때면 찾고 싶은 바다. 무섭게 파도치는 동해 바다를 보며 괴로움을 파도에 실어 모두 부숴 날려버리고 싶었지만 저녁에 다시 가게로 일을 하러 가야 했기에 선택한 곳은 가까운 강화도 동막해변과 근처 포구였다.

물 때를 보고 도착해서 해변 모래사장 가득 바닷물이 차오르는 만조 때 바닷물에 발을 담그고 서서히 물이 빠져 드넓은 갯벌이 드러나는 간조까지 멍하니 서서 바람을 맞으며 바다를 바라보았다. 밀물처럼 형언할 수 없는 행복이 자신에게 가득 밀려들어 오는 것 같다가 다시 썰물처럼 그렇게 가득했던 바닷물이 홀연히 사라질 땐 그 행복마저 함께 떠나버린 듯한 허무함에 마음이 아팠다. 행복은 저 갯벌을 채웠다 다시 공허하게 사라지는 밀물과 썰물처럼, 차오르면 언젠가는 또다시 비워내야 하는 것일지 모른다고 생각했다. 영원한 행복은 없다. 이별 후 감내해야 했던 지독한 슬픔은 가슴 떨리고 행복했던 사랑의 감정을 느끼기 위해 지불해야 하는 대가였는 지도 모른다.

그래서 어쩌면 이곳 동막해변에서 머물며 시를 쓰던 어느 시인이 그런 시를 남겼는지도 모른다. 이 동막해변의 거대한 뻘 반죽은 쉽게 만들 것은 아무것도 없다는 물컹물컹한 거대한 말씀이라고. 수천수만 년 밤낮으로 소금물을 개고 또 개지만 바다는 무엇을 함부로 만들지 않는 법을 몸소 펼쳐 보여주는 물컹물컹한 깊은 말씀이라고…. 그래 어쩌면 시인의 말처럼 난 그런 사치스런 사랑탑을 쌓아 올리기 힘든 이 시커먼 뻘 같은 운명을 타고났는지도 모른다. 그 시를 만나고 처음으로 글이 쓰고 싶어졌다. 하고 싶은 것, 되고 싶은 것 하나 없이 그저 돈 버느라 정신없이 살던 인생에 처음이자 마지막으로 하고 싶은 일이 생겼다. 죽기 전에 시인처럼 삶에 지쳐 허덕이는 누군가에게 조금이나마 위로와 희망과 용기를 줄 수 있는 시를 쓰고 싶었다.

　추위에 시끄럽게 요동치던 자동차 엔진 소리가 잠잠해질 무렵 익숙한 동네 술집과 상가들이 모여 있는 거리가 눈앞에 나타났다. 아직도 깊은 잠에서 깨어나지 못한 듯 상가 건물들이 어둠 속에 조용히 잠들어 있었다. 한 상가 건물을 지나칠 무렵 진혁은 순간 고개를 돌려 한 가게의 간판을 한참 응시하였다. 그녀가 일한다고 말했던 네일샵이었다. 생각하지 않으려고 애쓰면 쓸수록 덜 아문 상처에 소독약을 계속해서 바르는 것처럼 아직은 쓰라리고 아픈 기억으로 떠오르는 그녀. 진혁보다 세 살이나 나이가 많았던 그녀. 우연처럼 갑작스럽게 다가와 운명처럼 느껴졌던 인연. 헤어지지 않았다면 아마도 지금 이 차 조수석에 앉아 웃으며 함께 있었을지도 모를 그녀. 아직도 환청처럼 들리는 그녀의 웃음소리. 코끝을 간지럽힐 것만 같은 그녀의 향수 그리고 잔잔한 호수 위 파문 같았던 그녀의 미소. 모든 것이 여전히 그리웠다.

　"노래 한 곡 틀어주실 수 있어요?" 그녀가 호프집에 처음 왔던 날, 진혁과 번번이 눈이 마주쳤던 그녀가 화장실에 간다며 일어서서 술에 취한 목소리로 진혁에게 처음으로 했던 말이었다. "네, 원래는 안 되는데 손님도 별로 없으니까 특별히 한 곡 틀어드릴게요." 나이 든 아저씨들이나 어린 대학생들이 어쩌다 트로트나 힙합 노래를 틀어달라고 하면 진혁은 안 된다고 거절했지만 몇 번 눈을 마주치며 그녀에게 호감을 느낀 진혁은 부탁을 거절할 수 없었다. "고마워요. 그럼 바바라 스트라이샌드의 '에버그린' 틀어주세요. 전 바바라 스트라이샌드의 노래는 다 좋아해요. 가사들이 너무 멋지지 않아요?" 그렇게 인터넷을 한참 뒤져 진혁은 무슨 말인지 알아들을 수 없는 팝송을 그녀에게 틀어주었다. 그 노래의 가사를 검색해서 알아본 건 그녀와 헤어지고 나서였다. 그 이후로 그녀는 가끔 늦은 시간에 혼자서 가게에 들러 진혁의 일하는 모습을 바라보며 맥주를 마셨고 손님이 뜸할 시간엔 가끔 노래를 딱 한 곡씩만 신청해 듣곤 했다. 그렇게 진혁은 바바라 스트라이샌드의 'Woman in Love', 'The Way We Were' 노래들을 좋아하게 되었다. 그 노래들 중 진혁의 마음에 가장 와닿았던 노래는 'The Way We Were'이었다. 그 노래가 흐르는 동안 가게 안 평범한 풍경은 마치 로맨틱 영화 속의 멋진 한 장면으로 바뀌어 있는 것 같은 착각이 들 정도였고 그 음악을 들으며 누군가를 바라보면 마치 큐피드의 화살에 맞은 듯 금세 사랑에 빠져버릴 것 같단 생각마저 들었다.

  그녀와 더욱 친해지게 된 건 가게 마감 시간에 마지막 손님이었던 그녀가 계산을 하고는 진혁을 보고 씨익 웃으며 가게 문을 열고 나간 그날부터였다.
  "오징어 회 좋아해요? 저랑 소주 한잔 어때요? 세탁소 옆 실내포차에서 기다릴게요."
  테이블을 치우러 간 진혁의 눈에 냅킨에 쓰여 있는 그녀의 메모가 보였다.

목소리가 좋아요. 요새 애들이 쓰는 말 있잖아요. 굵은 저음의 동굴 목소리. 그리고 체격도 좋고 뭔가 사람을 궁금하게 만드는 묘한 매력 같은 게 느껴졌어요. 저 그때 노래 신청하면서 처음 진혁 씨 목소리 듣고 많이 놀랐어요. 정말 제가 좋아하는 목소리라서. 그러니까 그냥 아무 말이나 잠깐 저한테 해주세요. '애국가' 가사나 윤동주의 '서시'라도 좋으니 그냥 아무 말이나 해주세요. 진혁 씨 목소리라면 한 시간이라도 반복해서 들을 수 있을 것 같아요. "제가 어디가 좋아요?"란 진혁의 물음에 실내포차에서 소주를 한 병 더 마시고 술에 취한 그녀가 한 대답이었다.

진혁 씨, 교회 다녀요?

제가 그렇게 보여요?

한 번도 가본 적 없어요?

네.

앞으로 저랑 같이 다니면 되죠.

그렇게 가끔 자정이 넘어, 그녀는 가게 마지막 손님으로 찾아와 진혁이 가게 마감을 하는 모습을 바라보며 술을 마시며 진혁을 기다렸고 가게에서 나와 함께 근처 포차에서 소주를 마시고 대화를 나누며 서로에 대해 알아갔다. 그녀는 독실한 기독교 신자였다. 새벽 기도와 주말 예배를 빠지지 않고 나간다고 했다. 미용에 관심이 많아 자기 가게를 갖는 걸 목표로 프리랜서 메이크업 아티스트로 일하며 동네 네일샵에서도 아르바이트를 하고 있다고 했다.

제가 장동건이나 정우성처럼 잘생긴 것도 아니고 남들처럼 안정적이거나 좋은 직장을 다니는 것도 아닌데 왜 저를 좋아하세요? 더 깊은 관계로 발전될 것 같은 부담에 이제 그만 찾아오세요, 라고 진혁이 술김에 용기를 내어 속에 없는 말을 했을 때도 그녀는 웃으며 말했다.

여자들이 다 장동건이나 정우성 같은 잘생긴 남자들 좋아할 것 같아요? 아니 좋아는 하겠죠. 다가갈 수 없을 뿐이죠. 좋아해도 같이 사는 건 부담스럽겠죠. 그렇게 잘생긴 사람들하고 잠깐 연애를 하는 거면 몰라도 평생을 같이 산다고 생각해 봐요. 얼마나 불안하겠어요. 이 남자가 밖에 나가 바람을 피우고 다니진 않을지, 여자 만난다고 밖에 나가 여기저기서 돈을 펑펑 쓰고 다니는 건 아닌지 이래저래 힘들고 부담스럽지 않겠어요? 그냥 편하면서 믿음이 가고 끌리는 외모가 있어요. 아주 잘생기진 않았는데 어딘가 똑똑해 보이고, 남들과 다른 독특한 매력이 있고, 뭔가 어수룩해 보여 귀엽기도 하고, 자꾸 보고 싶고, 생각나고, 그래서 같이 있고 싶어지는 그런 얼굴, 저한텐 진혁 씨가 딱 그래요.

첫인상은 과묵하고 조용해서 재미없어 보였지만 약간 슬퍼 보이는 듯한 그 우수에 찬 눈도 그렇고, 그리고 뭔가 저랑 대화가 잘 통할 것 같기도 했고, 그리고 또 그거 알아요? 되게 스마트해 보였어요. 왜 있잖아요. 가끔 오지에 사는 자연인들 나오는 방송 보면 평생 소 키우며 농사만 짓거나 가정 형편이 어려워 무학이거나 초등학교만 나오고 막일을 하면서 사셨다는데도 아주 지혜롭고 똑똑해 보이는 분들이 있잖아요. 혼자서 몇 달 만에 뚝딱 집을 짓기도 하고, 구들도 놓고, 기발한 장치들도 별일 아니라는 듯 금세 만들고, 멀리서 물을 끌어와 밭에 물을 대고, 연못도 만들고, 분수도 만들고, 물레방아도 만들고, 그리고 남자들인데도 반찬들이나 요리는 왜들 그리 다 잘하는지…. 직접 장도 다 담그고 김장도 하고 그러잖아요. 그런 모습 보면 학교에서 많이 배우진 않았어도 정말 똑똑하고 지혜롭단 생각이 들어요. 저렇게 모든 일을 다 잘하는데 어릴 적 형편이 좋아 남들처럼 제대로 교육을 받았다면 저분들 중에서도 박사가 되어 교수가 되었거나, 의사나 변호사가 되었거나, 장관이나 관료, 아니면 기업인 같은 큰 인물이 여럿 나왔을 수도 있겠다, 하는 생각도 들곤 했어요. 제가 보기와 다르게 관상을 좀 보고 믿는 편인데, 진혁 씨를 볼 때마다 그런 생각이 더 들었어요. 분명 잘할 수 있는 분야가 여러 개 있고 그쪽으로 더 크게 될 사람 같아 보여요. 그래서 말인데 진혁 씨가 그런 사람이 될 수 있게 제가 도울 수 있다면 얼마나 기쁘겠어요?

어느 날은 기분이 많이 들떠서 초저녁부터 가게에 찾아와 어젯밤에 진혁 씨 꿈을 꿨다며 꿈과 해몽에 대해 들려주기도 했었다.

꿈속에서 제가 주방에 있는 진혁 씨를 쳐다보며 술을 마시고 있었는데 갑자기 진혁 씨가 쓴 그 모자가 커다란 닭 벼슬처럼 보이는 거예요. 그리고 진혁 씨 등 뒤로 닭의 꽁지깃이 높게 올라와 천천히 흔들리는 게 보였어요. 너무 신기한 꿈이라서 옆 가게 아주머니한테 물어봤는데 글쎄 진혁 씨가 관운이 있다는 거예요. 성공운이라고 했나? 공부를 했으면 박사가 되어서 교수를 하고도 남을 꿈이라는 거예요. 그래서 지금 그 얘기해 주려고 이렇게 막 달려온 거예요. 교회를 열심히 다닌다면서도 사람 관상을 보고 꿈 해몽을 믿는 여자. 그렇게 조금은 빈틈이 있어 보여서 어쩌면 그녀가 더 편하고 인간적으로 느껴졌는지도 모른다.

　진혁 씨는 공부는 어디까지 했어요? 전공이 뭐예요? 이어진 그녀의 질문에 진혁은 "고등학교 마치고 바로 군대 갔고 제대 후에 대입 시험 준비를 다시 하려고 했었는데 사정이 있어 쭈욱 일을 하게 됐어요."라고 솔직하게 대답을 했다. 아니, 차마 대입 시험을 얼마 남기지 않고 고등학교를 자퇴했다는 말까지는 부끄러워서 하지 못했다.
　지금부터라도 늦지 않죠. 가게 쉬는 시간에 공부하는 거예요. 낮에 공부하고 밤에 가게 열고. 물론 힘들겠죠. 그러니까 어서 교회를 함께 다녀요. 신앙의 힘으로 그런 난관들을 다 극복할 수 있을 거예요. 그래도 정 힘들면 진혁 씨는 공부만 해요. 내가 뒷바라지할 테니까요. 그렇게 말할 정도로 이미 진혁은 그녀의 마음속 가득히 들어와 있었다.

　"저희 아버지 보면 앞으로 교회 열심히 다니겠다고 약속만 하면 돼요. 인사드리자마자 그 다짐부터 해요. 우선은 그렇게 하겠다고 꼭 말씀드려요." 사귄 지 몇 달이 지나고 진혁을 한번 보고 싶다는 그녀의 아버지 성화에 못 이겨 교회 근처 카페로 인사를 드리러 갔을 때 그녀가 당부했던 말이었다. 전혀 그녀와 닮지 않은 그녀의 아버지라는 남자. 그녀의 아버지라고 하기엔 너무도 젊어 보였던 외모. 그녀를 얼마나 사랑하는지, 진혁이 어떤 사람인지에 대해 궁금한 것보다 오로지 하나님 얘기, 신앙 생활, 기부 및 봉사에 대한 얘기 그리고 호프집 매출과 진혁의 수입에만 관심을 보이던 그녀의 아버지란 사람. 당장 내일 새벽부터 기도하러 나올 수 있겠냐는 물음에 문득 떠오른 지장경 책 표지가 눈에 아른거려 진혁은 차마 그러겠다고 말을 할 수 없었다. 어머니와 외할머니가 매일 새벽 그리고 잠들기 전 자신을 위해 독송하는 불경. 그 책 표지 속의 부처님이 떠올라 차마 입이 떨어지지 않았다. 그리고, 호프집 매출은 사장이 아니고 직원이라 잘 모른다고 대답했다. 한동안 침묵이 이어졌고 어색한 분위기 속에서 진혁은 자리에서 먼저 일어나 가게에 가봐야 한다고 말하고 그곳에서 도망치듯 빠져나왔다. 결국, 그날이 그녀와의 마지막 만남이 되었다. 그녀가 그렇게 부탁했던, 어쩌면 그렇게 어려운 일이 아닐 수도 있던 그 간절한 부탁을 진혁은 차마 들어줄 수 없었다.

제대 후 매일매일 먹고살기 위해 일하느라 다른 사람에게 마음을 줄 여유가 없던 진혁. 더구나 치료가 어렵다는 병에 걸린 걸 알게 된 후론 어떤 여자에게도 먼저 다가서거나 맘을 열지 못했던 진혁이었다. 어느 누구도 또한 그런 진혁에게 먼저 관심을 갖고 다가오거나 그녀처럼 진혁의 능력을 믿어주고 잠재력을 일

깨워 준 사람은 없었다. 그녀를 알고 미래가 없고 암울했던 인생에 생각지 못했던 기대와 즐거움이 찾아왔고 참으로 오랜만에 열심히 살아봐야겠다는 다짐도 했었다. 돈을 열심히 벌어서 집을 구할 수 있는 목돈을 마련하고자 했고 더 나은 사람이 되어야겠다는 다짐도 했었다. 하지만 그녀와 헤어지며 그 각오와 계획들은 그녀와 함께 바람처럼 사라졌다. 그녀뿐만 아니라 진혁의 삶과 미래 역시 통째로 사라져 버린 듯한 상실감에 사로잡혀 지냈다. 그녀를 만나고 설렜던 순간들, 앞으로 닥칠 어떤 고통과 불안도 그녀를 위해서라면 이겨낼 수 있을 거라 믿게 해줬던 최면과도 같았던 사랑의 힘은 헤어날 수 없는 절망으로 변했다. 잠시나마 그녀 때문에 행복했던 인생이 그 전보다 몇 배는 더 우울하고 어두운 고통의 나락으로 롤러코스터를 타고 한순간에 밑바닥까지 추락한 것만 같았다. 그런 인연을 다시 만날 수 있을까? 그녀를 만나기 전의 삶으로 차라리 돌아가고 싶을 정도로 그녀가 떠난 후의 삶은 고통스러웠다.

삶의 의미를 모두 잃어버린 듯한 허무감에 애써 참아왔던 죽음의 유혹도 다시 떠올랐다. 그렇게 술에 취해 한강대교까지 갔었다. 그렇지만 무섭게 흐르는 시커먼 겨울 한강물을 한참을 바라보고 있자니 도저히 뛰어내릴 용기가 나질 않았다. 군 시절 한겨울 부대 인근 계곡에서 냇가 얼음을 깨고 차가운 물에 몸을 담그고 동계 침투훈련을 하던 때의 그 몸서리치게 추웠던 악몽 같은 기억이 떠올라 도저히 뛰어내릴 수 없었다. 제대 이후 한여름에도 사우나 가서 냉탕에 선뜻 들어가지 못할 정도로 차가운 물이 몸에 닿는 걸 싫어하게 된 진혁은 한참을 고민하며 강물을 바라보고만 있었다. 바라볼수록 온몸을 쥐어짜듯 죄여오는 차가운 얼음물의 공포에 짓눌려 전혀 숨을 쉴 수 없을 것만 같았던 그날의 기억이 떠올랐다. 춥고 숨쉬기 힘들어서 차가운 물 속에서 벗어나려고 고개를 조금이라도 들고 일어서면 등 뒤 먼 곳에 놓인 조교 기관총에서 뿜어져 나온 수많은 총탄들이 철모 바로 위를 쓩쓩 하고 바람 가르는 소리를 내며 날아다녔다. 딱 두 눈이 수면 위에 걸쳐 있을 정도로만 몸을 낮추고 전진해야 기관총은 불을 뿜지 않았다. 조금이라도 일어서려고 하면 등 뒤에서 "고개 숙여! 적군의 총에 다 맞아 죽고 싶어?"라는 조교의 날카로운 외침이 들려왔다. 계곡 바닥의 미끄러운 돌을 헛디뎌 차가운 물을 들이켜고 허우적대다 반사적으로 고개를 물 위로 올렸던 진혁은 바로 등 뒤에서 들려오는 기관총 소리에 놀라 다시 차가운 물 속으로 머리를 처박아야만 했던 그 지옥 같던 순간이 다시 떠올랐다. 무겁고 차가운 얼음물에 질식할 것만 같은 그 순간에 군복을 뚫고 스며들어 온몸을 감싸버리는 그 얼음물의 소름 끼치도록 기분 나쁜 축축한 촉감은 차라리 죽는 게 낫겠다 싶을 정도로 싫었다. 진혁을 괴롭혀 왔던 그 악몽 같은 기억이 때론 삶에 도움이 될 때도 있다는 걸 그때 깨달았다. 아마 그 악몽 같은 기억이 아니었다면 진혁은 아무 생각 없이 차가운 한강물 속으로 뛰어내렸을지도 모른다.

그렇게 강물을 바라보며 뛰어내리지 못해 갈등하고 있을 때 진혁은 문득 은행에 예금해둔 삼천만 원의 돈이 떠올랐다. 어머니의 노후 자금과 비상금으로 모아두었던 소중한 예금 삼천만 원. 그 돈이 갑자기 떠오르는 순간 진혁은 도저히 한강물로 뛰어내릴 수 없었다. 그 돈을 모으기 위해 구차해 보일 정도로 안 쓰고 아끼며 살았던 지난날들이 떠올랐다. 혹시 지금 내가 이 세상에서 사라져 버린다면 그 돈은 어떻게 되는 것인지, 은행이나 국가가 내가 이 세상에 더 이상 없어도 그 돈을 잘 챙겨서 나의 직계 혈육인가 비속인가 뭐 그런 상속 관계를 다 잘 파악하고 따지고 나서 관련 절차에 따라 과연 나의 바람대로 어머니께 온전하게 전달할 것인가 하는 미처 생각지도 못했던 복잡한 생각들이 머릿속을 잠식해 오기 시작했다.

이대로 한강으로 떨어져 사라진다면 나의 실종을 누가 알 것이며 나의 죽음이 인정되어야 그 돈이 나의 가족인 어머니에게 전달될 것인데 증인을 구해 와서 옆에 두고 뛰어내릴 수 있는 상황도 아니고 SNS 라이브로 점프 장면을 찍는다고 한다면 당장 앱을 깔아서 설치를 하고 사용법을 익히고 팔로워라도 한두 명 만들어야 할 텐데…. 그럴 시간도 없었다. 만일 뭔가 하나라도 일이 잘못되거나 꼬여서 그 돈이 엉뚱한 사람에게 전달되거나 어머니께 제때 전달되지 못하면 어떡하나? 아니면 법률상의 문제로 아주 오랜 시간 은행에 묶이게 되는 건 아닌지 하는 불안한 생각에 머리가 복잡해진 진혁은 어느새 뛰어내려야겠다는 생각마저 잊어버렸다. 모든 걸 버리고 뛰어내리려던 그 절체절명의 순간에 마지막으로 한 번 더 보고 싶은 얼굴이나 신을 향한 기도가 떠오르지 않고 하필 누군가에겐 그렇게 큰돈이 아닐 수도 있는 그 예금, 그렇지만 진혁에겐 전 재산인 그 돈 삼천만 원이 떠오르다니.

아니 어떻게 악착같이 모은 돈인데⋯. 그래 나처럼 힘들고 어렵게 살아온 사람에게 돈보다 더 소중한 게 있을까? 남들 좋은 옷 사 입고, 좋은 차 굴리고 맛있는 것 사 먹을 때 고시원에서 계절마다 단 두세 벌의 옷으로 계절을 나고 술도 참다 참다 정 마시고 싶으면 집 앞 편의점에서 컵라면에 팩 소주나 좋아하는 새우튀김 대신 새우깡에 캔 맥주를 마셔가며 아껴 모은 돈인데⋯. 꼭 죽어야 한다면 죽기 전에 먼저 그 소중한 돈을 어머니 통장 계좌로 이체해 놓고 죽어야겠다는 생각이 들었다. 구차하게 살아온 인생이 억울해서 그 돈 중 아주 조금은 현금으로 찾아서 한번 맘껏 펑펑 써보고 죽어야 억울하지 않을 것 같다는 생각도 들었다. 재산이 수천억, 수조인 부자나 재벌들은 저승 갈 때 어떤 심정일까? 어떻게 그 돈을 두고 갈 수 있을까? 하는 쓸데없는 재벌 걱정까지 잠시 했다. 하기야 아무리 돈이 좋다고 해봐야 사랑하는 사람이나 자식을 두고 떠나야 하는 고통스러운 마음에 비할 수 있을까? 억만금을 줘도 못 바꾸는 게 가족이고 사랑일 텐데⋯. 예전에 인터넷 방송에서 어느 유튜버가 자기가 쓴 돈이 자기 돈이지 자기가 남기고 간 재산은 결국 남의 돈이란 말을 하며 너무 아끼지 말고 자식들한테 많이 물려줄 생각도 말고 본인 인생이나 실컷 즐기며 살다 가란 얘길 들었을 때 과연 재산이 수천 억, 수조인 재벌들은 그 많은 재산 중에 얼마나 쓰고 갈까? 생각 했던 적이 있었다. 재벌이라고 매 끼니 맛난 음식을 두 그릇씩 먹 을 수 있는 것도 아니고 명품 구두를 두 켤레씩 한 번에 신을 수 있는 것도 아니고 비싼 롤렉스 시계도 하나 이상 차면 무겁기도 하고 이상하게 보일 텐데 결국 써봐야 얼마나 많은 돈을 쓰고 갈 까 하는 생각을 했다. 대부분의 돈은 결국 가족한테 상속되고 세 금이나 기부 형식으로 사회로 환원될 텐데, 결국 그렇게 많은 돈 을 모으는 건 결코 자신이 쓰고 가기 위함은 아닌 것 같다는 생 각이 들었다.

그래 내가 쓴 돈이 내 돈이고 내 재산이지, 아끼고 남기고 간 돈은 결국 남의 돈이다. 그렇게 따져보면 내게 올지 안 올지도 모를 불확실한 미래를 위해 난 얼마나 치열하게 아끼며 살아왔 던 걸까? 교통비를 아낀다고 먼 거리도 걸어 다니고 옷값 아낀다 고 늘 같은 차림으로 다니고 여윳돈이 생기면 괜히 허투루 쓸까 봐 늘 체크카드에 딱 일주일 쓸 만큼의 돈만 남기고 틈틈이 은행 에 가서 예금, 적금을 들며 궁상맞게 살아온 자신의 지난날이 떠 올랐다. 신용카드도 안 만들고 살고, 어쩌다 가는 여행 경비도 늘 최소한의 예산으로만 다녔던 자신의 지난 모습이 서글프게 느껴 졌다. 결과적으로 그날 진혁은 극복할 수 없을 것만 같았던 상실 감과 허무감에 모든 걸 포기하고 한강대교로 죽으러 갔지만, 자 살 실패한 사람에게서 들을 수 있을 평계로는 전혀 어울리지 않는 "추울까 봐." 그리고 예금 삼천만 원 때문에 죽지 못하고 살아 돌아올 수 있었다. 자살도 아무나 하는 건 아니다. 머릿속이 단순해야 가능한 일이다. 생각이 너무 복잡한 사람은 자살도 쉽게 할 수 없을 거라고 생각했다. 만약 내가 그렇게 한강물 위로 떨어져 죽었다면 사람들은 아무렇게나 내 자살의 원인을 생각해 내고 그에 맞게 동정하거나 비난했을 것이다.

죽으러 왔다가 결국엔 죽지 못하고 다시 살기 위해 집으로 돌아가며 아이러니하게도 갑자기 오래전 정말 죽으러 갈뻔했던, 그렇지만 그 무서운 죽음으로부터 어떻게든 도망가고 싶어 갈등했던 때가 느닷없이 생각났다. 군 시절 전방에서 군 복무를 했던 진혁 또래의 남자들이라면 누구나 알만한 큰 사건이 터져 전 군에 비상 경계령이 내려져 완전군장 차림으로 영내에서 일주일간 피말리는 심정으로 출동 대기했던 그 악몽 같던 시절이 생각났다. 취침도 침상에 올라가 편히 자지 못하고 발은 군화를 신은 채 내무반 바닥에 붙이고 무릎 위로만 내무반 침상 위에 걸터앉은 불편한 자세를 유지한 채 엄습해 오는 공포와 불안감에 거의 뜬눈으로 밤을 지새웠던 날들이었다. 아마도 우리가 잠이 든 새벽 무렵 북에서 미사일을 쏘아대며 전쟁이 시작되면 신병 시절 얻어터지면서 암기하고 숙지해야만 했던 전시 작전 구역으로 우리 부대원들은 각자 차량을 타고 또 행군을 해서 이동할 것이다. 만약 쏟아지는 수천수만 발의 미사일을 피해 운 좋게 살아서 최전방의 그 작전 지역에 도착한들 과연 적을 막아내고 살아 돌아올 수 있을까? 제대가 얼마 남지 않았던 한 고참은 전쟁이 터지는 동시에 수천, 아니 수만 발의 장사포와 로켓포 포탄이 전방 지역의 군 부대에 비 오듯 쏟아져서 대부분 싸워보지도 못하고 헛되이 죽을 것이라고 비장한 표정을 지으며 극도의 피곤과 공포에 떨던 후임들에게 겁을 주듯 말하곤 했다. 진혁은 제발 아무 일도 생기지 않기를 마음속으로 셀 수 없이 기도하곤 했다. 만약 전쟁이 난다면 정말 총 들고 죽음의 불길 속 전장으로 뛰어들어 가는 것이 맞는 건지 아니면 비겁하지만 살기 위해 숨거나 탈영이라도 해야 하는 건지 진혁은 수없이 갈등하고 고민했다. 며칠간에 걸친 소대장, 부대장의 애국심에 호소하던 정신 교육과 강도 높은 실전 훈련을 통해 한껏 고무된 애국심과 전우애로 전쟁이 터지면 그래도 이 한목숨 기꺼이 바쳐 조국을 위해 힘껏 싸워보겠다고 드디어 진혁이 스스로 굳게 마음의 다짐을 한 순간 거짓말처럼 일주일 째 이어진 비상 상황이 종료되고 부대는 다시 평온한 일상을 되찾았다. 정말 지옥에서 보낸 것 같은 일주일이었다.

 기억하고 싶지 않은 그 긴박했던 일주일의 악몽은 졸병이었던 진혁에게 후유증을 남겼다. 미싱하우스라 부르던 막사 바닥 물청소 작업 때문에 늘 젖어 있던 내무반 바닥에 갈라진 밑창의 군화를 신고 쪽잠을 청해야 했던 진혁의 양말은 늘 젖어 있었다. 그렇게 밤낮으로 일주일간 군화를 한 번도 벗지 못한 진혁은 난생처음 무좀을 앓았다. 무좀은 진혁이 제대한 후에도 3년이 넘게 진혁을 괴롭혔다. 시장이나 술집에서 일할 때 가끔 가려워 신발을 벗고 발가락을 꼼지락거리거나 긁기라도 하면 사장님이나 옆 가게 아줌마들이 인상을 찌푸리며 '아휴 지저분해! 좀 씻고 다녀!'라고 이래저래 핀잔을 주곤 했다. 그럴 때마다 진혁은 쑥스러운 표정을 지으며 얼른 동작을 멈추고 남들 모르게 계속 긁어대곤 했다. 그렇게 별생각 없이 핀잔을 주던 그 아주머니들은 진혁이 왜 무좀에 걸렸는지 한 번이라도 궁금해하거나 원인을 생각해 봤을까? 진혁 역시 그들에게 굳이 그걸 말해야겠다고 생각했던 적은 한 번도 없었다. 지금 일하는 치킨집에서도 진혁의 옷에서 기름 냄새가 나고 땀 냄새가 조금이라도 난다면 아마도 손님들은 자신을 잘 씻지 않고 옷을 자주 갈아입지 않는 지저분한 사람으로 쉽게 판단해 버릴 것이다. 사람들은 으레 남의 겉모습만 보고 자기들 눈에 보여지는 대로 생각하고 자기가 아는 한도 내에서 생각하고 싶은 대로 남을 평가한다. 만약, 내가 아까 아무 생각 없이 한강에 뛰어내렸다면 사람들은 나를 어떻게 평가할까? 나를 어떤 사람으로 기억할까? 내 죽음을 슬퍼해 줄 사람이 있을까?

이렇게 죽을 수는 없다. 그 악몽 같던 군에서의 일주일 동안 군인으로선 해선 안 될 비겁한 생각을 하면서까지 어떻게든 살고자 했었는데 그녀 때문에 스스로 죽기 위해 한강대교를 찾아왔다는 사실이 믿어지지 않았다. 그땐 그렇게 살고 싶어 어떻게든 도망치고 싶었는데 이젠 살기 싫다고 제 발로 걸어서 이곳까지 죽으러 왔다니…. 억울해서라도 좀 더 살아야겠다는 생각이 들었다. 진짜 죽으려면 악착같이 모은 돈의 일부라도 써보고 죽어야겠다는 생각이 들었다. 여자 때문에 받은 상처, 멋진 여자가 나오는 호화스러운 술집에 가서 분 냄새 맡으며 술에 떡이 돼 기억에서 다 지우고 가야겠다. 그렇게 돈이라도 펑펑 써보고 죽어야 억울하지 않겠다는 생각이 들었다. 한강대교로 걸어 들어갔던 방향과 반대로 천천히 돌아 나오며 어느덧 술이 깬 진혁은 다리 난간에 써 있는 많은 자살 방지 문구들을 읽으며 걸었다. 추적추적 겨울비가 내리기 시작했다. 마음에 와닿는 문구는 별로 보이지 않았다. 오히려 이렇게 많은 사람들의 염려와 애정 어린 만류에도 불구하고 만약 조금 전 한강다리 위에서 이승과 이별을 고했다 한들 세상 사람들은 눈 하나 깜박하지 않을 것 같단 생각이 들었다. 그래 아무도 모를 것이다. 세상은 저 유유히 흐르는 강물처럼 아무 일도 없었던 것처럼 계속 잘 흘러갈 것이다. 내일 아침엔 밝은 태양이 뜰 것이고 이 다리 위로 수많은 차들이 지나다니고 기쁘거나 슬프거나 고민에 빠진 사람들이 변함없이 다리 위를 떠돌 것이다.

　진혁은 난간 위에 놓여 있는 빈 박카스 병 하나를 갑자기 집어 들어 흐르는 강물을 향해 힘껏 던졌다. 눈 깜짝할 사이 강물 위로 떨어진 작은 병은 흔적도 없이 사라졌다. 뭔가 꼭 했어야만 할 의식을 치른 듯 홀가분해진 기분이 들었다. 누가 마시고 버리고 간 작은 병의 존재를 기억하는 사람은 아무도 없을 것이다. 슬퍼해 줄 사람도 없다. 그 사실이 진혁의 마음을 슬프게 그리고 기쁘게 했다. 한강물 깊숙이 사라져 버린 그 작은 병을 조금 전의 어리석었던 자신이라고 생각했다. 진혁은 천천히 발길을 돌려 걸었다. 그 순간 작은 병이 있던 난간 바로 옆에 쓰여진 자살 예방 문구가 진혁의 마음을 흔들었다.

당신을 목숨보다 더 소중하게 여기고 사랑하고 있는 어머니를 생각해서 생각을 바꿔달라는 문구였다. 어머니라는 단어에 눈물이 흘러나왔다. 한강대교를 벗어나 용산역 앞을 지나는데 허름한 주점 입구 위에 매달린 작은 스피커에서 노래가 흘러나왔다. 김종서의 '겨울비'였다. 진혁은 마치 자신을 위한 노래 같단 생각이 들어 크게 따라 불렀다.

겨울비 내린 저 길 위에는
회색빛 미소만
내 가슴속에 스미는
이 슬픔 무얼까
사랑의 행복한 순간들
이제 다시 오질 않는가
내게 떠나간
멀리 떠나간 사랑의 여인아
사랑의 행복한 순간들
이제 다시 오질 않는가
내게 떠나간
멀리 떠나간 사랑의 여인아

며칠 후 쉬는 날 진혁은 예금 대부분을 어머니 은행 계좌로 이체했다. 그리고, 큰맘 먹고 은행에서 오만 원권으로 백만 원을 찾아 평생 못 가본 화려한 강남의 룸살롱에 가보기 위해 지하철을 타고 강남으로 향했다. 우리나라에서 가장 화려한 술집들이 많이 모여 있다는 그 동네였다. 그래 오늘은 한번 흠뻑 취해서 맘껏 즐겨보리라. 오늘 딱 하루만 흥청망청 돈을 써보리라 진혁은 다짐했다. 그렇지만 고기도 먹어본 놈이 먹을 줄 안다는 말이 있듯이 진혁은 거리의 많은 화려한 술집 중 어느 것이 룸살롱인지, 어느 곳으로 가야 자신을 반겨주고 위로해 줄 여인이 있을지, 아니 몇 시부터 영업을 하는 건지, 그리고 혼자 가도 되는 건지, 갑자기 처음 서울 구경을 온 낙도 섬마을 어르신처럼 모든 것이 낯설고 막막하게만 느껴졌다. 자대배치를 받고 막사에 갓 들어선 어리바리한 신병이 된 기분이었다. 어쩌다 동네 선배를 따라 집 근처 곰팡이 냄새나는 오래된 허름한 지하 바에 가서 양주를 얻어 먹어본 적은 있었지만 화려하고 고급스러운 술집들이 많이 있는 거리에 와본 건 처음이어서 그만 그 분위기에 압도되고 말았다.

아무래도 맨정신에 혼자 룸살롱에 들어가긴 쉽지 않을 것 같아서 우선 근처 맥줏집에 들러 한잔하고 가야겠다고 마음을 먹은 진혁은 독한 술을 마시려면 맥주에 치킨이라도 먹고 속이라도 든든히 채우고 가야 할 것 같다는 생각이 들어 근처 치킨집 문을 열었다.

"어서 오세요. 얼마나 기다렸는데요." 문을 열자마자 가게 여주인이 "삼손 주류에서 오셨죠? 아까 전화했는데 왜 이렇게 늦게 오셨어요?" 반가움 가득, 짜증 조금 섞인 얼굴로 진혁을 맞았다. 빨리 와달라고 내가 전화를 몇 번을 했었는데요…. 탄산이 떨어져서 탄산통을 갈아야 하는데 이게 풀리질 않아요. 아무리 돌려도 안 돼요. 진혁을 본 여사장은 다짜고짜 진혁의 팔꿈치를 잡아끌고 주방 근처 맥주탭들이 설치되어 있는 곳으로 데려갔다. 얼떨결에 탄산통 앞에 선 진혁은 여주인이 건네주는 공구를 손에 쥐고 가게에서 늘 하던 대로 탄산통을 풀기 위해 있는 힘껏 마개를 돌렸다. 고개를 숙여보니 탭에 연결된 튜브와 탄산통을 연결하는 주입구 부분이 조금 휘어져 있어 잘 열리지 않았다. 진혁은 체중을 실어 있는 힘을 다해 몇 번을 더 돌린 끝에 탄산통을 풀고 새 탄산통을 연결해 주었다. 그리고 능숙하게 탄산통에 연결된 탭 손잡이를 뒤로 밀어 튜브에 고여 있던 탄산을 빼고 시원한 생맥주를 맥주 컵에 조금 따라 시음해 보았다. 맥주에 탄산이 잘 녹아 들어가 있었다. 당황해서일까? 아니면 갑작스레 공구를 손에 쥐고 힘을 써서일까? 진혁의 이마에는 어느새 땀방울이 고여 있었다. 고맙다며 시원한 음료수라도 한잔하고 가라는 여주인에게 진혁은 그제야 자기는 주류회사 직원이 아니라 술 마시러 들어온 손님이었는데 술집에서 일해봐서 그냥 도와드린 거라고 사실대로 이야기하고 그 가게를 서둘러 빠져나왔다.

상점 윈도우에 비친 얼굴을 보며 진혁은 손으로 이마에 맺힌 땀을 닦고 머리를 손으로 다시 만지작거렸다. 그때에서야 진혁은 유리창에 비친 자신의 모습을 정신을 차리고 제대로 볼 수 있었다. 룸살롱 같은 좋은 술집에서 놀려면 옷도 좀 빼입고 멋진 구두라도 신고 왔어야 했는데 유리에 비친 진혁의 모습은 기름때 번지르르하게 묻어 빛이 나는 낡은 운동화에 큰 주머니가 여기저기 많이 달린 카고 바지 그리고 맥주회사에서 경품으로 나눠준 맥주 상표가 크게 박혀 있는 후리스 점퍼 차림이었다. 평상시 가게에 출근할 때의 복장 그대로였다. 아끼며 산다고 브랜드 옷 한 벌 없이 살아온 진혁이 좋은 술집에 가서 대접받고 놀려면 먼저 행색부터 제대로 갖춰야겠다는 생각이 들었다. 재킷이나 코트에 정장 바지를 입고 좋은 구두 하나쯤은 신고 가야 할 것 같았다. 미용실에 들러 이발도 좀 하고 향수까진 아니더라도 좋은 스킨 화장품 하나 사서 얼굴에 바르고 가야 할 것 같았다. 진혁은 갑자기 머리가 지끈거리고 아프기 시작해 다시 한참을 지하철을 타고 동네로 되돌아왔다. 그래도 어쨌든 술집에 들렀고 자기를 반겨주는 한 여인을 만났고 그 여인 옆에서 술을 한 모금 마시고 돌아가는 길이다. 그것도 공짜로. 소기의 목적은 달성했으니 다음을 기약하기로 마음먹었다.

  지하철에서 내려 잠시 걸으니 익숙한 동네 풍경이 눈에 들어왔다. 늘 혼자 앉아 궁상맞게 혼술을 하는 편의점 전용 파라솔 밑 하얀 플라스틱 의자들을 보니 맘이 편안해졌다. 의자에 앉아 잠시 숨을 고르고 일어나 캔 맥주에 오징어포를 사기 위해 편의점 안으로 들어갔다. 마른안주 코너에서 진혁이 먹는 안주는 딱 한

가지였다. 작은 플라스틱 종지에 고추장이 들어 있는 오징어포. 가끔 다 팔려 없을 때도 있었는데 오늘은 마침 딱 한 개가 남아 있었다. 기분이 좋아 얼른 집어 들었다. 좋아하는 안주에 시원한 캔 맥주를 한 모금 마시니 더 이상 바랄 것이 없이 행복했다.

그래 이런 게 행복이지. 맘이 편한 게 제일이야! 오랜만이다! 오징어포야. 고맙다! 나를 만나려고 이 늦은 시간까지 선택 못 받고 나를 기다려 줘서…. 이 허전한 밤 너마저 못 만났으면 얼마나 서운할 뻔했냐? 진혁은 분 냄새 나는 아가씨 대신 오징어포와 대화를 하며 술을 마셨다. 그때 진혁 옆으로 편의점 옆 세탁소에서 기르는 믹스견 한 마리가 다가왔다. 가끔 목줄이 풀려 돌아다니는 개인데 한 번도 진혁에게 다가오거나 꼬리를 흔든 적이 없던 개였는데 오징어포 냄새를 맡은 건지 진혁에게 다가와 꼬리를 흔들며 아는 척을 했다. 결국 오징어포는 세탁소 멍멍이가 거의 다 먹었다. 캔 맥주를 다 마신 진혁은 컵라면에 소주 한 병을 더 사와 잔도 없이 병나발을 불며 천천히 술을 마셨다. 오랜만에 느껴보는 행복한 밤이었다. 큰돈을 쓰기로 작정하고 외출한 진혁은 결국 이만 원도 안 되는 돈을 쓰고 고시원으로 돌아왔다. 고기뿐 아니라 돈도 써본 사람이 쓸 수 있는 거란 생각이 다시 들었다.

네일샵을 지나며 서울을 벗어나기까지 진혁의 머릿속은 그녀와의 행복했던 기억들과 이별 후의 아픔, 그리고 그 후의 여러 다짐들이 떠올라 복잡했다. 그녀를 어서 잊고 다시는 여자를 쳐다도 보지 않을 거라 다짐했었다. 그러나 그러면 그럴수록 지금 그녀와 함께 있었다면 얼마나 좋았을까 하는 생각이 자꾸 떠오르는 걸 진혁은 막을 수 없었다. 조수석에 가영이 잠들어 있다. 어쩌면 그녀가 있었을지도 모를 그 자리에 여자라고 하기도 그렇고, 아이라고 하기도 그런 가영이가 고른 숨소리를 내며 세상 모르게 잠들어 있다.

44번 국도

       서울을 벗어나 한 시간쯤 달렸을까? 44번 국도가 나왔다.

  여기 고기만두도 주세요!

  꼬리를 물고 이어지던 이런저런 많은 생각들은 느닷없는 가영의 잠꼬대에 멈췄다. 진혁은 운전하며 고개를 살짝 돌려 가영을 바라보았다. 냠냠, 냠냠, 오물오물…. 꿈속에서 무언가를 맛있게 먹고 있는 듯했다. 김치만두나 새우만두를 지금 먹고 있는데 고기만두도 먹고 싶어 추가로 주문하는 중인 것 같았다. 분명 조금 전에 맥모닝을 사다 줬을 때 먹기 싫다고 해놓곤 순식간에 먹어치우더니 벌써 또 배가 고파서 무의식중에 뭘 먹고 있는 건가? 진혁은 웃음이 나왔다. 지금 가영을 깨우면 절대 안 될 것 같았다. 맛있는 거 먹고 있는데 깨우면 분명 화를 낼 것이다. 마침 그때 가영을 쳐다보느라 방심하는 사이 과속방지턱 앞에서 속도를 미처 줄이지 못하고 빠른 속도로 지나치고 말았다. 차가 덜컹 크게 출렁이며 가영이 놀라 잠에서 깼다.

고기만두 더 먹을래?

잠에서 깨어 눈을 비비며 졸린 얼굴로 진혁을 바라보는 가영에게 물었다.

네? 고기만두요? 아저씨도 고기만두 더 먹을래요?

무슨 소리야? 나 운전하고 있는 거 안 보여? 잠이 덜 깼군.

아…. 그렇지. 가영이 손으로 입을 가린 채 하품을 하며 말했다.

만두 좋아해? 우리 가다가 출출하면 휴게소에 들러 냉동만두라도 전자레인지에 돌려서 같이 먹을까?

좋죠. 갑자기 만두 얘기하니까 출출해졌어요. 단무지도 사서 같이 먹어요. 먹는 이야기에 잠이 확 깬듯한 가영의 눈빛은 어느새 밝게 빛나고 있었다.

내가 좀 이상해서 그런가 난 만두 먹을 때면 늘 떠오르는 생각이 있어.

뭔데요?

어. 그냥 그런 생각이 들 때가 있어. 전자레인지에 냉동만두를 넣고 돌릴 때면 꽁꽁 얼었던 냉동만두가 다시 부활하는 것 같은 느낌이 들어. 그래서 어릴 적 잡지에서 본 냉동인간들을 떠올리게 돼. 그들도 이 냉동만두처럼 완벽하게 부활할 수 있을까 하는 생각을 하게 돼. 심장은 정말 다시 뛸까? 동결 보존액을 빼내고 다시 채운 혈액이 혈관 속을 다시 뜨겁게 흐를 수 있을까? 몸처럼 정신과 기억도 원래대로 돌아올 수 있는 건지 궁금하기도 해. 냉동인간의 꽁꽁 언 뇌 속에 그 사람의 추억이나 기억들은 어떻게 저장되어 있을까? 하는 생각을 하거든.

네? 갑자기 냉동인간이 왜 나와요? 만두 먹는 얘기하고 있었잖아요. 아저씨 혹시 무슨 죽을병이라도 걸린 건 아니죠? 현대 의학으로는 도저히 고칠 수 없는 그런 불치병 말이에요.

가영은 놀란 얼굴로 진혁을 쳐다보며 물었다.

아니. 미안. 내가 또 쓸데없는 소릴 했네. 그냥 어릴 적에 냉동인간 기사를 읽으며 그런 것들이 궁금했었어.

그런데 걱정돼서 또 묻는 건데 너 정말 바다 가도 되는 거니? 진혁은 괜한 소릴 한 것 같단 생각에 얼른 대화 주제를 바꿨다.

와! 또 물어요? 아저씨 무슨 병 있는 건 아니죠? 결벽증인가 뭔가 하는….

결벽증? 결벽증은 아니고 집착증이나 뭐 다른 거 말하는 것 같은데. 아, 편집증이라고 하던가?

아니, 머릿속 어딘가 뇌하수체인지 뭔지 하는 그 안에다 도돌이표 같은 거라도 심어 놨어요? 도대체 같은 질문을 몇 번 하는 거예요?

네가 걱정돼서 그래.

진짜 걱정 안 해도 돼요. 울 엄마는 바빠서 저한테 관심도 없어요.

뭐 하시는데?

노래해요. 사람들 앞에서 노래 불러요. 여기저기 노래 부르러 다니느라 아주 바빠요.

가수이시구나. 와, 멋지다.

가영은 아무 말도 하지 않았다.

사실 저 집 나왔어요. 아빠가 미술 공부 계속할 거면 학교고 뭐고 다 때려치우라고 해서요. 난 그림 그리는 게 좋거든요. 아빠는 공부 열심히 해서 의사나 변호사 되라고 하세요.

담배 한 갑 살 돈도 없이 가출한 거야? 왜 돈도 한 푼 없이 가출했니?

원래 아빠가 준 카드를 썼는데 얼마 전에 아빠가 정지시켰어요. 아빠 말 안 듣는다고…. 그래서 지금은 빈털터리예요. 그렇지만 이번에 이래저래 아저씨한테 신세 지게 되면 제가 나중에 아빠한테 말해서 다 몇 배로 갚을게요. 가영은 나중에 혹시라도 얼마간의 급전이라도 진혁에게 빌려볼 요량으로 마치 잘사는 집 딸인 것처럼 거짓말을 했다.

아냐. 그럴 필요는 없어. 그런데 카드 한번 보여줘 봐. 아빠가 줬다는 카드 말이야.

없어요. 정지된 카드 뭐 하러 들고 다녀요? 집에 두고 왔어요.

또 아니? 아빠 마음이란 게 그렇잖아. 딸이 가출한 거 알면 돈 없이 밖에서 고생할까 봐 카드 정지한 거 풀어줄지도 모르잖아. 보통 딸 가진 아빠들 마음이라면 딸이 돈 없이 밖에서 지낼 생각하면 걱정돼서 아마 일이 전혀 손에 잡히지 않을 거야.

거기까진 생각을 못 했어요. 뭐 요샌 모바일 간편 송금이 잘되어 있으니까 참아보다가 정 급하면 아빠한테 문자 보내서 돈 좀 보내달라고 하면 되겠죠. 그렇지만 아마도 그럴 일은 없을 거예요. 저도 제 고집 쉽게 꺾고 싶진 않아요. 그러면 저의 화가 꿈도 날아가는 거니까요.

아빠가 많이 화나셨나 보다. 그런데 어떤 그림 그리니? 서양화? 한국화? 어느 화가를 좋아해?

아니, 그림 얘긴 지금 하고 싶진 않아요. 미술이 좋지만 그림 얘기할 때마다 잔뜩 화난 아빠 얼굴이 떠올라서요. 전 미술도 좋지만 그만큼 아빠도 좋아하거든요. 거짓말인 줄 모르는 진혁의 계속된 질문에 가영은 애써 외면하듯 대답했다.

잠시 침묵이 흘렀다. 노래방에서 일하는 엄마와 계시지도 않은 아빠에 대해 거짓말을 한 것이 가영은 맘에 걸렸다. 잠깐 같이 있었지만 아저씨의 성격으로 봐선 분명 동해로 가는 길 내내 엄마와 아빠에 대해 계속해서 물어볼 것이 확실해 보였다. 그렇다면 또 계속 거짓말을 해야 할 것이다.

저기요. 사실 저 아빠 없어요. 아빠 얘기는 거짓말이에요. 미안해요. 그냥 다른 집 애들처럼 아빠 있는 척 한번 해본 거예요. 잘사는 척도요. 처음이에요. 이런 척해보는 거. 안 어울리죠? 미안해요. 동네 애들은 다 내 형편이 어떤지 알아서 이런 거짓말 한번 해보고 싶어도 못해요. 아저씨는 날 잘 모르니까 그냥 나도 한번 그런 평범한 애들처럼 보이고 싶었어요. 어쨌든 본의 아니게 거짓말한 거 미안해요. 거짓말은 정말 저랑은 잘 안 어울리는 것 같네요. 제가 술, 담배 하고, 욕하고 막말은 가끔 해도 거짓말까지 하는 성격은 아닌데 저도 잘 모르겠어요. 왜 그런 거짓말이 갑자기 나왔는지….

진혁은 아무 말 없이 가영의 얘기를 들어주었다.

아저씨는 알고 있었어요? 내가 거짓말하는 거?

아니. 그런 생각은 전혀 안 들었어. 너에 대해서 잘 모르잖아. 그런데 그런 생각은 조금 들었어. 요새도 자식이 미술 한다고 공부 때려치우라고 하는 부모가 있나? 하는 생각 말이야.

저 착한 애도 아니지만 그렇다고 아무한테나 거짓말하는 그런 나쁜 애도 아니에요.

그래. 네 말대로 넌 거짓말하거나 허언증 있는 애처럼 보이진 않아. 눈을 보면 알거든.

사실 진혁은 가영이 아빠에 대해 말할 때 예전에 가게 주인아저씨가 해준 얘기가 떠올랐었다. 친구분들과 가게 근처 실내포차에서 술을 마시다 잠깐 가게에 들른 주인아저씨는 마감 시간 다 될 때까지 남아 있던 테이블 손님들 중에서 가영을 알아보곤 혹시라도 저 애가 나중에 치킨 포장하러 오면 감자튀김이나 음료수 서비스 두둑이 주라고 진혁에게 술 냄새 풀풀 풍기며 당부했었다. 엄마하고 둘이 사는 아이인데 그 집 아빠하고 오래전에 친했다고 말하시면서….

사실 딸 바보 아빠 나오는 드라마를 보거나 친구들이 뭐든 자기 부탁은 다 들어준다고 아빠 자랑할 때면 '나도 아빠가 있었으면 좋겠다.' 그런 생각은 한 적이 많아요. 초등학교 졸업식에도 중학교 졸업식에도 엄마만 왔었어요. 엄마, 아빠랑 동생, 언니, 오빠 가족들 다 모여 기념사진 찍는 친구들 보면 늘 부럽고 그럴 때마다 제가 위축되곤 했었어요. 아빠가 돌아가시고 나서 전 친구나 누구 앞에서도 아빠에 대한 얘길 해본 적이 한 번도 없거든요. 저도 다른 애들처럼 나를 아껴주고, 무슨 부탁이든 다 들어주는, 그런 슈퍼맨 같은 아빠가 있으면 얼마나 좋을까 하는 상상을 가끔씩 했어요. 늘 바라고 동경해서 남들 앞에서 나도 아빠가 있다고 한 번이라도 꼭 얘기해 보고 싶었는지도 몰라요. 잠시라도 그렇게 보이고 싶었었나 봐요. 그리고 제 형편에 카드가 어디 있겠어요. 엄마는 자주 아파서 요샌 일 못 나갈 때가 더 많아요. 얼마 전까지 마트에서 일했는데 마트에서 구조조정을 한다고 잘리고 나서 한참 쉬었어요. 그리고 요샌 노래를 부르러 다녀요. 여기저기 다니면서 노래 부르시죠. 그리고 미술 하지 말라고 한 건 사실 엄마예요. 아빠가 그림을 그리셨대요. 늘 가난하게 살아서 그런지 엄마는 미술 하는 아빠랑 결혼해 놓고 저보곤 미술 대학은 꿈도 꾸지 말고 미술 하는 사람은 만나지도 말라고 늘 그래요. 제가 수학 성적이 너무 안 좋아서 미술 배우고 싶다고 한 적이 있었거든요. 그런데 우리 같은 형편에 미술을 어떻게 해요? 엄마가 몰라서 그렇지 요샌 잘사는 집 애들이나 음악이나 미술로 대학 간다고 하던데…. 엄마는 그런 거에 대해 아는 게 전혀 없어요. 관심도 전혀 없는 것 같아요. 잘사는 집 애들 보면 엄마가 초등학생 때부터 좋은 중학교 보낸다고 학원 보내고, 중학교 들어가면 의사 시킨다고 그때부터 의대반 학원 보내는 집도 있다고 하는데 우리 엄마는 대학 진학 관련해서 내신이나 수능 비중이 어떻게 되는지, 대학별로 가점 비중이 어떻게 다른지, 수시랑 정시가 뭔지, 나중에 취업에 어느 학과가 유망한지, 그 과를 가려면 점수를 얼마나 받아야 하는지, 그런 거에 대해 전혀 아는 것도 없어요. 물론 학원 한번 가보란 얘길 한 적도 없고요. 다른 집 애들처럼 공부하라고 들들 볶지 않아서 좋긴 하지만 어쩔 땐 그런 엄마가 답답해 보이고 다른 엄마들하고 너무 비교되기도 해서 그냥 싫어요. 먹고사는 데 바빠서 다른 생각할 틈도 없이 그저 생존에 급급해 사는 사람처럼 보여 안타까울 때도 있고요.

  아빠와의 기억은 별로 없어요. 제가 초등학교 들어갈 무렵 아프셔서 늘 여윈 얼굴로 침대에 누워 계시던 모습만 기억이 나요. 그렇게 몇 년을 누워 계시다 돌아가셨어요. 지금도 궁금해요. 아빠가 왜 돌아가신 건지. 치료나 제대로 해보고 돌아가신 건지. 무슨 병 때문에 돌아가신 건지. 그런데 그거 물으면 엄마가 옛날 기억 떠올리고 마음 아파할까 봐 한 번도 아빠에 대해 물어본 적이 없어요. 그래서 아빠에 대해 아는 게 없어요. 아빠와 관련해서 모든 게 다 궁금한데 아는 게 없어요. 가영의 눈가에 눈물이 고였다. 가영은 말을 멈추고 고개를 돌려 창밖의 하늘을 잠시 바라보았다. 가영의 아빠는 미술을 했다. 미대를 나와서 남들처럼 선생님이 되거나 학원을 차려 입시 미술을 가르치는 대신, 좋아하는 그림만 그렸다. 그래서 수입이 없어 늘 가난했다. 너무 돈이 궁해 친구분이 하는 미술 학원에서 성인 대상 취미 미술을 잠시 가르치다가 어린 엄마를 만났다. 둘의 나이 차이는 열 살 이상이었다. 가영 엄마는 학원에서 조용히 그림 그리는 아빠의 모습이 멋져 보여 호감을 느끼게 되었고 어느 날 가영 아빠가 무뚝뚝하게 건네준 초상화 선물에 감동받아 사랑이 시작되었고 둘은 곧 결혼해 가영을 낳았다. 가정을 꾸리고도 돈 버는 일에 관심 없고 팔리지 않는 그림만 그리던 아빠 때문에 수입이 거의 없던 가영의 집은 늘 가난했다.

엄마는 잘해주셔?

엄마가 좀 아파요.

많이 불편하셔? 어디가 아프신지 물어봐도 될까?

원래 몸이 약해서 늘 여기저기 아픈데 요샌 몸보다 정신 건강이 더 걱정돼요. 그냥 정신줄 놓은 사람 같아요. 나이에 안 어울리게 갱년기 같은 사춘기가 다시 찾아온 건지 도대체 이해할 수가 없어요. 엄마에 대한 이야기를 하며 가영의 얼굴은 어두워졌다. 잠시 생각에 잠긴 듯 아무 말 없이 멍하니 창밖을 내다보던 가영이 한숨을 크게 내쉬었다.

요샌 그냥 대놓고 망가지기로 작정한 사람 같아요. 엄마가 샀을 리는 없고 어디서 빌려왔는지 모르겠지만 집에 '추락하는 것은 날개가 있다'란 제목의 책이 있더라고요. 내용은 모르겠지만 엄마의 최근 변해가는 모습을 보면 그 책 제목이 떠오를 정도예요. 어떻게 사람이 그렇게 갑자기 변할 수 있는지 이해가 안 돼요. 무슨 사고를 당한 건지 아니면 어떤 큰일을 겪고 나서 마음의 상처나 충격을 입어 그런 건지 엄마가 너무 달라졌어요. 예전에 그러지 않았거든요. 술만 마시고 말을 안 해요. 사실 그래서 집에 있기가 불편해요. 엄마랑 같이 지내기가 힘들어서요. 나도 힘들어 죽겠는 일들이 천지인데 내가 엄마 걱정까지 하며 학교 다니고 공부해야 되나 하는 생각에 내 자신이 불쌍하고 한심하단 생각이 들 때가 많았어요.

예전엔 그래도 용돈도 규칙적으로 주고 밥도 챙겨주고 학교 다녀오면 서로 대화도 하고 그랬는데 요샌 말 안 하는 사춘기 소녀처럼 집에서 서로 마주쳐도 넋이 나간 사람처럼 멍하니 저를 쳐다보기만 할 때도 있어요. 오죽하면 시력이 나빠졌나?, 당뇨가 심해지면 시력이 나빠진다면서요? 아니면 유령 나오는 공포 영화를 보다가 정신이 이상해져서 나를 투명인간 취급하려고 저러는 건 아닌가 하는 생각까지 했을 정도예요. 건강도 안 좋은데 밥 대신 술로 끼니를 때울 때도 있어요. 날 잡고 마실 땐 TV 특종 프로그램에 나오는 알코올 중독자들처럼 하루 종일 술만 마실 때도 있어요. 원래 술을 그렇게 많이 마시진 않았는데 얼마 전부터 맥주, 소주를 페트병으로 사다 놓고 죽기 위해 마시는 사람처럼 술을 마셔요. 어떻게 그렇게 단기간에 주량이 늘 수 있는지 미스터리 해요. 그냥 사는 게 힘들어 술 먹고 당장 죽어야겠다는 사람처럼 보여요. 그래서 때론 엄마가 어디가 많이 아픈 건 아닌가 하는 생각이 들 때도 있어요. 길을 걷다 옥상에서 떨어진 화분이 엄마 머리 위로 떨어졌었던 건 아닌가? 아니면 믿었던 사람한테 큰 배신을 당한 건 아닌가? 곗돈을 떼인 건가? 하여튼 무슨 큰일이 있었던 것 같다는 생각이 들기도 해요. 최근 너무도 변해버린 엄마의 모습, 모든 것에 체념하고 인생 포기한 듯한 엄마의 멍한 표정, '나 사는 것도 힘드니 딸아 네 인생은 네가 알아서 살아라.'라고 말하는 것만 같은 엄마의 무표정한 얼굴, 그리고 가영이 영원히 집을 나오고 싶게 만들었던 참담했던 어젯밤의 일로 인해 엄마한테 크게 분노하고 실망한 가영은 친한 친구에게 남의 험담을 하듯 자기도 모르게 흥분하여 엄마에 대한 이야기를 자세히 털어놓고 말았다.

빨리 죽으려고 술을 많이 마시는 게 아니라 곧 죽는다고 시한부 인생 판정받아서 저렇게 술을 마시는 건 아닌가 하는 생각이 들어 마음이 아팠던 적도 있어요. 어떻게든 술을 끊게 해야 하는데 제 말을 전혀 들을 것 같지 않아요. 이러다 정말 곧 뭔 일 나는 건 아닌지 겁도 나요. 걱정돼서 술 좀 그만 마시라고 말하면 술주정하는 것처럼 알아듣기 어려운 말만 계속해요. 아빠도 아파서 일찍 돌아가셨는데 엄마도 술 때문에 그렇게 되는 건 아닌가 걱정돼요. 술 때문에 얼마나 많은 사람들이 고통받고, 죽어가고 있는데 나라에서 왜 술을 파는지 모르겠어요.

술 때문에 죽는 사람보다 술 때문에 태어나는 사람이 더 많을 거라는 그런 우스갯소리도 있잖아. 필요악이지. 그리고 가영이 너도 술을 마시잖아? 나도 가게에서 일을 계속하려면 술은 필요하고. 그리고 잘은 모르겠지만 엄마한테 무슨 큰일이 있었던 것 같네. 가영이 말처럼 어른들도 나이가 들면 다시 한번 사춘기를 맞는 것처럼 사는 게 허무하게 느껴질 때가 있다고 하더라고. 정신없이 살다 보니 어느새 인생이 덧없이 다 흘러가 버린 것처럼 느껴지기도 한대. 엄마한테도 갱년기가 찾아온 걸지도 몰라. 부모님들이 자식들을 위해서 얼마나 하루하루 힘들게 밖에서 일하고 또 집에 와서 집안일을 하고 애들 공부도 챙겨야 되는지 너도 좀 알 거 아냐? 그렇게 살다 나이 들면 어느 순간 모든 일이 힘에 부치고 내가 왜 이렇게 살아야 하나 하는 회의가 들기도 하겠지. 엄마가 나를 챙겨주는 사람이라고만 생각하지 말고 이젠 서로 챙겨야 하는 사이라고 생각하면 어떨까?

그런데 제가 왜 이런 이야기까지 아저씨한테 다 하고 있는 건지 모르겠어요. 친한 친구한테도 엄마에 대해 말한 적은 없거든요. 가영은 지극히 개인적인 이야기까지 진혁에게 꺼내어 보인 것 같아 자신도 조금 놀랐다.

나도 네가 왜 이 차 안에 아직까지 있는지 모르겠어.

이제 그 이야기는 그만하라니까요. 저는 아저씨 따라 동해 바다 보러 무조건 갈 거예요. 안 내린다고요. 엄마한테도 연락 안 할 거고요. 됐죠?

그래, 알았어. 아마 내가 편해서 그럴 거야. 내가 남의 이야기를 잘 들어주는 편이거든. 호프집에서 일하며 동네 아저씨, 아주머니 푸념이나 술주정 들어주고 대꾸해 주다 보니까 점점 그렇게 된 것 같아. 그냥 잘 들어주면 돼. 표정으로 장단 맞춰주고 고개

끄덕이면서 얘기 잘 들어주면 하고 싶었던 말들, 그렇지만 꺼내지 못하고 맘속에 쌓아두어 응어리졌던 말들까지 천천히 다 풀어내시더라고. 그럼 가슴속에 쌓여 있던 울분이나 화 같은 것들이 떨어져 나가는 것처럼 기분이 홀가분해지고 편안해지나 봐.

공부는 어때? 곧 고3 되면 더 정신없을 텐데…. 미술 쪽으로 정말 관심이 있는 거야?

미술은 준비하는 데 돈이 많이 들어서 포기한 지 좀 됐고요. 제가 글 쓰는 걸 좋아해서 문예반 활동을 오래 했어요. 수학만 어느 정도 성적 나오면 서울이나 수도권 대학 문학 전공으로 가고 싶은데 정말 수학 점수가 최악이에요. 국어 성적은 우수한 편이거든요.

수학이 왜? 수학 문제 푸는 거 재밌지 않니?

네? 그게 어디 수포자한테 할 소리예요? 형편 뻔히 알면서 엄마한테 남들처럼 수학 학원 보내달라고 말하기도 그렇고 그냥 수학이란 과목이 왜 생겨났을까, 짜증 나고 원망스러울 뿐이에요. 그리고 만에 하나 내가 운 좋게 수학 문제 잘 찍어서 대학에 합격한다 해도 입학금이나 등록금을 계속 대줄 형편이 안 되는 거 뻔히 아니까 요샌 아예 공부하고 싶은 의욕조차 안 들어요. 아무리 생각해 봐도 그만한 돈이 우리 집구석에서 나올 것 같진 않거든요. 용돈은 고사하고 하루하루 정말 간신히 입에 풀칠하고 겨우 사는데 빨리 관두고 돈이나 벌까 생각도 많이 해요. 엄마는 어떻게든 대학에 붙으면 다 방법이 생길 테니까 저한테 공부나 열심히 하라고 말하지만 전 그 말 못 믿겠어요. 혹시 합격하더라도 결국은 제가 대출받아서 학비 내고, 일해서 용돈하고 생활비도 벌고, 그렇게 살아야 할 거예요.

그러면 되겠네. 가만히 듣고 있던 진혁이 말했다.

뭐라고요? 말은 쉽죠. 그 돈이 다 얼마인데요? 입학금에 등록금에, 밥도 사 먹고, 책도 사야 하고, 옷도 고등학교 교복 계속 입고 다닐 수 있는 게 아니잖아요? 학교가 멀어 자취라도 하면 보증금 필요하고 월세도 내야 하죠.

공부 열심히 해서 서울에 있는 학교에 가면 되잖아?

그걸 누가 몰라요? 아저씨도 우리 엄마처럼 똑같이 말하네. 맘대로 안 되니까 그렇죠. 말했잖아요. 수학 때문에 돌아버릴 것 같다고요. 엄마는 술만 마시면 그래요. 공부해라. 일단 붙으면 어떻게든 된다. 그리고 또 술 취하면 늘 나오는 레퍼토리 있어요. 남자 얼굴 보고 고르지 말고, 돈 많은 남자 아니면 돈 잘 버는 남자 만나라고. 엄마처럼 이렇게 지지리 궁상맞게 살지 않으려면 아빠같이 얼굴 잘생기고 착하고 허우대만 멀쩡한 사람 만나지 말고, 돈 잘 벌어다 주는 남자 만나라고. 바람피우는 남자보다 집에 돈 가져다주지 않는 남자가 더 같이 살기 힘든 남자라는 말도 했어요. 고생하며 살아서 그런지 맨날 자기처럼 살지 말고 남자 잘 만나래요. 그런 부자가 왜 저 같은 애를 만나겠어요? 부자 애들은 다 끼리끼리 만나서 어울리고 사귀잖아요.

사실 엄마가 술만 취하면 하는 말, 어떻게든 대학 보내줄 테니 공부 열심히 하란 말은 그냥 건성으로 하는 말 같아 귀에 잘 안 들어오는데…. 남자 잘 만나라는 말은 진심처럼 들려요. 어서 돈 많고 괜찮은 남자 만나서 독립하란 말처럼 들리기도 하고요. 말하긴 좀 그렇지만 그럴만한 일이 있거든요. 그래서 그냥 학교고 공부고 뭐고 다 빨리 때려치우고 돈이나 어서 벌어서 사고 싶은 거 사고, 먹고 싶은 거 먹고, 놀러 다니며 내 맘대로 살고 싶은 생각이 들 때가 많아요. 전 부자들이 제일 부러워요. 특히 자수성가한 사람들이요. 그냥 돈이 많았으면 좋겠어요. 아니, 돈 걱정 좀 안 하고 살아봤으면 좋겠어요. 일주일 아니 하루만이라도 부잣집 애들처럼 돈을 맘대로 펑펑 써보고 싶어요. 애들 하나쯤은 갖고 있는 명품 브랜드 패딩도 입어보고 싶어요. 가슴이나 팔에 멋진 로고 휘황찬란하게 빛나는 그런 패딩 말이에요. 시장이나 마트에서 시즌 끝날 무렵까지 안 팔려서 남은 재고들 할인 판매할 때만 큰맘 먹고 엄마가 사다 주는 이런 싸구려 패딩 말고요. 그런데 아저씨 운동화도 제 거랑 같은 상표 같은데 아저씨도 시장에서 산 거예요?

그러네? 아니 어떻게 이런 우연이…. 휴대폰도 같은 거고, 신발도 같은 상표네. 우리 전생에 무슨 인연이 있었던 건 아닐까?

인연이 있었는지는 없었는지는 모르겠지만 둘 다 전생에서도 부자는 아니었나 봐요. 세상은 왜 이리 공평하지 않은 걸까요?

원래 사는 게 그래. 나도 오래 살아보진 못했지만, 세상 사람들이 다 똑같이 부자거나 가난하다면 얼마나 이상하고 재미없겠어? 그리고 어쩌면 그게 공정하지 않은 것일 수도 있지. 돈 많은 집안 자식들은 물려받을 게 많으니까 더 큰 성공에 대한 동기부여나 성취욕 같은 게 덜하대. 그러니까 우리들이 부러워하는 사람들의 삶이 다 꼭 행복한 것만은 아냐. 그리고 똑같은 게 공평하지 않은 것일 수도 있어. 어쩌면 공평하지 않은 게 공정한 것일 수도 있단 말이야. 그러한 차이에는 다 이유가 있기 때문이지. 분명 이유가 있을 거야. 그러니까 그 이유를 알아야 해. 그리고 그런 잘된 사람들을 욕하기보다는 가영처럼 부러워하고 동경하는 태도가 좋은 것 같아. 그래야 그런 사람이 될 가능성이 조금이라도 있거든. 어느 누가 자기가 욕하는 대상처럼 되고 싶어 하겠어?

지금 잘사는 집은 그 집 부모님이나 조상분들이 남들보다 더 많은 노력을 했기 때문일 테고, 그 결과를 후손들까지 누리고 있는 거겠지. 물론 운도 어느 정도 있었겠지만 말이야. 재물 운을 타고난 사람들이 있는 반면 어떤 사람들은 남들과 다른 예술적 재능이나 운동 신경을 갖고 태어나기도 하잖아. 배부른 예술가는 흔치 않아. 오히려 가난하고 외로운 예술가들이 고난과 역경 속에서 훌륭한 작품들을 만들어 내잖아. 돈을 많이 벌고 잘사는 집이나 한 분야의 거장이 된 예술가들은 그렇게 된 이유가 분명히 있을 거야. 그렇지만 돈이 많다고 꼭 행복한 것도 아닌 것 같아. 오히려 재산 많고 자식 많은 집안은 서로 더 갖겠다고 싸우기도 하고 그러다가 형제간의 우애에 금이 가서 서로 안 보고 살기도 하잖아.

군 시절 부대 근처에 작은 밭을 일구며 사는 할머니가 계셨어.

가을이면 그 밭에 알타리무가 자라서 김장철에 그 무들을 수확하곤 하셨는데 애초에 똑같은 씨앗을 뿌렸을 텐데 어떤 무는 잎사귀도 아주 무성하게 무럭무럭 잘 자라고 무 뿌리도 알이 굵고 실한데, 어떤 무들은 제대로 자라지 못해서 시금치 크기도 안 되는 것들도 있었어. 가장자리에 심은 것 중엔 누렇게 죽어가는 것도 있었고. 그걸 볼 때마다 의아했었지. 그렇지만 아무리 똑같이 햇살을 받고, 할머니가 물을 제때 주고, 거름을 고루고루 줬어도 그렇게 차이가 나는 데는 분명 이유가 있었을 거야. 거름이 제대로 뿌려지지 않았든지, 땅에 스며들기 전에 빗물에 씻겨 내려갔든지, 너무 가까이 심어서 다른 하나는 햇볕을 제대로 못 받거나 옆의 것들한테 땅의 영양분을 다 뺏겼다든지 하는 이유가.

내 선배가 늘 하는 이야기가 있어. 가난은 부끄러운 게 아니라고. 잠시 불편한 것일 뿐이라고. 그 선배 정말 가난했거든. 시장에서 형수랑 두부하고 콩국물 만들어 팔아서 지금은 작은 건물도 하나 사고 애 많이 낳고 잘 살고 있어.

저도 가난이 부끄럽진 않아요. 그냥 지긋지긋하게 느껴질 뿐이에요. 아주 진절머리가 나서 어서 벗어나고 싶다고요. 어쨌든 좋은 이야기 해줘서 고마워요. 잘살고 못살고는 다 노력 차이라는 말이잖아요. 그런 차이에는 다 이유가 있고, 그리고 현재만 보지 말고 인생을 길게 보란 말이죠?

그래, 좋아. 현실에 타협해선 안 돼. 안주하고 굴복하지 말라고. 가영이가 지금 현실을 아주 지긋지긋하다고 절실히 더 느껴야 남들보다 더 발전하고 성공하고 싶은 욕구도 강해질 거야.

진혁은 생각했다. 이렇게 예쁘고, 하고 싶은 것 많고, 똑 부러지게 할 말 다 하는 영리한 가영이가 가난 때문에 왜 이렇게 힘든 삶을 살아야 하는지…. 남들처럼 좋은 가정에서 태어나 사랑받고 밝게 자랐다면 아무런 걱정 없이 미래에 대한 꿈을 꾸며 공부만 하며 지낼 수 있을 텐데…. 갑자기 가영이가 안돼 보였다. 자식이 없어 외롭게 사는 동네 세탁소 아저씨 부부, 재산은 많지만 역시 자식 없이 둘만 사는 약사 부부가 떠올랐다. 딸을 갖고 싶었지만 아들만 셋을 내리 낳았다는 동네 식당 부부. 그런 가정에 가영이가 태어났다면 얼마나 축복받고 사랑받고 자랐을지 생각해 봤다. 자신이 얼마나 사랑스럽고 귀하고 소중한 존재이고 앞으로 어떤 사람도 될 수 있는 귀한 존재인지를 스스로 깨달을 수 있었으면 했다. 안타깝게도 지금 가영의 모습에선 그런 자존감은 보이지 않았다.

44번 국도를 따라 이십여 분을 더 달리니 어느덧 양평을 지나 익숙한 풍경의 양덕원으로 접어들었다. 강원도다. 군인들이 보이기 시작했다. 친한 동네 선배가 복무했던 수송부대가 이곳 양덕원에 있었다.

저 화장실 가고 싶어요.

잠시 말없이 창밖의 풍경을 바라보며 생각에 잠겼던 가영이 입을 열었다.

새벽에 맥모닝 먹으며 커피 마셔서 그런가? 나도 소변이 마렵네.

저는 큰 거예요. 시간 좀 주셔야 돼요.

아. 그래? 먹은 것도 별로 없는데 왜 벌써…. 진혁이 웃으며 말했다.

왜 웃어요? 생리현상인데요. 전 아침마다 규칙적으로 일 본다고요.

그래서 웃은 게 아니야. 미안해.

방금 전까지 심각한 얼굴로 말없이 생각에 잠긴듯한 가영이 부의 불균형이나 사회 불평등에 대해 혼자 고민하고 있는 줄 알았는데 갑자기 똥이 마렵단 소리를 하자 진혁은 자기도 모르게 웃음이 나왔다.

여기서 조금만 더 가면 홍천이니까 잠시 읍내에 들렀다 가자고.

밤에는 아이스커피를, 새벽엔 맥모닝 세트에 따라 나오는 따뜻한 커피를 두 잔이나 마신 진혁도 아까부터 소변이 마려워 화장실에 가고 싶었다. 가영이 없었다면 아직 해 뜨기 전 어둑어둑한 아침이라 한적한 도로변 아무 곳에 차를 세우고 화초에 비료 뿌리는 마음으로 진작에 해결했겠지만, 가영 때문에 그럴 수 없었다.

새로 생긴 고속도로와 달리 국도변에 있던 오래된 작은 규모의 휴게소들은 문을 닫은 곳이 대부분이었다. 진혁은 버려진 주유소를 지나쳐 조금 더 달리다 홍천 읍내가 보이자 44번 국도를 빠져나와 읍내로 들어섰다. 읍내 가운데 있는 시장 주변 공영 주차장에 차를 세우고 근처 패스트푸드점 화장실을 들를 생각이었다. 하지만 아직은 이른 오전 시간이라 오래된 떡집, 방앗간을 제외하곤 문을 연 상점이 없었다. 롯데리아도, 던킨도너츠도 문을 열려면 한참을 더 기다려야 했다. 그러고 보니 그 많던 오래된 읍내 다방들은 거의 다 없어지고 커피 프랜차이즈나 패스트푸드 가게로 바뀌어 있었다. 천천히 차를 운전하며 진혁은 군 시절 추억 속으로 서서히 빠져들었다. 익숙한 골목에 들어서 잠시 차를 멈추고 화장실을 찾을 겸 상점들을 가만히 바라보았다.

서점이 있던 작은 건물이 눈에 들어왔다. 서점은 없어지고, 대신 그 자리는 유명한 모델 미란다 커가 섹시한 란제리를 입고 상점 쇼윈도우에서 멋진 몸매를 뽐내고 있는 속옷 가게로 변해 있었다. 군 시절 면회 오는 사람 한 명 없던 진혁이 어쩌다 선임하사나 고참들 배려로 함께 읍내로 외출 나가게 되면 가장 가고 싶었던 곳이 그 서점이었다. 진혁처럼 아버지가 안 계시거나 고향이 부산, 마산이나 광주, 해남처럼 강원도 전방에서 먼 지역 출신인 군인들의 경우 가족이 면회를 못 오는 경우가 대부분이었다. 오전에 출발해도 오후 늦게나 저녁 무렵 도착하기 일쑤여서 이틀을 잡고 면회를 와야 했기에 생업으로 바쁜 가족들은 자식이 보고 싶어도 면회를 오지 못하는 경우가 많았다. 그래서 가끔 장기간 가족 면회가 없는 사병들에게 소대장이 특별 외출을 내보내 주기도 했다. 가족이 여러 명 면회를 온 고참들이 동생이나 사촌들을 시켜 외출 못 나가는 불쌍한 후배들 면회 온 것처럼 가짜로 위병소에 신고하게 해서 함께 데리고 나가는 경우도 더러 있었다. 진혁은 그렇게 외출을 나간 적이 몇 번 있었는데 읍내에 도착해서 고참 가족이 식사를 같이하자고 하면 괜찮다고 사양하고 시장 골목에서 순댓국을 사 먹거나, 버스 정류장 근처에 있던 대만 화상이 운영하던 '아서원'이란 중국집에 들러 좋아하는 삼선 간짜장을 시켜 먹고 급하게 서점으로 달려가 하늘이 어둑어둑해질 때까지 책을 읽곤 했다.

그렇게 맛있는 부대 밖 음식 먹고 부대 복귀까지 약 네 시간 정도 서점 구석에 서서 신중하게 고른 한 권의 책을 펼쳐 끝까지 읽고 오곤 했다. 가끔 동기와 같이 나오는 경우엔 서점은 잠깐 들르고 복귀 시간까지 근처 흙다방, 돌다방, 거북선다방에서 커피를 마시며 다방 레지 손도 잡고 커피나 쌍화차를 마시며 수다를 떨다가 복귀 시간에 늦지 않게 버스를 타러 가곤 했다. 그때 그렇게 군인들에겐 사막 속 오아시스와도 같았던 다방들이 돌다방 한 곳을 빼곤 더 이상 눈에 띄지 않았다.

문득 생각나는 미스 김. 여러 다방 중 젊은 사병들한테 가장 인기가 많았던 흙다방. 그 인기 중심엔 미스 김이 있었다. 서울에서 가출해서 강원도가 좋아 무작정 돈 벌러 왔다고 말했던, 스무 살쯤 되어 보였던 미스 김. 미모가 출중하고 애교가 많아 그녀의 인기는 대단했다. 2인 1조로 경계 근무를 설 때면 고참들이 읍내 흙다방에 가서 그 미스 김을 만나고 온 얘기가 단골 레퍼토리일 정도였다. 워낙 인기가 많아서 주말 흙다방은 원래 있어야 할 그 지역 아저씨들 대신 휴가 나온 군인들로 늘 꽉 차 있었다. 진혁도 고참 덕에 딱 한 번 미스 김의 실물을 영접한 적이 있었다. 너무 예쁘고 사랑스러워서 계란 노른자 둥둥 뜬 쌍화차를 시켜놓고 차가 다 식을 때까지 한 모금 마시는 것도 잊고 그녀의 얼굴만 바라봤었다. 특히 외출이 자유로운 젊은 장교나 부사관들은 어떻게 한번 미스 김을 꼬셔서 애인으로 삼을까 공을 많이 들인다는 소문도 돌았다. 나중에 안 놀라운 사실이지만 결국 그 여자의 마음을 빼앗아 간 남자는 월급 많고 계급 높은 장교나 부사관이 아니라, 진혁 옆 소대에 근무하는 서울 강남 출신의 부잣집 아들 윤 일병이었다. 키 크고, 얼굴도 기생오라비처럼 잘생기고, 집에서 용돈도 많이 부쳐줘서 고참들한테도 인기 많았던 윤 일병. 미스 김은 주말마다 윤 일병 면회를 왔다. 윤 일병은 가족들에겐 각종 훈련을 핑계로 면회 오지 말라고 하고 그녀를 주말마다 불렀다. 부대원들의 부러운 시선을 한 몸에 받으며 윤 일병과 함께 웃으며 외출을 나가던 미스 김의 모습이 문득 떠올랐다. 미스 김의 마음을 사로잡은 윤 일병은 고참들도 함부로 대하지 못하는 전설적인 쫄따구가 되었다. 다들 윤 일병에게 잘 보여 미스 김을 통해 흙다방 다른 레지들과 연결되고 싶은 마음에 모두 윤 일병에게 잘 대해줬다. 실제로 윤 일병의 낙점을 받아 졸지에 미스 김과 함께 온 다른 레지와 외출을 나간 고참들도 몇 명 있었다.

윤 일병이 툭하면 외출 나와 읍내 시장 골목 뒤편에 있던 낡은 모텔에서 미스 김과 뒹굴고 있을 때, 어쩌다 상관의 배려로 읍내에 나온 진혁은 가장 젊고 아름다운 시절 혼자 시장에서 국밥을 먹고 읍내에 하나밖에 없던 서점에서 미스 김 대신 책을 애인 삼아 끌어안고 그렇게 행복한 시간을 보냈다. 그때 진혁이 서점에서 만났던 책들은 박인환의 시집, 이문열, 안정효, 한수산 그리고 루이제 린저나 프랑수아즈 사강의 소설 들이었다. 힘들었던 군 복무 시절 진혁을 위로해 줬던 추억의 공간이 사라지고 없어 진혁은 너무나 아쉬웠다.

진혁은 서점이 있던 자리, 지금은 란제리 가게로 바뀐 상점의 쇼윈도우를 추억에 잠겨 말없이 그으한 눈빛으로 잠시 쳐다보았다.

아저씨, 지금 뭐 해요? 그런 건 쫌 혼자 있을 때 쳐다보면 안 돼요? 저 옆에다 두고 그렇게 빤히 여자 속옷 사진 바라보고 있어도 되는 거예요?

아…. 아니. 그게 아니라. 저 가게가 예전엔 서점이었거든. 군 시절 내 최애 플레이스였어. 내가 군 생활을 이곳에서 했거든. 어쩌다 여기 읍내로 외출 나오면 늘 저곳에서 시간을 보내곤 했지.

그런데 저 쫌 급한데…. 가영이 미간을 찌푸리며 급한 목소리로 말했다.

아 미안. 어서 화장실부터 찾아야지. 분명 시장 안 어딘가에 공중화장실이 있었는데 오랜만에 와서 그런지 찾을 수가 없었다. 마땅히 물어볼 사람도 눈에 띄지 않았다. 읍내에서 멀지 않은 화양강 휴게소가 떠오른 진혁은 시동을 다시 걸고 서점이 있던 골목을 벗어나 다시 44번 국도를 타기 위해 읍내를 빠져나왔다.

아저씨 어디 가요? 화장실이요!

어. 알아. 조금만 참아. 십 분은 참을 수 있지? 자꾸 생각하면 더 마려우니까 십 분만 아무 생각 없이 눈 감고 있어봐.

십 분을 조금 더 달렸을까? 화양강 휴게소가 나왔다. 급했는지 조금 전부터 인상을 쓰고 아무 말 없이 눈을 감고 있던 가영은 차 문을 열고 내리자마자 바로 화장실로 달려갔다. 진혁 역시 차에서 내려 화장실에서 볼일을 보고 나와 가영을 기다리며 휴게소에서 내려다보이는 탁 트인 화양강 풍경을 찬찬히 바라보았다.

그때였다. 갑자기 군가 소리와 군악대의 환영 연주가 멀리서 들려오는 것만 같았다. 휴전선 부근까지 행군해서 올라가서 훈련을 마치고 다시 복귀 행군을 해서 내려오다 이 화양강 근처에 다다를 때면 마지막 죽을힘을 내서 얼마 남지 않은 행군에 박차를 가하곤 했던 기억이 떠올랐다. '저 모퉁이를 돌면 곧 부대가 나올 거야. 이제 저 마지막 고개만 넘으면 힘든 구간은 끝이야.'라는 희망을 갖고 악에 받쳐 군가를 부르며 행군하던 그날의 함성과 군화 소리, 그리고 환영 나온 군악대의 반가운 연주 소리가 환청처럼 들려오는 듯했다. 쉰 목소리로 악에 받쳐 소리를 지르면 쇳소리 같은 소름 돋는 군가 소리가 무거운 아침 안개를 뚫고 근처 산등성이에 닿아 메아리쳐 되돌아오곤 했다. 죽도록 힘들어 당장 쓰러질 것만 같았던 행군의 마지막 구간에서 멀리서 희미하게 군악대 연주 소리가 들려오면 이젠 살았다 하는 안도감에 그렇게 반가울 수가 없었다.

아저씨! 화장실에서 볼일을 마치고 나온 가영이 기분이 좋아졌는지 가벼운 발걸음으로 나오며 콧노래라도 부를 것 같은 밝은 표정으로 진혁을 보고 반가운 목소리로 불렀다.

아까 너 화장실 문으로 전력 질주해서 달려갈 때 프리미어 리그 보는 줄 알았어. 엄청 빠르던데? 휴지는 있었어?

네. 가영이 웃으며 말했다.

밝게 웃는 가영 덕분에 진혁은 화양강을 지날 때마다 진득하게 따라붙던 군 시절의 기억으로부터 빠져나올 수 있었다. 가영이 없었으면 이 국도가 끝날 때까지 군 시절의 추억들을 머릿속에 가득 안고 동해로 가고 있었을 것이다.

문득, 몇 년 전 군대 선배와 함께 갔던 동네 바에서 한 어린 알바생으로부터 들었던 말이 떠올랐다.

스톡홀름 신드롬.

독한 양주를 마시며 선배와 진혁은 군대 이야기를 하고 있었다. 군대에서 힘들었던 훈련 이야기, 고참들한테 당했던 얼차려 그리고 구타에 대한 이야기가 흘러나왔다. 그래도 군 시절 친하게 지냈던 동기들 생각이 나서 가끔 부대 앞에 가보곤 한단 말을 진혁이 했을 때 그 아가씨가 했던 말이었다.

오빠, 그렇게 힘들었다면서 어떻게 그 시절이 그립고 또 그 부대를 찾아갈 수 있어요? 우리 아버진 제대하고 부대가 있는 방향으론 오줌도 누고 싶지 않다고 하던데…. 혹시 그런 거 아녜요? 아저씨도 그런 말 들어봤죠? 스톡홀름 신드롬. 자기를 위험에 빠뜨리는 가해자와 함께 있다 보면 어느덧 자기도 모르게 그 사람에게 알 수 없는 호감을 느낀다거나 그 사람 편에 서고 싶은 감정을 느끼게 되는 거 말이에요. 그러니까 남자들은 군 시절이라는 기억에 오래 갇혀 지내며 그 시절에 느꼈던 어려움이나 고통에 서서히 무감각해지고 자기도 모르게 그 시절을 옹호하고 미화하고 그리워하게 되는 그럼 감정을 느끼나 봐요. 왜 그럴까요? 저 같으면 절대 그러지 않을 것 같은데 말예요. 오빠도 제대한 지 한참이 지났는데도 여전히 스톡홀름 신드롬에서 벗어나지 못하고 있는 거 아녜요? 왜곡된 군 시절의 기억의 포로로 아직도 잡혀 있는 거 아니냐구요?

고등학교도 마치지 못한 학력이라 제대하고 짧게 이 알바, 저 알바자리를 전전하며 동료들과 친해질 사이도 없이 일만 해야 했던 진혁. 셀 수 없이 많은 일들을 했지만 길지 않은 계약 기간이 끝나거나 갑작스레 잘리고 나면 늘 다시 혼자였다. 퇴근 후 좁은 고시원에 누워 잠이 들 때면 군 시절 넓은 막사 안에서 돈벌이 걱정 없이 함께 웃고 떠들며 지냈던 보고 싶은 전우들의 얼굴이 떠오르곤 했다. 훈련과 구타 등으로 힘든 때도 있었지만, 단체 생활을 하며 즐거운 추억들이 더 많았던 군 시절이 그럴 때면 그리워지곤 했다. 어쩌면 그 바의 알바생 말이 맞는지도 모른다.

그렇지만 그때 진혁이 알바생에게 차마 들려주지 않은 이야기가 하나 있다.

진혁과 같은 날 자대배치를 받고 함께 신병 생활을 하며 동고동락했던 한 이병. 별 이유 없이 진혁이 고참에게 심하게 구타를 당했던 날, 진혁보다 더 억울해하며 소대장실로 가서 항의하자고 했던 한 이병. 소대장은 자리에 없었고 늦은 밤 소대장실에 앉아서 술을 마시고 있던 공수부대 출신 모 상사에게 둘은 사내답지 못하게 선배 고자질이나 하러 왔냐며 고참에게 두들겨 맞은 것보다 훨씬 더 심한 구타를 당했었다. 그 이후로 둘은 친해졌다. 첫 휴가 때 함께 마을버스를 타고 읍내 버스터미널로 나와 복귀 때 약속한 장소에서 다시 만나 같은 버스 옆자리에 앉아 부대로 복귀하며 남은 군 생활 몸 건강하게 충실히 완수해서 제대 때도 같은 버스를 타고 서울로 가서 축하주 한잔 진하게 하자고 했던 한 이병.

뛰어난 운동 신경과 타의 추종을 불허하는 사격 실력으로 특등사수 포상으로 휴가를 나갔던 날, 한 이병은 귀대 시간보다 무려 두 시간이나 늦게, 술에 잔뜩 취한 채 비틀거리며 복귀해서 부대를 발칵 뒤집어 놓았었다. 실연의 아픔 때문에 마시기 시작한 술은 과음으로 이어졌고 술에 만취해 버스를 놓친 한 이병은 왜 늦었냐는 고참들의 물음에 술에 취해 혀 꼬인 소리로 대답하다가 탄약 창고 뒤로 끌려가 심하게 구타를 당했다. 그때 창고 뒤에서 그 장면을 숨어서 지켜보던 진혁은 그때 모 상사한테 두들겨 맞왔던 기억이 떠올라 신고할 생각도 못 하고 숨죽인 채 고참들한 테 한 이병이 두들겨 맞는 것을 숨어서 지켜봤어야만 했다. 그리고, 다음 날 한 이병은 진혁에게 "잘 지내!"란 인사를 하고 탄약고 경계 근무를 나갔고 그게 진혁이 본 한 이병의 마지막 모습이었다. 제대하던 날 혼자 버스를 타고 서울로 오다가 화양강을 지나며 떠오른 한 이병의 얼굴. 지금도 버스를 타고 강원도 화양강을 지날 때면 한 이병이 환하게 웃으며 했던 말 "우리 제대하는 날 서울에서 축하주 거하게 한잔하는 거다!" 그 목소리가 여전히 귀에 들리는 것만 같다. 진혁이 가끔 부대를 찾는 이유는 같은 날 함께 부대에 들어갔다가 결국은 같이 나오지 못한 한 이병 때문이기도 했다.

우주에도 주유소가 있나요?

잠시 화양강 변을 내려다보며 허리를 돌리며 몸을 푼 진혁은 가영과 함께 차로 향했다.

잠깐 주유소에 들러 기름 좀 넣고 가자고. 기름이 얼마 안 남았네. 진혁은 차를 휴게소 출구 쪽에 위치한 주유소에 세우고 기름을 이만 원어치만 채웠다.

이렇게 작은 차도 기름 많이 먹어요? 차에 올라탄 진혁을 보며 가영이 물었다.

적게 먹지. 차가 작으니까 위가 작아서 가영이처럼 많이 못 먹어. 동해가 멀다고 생각하면 서울에서 멀게 느껴지지만 가깝다고 생각하면 그리 먼 거리도 아닌 것 같아. 새벽에 차를 몰고 한껏 밟으면 두 시간도 안 걸릴 때가 있는데 심리적인 거리는 늘 멀게만 느껴지지. 아니, 그래서 더 좋은 것 같기도 해. 편하게 늘 갈 수 있는 근교 여행지랑은 다르게 큰맘 먹어야 갈 수 있는 그런 좀 더 소중한 곳이란 생각도 들고. 실제 걸리는 시간은 길 막히는 교외 명소들하고 차이가 별로 나지 않는데 말이야. 사람 중에도 그런 사람들 있잖아. 가까운 것 같기도 한데 다가가기 어렵고, 뭔가 신비하고 다소 거리가 느껴지는 사람. 동해 가는 데 기름 많이 먹는지는 왜 궁금했어? 가영이도 나중에 차 몰고 동해로 여행 가려고?

아니요. 그냥 그런 생각이 들었어요. 우리 같은 작은 나라에서 동해 바다 구경 가는 데도 이렇게 기름을 많이 먹는데 얼마 전 TV에서 우주선이 목성을 지나 토성을 거쳐 명왕성을 지나갔다는 뉴스를 본 것 같은데 그런 우주선들은 어떻게 기름을 넣을까 하는 생각이 들었어요. 우주에도 주유소가 있나요?

우주에도 주유소가 있냐고? 와, 너무 멋진 질문이야! 내 평생 들어본 질문 중에 최고로 멋진 질문이라 영원히 못 잊을 것 같아. 진혁이 웃으며 말했다.

없지. 있다고 해도 그 주유소까지 기름 채우러 우주선들이 왔다 갔다 하는 것도 큰일이겠지. 전투기처럼 공중 급유기가 따라가는 것도 아닐 테고 우주선은 어떻게 우주를 날아갈까? 예전에는 부피가 많이 나가는 액체 연료를 사용했는데, 요샌 연료로써 안전하고 부피가 덜 나가는 플루토늄 같은 고체 연료를 쓰지. 그리고 그 연료도 아주 필요한 순간에만 아껴 쓰고 항로를 바꾸거나 우주선의 장비들을 움직이는 건 태양열 전지판을 통해 모은 전기를 최대한 사용해. 답은 중력이야. 가영이 말한 것처럼 명왕성 같은 먼 곳을 갈 때는 다른 행성의 중력을 이용해서 간다고 생각하면 돼.

처음에는 연료를 써서 지구 중력을 벗어나야겠지. 지구 중력을 벗어나 우주로 들어가면 대기가 없기 때문에 마찰이 없어서 그 추진력 그대로 계속 가게 되는 거야. 명왕성같이 먼 곳을 가려면 과학자들이 전체적인 우주선의 이동 경로를 다 미리 짜서 중간에 거대한 질량을 가진 행성의 주변을 몇 바퀴 돌게 하는 방식으로 그 행성의 중력을 이용해. 행성이 태양을 중심으로 회전하는 원심력을 이용하여 우주선이 가야 할 방향으로 힘껏 쏘아 보내주게 만드는 거지. 그리고 다시 우주로 가면 그렇게 계속 전진하게 되는 거고. 방향을 바꿀 필요가 있으면 태양열로 만든 전기를 써서 경로를 조정해서 가는 거지.

네? 저는 그냥 우주선에 기름은 어떻게 채우냐고 물어본 건데…. 가영은 엉뚱하면서도 해박한 진혁의 설명에 놀라 잠시 말을 잃었다. 무슨 말인지 하나도 모르겠어요. 잘 이해는 안 가지만 그래도 뭔가 그럴듯해요. 지하철에 있는 그 무빙워크에 올라탔다 내릴 때 약간 앞으로 던져지는 듯한 그 기분과 비슷한 거겠네요?
그렇지. 바로 그거야. 무빙워크처럼 수평적인 운동 에너지가 아니고, 그네를 타거나 쥐불놀이할 때 느낄 수 있는 그런 원심력을 이용한다고 생각하면 더 정확하지. 우주선이 중력이 큰 행성의 궤도에 포물선을 그리고 들어가서 그 원심력을 얻어서 같은 공전 방향으로 빠져나오면 엄청난 속도가 붙게 되는 거지. 무거울수록 원심력이 커지니까 목성 같은 큰 행성을 이용하면 좋겠지.

아까 주유소 물어봤잖아? 어쩌면 목성이나 토성같이 우주선들이 큰 운동 에너지를 얻어오기 좋은 무거운 행성들을 우주의 주유소라고 볼 수 있겠네. 그 행성들의 궤도에 진입했다가 원심력을 얻어 빠져나오면 초속 수십 킬로미터의 엄청난 운동 에너지를 얻어 나오니까.

주점에서 안주만 만드는 줄 알았는데 그런 건 어떻게 다 알아요? 천문학과 나왔어요?

그냥 어려서부터 우주에 관심이 많았어. 지금도 뉴스나 신문에서 내가 관심 있는 내용들이 나오면 꼼꼼히 읽어보고 궁금한 내용 있으면 인터넷을 통해 더 알아보고 하는 정도지. 그러다 보면 관련해서 새로운 내용들을 점점 더 폭넓게 알게 되는 것 같아. 꼭 대학에서 전공으로 배우지 않아도 자신이 좋아하는 분야에 꾸준히 관심을 갖고 알아가면 전공으로 배운 사람 못지않게 많은 지식을 얻을 수 있는 것 같아. 골치 아픈 아주 깊은 수준의 지식은 아니더라도 우리가 즐길 수 있는 상식 수준의 넓은 지식 말이야.

예전에 동네 선배하고 술을 마시다가 영화 '인터스텔라'를 보며 궁금했던 장면이 떠올라서 그 선배한테 물었지. 그 선배가 천문학과를 나왔거든. 블랙홀 관련해서 중력장에 대해 물어봤어. 그런데 그 선배가 자기도 그런 건 잘 모른다고 짜증을 내더라고.

천문학 공부했다고 그런 내용까지 다 아는 건 아니라고. 자기가 성적에 맞춰 대학에 진학했지 천문학을 좋아한 것 아니었다고 하면서. 졸업하곤 한 번도 천문학 관련해서 공부한 적이 없대. 관심도 없고. 조금 실망했었어. 그리고 그때 느꼈지. 꼭 대학을 나와야 어느 분야의 전문가가 되는 건 아니라는 걸. 그냥 나처럼 틈나는 대로 책도 읽고 신문에서 관련 기사들 꼼꼼히 읽고 TV에서 관련 다큐멘터리 챙겨 보고 그러다 모르는 거 있으면 인터넷으로 검색해 보고 그런 꾸준한 관심이 더 중요하다는 걸.

재미있는 우주 이야기 좀 더 해줘요. 알기 쉽게요. 진혁과 가영은 그렇게 한동안 우주를 주제로 가영이 묻고, 진혁이 답을 해주며 대화를 이어갔다. 가영은 보이저호의 40년에 걸친 우주여행 이야기에 흥미를 보였다. 얼마 전 태양계를 벗어나, 지금 속도로 컴컴한 우주를 4만 년을 더 계속 날아가야 새로운 별 친구를 처음으로 만날 수 있을 거란 말엔 보이저호가 불쌍하다고 가영은 슬픈 눈빛으로 말했다.

4만 년이나 후에요? 그럼 우리는 보이저호가 새로운 별 친구를 만나는 걸 볼 수 없겠네요.

그렇지, 그렇지만 인간의 세상에서나 4만 년이 긴 시간이지 우주에선 아주 짧은 찰나와도 같은 순간일 거야.

시간 가는 줄 모르고 대화 삼매경에 빠져 44번 국도를 따라 운전하다 보니 차는 어느덧 인제와 원통을 지나 한계령을 향해 가파른 경사길을 오르고 있었다. 고도가 높아지니 도로 양쪽에 아직 녹지 않은 눈이 보이기 시작했고 뒤이어 멋진 설경들이 나타났다.

와, 아저씨 너무 멋져요. 저기 저 봉우리들 좀 보세요.

와, 진짜 멋지네. 역시 설악산이야. 그래서 사람들이 겨울 산을 좋아하나 봐. 이 풍경을 감상하러 이렇게 멀리까지 설악산을 찾아오는 거겠지. 이제부터 더 멋진 풍경들이 계속 나올 테니까 놓치지 말고 잘 감상해. 구부러진 길을 천천히 운전하자 차창 밖으로 연이어 나타나는 눈 쌓인 겨울 설악산의 풍경은 너무 아름다웠다.

한동안 진혁은 말없이 운전을 했다. 가영은 창밖을 내다보며 조용히 눈 쌓인 주변 산들의 풍경을 감상했다. 머리가 복잡해서일까? 주변 풍경에 온전히 집중할 수가 없었다. 차 유리창 위로 여러 얼굴들이 떠올랐다. 가영은 눈을 감고 잠시 생각에 잠겼다. 동해 바다에 도착하면 내가 지낼 곳이 있을까? 또 건물 계단이나 공중화장실을 전전하게 되는 건 아닐까? 아는 사람 아무도 없는 낯선 도시에서 내가 정말 밥은 제때 먹고 일을 구해 돈을 벌 수 있을까?

실내포차 이모가 떠올랐다. 엄마보다 나이는 많지만, 관리를 잘해서인지 나이보다 아주 젊어 보이는 포차 사장님. 처음엔 동네 언니들하고 늦은 밤에 가서 계란말이나 닭발 안주에 술을 마시며 친해졌지만 가영이 다른 아이들과 달리 아빠가 없다는 걸 알고 더 친근하게 대해줘서 요샌 혼자서도 가끔 들러 사장님 대신 이모라 부르며 고민도 털어놓고 이런저런 인생 상담을 받기도 하는 사이가 됐다. 자식이 없어서 친구들 자식 또래인 가영을 무척 예뻐해 줬다. 버는 돈을 부산에 사는 오빠 조카들을 위해 쓸 때 가장 보람을 느낀다는 40대 중반의 사장님이 술 한잔하면 가끔 무용담처럼 들려주던 젊은 시절 돈 번 이야기가 생각났다. 어쩌면 무심코 들어왔던 그 이야기들 때문에 가영은 이번 가출에 용기를 내게 되었는지 모른다.

고등학교 마치고 서울에 올라와 공장에서 일하다 만난 남자와 사랑에 빠졌고, 멀리 강원도 휴전선 부근 전방 부대로 군 복무하러 떠난 애인이 보고 싶고 면회도 자주 가기 위해 공장도 그만두고 부대 근처 읍내에 하숙집을 얻고 카페와 식당에서 일을 했다고 한다. 주말엔 면회를 가며 사랑을 키워갔지만 둘의 사랑은 결실을 맺지 못했다. 큰 식당을 여러 개 하는 부잣집 후임병의 누나와 사랑에 빠져 그 남자는 제대 후 이모를 떠나 순천으로 내려갔다. 가난했던 이모는 돈 때문에 사랑을 잃었다고 생각했다. 세상에 자기를 지켜주고 믿을 건 오직 돈밖에 없다고 생각하고 그때부터 악착같이 돈을 벌기로 결심했고, 닥치는 대로 일을 했다고 한다. 그래도 미련이 남아 떠난 그 첫사랑이 혹시나 다시 돌아올까, 이모는 이사도 가지 않고 그곳에 남아 돈을 벌었다. 외출 나온 장병들이 들르는 다방에서 일하고 밤엔 노래주점에서 도우미로 일해 몇 년간 모은 돈으로 읍내에 맥주와 양주를 파는 카페주점을 차려서 많은 돈을 벌었다고 했다. 떠나간 애인 때문에 결국 정착하게 된 동네였지만 자신을 알아보는 지인이나 친척, 고향 사람들이 하나도 없어 오히려 맘 졸이거나 상할 일 없이 돈 버는 재미 하나로 미친 듯이 일을 할 수 있었다고 했다.

  그래, 나도 아무도 모르는 낯선 곳에서 시작하는 거야. 이모 말처럼 낯선 도시가 돈 벌기엔 더 나을 거야. 나를 알아보는 사람 하나 없는 곳에서 돈 되는 일이라면 가리지 말고 몇 년만 눈 딱 감고 일을 해야지. 그렇게 열심히 일하다 보면 새로운 사람들과도 친하게 되고 의지할 언니나 친구들도 생길 거야. 그래 한번 해보는 거야. 몇 년만 눈 딱 감고 미친 듯 돈을 버는 거야. 하지만, 가진 돈 한 푼 없고 배워둔 기술 하나 없는데…. 그래, 이모가 걸었던 길을 그대로 따라 하면 될 거야. 숙식제공 되는 일자리를 알아봐야지. 보증금 낼만한 돈이 모이면 예쁜 원룸도 얻어서 정말 엄마한테서 독립하는 거야. 그리고 더 돈을 모아서 애견샵을 열어야지. 그래, 모든 일이 잘될 거야. 내 바람대로 다 될 거야. 애견샵을 열면 우리 불쌍한 해피도 가게에 데리고 와서 강아지 친구들하고 즐겁게 지낼 수 있게 할 거야. 혼자 있는 시간이 많아 늘 외로웠을 불쌍한 해피. 이젠 늙어서 잘 보지도, 걷지도 못하지만 언니가 애견샵을 열 때까지 건강하게 잘 버텨줘야 해. 그렇게 마음속으로 다짐해 보았지만, 아직 어린 가영이었기에 앞으로 닥칠 모든 일들이 두렵기만 했다.

엄마가 해피 밥은 줬을까? 또 까먹은 건 아닐까? 아니면 술에 취해 그냥 하루 종일 누워 있는 건 아닐까? 어제 그 일 때문에 생각하기도 싫지만 그래도 엄마가 자꾸 신경 쓰인다. 엄마는 왜 그럴까? 정말 미친 걸까? 미치지 않고서야 정말 왜 그럴까? 어떻게 집에서? 정말 어제 일은 머릿속 기억을 지울 수 있는 지우개가 있다면 깨끗이 지우고 싶다. 도대체 내가 어제 왜 집에 갔을까? 엄마도 아직은 가끔이라도 여자이고 싶은 걸까? 아직도 그러고 싶을까? 하기야 나이는 들었지만 요새 가끔 TV에 나오는 동안 아줌마들처럼 예쁘고 어려 보이긴 하지. 가끔 학교에서 돌아와 현관문을 열고 들어가면 어두컴컴한 식탁 의자에 혼자 멍하니 앉아 있는 엄마를 볼 때마다 혼자된 엄마가 불쌍하다는 생각도 가끔 들었어. 무슨 낙으로 엄마는 살까? 늘 돈에 쪼들리고, 아프고, 내가 공부를 잘하는 것도 아니고, 말을 잘 듣는 것도 아니고, 잊을만하면 주기적으로 사고치고 가출해서 엄마 속을 썩이니, 사는 게 얼마나 힘들까? 아니야. 아무리 그래도 요새 엄마의 갑작스러운 변화는 도저히 이해 불가야. 어제 같은 일은 정말 노답이었어. 설마 엄마 정신이 정말 어떻게 된 건 아닐까?

엄마가 마트에서 잘리지 않았다면 이런 일이 생기지 않았을 거야. 엄마가 마트에서 오랜 기간 일하는 동안 엄마랑 사이도 좋았고 우리 집은 평온했어. 엄마가 오래 다니던 마트에서 구조조정으로 잘리고 나서 모든 게 변했어.
너희들이 휴대폰이나 인터넷으로 물건을 사니까 내가 이렇게 잘린 거라고. 마트에서 잘리고 온 날 소파에 앉아 아무 말 없던 엄마가 가영을 보며 힘 빠진 목소리로 원망하듯 했던 말이 떠올랐다.

그게 왜 나 때문이야? 내가 언제 인터넷으로 물건을 맘껏 사보기라도 했어? 언제 사고 싶은 물건 맘껏 살 수 있게 돈이나 줘봤냐고? 기껏해야 싸구려 화장품하고 떨이 속옷 몇 벌 산 거밖에 없는데. 왜 나한테 그래? 가영은 억울해서 엄마에게 큰소리로 따졌었다.

사람들이 죄다 온라인 쇼핑몰로만 물건을 사서 여러분들이 더 이상 일을 할 수 없게 된 거라고 점장이 그러더만. 그러니까 너도 한몫한 거지 뭐. 하기야 몸 아파서 일하기 힘들었는데 잘됐지 뭐. 고맙게 생각해야지 힘든데 이렇게라도 쉬게 해줘서…. 엄마는 TV를 멍하니 쳐다보며 고개도 돌리지 않고 말했었다.

그렇게 한 달 넘게 집에서 풀이 죽어 쉬던 엄마는 친한 동네 후배들과 어울려 술을 몇 번 마시더니 갑자기 옷을 차려입고 화장을 하고 저녁마다 일을 나가기 시작했다. 그리고 술에 취해 늦은 시간에 집에 들어오기 시작했다. 노래를 전혀 못하는 엄마가 하지 않던 화장을 하고 머리를 만지고 노래방을 나가기 시작했다. 어디를 나가는지 엄마는 말하지 않았었다. 그냥 친구들을 만나러 간다고만 했다. 엄마가 노래방에서 일하는 걸 알게 된 건 그로부터 몇 주가 지나서였다. 동네 정육점 아저씨가 친구들과 술 마시고 노래방에 들렀다 나오다 도우미 일행과 함께 노래방으로 들어

오는 엄마와 마주치면서 동네에 소문이 돌기 시작했다. 그 아저씨 딸이 가영과 같은 학교에 다녔다. 유흥주점이 몰려 있는 동네 번화가가 크지 않아 소문은 금방 퍼졌다. 굳이 소문이 아니더라도 갑자기 변한 엄마의 모습과 가끔 술에 취해 비틀거리며 늦게 집으로 돌아오는 엄마의 모습을 본 동네 사람들은 알 수 있었을 것이다. 잘 부르지도 못하는 노래를 밤새 불러 쉰 목소리로 술에 취해 들어온 엄마에게 왜 노래방에 다니냐고 따졌을 때도 엄마는 아무 말 없었다. 엄마가 노래방에 나가는 게 싫었지만 더 묻지도 않았다.

가영과 사이가 좋지 않은 같은 반 나은이가 엄마가 노래방 웨이터랑 그렇고 그런 사이 같다고 소문을 퍼뜨리고 다닌다는 걸 전해 듣고 가영은 엄마 몰래 늦은 밤 엄마가 다닌다는 노래주점 주변을 몇 번 찾아갔었다. 우리 엄마가 어떤 사람인데…. 그럴 리가 없을 거야. 속으로 생각하며 노래방 근처를 서성이며 엄마가 나타나길 기다렸다. 그러던 어느 날 금요일 자정이 한참 지나고 엄마가 젊은 남자와 노래주점에서 나와 근처 식당으로 술을 마시러 들어가는 걸 봤다. 허우대도 멀쩡하고 옷도 잘 차려입고 희멀건 얼굴에 여자들한테 인기가 있을 법한 스타일이었다. 엄마가 그 옆에 없었다면 분명 호감형으로 보였을 얼굴이다. 그렇지만 엄마 옆에 있는 그 남자는 싫었다. 엄마하고 친한 듯 격의 없이 행동하는 모습이 보기 싫었다. 둘이 행복하게 웃으며 대화하는 모습도 쳐다보기 힘들었다. 노래방에서 나올 때부터 이미 취한 것처럼 보이던 엄마가 그 남자와 웃으며 술잔을 계속 주고받는 것도 싫었다. 아빠 돌아가시고 나서 집에서 늘 보아왔던 말이 없고 조용한 엄마의 모습이 아니었다. 너무 행복해 보였다. 그래서 엄마 같아 보이지 않았다. 행복해 보이는 엄마의 모습이 낯설기도 했지만, 기분이 나쁘기만 한 것도 아니었다. 그렇지만 아빠를 생각하니 아빠에 대한 배신처럼 느껴져 화가 났다. 미친 새끼. 하필 많고 많은 세상 여자들 중에 왜 우리 엄마야? 왜 하필 나이 많고, 돈 없고, 애 딸린 우리 엄마냐고? 그래, 저 새끼가 우리 엄마를 꼬드긴 거겠지. 가영은 그 남자가 자신한테서 엄마를 빼앗아 갈 것 같다는 생각이 들었다. 도대체 엄마는 왜 그럴까? 나만 바라보며 살아왔던 엄마인데…. 노래방 나가기 시작한 후로는 낮과 밤이 바뀌어 집에서 술에 취해 멍하게 누워 지낼 때가 대부분인 엄마. 예전만큼 자신을 챙겨주지 못하는 엄마가 싫었다. 이러다 엄마마저 아빠처럼 영원히 자신에게서 멀어져 가는 건 아닌가 하는 두려운 마음마저 들었다. 어떻게든 엄마에게서 그 남자를 떨어뜨려 놓고 싶었다.

내가 너만 아니었으면…. 술에 취한 엄마가 술 좀 그만 마시라고 잔소리하는 가영에게 어느 날 한탄하듯 중얼거렸던 말. 술에 취해 엄마는 기억을 못 하겠지만, 그날 가영은 마음의 상처를 입고 처음 집을 나갔었다. 차라리 끝까지 다 말을 하던지. 내가 너만 아니었으면…. 그렇게 끝맺은 엄마의 말은 가영의 마음을 혼란스럽고 아프게 했다. 뒤에 엄마가 하고 싶었던 말은 무엇이었을까? 내가 없었다면 엄마는 어떤 선택을 하려 했을까? 이젠 나보다 그 남자가 더 소중한 걸까? 내가 거추장스러운 혹처럼 느껴지는 건 아닐까? 엄마는 알까? 내가 그날 처음으로 가출했던 그 이유를?

엄마의 그 말을 듣고 처음으로 엄마의 맘을 똑같이 아프게 해주고 싶단 생각이 들었다. 나만 바라보고 살던 엄마였는데 어떻게 그렇게 변할 수 있을까? 내가 받은 상처를 엄마에게 그대로 돌려주고 싶다. 그런다고 예전의 엄마로 돌아올까? 엄마에게 가장 큰 고통은 뭘까? 엄마가 한 말처럼 내가 없어져 주면 되겠지. 그게 엄마를 가장 아프게 하는 일이었으면 좋겠다. 아직도 나를 사랑하고 있다는 증거일 테니까. 엄마 눈앞에서 멀리, 그리고 영원히 사라질 테야. 엄마가 내게 했던 말을 기억해 내고 아파했으면 좋겠다. 이번엔 정말 엄마한테서 멀리 떠날 수 있을 것 같다. 매번 가출할 때마다 얼마 못 버티고 집으로 다시 기어들어 갔던 나 자신이 패배자처럼 생각됐었는데…. 이번엔 정말 엄마가 찾을 수 없는 먼 곳으로, 아주 먼 곳으로 도망가야지. 엄마가 죄책감에 고통스러워 죽고 싶을 만큼 후회하게 만들 거야. 그때서야 엄마는 내가 얼마나 소중한 존재인지 다시 깨달을 수 있겠지. 나만 보며 살던 과거로 다시 돌아가려면 난 이번에 더 독해져야 해. 아빠를 추억하며 엄마랑 둘이 살던 예전의 행복한 모습으로 어떻게든 돌려놓을 거야. 비록 시간이 걸릴지라도….

아빠가 보고 싶다. 아빠가 지금 내 옆에 있다면 얼마나 좋을까? 일찍 가버린 아빠가 무책임하다고 생각해 미웠던 적도 있었다. 하지만 가영이 어릴 적 늘 햇빛 한 점 들지 않는 어두운 방 낡은 침대 위에 누워 자신을 바라보던 아빠의 눈빛을 떠올리면 도저히 미워할 수 없다. 우리 가족을 늘 밝게 비춰줄 것만 같았던, 태양과도 같았던 아빠가 그늘진 어둠 속에 그렇게 시들어 가는 모습을 바라보는 건 가영에게 고통이었다. 아빠의 그 눈빛을 잊을 수 없다. 미안함 가득한, 그 잊을 수 없는 눈빛을 떠올리면 이미 아빠는 그 눈빛만으로도 우리에게 수십 번 아니, 수백 번의 사과를 하고 용서를 구했는지 모른다. 자신에게 닥칠 죽음에 대해 두려워하던 그 눈빛을 떠올리면 아빠가 불쌍해서 도저히 미워할 수 없다. 그리고 무엇보다 아빠가 아프지 않았을 때 내게 보여줬던 그 사랑 가득한 눈빛, 영원히 잊고 싶지 않은 그 따뜻한 눈빛을 떠올리면 아빠를 도저히 사랑하지 않을 수 없다. 아빠가 떠난 지도 오랜 시간이 흘렀다. 이젠 가까운 친구, 친척들조차 아무도 아빠를 기억하고 그리워하지 않을지 모른다. 나라도 아빠를 기억해 줘야 저 세상에서 아빠가 외롭지 않을 것 같다. 그런 아빠를 엄마는 정말 이젠 잊은 걸까?

부르르…. 휴대폰 진동이 울렸다. 나한테 전화 올 곳이 없는데…. 카톡이다. 최근 학교에서의 사건과 아지트에서 탈출한 이후 가영은 평소 알고 지내던 학교 친구들, 동네 선후배, 교회 언니들, 그리고 그 아지트 무리들을 모두 수신 차단해 놓았다. 만약 안 그랬다면 매일 협박성 전화나 카톡이 일진 무리들로부터 왔을 것이다. 누구일까? 역시 엄마였다. 가영에게 언제나 반갑고 힘이 되어주던 엄마란 두 글자가 휴대폰 액정 위에 떴다. 늘 반갑던 엄마의 카톡. 그렇지만 지금은 그렇지 않다.

잘 지내니? 화면 표시창에 뜬 카톡을 읽었다. 예전 다정했던 때와는 전혀 다른 엄마의 짧은 문자. '살아 있니?'라고 묻는 것만 같았다.

잠시 가영은 고민했다. 답신을 할까? 아니, 아직도 어제 그 충격이 가시지 않고 분이 풀리지 않아 답은 못 할 것 같다. 그렇지만 엄마가 걱정해서 또 연락이 올 것 같다. 카톡 창을 띄워 엄마가 보낸 문자에 답은 안 하고 읽었다는 표시가 뜨게 엄마의 문자를 열어만 보았다. 내가 카톡을 열어봤으니 어디서 술 먹고 길에서 자다 얼어 죽었을까 하는 걱정은 더 이상 안 하겠지. 잠시 휴대폰을 무릎 아래 숨기고 가만히 창밖을 바라보았다. 역시나 엄마한테서 더 이상의 카톡은 오지 않았다.

뭐 좋아하는 노래 없어요? 생각에 잠겨 아무 말이 없던 가영이 하품을 하는 진혁을 보고 걱정이 돼 물었다.

졸리죠? 라디오라도 켤까요? 듣고 싶은 곡 있으면 제가 핸드폰으로 검색해서 틀어줄게요. 아니면 아저씨가 부르고 싶은 노래 부르면서 가요. 목소리 들어보니 노래 잘할 것 같은데.

내가 고음불가야. 군 제대하고 남 앞에서 노래 불러본 적 없어.

왜요?

군대 자대배치 받은 날 점호 끝나고 고참이 신고식 하라고 하더라고. 신나는 노래 한번 불러보라고 했는데 노래 부르고 나서 막사 밖으로 불려 나가서 몇 대 맞았어.

걸그룹 노래 불렀다가 망했어요?

아니. 정태춘의 '촛불'. 너도 그 노래 아니?

'촛불'이요? 들어봤죠. 맞을만했네요.

뭐라고?

아니. 그냥 성의 없어 보이고 반항하는 것 같아 보이잖아요. 신나는 노래 아무거나 부르지 그랬어요. '촛불' 틀어줄까요?

아니. 진혁이 정색을 하며 말했다.

빼지 말고 좋아하는 노래 있으면 한번 불러봐요. 아니면 신청곡 받을게요.

서태지와 아이들 알아?

들어는 봤죠.

그럼 '컴백홈' 노래 신청할게.

가영은 어느새 유튜브를 검색해서 '컴백홈' 동영상을 틀었다.

와…. 이땐 스키 복장이 유행했나 봐요. 와, 안무도 되게 세련됐다.

그렇지? 그땐 정말 인기가 대단했어. 그런 복장하고 나와서 그런 춤 추며 힙합 노래 부르는 가수가 없었거든.

화려한 안무의 전주가 끝나고 곧 노래가 시작되었다. 진혁도 흥얼거리며 가사를 따라 불렀다.

You must come back home

떠나간 마음보다 따뜻한

You must come back home

나를 완성하겠어

그때였다. 음악이 갑자기 끊겼다.

이 노래는 불합격! 다른 노래 신청 받을게요.

가영이 뾰로통한 얼굴로 휴대폰을 만지작거리며 말했다.

왜? 가사가 맘에 걸려? 알았어. 그럼 다른 노래 신청할게. 그 노래 있잖아. '우리들 마음에 빛이 있다면⋯.'으로 시작하는 노래. 잠시 생각에 잠겼던 진혁이 말했다.

그런 가요가 있어요? 한물간 걸그룹 노래인가? 멜로디 알면 어디 한 번 불러봐요.

가요는 아니고. 우리들 마음에 빛이 있다면 여름엔 여름엔 파랄 거예요~~. 진혁이 멜로디를 넣어서 노래를 나지막하게 불렀다.

아, 그 노래. 동요잖아요.

그래, 우리 어릴 때 학교에서 불렀던 노래. 그 노래가 듣고 싶은데.

참나. 뭐 하나 평범한 게 없네. 참 특이해. 가영은 조금 어이없다는 표정을 지으며 작은 목소리로 중얼거렸다.

뭐라고?

아니에요. 보기보다 되게 순수하네요. 그런데 그 노래 제목이

뭔지 모르겠는데…. 잠깐만요. 검색해 볼게요. 아, '파란 마음 하
얀 마음'이네요. 그런데 이 노래가 왜 좋아요? 가영은 휴대폰으
로 검색해서 그 노래를 틀어주며 물었다.

　어. 가끔 쉬는 날 혼자 임진강이나 강화도에 가서 하이킹하는
걸 좋아하는데 얼마 전 늦여름, 임진강 변을 따라 걷는데 그날따
라 날씨가 너무 좋았어. 하늘도 푸르고 하얀 뭉게구름도 흘러가
고. 그냥 절로 탄성이 나올 정도로 좋은 날씨였지. 아주 넓은 도
라지밭을 지나는데 도로변 작은 비닐하우스에서 그 노래가 갑자
기 흘러나오는 거야. 사람도 없던 조용한 그 강변에서 내가 어릴
적 좋아했던 그 노래가 아주 크게 흘러나오는데 갑자기 전율이
느껴졌어. 그 자리에서 마비된 듯 딱 멈춰 서고 말았어. 소오름이
돋았다고 할까? 그냥 잠시 멈춰서 그 노래를 들었지. 조금 더 비
닐하우스 쪽으로 다가가서 보니까 작은 평상 위에 할머니하고 손
녀 둘이서 그 노래를 들으며 그림책을 보고 있었어. 그 파란 하늘
아래 손녀와 놀아주고 계신 할머니의 그 모습이 얼마나 정겹고
아름답던지 그 장면을 지금도 떠올리면 마음이 따뜻해지는 것 같
아. 어릴 적 외할머니도 생각나고.

　우리들 마음에 빛이 있다면
　여름에 여름엔 파랄 거예요
　산과 들도 나무도 파란 잎으로
　파랗게 파랗게 덮인 속에서….

진혁은 미소를 지으며 휴대폰에서 흘러나오는 노래를 따라 불렀다.

바깥세상은 온통 하얀데요? 가사를 듣고 있던 가영이 말했다.

좀만 더 기다리지 그랬어? 이 노래 기억 안 나니? 2절 들어봐. 지금 곧 나오니까.

우리들 마음에 빛이 있다면
겨울엔 겨울엔 하얄 거예요
산도 들도 지붕도 하얀 눈으로
하얗게 하얗게 덮인 속에서
깨끗한 마음으로 자라니까요

둘은 한동안 서로 좋아하는 곡을 한 곡씩 가영 휴대폰에서 유튜브로 검색해 들으며 갔다.

아저씨, 방금 빨간불이었어요. 아저씨 정말 졸린가 보다. 빨간 신호에도 차를 멈추지 않고 사거리를 그냥 지나가는 진혁을 보고 가영이 놀라 말했다.

어? 그래. 미안. 못 봤네. 빨간 불은 빨리 가란 뜻인데. 졸린듯한 목소리로 진혁이 말했다.

뭐라고요?

농담이야. 차가 없어서 그랬어. 이젠 안 그럴게. 그런데 왜 빨간색을 멈추라는 색으로 썼을까? 난 스페인 투우에서 빨간 망토를

보면 달려드는 황소처럼 빨간색을 보면 열정적으로 더 뛰어들고
싶다는 생각이 들 것 같은데 말이야.

멈추라는 뜻보단 위험하다는 뜻의 색이겠죠. 그리고 소가 색을
볼 수 있어요? 색맹 아녜요?

그런가?

끼이익.

갑자기 바뀐 정지 신호에 진혁은 급하게 브레이크를 밟아 차를
정지선에 맞춰 세웠다.

깜짝이야. 이렇게 급정거하면 어떡해요?

신호 잘 지키라며?

그래도 이렇게 갑자기 멈추면 어떡해요? 머리 부딪힐 뻔했잖아요.

화가 난 가영은 창밖으로 고개를 돌려 겨울 안개가 자욱하게
낀 국도변 한적한 풍경을 바라보았다. 앙상한 나뭇가지 위에 앉
아 울고 있는 한 쌍의 까치를 바라보았다. 44번 국도에는 가영이
탄 차 외엔 차가 한 대도 다니지 않아서인지 까치 울음소리가 더
크게 들려왔다. 곧 날이 완전히 밝아질 것 같았다.

차가 멈춘 지 시간이 한참 지났는데도 차는 출발하지 않았다.
파란 불로 바뀐 지 꽤 시간이 흘렀다.

아저씨 졸아요? 신호 바뀌었잖아요. 진혁은 가영의 말에 놀라
감았던 눈을 크게 뜨고 엑셀을 급하게 밟았다.

정말 졸았던 거예요? 졸면 어떡해요? 불안해서 같이 못 가겠

네. 멈추란 신호에 가고, 가란 신호에 서 있고.

내가 잠깐 졸았나? 벌써 두 시간 째 운전해서 그런지 조금 졸리네. 나 졸지 않게 말 좀 계속 걸어줘. 재밌는 얘기 아는 거 있어? 그리고 혹시라도 또 내가 졸면 바로 깨워줘.

목 아프게 어떻게 아저씨를 계속 쳐다보고 있어요?

그럼 그냥 가다가 내가 코 고는 소리 들리면 나 깨워줘.

뭐라고요? 이 아저씨가 진짜. 웃기려고 그러는 거죠? 농담이죠? 아니면 나 불안하게 해서 졸지 못하게 하려는 거죠? 아저씨, 은근 머리가 좋은 것 같아요.

내가 가방끈은 짧아도 아이큐는 높았어.

역시 사람은 겪어봐야 안다고 하더니 가게에선 정말 말 없고 재미없는 아저씨인 줄 알았는데…. 아저씨 은근 웃긴 거 알아요? 농담도 잘하고.

농담 아니라니까. 코 골면 진짜 바로 깨워야 돼.

아 됐어요. 그럼 서로 재미있는 얘기 하면서 가기로 해요. 내가 졸릴 틈 없이 계속 말 걸 테니까 운전이나 잘해요.

이제 완전히 날이 밝았네. 난 밤에 어둠 속에서 운전하는 걸 별로 좋아하지 않아. 밤눈이 어둡기도 하고, 누군가 갑자기 튀어 들어올까 불안하기도 해. 진혁이 창 앞으로 펼쳐진 하늘을 바라보며 말했다. 컴컴한 밤 도로에 차 하나 안 다닐 때 가로등 불빛도 없는 국도를 나 혼자 헤드라이트 불빛 켜고 조용히 운전하고 갈 때면 가끔 그런 생각이 들어. 소실점 알아? 풍경화 그림 설명할 때 가끔 나오는 그 소실점. 어둠 속에서 내가 불빛을 쏘며 그 도로 끝 소실점을 찾아 막 달려가는 모습이 마치 죽음을 향해 내가 질주해 간다는 생각이 들 때가 있어. 마치 죽음의 심연 같은 그 도로 끝의 블랙홀 속으로 빨려들어 가듯 내가 끌려가고 있다는 생각이 들어. 그냥 짧은 인생이 이렇게 속절없이 끝을 향해 빠르고 덧없이 흘러가는구나, 하는 우울한 생각도 들어. 그래서 가능하면 밤에는 운전을 안 하려고 해.

　진혁은 잠시 생각에 잠겼다. 몇 년 전 기관지염을 심하게 앓느라 일도 못 하고 집에서 혼자 누워 있을 때 숨쉬기가 힘들어 심한 불면증과 우울증에 시달렸었다. 이렇게 사느니 차라리 죽는게 나을 것 같단 생각이 자꾸 들어 동해 바다를 보며 우울한 생각을 떨쳐버릴 마음으로 오늘처럼 새벽에 차를 빌려 44번 국도를 따라 혼자 달린 적이 있었다. 가끔 도로에서 마주치는 44번 국도 입간판 속 그 두 숫자가 갑자기 죽을 사 자 한자 두 글자로 바뀌어 죽어! 죽으라고! 진혁에게 주문을 거는 것만 같아서 혹시라도 사고가 날까, 길에 차를 세워두고 잠시 쉬었다 간 적이 있었다. 그러고 나서 몇 주 후 호흡기 쪽 근무력증 진단을 받았을 때, 언제 그 증상이 나타날지 모르겠지만 혹시라도 그 병의 증상이 발현되어 호흡이 곤란해진다면 어떻게 살 수 있을까 하는 불안 속에 한동안 살아야 했다. 불면증은 심해지고 어쩌다 잠에 들면 그 병이 악화되어 숨쉬기 힘든 고통 속에서 발버둥 치다 깨어나는 악몽을 꾸곤 했었다.

재밌는 얘기 하나 해줄까?

몇 년 전에 강원도 등산 모임이 있어서 새벽 일찍 나와 어두운 강변북로를 달리는데 갑자기 도로변에서 한 여인이 머리를 길게 늘어뜨리고 내게 손을 흔드는 거야. 젖은 긴 머리가 얼굴을 덮고 있어서 얼굴은 볼 수 없었어. 무슨 이유인지는 몰라도 그 어두운 새벽에 강물에 들어갔다가 다시 나온 것 같았어. 그녀를 태워 줘야겠다고 생각을 하고 그녀에게 다가가다가 갑자기 그 이야기가 떠올랐어. 그때 강변북로 귀신 이야기가 한창 유행이었거든. 그래서 갑자기 소름이 돋고 무섭다는 생각이 들어서 순간 방향을 틀어 속도를 내서 그곳을 벗어났지. 그런데 운전하며 가는데 계속 그녀가 젖은 머리를 길게 늘어뜨리고 물에 젖은 소복 같은 하얀 원피스를 입은 채로 팔을 힘없이 위아래로 흔들던 모습이 계속 생각나는 거야. 계속 차창 앞에 그 여자 모습이 아른거려서 혼났어. 고속도로를 빠져나와 국도를 달리다 짙은 안개 때문에 길을 잃고 헤맸어. 분명 내비게이션이 안내하는 대로 간 것 같은데 이상한 산길로 계속 달리고 있는 거야. 갑자기 오줌이 너무 마려워서 안개 속에서 넓은 공터 같은 곳이 나오길래 차를 세우고 나왔는데, 글쎄 그곳이 지도에도 나오지 않는 마을 공동묘지 입구였어. 너무 놀라서 소변도 못 보고 빨리 차를 돌려서 다시 돌아나왔었지.

어머! 무서워요. 이게 무슨 재밌는 얘기예요? 무섭잖아요.

미안해. 진혁은 가영이 놀라는 표정을 보며 말했다.

지금도 그 일 생각하면 무서워요?

아니. 혼자라면 모를까? 지금은 가영이가 옆에 있으니까 그런 생각이 안 드는데.

아저씨⋯. 아저씨⋯. 그때 저 좀 태워주시지 그랬어요?

갑자기 가늘고 낮게 떨리는 여자 귀신 목소리가 들려왔다. 가영이 복화술을 하듯 입을 다문 채 귀신 목소리를 흉내 내며 말했다.

아저씨⋯. 아저씨⋯. 또 만나서 반가워요. 이상한 귀신 목소리는 계속되었다.

아니. 무슨 소리야. 야. 깜짝 놀랐잖아. 장난하지 마. 나 귀신 엄청 싫어해. 아니 무서워해. 운전하다 나 기절하는 꼴 보고 싶어서 그래?

운전 중이라 아주 짧게 고개를 돌려 가영을 바라본 진혁은 놀라서 말했다.

뭔 남자가 겁이 그렇게 많아요? 진혁이 들려준 이야기 속 여인처럼, 가영은 긴 머리로 얼굴을 완전히 가려 귀신 모습을 한 채 진혁을 바라보며 웃었다.

저도 재밌는 이야기 하나 해줄까요?

재밌는 이야기 맞지?

제가 이어폰을 잃어버려서 하나 사야 했는데 돈이 없어서 못 사고 있었어요. 그런데 며칠 후 집에 가는데 길 위에 이어폰이 하나 떨어져 있는 거예요. 남이 쓰던 거라 찜찜해서 그냥 지나칠까 했는데 그래도 아쉬워서 주워왔죠. 집에서 물티슈로 깨끗이 여러 번 닦아서 썼어요. 혹시나 고장 났을까 걱정했는데 이어폰 성능은 좋았어요. 그런데 그날 제가 스탠드 조명 아래서 시험공부 하다 깜박 잠이 든 거예요. 그런데 시험공부를 제대로 못 해서 걱정하다 잠이 들어 그런지 안 좋은 꿈을 꿨어요. 가위눌린 상태에서 벌떡 일어났죠. 자다 일어나서 잠 좀 깨려고 휴대폰에서 시끄러운 음악 찾아서 틀고 이어폰을 찾아 귀에 꽂았는데 갑자기 어린 여자 비명 소리가 들리는 거예요. 놀라서 방 불을 켜고 다시 이어폰을 들여다보는데 글쎄 휴대폰에 연결되어 있는 줄 알았던 이어폰이 휴대폰에 연결되어 있지도 않은 거예요. 휴대폰은 책상 구석에 놓여 있었어요. 그냥 이어폰만 덜렁 귀에 꽂혀 있었는데 알 수 없는 비명 소리가 들렸던 거예요.

야! 그만해. 깜짝 놀랐잖아. 진혁은 이야기를 듣다 너무 무섭고 놀라서 그만 가영에게 소리를 지르고 말았다. 재밌는 이야기라며? 너 이거 지어낸 얘기지?

아닌데요. 진짜 있었던 일인데요. 가영은 별것도 아닌 것에 웬 호들갑이냐는 듯 태연하게 말했다.

꿈꾼 거 아냐? 아주 리얼하게 꿈을 꾸면 현실과 헷갈릴 수도 있어. 아니면 옆집 여중생이 치킨 배달왔다고 반가워서 소리 지른 건 아니고?

아니라니까요. 이런 얘기 또 해줄까요? 우리 무서운 이야기 배틀 한번 해요.

아냐. 됐어. 이제 그런 무서운 얘기 그만해. 아휴 소름 돋네. 뭔

애가 이렇게 겁이 없어. 내가 졌어. 귀신 얘기 들려주며 가영을 놀래켜 줄 장난을 하려던 진혁은 오히려 당했다는 생각에 짜증스러운 표정을 지으며 말했다.

와, 진짜 덩치에 안 어울리게 왜 이렇게 겁이 많아요? 군대 갔다 온 거 맞아요?

무서운 얘기 말고 재밌는 이야기나 퀴즈 같은 거 얘기하면서 가자. 아니면 그냥 조용히 음악 들으면서 가든지.

그럼 아저씨 먼저 재밌는 얘기 하나 해봐요.

진혁은 가영에게 들려줄 이야기를 생각해 내느라 잠시 생각에 잠겼다.

아니 뭘 그렇게 생각해요? 그냥 아무거나 생각나는 거 있으면 빨리 얘기해 줘요.

그래. 이번 이야기는 추리 문제야. 내가 어려서 소년잡지에서 읽은 건데 너무 인상적이었던 이야기라 아직도 기억에 생생해. 잘 들어봐.

스파이들이 어느 박사를 암살하라는 지령을 받고 그 박사가 저녁에 퇴근할 때 여러 번 미행해서 암살 계획을 세웠어. 박사가 퇴근하는 길이 차 두 대 정도만 간신히 지날 수 있는 좁은 도로였고, 거리는 CCTV는 물론 가로등도 없는 한적한 전원 마을이었어. 박사는 통근 버스에서 내려 늘 그 도로를 걸어서 퇴근했지. 그 박사를 제거하기로 결정한 날은 달도 뜨지 않는 컴컴한 밤이었어. 밤늦게까지 연구를 하다 퇴근해 혼자 그 길을 걸어서 집으로 가던 박사는 갑자기 뒤에서 자동차가 굉음을 내며 자기 쪽으로 달려오는 걸 느끼고 몸을 돌렸지. 차 한 대가 헤드라이트를 밝게 켜고 아주 빠른 속도로 달려왔어. 박사는 차와 부딪히기 직전에 몸을 날려 차 옆 좁은 공간으로 간신히 피했지. 그런데 다음 날 신문에 그 박사가 차에 치여 죽었다는 기사가 실렸어. 분명히 달려오는 차를 피해서 도로 가장자리로 몸을 날렸는데 말이야. 왜 그랬을까?

나이 드신 박사님이어서 제대로 점프를 못 한 거 아녜요? 점프했다고 생각했는데 그 자리에서 거의 움직이지 못했던 거 아녜요?

아니. 추리 퀴즈라고 생각하고 다시 생각해 봐.

가영이 한참 생각에 잠겼다.

몰라요. 모르겠으니까 빨리 얘기해 줘요. 궁금해요.

나도 몰라. 궁금해하는 가영의 모습이 귀여워서 진혁은 웃으며 말했다. 그런데 이렇게 재밌는 이야기 하면서 가니까 정말 졸음이 싹 가시는 것 같아.

아니. 빨리 답 알려달라니까요? 궁금해 미치겠어요.

가영이 손을 뻗어 진혁의 팔뚝을 꼬집었다.

아야. 알았어. 얘기해 줄게. 다름이 아니고. 내가 잘 들으라고 했잖아. 스파이가 한 명이 아니고 두 명이 있었던 거야. 내가 스파이들이라고 했잖아. 자동차 두 대가 어둠 속에서 그 박사를 향해 달려온 거지. 오른쪽 차는 왼쪽 헤드라이트를 깨뜨리고 왼쪽 차는 오른쪽 헤드라이트를 깨뜨린 상태에서 차를 몰았던 거야.

그러면 컴컴한 밤엔 차 두 대가 아니라 한 대의 차가 가운데로 달려오는 것처럼 보였겠지. 그 박사는 제대로 몸을 던졌지만 그게 결국은 차로 몸을 던진 게 된 거지.

야! 대단하다. 전혀 예상 못 했어요. 재밌어요. 또 얘기해 줘요.

알았어. 이런 얘기들은 무궁무진하게 많이 알고 있어. 어릴 적 추리 소설이나 SF 문고 전집을 읽는 걸 가장 좋아했던 진혁은 이런 류의 추리 소설 이야기들을 많이 알고 있었다.

턴테이블을 이용하거나 얼음이 녹는 걸 이용해서 그 시간 차를 이용해 알리바이를 조작하는 범죄 이야기 같은 것들도 아주 재밌지. 어떤 이야기일지 상상이 가?

예전 레코드판 올려놓고 돌려서 음악 듣는 그 턴테이블이요? LP판 트는 턴테이블 말하는 거죠? 대충 짐작은 가요. 레코드판이 다 돌고 나서 핀이 원위치로 되돌아올 때 그 움직임을 이용해 무기 같은 무언가를 동작시키거나 얼음이 다 녹으면 떠오르게 해서 동작되게 하는 장치 같은 거 말이죠?

그렇지. 똑똑한걸…. 아니 그런데 네가 그걸 어떻게 알지? 요새 턴테이블 있는 집이 없을 텐데.

왜 몰라요? 레트로 열풍 몰라요? 요새 젊은이들이 힙지로 같은 오래된 골목 느낌 나는 거리의 카페에 놀러 가서 사진 찍어 SNS에 올리는 게 유행인 거 몰라요? 저도 SNS에서 봤어요. 을지로 가면 자개장 같은 옛날 가구로 인테리어 꾸미고 아저씨가 말한 턴테이블에 LP 올려서 음악 틀어주는 곳이 많더라구요.

이번엔 가영 차례야.

이번엔 퀴즈 하나 낼게요. 세상에서 제일 맛있는 라면이 뭐게요?

역시 가영에게 잘 어울리는 먹는 문제구나. 바로 알 것 같은데…. 너와 함께라면?

어떻게 알았어요? 아재라서 이런 아재 개그에 강하구나.

이게 무슨 아재 개그야? 아주 로맨틱해서 좋기만 하구먼.

그럼 또 하나 낼게요. 술 좋아하면 바로 맞출 수 있을 거예요. 일취월장의 뜻이 뭐예요?

에이. 그거 모르는 사람이 어딨어?

난센스요.

어. 난센스라고…. 그럼 내가 아는 답은 아닌 것 같고…. 잘 모르겠는데.

'일요일 취하면 월요일 장난 아니다.'란 뜻이래요.

하하하 이건 진짜 웃겼어. 나 이런 개그 너무 좋아.

사실 난 이런 개그도 좋지만 요샌 그냥 신문 정치나 사회면 기사들만 봐도 어처구니없고 재밌는 이야기들을 많이 만나게 되는 것 같아. 최근에 읽었던 재밌는 기사 하나 말해줄까? 여름 휴양지에 피서 인파가 몰려 주차할 곳이 모자라서 인도와 차도 변에 불법 주차된 차량들을 기자가 취재하러 갔는데, 어느 작은 차 한 대가 소방서 앞에 주차되어 있었다는 거야. 큰 소방차들이 출동할 때 올라가는 커다란 셔터 문 알지? 소방차들 출동 못 하게 그 철문 앞에 딱 주차를 해놓은 거지. 그 차주를 기다려서 결국 인터

뷰를 했는데 왜 소방서 앞에 주차를 했냐고 기자가 물었더니 차
주였던 아줌마가 뭐라고 말했게?

소방서인 줄 몰랐다고 발뺌했겠죠.

아니. 소방서인 줄은 알고 주차를 했대. 뭐라 답했냐면 그날이
일요일이었는데 휴일이라 소방서도 다 쉬는 줄 알았다고 말했어.
참 어처구니없지?

라디오에서 들었던 얘기도 하나 해줄까? 오래전에 버스 타고
가다가 라디오 방송에서 들은 이야기인데…. 시청자 사연 중에
할머니 팔순 잔치 때 손자가 할머니를 위해 행사에 모인 친지분
들 앞에서 대표로 노래를 불렀는데 그 노래 때문에 잔치 분위기
를 망쳤대. 결국 주인공 할머니께서 우셨대. 감동받아서 우신 건
지 서러워서 우신 건지는 잘 모르겠지만….

무슨 노래인데요?

'아침 이슬' 알아?

어떻게 시작하는데요?

긴 밤 지새우고 풀잎마다 맺힌…. 그렇게 시작하는 노래 있잖아?

알아요. 엄마가 가끔 불러요. 왜요? 그 노래 가사 좋던데요….
TV 방송에서도 이 노래 몇 번 들어봤어요. 옛날 민주화 운동 관
련 방송할 때 많이 나오잖아요.

그렇지. 명곡이지. 그런데 그 가사를 끝까지 들어본 적 있어?

아니요.

가사 뒷부분이 이렇게 끝나잖아.

태양은 묘지 위에 붉게 떠오르고….

한낮에 찌는 더위는 나의 시련일지라

나 이제 가노라….

크크크 어머 어떡해요? 분위기 정말 난처했겠어요.

그러니까 뭐든지 어설프면 안 돼. 어설프게 알면 큰코다칠 수 있어. 가영도 명심해. 완벽하긴 힘들겠지만, 앞으로 살아가면서 뭔가 새로운 거에 도전할 때는 그래도 어느 정도는 알고 덤벼야 돼. 알겠니?

네. 가영이 여전히 웃으며 답했다.

아저씨는 동해 바다 자주 가요?

가끔 가지. 맘은 더 자주 가고 싶지만.

동해 어디를 자주 가는데요? 동해가 왜 좋아요?

강릉, 속초, 양양 그리고 가끔 위나 아래로 조금 더 가서 고성이나 삼척에 갈 때도 있고. 그런데 강릉에 가장 자주 가는 것 같아.

강릉하고 얽힌 무슨 추억이 있어요? 혹시 첫사랑?

왜 자주 강릉에 가는지 따로 생각해 본 적은 없네. 아마도 어릴 때 추억 때문인 것 같아. 아버지하고 어려서 강릉을 함께 여행했던 기억이 있어서 그런가 봐.

다섯 살 때인가? 아버지랑 기차로 강원도 여행을 한 적이 있었어. 동해 바다로 여행을 갔었는데 아직도 그 기억이 생생해. 춘

천에 들러서 점심으로 막국수를 먹었어. 그리고 다시 강릉을 가기 위해 춘천역으로 들어가는데 역 앞 노점에서 한 할머니가 장난감을 팔고 계셨어. 많은 장난감 중에서 뱀 장난감이 내 눈에 띄었어. 뱀을 싫어하는데 왜 내가 그 뱀 장난감에 꽂혔는지 잘 모르겠어. 아버지한테 뱀 장난감을 사달라고 했는데 그냥 아무 말도 안 하고 매표소 쪽으로 걸어가시는 거야. 그래서 난 아버지를 따라가지 않고 그 할머니 앞에 앉아서 그 뱀 장난감 꼬리를 붙잡고 좌우로 흔들며 놀았어. 정말 뱀이 살아 움직이는 것 같더라고. 너무 갖고 싶어서 그 자리에 털썩 주저앉아서 아빠! 아빠! 크게 소리를 질렀어. 졸렸거나 피곤해서 짜증이 났던 것 같아. 아버지가 결국 그 뱀 인형을 사주셨지. 그리고 내가 기차 안에서 그걸 갖고 재밌게 노는 모습을 아버지가 몰래 사진으로 여러 장 남기셨더라고. 아직도 갖고 있지.

그리고 강릉에 도착해서 아버지 친구가 운영하는 바다 근처 민박집에서 하루 묵었어. 저녁에 식사를 하며 두 분은 술을 드셨어. 그런데 저녁에 배가 아파서 내가 넓은 마당 구석에 있는 화장실에 들어가서 문을 열어놓고 변기에 앉아 힘을 주는데 똥이 안 나오는 거야. 낯선 환경이라 그랬는지, 더운 날씨에 물을 적게 마셔 그런 건지, 변비에 걸렸던 것 같아. 배는 너무 아픈데 똥이 안 나오니까 너무 무섭고 당황했던 것 같아. 배가 부풀어 올라서 터지면 어떡하나 그런 생각까지 했으니까. 그래서 갑자기 화장실 변기에 앉은 채로 울면서 아버지를 아주 크게 불렀어.

아빠! 아빠! 똥이 안 나와요!

아버지하고 친구분이 놀라서 달려오셨지. 아버지를 보자 내가 또 울었어. 내가 어렸을 땐 엄청 울보였나 봐. 아버지가 나랑 마주 보고 앉으셔서 내 두 손을 꼬옥 잡아주면서 힘을 줘보라고 계속 말씀하셨지. 그런데 아무리 힘을 줘도 똥은 나오지 않았어. 그래서 변기에 앉은 채로 또 울었어. 그랬더니 친구분이 급하게 동네 약국인지 옆집에 가서 변비약을 구해오셨어. 아버지가 나를 변기에서 내려 앉게 하고 내 엉덩이 사이로 손을 뻗어 그 변비약을 힘껏 찔러 넣어주셨어. 그렇게 몇 번 약을 찔러 넣고 힘주기를 반복하니까 드디어 똥이 나왔어. 나는 변기에 앉아서 힘을 주고 아버지, 아버지 친구분 그리고 아주머니 그리고 다른 어른들이 내가 똥을 싸는 모습을 지켜보다가 똥이 나오는 순간에 웃으며 박수를 쳐줬어. 다섯 살 때 일인데 그 모든 장면이 마치 어제 일처럼 너무 생생하게 기억이 나. 그 화장실에서 내가 아버지 얼굴을 바라보고 앉아서 힘을 주던 순간, 아버지 얼굴 뒤로 보이던 그 집의 마당 풍경이 너무도 또렷하게 떠올라. 그날 저녁 부슬부슬 비가 내렸는데 민박집 담벼락에 바람에 흔들리는 덩굴나무와 작은 나뭇가지들의 그림자가 비치던 모습이 정말 사진을 들여다보고 있는 것처럼 생생하게 기억에 남아 있어. 잊고 살았는데 또 생각이 나네. 그러고 보니까 우리 아버지가 무뚝뚝한 분이셨다고 생각했는데 내가 어릴 때 아주 자상하셨던 것 같아. 강릉에 오면 어릴 적 아버지와 강릉을 여행하던 여러 기억들이 떠올라서 좋은 것 같아.

강원도에 오면 다들 똥이 마렵나 봐요. 가영이 웃으며 말했다.

그리고 또 강릉이 좋은 이유는 뭐니 뭐니 해도 먹거리 때문이지. 강릉에 오면 늘 가는 식당들이 몇 군데 있어. 중앙시장 근처 삼숙이 매운탕, 칼국수집 그리고 경포해변 근처 실내포차나 조개구이집. 바다를 보며 맛있는 음식에 소주를 마시는 그 기분을 뭐하고 비교하겠어?

이따 우리 맛있는 거 먹는 거예요?

좋지.

그런데 왜 고속도로 말고 이 구불구불 돌아가는 국도로 가요? 고속도로가 더 빠르고 편하지 않아요?

고속도로가 뚫린 건 내가 제대하고 나서지. 내 군 시절 땐 주로 이 길로 차들이 다녔어. 휴가 나오던 날, 휴가 복귀하던 날, 제대하던 날, 그 좋고 괴롭고 환희에 찼던 기억들이 다 이 길 위에서였지. 첫 휴가 때도 그렇고 제대할 때 창밖을 쳐다보며 설레기도 하고 아쉽기도 했던 그 시절이 엊그제 같아. 특히, 제대하던 날 맨 뒷좌석 창가자리에 앉아 버스 창문 열고 시원한 바람을 얼굴로 맞으며 이 길을 달릴 때의 그 짜릿한 해방감은 정말 잊을 수 없어. 강렬한 태양 빛이 저 푸른 한강물에 부딪혀 부서지며 반짝반짝 빛났는데, 그 빛들이 꼭 내 제대를 축하한다고 박수 쳐주고, 손을 흔들어 주는 것처럼 보였어. 제대하며 떠오르는 선배들, 동료들이 있어 조금 서운하고 슬프기도 했지만 말이야. 그때나 지금이나 이 강변 풍경은 변한 게 거의 없어. 그런 모든 기억들이 이젠 다 추억으로 변했지만, 이 강변도로를 달리면 그때 그 순간들이 떠올라서 기분이 좋아. 그리고, 이 국도를 따라가는 길이 훨씬 아름다워. 새로 생긴 고속도로는 거리나 시간을 단축하기 위해 인공적으로 산을 뚫고 다리를 놓고 구릉들을 깨부숴서 가능하면 길들을 직선으로 넓게 만들려고만 하잖아. 그렇지만 오래된 이 국도로 조금만 따라가다 보면 느낄 수 있을 거야. 이 길들은 세월에 따라 자연스럽게 만들어진 지형들 위에 생겨났어. 구불구불 돌아가느라 시간은 좀 더 걸릴지 몰라도 멋진 산들 사이에 펼쳐진 평지나 강변을 끼고 도는 한적한 도로를 따라 운전하며, 주위 풍경들을 천천히 달리면서 여유롭게 감상하고 즐길 수 있어서 좋은 것 같아. 오래 봐야 더 예쁘다는 어느 시인의 말처럼 강원도 산과 하천의 멋진 풍경들을 제대로 보려면 고속도로보다는 좁고 구부러진 이 국도를 따라 천천히 여유롭게 가는 길이 더 좋은 것 같아.

진혁의 이야기를 듣던 가영은 문득 아빠가 그리울 때마다 엄마 방에 들어가 꺼내 보던 앨범 속 아빠의 젊은 시절 사진이 떠올랐다. 아빠도 동해 바다 해안선 경계를 담당하던 부대에서 근무했었다. 건강한 모습으로 소총을 들고 바닷가를 배경으로 늠름한 미소를 지으며 웃고 있던 군인 시절의 아빠 모습이 떠올랐다. 아빠도 군인 시절에 이 길을 따라 휴가를 나오고 부대로 복귀했었겠구나, 하는 생각이 들었다. 어릴 때 아빠와 마지막 이별을 했던 곳이 동해 바다 어느 곳이란 게 어렴풋이 떠올랐다. 정확히 어딘지 기억은 나지 않지만 아빠는 화장을 해서 동해 바다에 뿌려졌다. 강원도가 고향이기도 하고 늘 바닷가에서 살고 싶다고 했던 아빠의 마지막 부탁은 납골당 작은 항아리 속에 갇혀 있기 싫으니 자신이 좋아하는 바닷가에 유골을 뿌려달라는 것이었다. 처음엔 왜 그런 말을 남겼을까 가영도 의아했지만, 자신 떠나는 길에 구태여 돈 들이지 말고, 어서 자기를 잊고 살라고 엄마한테 그런 부탁을 했는지도 모른다고 가영은 나이가 들며 생각했다. 가까운 데 두고 자주 찾지 말고, 어서 자길 잊고 좋은 사람 새로 만나 남은 인생 고생하지 말고 잘 살라는 배려였는지도 모른다.

아빠 돌아가시고 다음 해인가 아빠와 친했던 동네 아저씨의 트럭을 타고 딱 한 번 아빠의 유골이 뿌려진 바닷가를 가본 적이 있다. 그게 마지막이었다. 어릴 때여서 아빠가 어느 도시 어느 해변에 뿌려졌는지 기억이 나지 않는다. 어쩌다 엄마에게 물으면 "아빠 하늘나라에 잘 계실 거니까, 아빠 생각하지 말고 그럴 시간에 어서 공부나 해."라는 답변뿐이었다. 그 동네 아저씨는 몇 년 전에 건강이 나빠져 지방 요양원에 내려갔다는 얘길 들은 후 한 번도 본 적이 없다. 아빠가 그리울 때면 가보고 싶던 아빠의 바다. 그렇지만 가영은 그곳이 어딘지 알 수 없었고 알아도 어렸기에 혼자 갈 방법이 없었다.

저기 저 산봉우리 좀 봐봐. 독특하게 생기지 않았어? 이 길을 다니며 늘 인상적이라고 생각했던 산봉우리가 나타나자, 진혁이 손가락으로 가영에게 그 산을 가리키며 말했다. 마치 젊은 여자의 젖가슴을 닮은듯한 모양의 산이었다. 높지 않은 삼각형 모양에 봉우리 정상 부분이 마치 처녀 젖꼭지처럼 볼록하게 솟아 있는 특이한 모양의 산이었다. 이 부근을 지날 때마다 군 동기들하고 차창 밖을 내다보며 서로서로 손가락으로 그 산을 가리키며 키득 키득 웃던 때가 떠올랐다.

아 저 산이요? 예쁘게 생겼네요? 그런데 뭐가 독특하다는 거예요?

아니…. 순간 진혁은 실수를 했다는 생각이 들었다.

뭐요? 가영은 그 산을 응시하며 다시 물었다. 아니 혹시 지금 그거 닮았다고 말한 건 아니죠? 여고생 앞에서?

아니 그게 아니라. 그거 있잖아. 그, 그거 닮았다고…. 당황한 진혁은 어떻게 핑계를 댈까 고민하다 말꼬리를 흐렸다. 순간 떠오른 게 하나 있었다.

아니. 그 이름이 갑자기 생각이 안 나네. 그 초콜릿. 특이한 모양의 초콜릿 있잖아? 허쉬, 아니 키세스였던가? 그 볼록하게 생긴 그 초콜릿 말이야.

키세스 초콜릿이요?

그래. 그거 말하려고 그랬어. 넌 무슨 생각을 한 거니. 설마 내가 너 앞에서 그런 생각을 했겠어? 잠시 어색한 침묵이 흘렀다.

네. 저 그 초콜릿 좋아하니까 이따 편의점 나오면 사주세요. 가영은 조금 전 진혁의 실수를 잊은 듯 웃으며 말했다.

어. 그래, 알았어. 진혁은 가영 몰래 안도의 숨을 몰아쉬었다.

아까운 사람

나 그대를 사랑해. 그대 곁에 있고 싶어요

나도 그대가 좋아….

라디오에서 익숙한 오래된 가요가 흘러나왔다.

이건 누구 노랜지 알아요? 이거 우리 엄마가 완전 좋아하는 노래인데.

와, 나도 이 노래 정말 오랜만에 듣네. 제목이 뭐더라? 기억이 안 나네.

아저씨는 여자 친구 있어요? 결혼은 안 했죠?

진혁은 아무 말도 하지 않았다.

없나 보네. 아니면 돌싱? 모태 솔로? 태어나서 연애는 해봤어요? 갑자기 과묵해진 걸 보니 없구나. 자, 그럼 여기서 진실 게임

들어갑니다. 오직 진실만 말해야 돼요.

왜, 첫사랑 같은 거 물어보려고?

정직하게 대답만 하세요.

최근 1년 안에 여자 손은 잡아봤어요? 아니 이건 너무 심했나? 가영이 혀를 빼꼼 내밀며 놀리듯 물었다.

아니, 넌 날 어떻게 보고? 내가 연애 한번 못 해봤을 것 같니?

맨날 밤늦게까지 가게에서 일하면서 도대체 언제 연애를 해요? 아저씨 오후 늦게부터 새벽까지 일하잖아요? 연애는 고사하고 사람 만날 시간이나 있어요? 남들 퇴근할 때 일하러 나와서, 남들 잠들고 꿈나라에서 헤맬 때 일이 끝나니 아저씨도 참 고달픈 인생을 사시네.

하긴 그렇지. 그래도 뭐 연애라고 할 것까진 없어도⋯. 진혁은 말을 계속하려다 잠시 생각에 잠겼다.

그녀하고는 만난 기간도 그리 길지 않았지만, 생각해 보니 사귀었다고 말할 수 있을까? 하는 생각이 들 정도로 깊게 사귄 것도 아니었다. 신앙을 매개로 진혁에게 먼저 다가왔지만, 신앙이라는 두꺼운 갑옷 때문에 쉽게 다가갈 수 있는 여자도 아니었다. 그 흔한 진도 한번 나간 적도 없었다. 그녀를 안아본 적도, 키스해 본 적도 없었다. 가끔 휴일에 만나 차를 마시고, 식사를 함께하고, 서점에 함께 가서 신앙 서적을 둘러보고, 교회에 대한 이야기를 나누고, 신앙을 통해 발전된 미래를 상상하고, 이야기한 것 외에는 연애다운 연애를 해본 적이 없었다. 문득, 나만 혼자 진지

했다가 나 홀로 심각하게 이별을 받아들이고 견디고 있는 건 아닌가 하는 생각마저 들었다. 그녀는 벌써 나를 완전히 잊고 잘 지내고 있을지도 모른다. 나에겐 성인이 되어 처음으로 다가와 준 여인이지만, 그녀에게 난 그녀가 다가갔던 수많은 남자 중에 그저 한 사람이었을지도 모른다. 그녀와 별 관계도 아니었는데 그녀가 떠난 후 혼자만 심각해져서 한강까지 갔던 건 아닌가 하는 서글픈 생각까지 들었다. 애써 그녀를 떠올리지 않으려고 노력했지만 갑작스러운 가영의 질문에 그녀는 어느새 다시 진혁의 맘속으로 파고들어 왔다.

갑자기 벙어리라도 되셨나? 아저씨 연애해 본 적 있냐고요? 키스나 포옹해 본 적 있어요? 실습 나온 총각 교생 선생님에게 첫사랑 얘기해 달라고 조르는 여고생마냥 가영은 재촉하듯 다시 물었다.

가영의 장난스러운 재촉에 진혁은 문득 오래전 여름, 홍대 맛집에서 혼술을 하고 밤늦게 거리를 걷다 있었던 일이 생각났다. 무덥고, 습하고, 끈적이던 그 여름밤, 하늘에서 뚝 떨어진 보물처럼 진혁 맞은 편에서 흰 블라우스 차림의 예쁜 아가씨가 갑자기 달려오더니 다짜고짜 진혁을 와락 끌어안았다. 여름이라 그녀가 입은 얇은 실크 블라우스 속 젖가슴의 촉감이 땀에 젖은 진혁의 티셔츠 안으로 그대로 느껴졌다. 땀 내음에 젖은 그 여인의 달콤한 체취가 진혁의 코끝을 자극했다. 여자는 취했는지 혀 꼬부라진 귀여운 말투로 진혁의 얼굴을 올려다보며 알아들을 수 없는 말을 계속 중얼거렸다. 하지만, 황홀했던 한여름 밤의 꿈은 오래 가지 못했다. 여자 핸드백과 재킷을 양손에 들고 저 멀리서 한 남자가 달려왔다.

알았어. 미안하다고. 다음엔 꼭 하겐다즈 사줄게. 그러니까 오늘은 그냥 이거 먹고 빨리 집에 가자! 젊은 남자의 손엔 바밤바 하드 두 개가 들려 있었다. 그렇게 남학생의 손에 이끌려 진혁 품에 꼬옥 안겼던 그녀는 바람과 함께 사라졌다. 술에 취해 하겐다즈를 사달라는 여자와 주머니 사정이 넉넉지 못한 남자가 아이스크림을 고르다 다툰 것 같았다. 조금 전, 혀 꼬부라진 소리로 그녀가 중얼거렸던 말이 그때야 또렷이 들리는 듯했다. "아저씨, 하겐다즈 사주세요!"

내가 왜 여자를 안아본 적이 없겠어? 있어. 있다고. 너무 많아서 다 기억하지 못할 뿐이지. 믿거나 말거나 최근에도 내가 좋다는 손님이 있었어. 이 이야긴 비밀이야. 가게 손님이고, 동네 주민이기도 하니까. 하기야 말해도 가영이는 누군지 알 수 없겠지만. 사실 이번 동해 여행도 원래는 그녀와 함께 오려 했었어.

그런데요?

헤어졌어.

왜요? 왜 헤어졌어요?

헤어졌다기보단 사라졌다는 표현이 더 정확하겠네. 갑자기 가게에 나타나지 않았으니까….

아니 그 손님하고는 어떻게 친해졌어요? 아저씨가 가게 손님하고 쉽게 친해질 성격은 전혀 아닌 것 같은데…. 궁금하다는 듯 가영은 눈을 동그랗게 뜨며 물었다.

가영도 봐서 알겠지만 내가 가게에서 거의 웃지도 않고 말을 잘 안 하잖아. 우리 가게 손님들 중에서 나이 아주 많은 아저씨 몇 분 빼고는 내 목소리 들어본 사람이 거의 없을 정도니까. 참 특이한 손님이었어. 아주 가끔 늦은 밤에 혼자 왔어. 일 끝나고 집에 가서 쉬다 밤에 잠이 안 오거나 심심하면 혼자 공원으로 산책 겸 나와서 걷다가 늦은 밤 우리 가게에 들러 감자튀김 시켜서 좋아하는 맥주 한두 잔 마시다 가는 손님이었어. 심하진 않은데 불면증이 있다고 했어. 가게 문 닫기 한두 시간쯤 전에 와서 늘 이어폰을 귀에 꽂고 음악을 듣다 갔어. 그런데 어느 날 가게에 그 손님하고 나밖에 없었는데 크게 음악을 듣고 싶었는지 이어폰을 귀에서 빼고 나한테 오더니 신청곡 한 곡 틀어줄 수 있냐고 묻더라고. 그때부터 친해졌어. 참 그녀는 평일에도 새벽 기도 다니고 주일 예배도 꼭 다니는 독실한 기독교 신자였어. 나보다 나이가 몇 살 많았어. 나도 그녀가 나한테 왜 호감을 느꼈는지 모르겠어. 내가 그녀처럼 신앙심이 있거나, 교회를 다니거나, 하는 것도 아니고 남들처럼 옷을 잘 입거나, 멋을 내고 다니는 것도 아닌데 말이야. 그렇다고 말도 재밌게 하거나, 서글서글한 성격은 더더구나 아닌데 말이야.

그래서 관심이 생겼나 보죠. 아저씨가 교회 안 나가는 것 같으니까 전도하고 싶어서요. 신앙심이 깊었다면서요? 아저씨가 가게 주인인 줄 알았나? 오래돼서 시설은 그저 그래도 그 정도 넓은 호프집 하려면 돈 좀 있어야 되는 거 아녜요? 돈 많은 젊은 사장님으로 알았을 수도 있잖아요? 아니면 혹시 그쪽 아닌가? 그런 교회들 있잖아요? 교회에 기부하라고 감언이설로 거의 돈 뜯다시피 강요하거나, 신도 수 늘리기 위해서 이런저런 온갖 방법 동원해서 포섭하고 늘려나가는 걸로 문제 되었던 그런 교회들이요.

뭐라고? 별생각 없이 툭 던지듯 말하는 가영의 말에 진혁은 뒤통수를 크게 한 대 얻어맞기라도 한 것처럼 멍했다. 종교와는 거리가 먼 삶을 살아온 진혁은 한 번도 생각해 본 적 없는 이유였다. 정말 그래서였을까? 어쩌면 자신보다 한참 어린 가영보다도 자신이 종교에 대해선 문외한일 수 있겠다는 생각이 들었다. 생각해 보니 가영의 말은 그럴듯했다. 조금 친해졌을 무렵 용기를 내서 그녀에게 데이트를 신청했을 때 그녀가 진혁에게 했던 말은 "우리 같이 성경 공부 모임에 나가요."였다. 그리고 믿음이 생기면 어서 같이 교회에 다니자는 말도 했다. 가영의 말을 듣고 보니 그 말이 맞는 것 같기도 하고, 설마 그녀가 내게 그랬을까, 하는 생각도 들었다. 그때는 그녀 나이가 서른 중반이 넘어 집에서 결혼 독촉을 받고 있고 신앙심이 깊은 집안이니까 나를 정말 사랑해서 한 가족으로 맞이하기 위해 같은 신앙을 갖게 하려고 노력하는구나, 정도로만 진혁은 생각했다. 그녀는 신앙에 대한 이야기뿐만 아니라 진혁의 미래에 대해서도 많은 대화를 나누고 조언을 해줬다. 편안하고 믿음이 가서 끌린다는 고백을 했을 때나, 발전 가능성이 많아 보이니 좀 더 나은 미래를 위해 새로운 공부를 해보는 게 어떻겠냐고 말할 때의 그녀의 눈빛은 적어도 거짓말 같지는 않았다. 분명, 그녀는 내가 잘되기를 진심으로 바랐었다. 가영의 말처럼 그녀는 나를 가게 사장으로 알았던 걸까? 처음부터 내가 돈이 많다고 생각해서 접근했던 걸까?

　진혁 씨는 아까운 사람이에요.
　네?
　제가 관상을 좀 볼 줄 아는데요.
　진혁은 교회를 다니는 그녀가 관상에 대해 말할 때 조금 의아했었다.
　진혁 씨는 여기서 이런 장사 하고 있을 사람이 아니에요. 훨씬 더 큰 인물이 될 관상이라고요. 혹시 학생 때 공부 잘하지 않았어요? 그렇죠?
　대학 진학을 하지 못했던 진혁은 구차하게 고등학교 자퇴 전까지는 그래도 성적은 좋았었단 말을 그녀에게 하지 않았다.
　요새 장사하기 힘들죠? 고생만 하고 남는 것도 없고…. 잠잠해질 만하면 주기적으로 유행병이 번지고, 인건비도 올라 사람 쓰기도 어렵고. 기회를 봐서 가게를 정리하는 건 어때요? 그리고 공부를 하는 거예요. 신학 공부요. 진혁 씨는 신뢰가 가는 인상이고 목소리도 좋아서 연단에 서서 진심 어린 설교를 통해 많은 사람들을 교화시킬 운명을 타고났어요. 그러니까 가게를 정리하고 교회에 나와서 하나님을 믿고 의지하며 사는 거예요. 늦지 않았어요. 신학에 대해 공부해 보는 게 어때요? 매일매일 저랑 열심히 기도하면 하나님이 진혁 씨의 소원을 다 들어줄 거예요. 교회에 기부도 좀 해서 사회에 좋은 일도 하면 진혁 씨 바람도 더 잘 이뤄질 거예요. 한번 생각해 보세요. 정말 여기 가게 안에서 기름 냄새 맡아가며 술 팔고 있을 관상이 아니라니까요. 멋지고 보람 있는 일을 해야죠. 사람들에게 희망을 주고 잘못된 길을 걷고 있는 사람들을 바른길로 안내할 수 있는 그런 거룩한 일들이요. 신앙에 대해 말하다 술에 취한 그녀가 평소와 다른 말들을 진혁에게 했던 날이 불현듯 떠올랐다.

아닐 거야. 그녀도 분명 내게 마음이 있었어. 그것만큼은 지금도 굳게 믿을 수 있어. 하지만, 정말 가영이 말처럼 다른 목적을 갖고 의도적으로 내게 접근했던 건 아닐까? 아니다. 아니, 아니라고 믿고 싶다. 설마 그런 의도를 갖고 접근했다고 해도 도중에 맘이 변해 나를 진심으로 점점 좋아하게 되었던 건 아닐까? 처음부터 그 가게가 내 가게가 아니라고 말하지 않으려고 했던 건 아니다. 그녀가 물어본 적도 없었고 그래서 대답할 기회도 없었다. 내가 늘 밤에 혼자 가게를 지키고 있으니까 그녀는 그 가게가 내 가게라고 생각했을 수도 있을 것이다. 점점 그녀에게 호감을 느끼게 되면서 더 잘 보이고 싶었고 그녀를 놓치지 않기 위해 나도 먼저 그 말을 못 했는지도 모른다.

문득 그녀의 아버지란 사람을 만나서 나눴던 대화들이 떠올랐다. 여러 호구조사성 질문들이 이어지다 진혁이 혼자 원룸에서 산다는 말에 실망하던 그 남자의 표정이 떠올랐다. 그때 내가 가게 주인이 아니라고 생각을 하게 된 걸까? 아니면 그날 이후 다른 손님들을 통해 가게 주인이 따로 있다는 걸 알게 됐을까? 그 날이 마지막이었다. 그녀의 아버지란 사람을 만나고 며칠 후 함께 가기로 했던 동해 여행도 계획으로만 끝났다. 그녀는 그날 이후 가게에서 자취를 감췄다. 어린 가영도 금방 생각해 내는 걸 순진한 나만 전혀 못 느끼고 있었던 건가? 그녀는 정말 내가 돈이 많다고 생각했던 것일까? 갑자기 그녀에 대한 미련이나 아쉬움, 그리움, 그리고 그동안의 좋았던 감정들이 한꺼번에 다 부정되고 시들어 버리는 것만 같았다. 아니 이미 다 끝난 사이인데 이제 와서 그게 뭐 중요하다고…. 어차피 다 지난 일인데…. 진혁은 애써 진실을 알고 싶어 하지 않으려고 했다.

내 말이 좀 심했나? 갑자기 심각한 표정으로 말없이 생각에 잠긴 진혁의 눈치를 보던 가영은 속으로 생각했다.

아저씨, 아닐 거예요. 무슨 다른 사정이 있었겠죠. 제 말은 신경 쓰지 말아요.

아니야. 그렇게 진지하게 사귀었던 것도 아냐. 그냥 가끔 심심할 때 가게 와서 나랑 잠깐 이런저런 사는 이야기 나누고 가는 그런 손님이었어. 내 목소리가 좋다나? 그냥 내 목소리 듣는 게 좋다고 했어. 그래서 계속 말 걸고 싶다고도 했고. 나보고 맘잡고 노력하면 분명히 훨씬 더 나은 사람이 될 수 있다는 말도 여러 번 해줬어. 내게 그런 관심을 보여준 사람이 처음이어서 고맙기도 했고, 그래서 관심이 좀 갔었지. 내가 같이 동해 바다 놀러 가자는 말을 해서 그 말이 부담됐을 거야. 서로 그렇게 친하지도 않은데 신앙심 깊은 그녀가 먼 곳으로 남자와 함께 여행가는 게 부담되었을 수도 있잖아? 그렇게 끝났어. 별 관계는 아니었어. 진혁은 그녀에 대한 이야기를 끝내고 싶어 애써 아무 관계도 아니었던 것처럼 가영에게 말했다.

에이. 동해 여행 가자고 했다고 갑자기 연락을 끊는다고요? 그건 아닌 것 같은데요. 다른 이유가 있었겠죠. 호감 있는 남자가 함께 여행 가자는데 어린아이도 아니고 아저씨보다 나이도 많다는 여자가 그게 무서워서 잠적을 해요?

내가 교회 다니겠다는 믿음을 그녀에게 못 줘서 그런가? 나를 같은 교인으로 만들고 나서 가족한테 소개하고 싶었을 거야. 사실 그녀가 부탁했던 게 있었는데 그녀 아버지란 분 앞에서 내가 그 약속을 못 지켰어. 그런데, 막상 그녀 아버지를 만났는데 그분도 내 신앙에 대해 크게 관심이 없어 보이더라고. 그래서 앞으로 교회 열심히 다니겠다는 말이 안 나왔어. 거짓말이 될 게 분명했으니까. 거짓말하기도 싫었고. 우리 어머니가 절에 다니시는 독실한 불교 신자라는 말을 왜 그렇게 어렵게 꺼내야 하는지 갑자기 화도 나고 불편했어. 오히려 그녀 아버지는 내가 어떤 사람인지, 돈은 얼마나 버는지, 친척이나 인맥은 어떤지, 그런 거에 관심이 많아 보이더라고. 그래서 사실대로 말했더니 표정이 달라졌어. 진혁은 문득 그때 그녀의 아버지란 사람이 정말 그녀의 아버지였을까? 하는 생각이 들었다. 그렇게 끝났어.

에이. 그 언니도 참. 정말 아저씨를 좋아했다면, 저라면 부모님을 설득했을 거예요. 사랑보다 중요한 게 어디 있어요? 사람 나고 나서 생기고, 사람 위해 생긴 게 종교인데요.

아니야. 종교를 목숨만큼 중요하게 생각하는 사람들도 많아.

아저씨. 참 순진하긴…. 아저씨가 교회 안 다닌다는 이유로만 싫다고 했겠어요? 단지 교회를 안 다닌다는 이유로요? 교회 다니는 사람들 안 만나봤어요? 믿음 없는 사람을 신앙의 길로 선도하는 일에 얼마나 헌신적이고 열정적인데요. 일종의 소명의식 같은 게 있어요. 그런 선교 활동에 대한 자부심이 얼마나 큰데요? 교인들끼리는 서로 형제자매라고 부르잖아요. 그런 교인들은 교회 가족들 늘리는 보람으로 믿음 없는 사람들 기꺼이 만나고, 가르치고, 설득해서 교회 나오게 만드는 일을 얼마나 중요하게 생각하는데요. 더군다나 자기 딸 좋다고 용기 내 찾아온 사람 설득해서 교회 다니게 만드는 건 그 사람들에겐 일도 아니라고요. 단지 교회를 안 다녀서가 아니라 다른 이유가 있었을 거예요.

진혁은 거듭된 가영의 거침없는 돌직구 발언에 다시 한번 망치로 뒤통수를 세게 얻어맞은 듯 잠시 정신이 멍해졌다. 가영의 말들이 건방져 보이고 거슬렸지만 틀린 것 같지도 않았다. 내가 신앙심이 없어서라기보단 내가 맘에 들지 않았던 거다. 정확히는 내 조건이…. 그래, 어쩌면 나 자신도 마음속 깊은 곳에선 그럴 거라 생각하면서 애써 그걸 부정하며 지내왔는지도 모른다는 생각이 들었다. 진혁은 자신의 치부를 들킨 것만 같아 괜히 그녀에 대한 얘기를 꺼냈단 생각에 후회도 되고, 화도 났다. 불똥은 가영에게 튀었다.

야! 아니 가영. 넌 솔직해서 좋은데 말할 때 너무 그렇게 네 생각을 다 막말하지 말고 좀 생각하고 신중하게 말했으면 좋겠어. 나오는 대로 말하지 말고, 생각 좀 하고, 거를 건 거르고 말하는 습관을 가지라고. 너무 그렇게 직설적으로 대놓고 다 말하면 경우에 따라 듣는 사람이 상처받을 수도 있다고. 설사 네 말이 맞고, 사실이라도 때론 받아들이기 어려울 수도 있을 것 같아. 알았니? 진혁은 가영에게 화풀이라도 하듯 소리를 높여 말했다.

내가 그렇게 느꼈다는 건 아니고, 그냥 너를 위해서 하는 말이야. 네 말이 틀렸다거나 억지스럽다는 뜻은 절대 아냐. 너무 거침없고 직설적이라는 말이니까 오해는 하지 말고 들어.

아저씨 기분 나빴다면 미안해요. 그런 생각은 못 했어요. 그냥 제 생각을 솔직하게 말한다는 게 그만…. 그 언니하고 그 집 얘기 듣다 저도 모르게 조금 화나서 그랬던 것 같아요. 진혁의 충고에 가영은 다소 풀이 죽은듯한 표정으로 말했다.

그래도 걱정 말아요. 우리 엄마였으면 절대 반대하지 않았을 거예요. 아니 반겨줬을 거예요. 그렇다고 오해는 말고요. 아저씨가 좋아서라기보단 그냥 누가 절 데리고 가서 같이 살아준다고 하면 별생각도 안 하고 바로 예스, 예스 했을 거예요. 가영이 슬픈 표정을 지으며 작은 목소리로 말을 했다.

야! 너까지 왜 그래? 괜스레 나까지 미안해지게.

아니 혹시 우리 엄마가 반대해도 저라면 제가 좋아하는 남자를 위해서 무슨 일을 해서든 같이 살았을 거예요. 세상에는 저 같은 여자도 있으니까 너무 낙담하지 말아요.

　우리 이제 이 이야기는 그만하자. 괜히 내가 그 여자 얘길 꺼낸 것 같아. 진혁은 가영의 말을 듣다 둘의 처지가 너무 처량한 것 같아 울컥할 뻔한 걸 참고 말했다.

　미안해요. 제가 먼저 물었잖아요.

　진혁은 아무 말 없이 한참을 도로 주변에 펼쳐진 풍경을 바라보며 운전했다. 그녀와의 첫 만남부터 마지막 만남까지의 추억의 순간들이 다가오는 풍경들 사이로 희미하게 떠올랐다. '추락하는 것은 날개가 있다', 아까 가영이 말했던 소설의 제목이 떠올랐다. 어쩌면 그녀는 내게 그걸 알려준 사람이었는지도 모른다. 그래, 앞이 보이지 않는 미래, 나아질 것 같지 않은 병, 점점 악화될 일만 남은 나의 몸. 한없이 인생의 밑바닥 어두운 심연 속으로 추락하고 있는 내게 불현듯 나타나 다시 날아오를 수 있다는 희망의 날개를 말해주고 알게 해준 건 분명 그녀였다. 어쨌든 고마운 사람이다. 그렇게 생각하기로 진혁은 마음먹었다. 갑자기 슬픔이 밀려왔다. 잠시나마 설렘 가득한 하루하루를 살게 해줬고, 미래를 생각하게 만들어 줬던 그녀. 그로 인해 초조함과 불안으로 지샜던 많은 밤들. 늘 모든 것에 있어 가장 우선순위에 있던 그녀. 그런 그녀를 이젠 잊어야 한다. 그녀를 떠올리며 느꼈던, 그 아름답고 고단했던 감정들도 이제는 묻히고 잊힐 때가 되었다.

　얼마나 운전했을까? 고개를 돌려 가영을 쳐다보니 어느새 고개를 숙인 채 잠이 들었다. 가영이와 얘기하며 오는 덕분에 진혁은 졸지 않고, 시간 가는 줄 모르고 운전할 수 있었다. 누군가 이렇게 대화하며 동해 바다를 온 건 처음이다. 즐겁기도 했고, 많은 생각도 하게 해준 대화였다. 문득 가영에게 고마운 마음이 들었다. 한계령 휴게소 안내 표지판이 나오고 얼마 지나지 않아 한계령 휴게소가 보였다.

해당화가 곱게 핀 바닷가에서

       한계령 휴게소를 지나 급하게 구부러진 내리막길을 돌다 차 문 쪽으로 몸이 크게 쏠린 가영이 눈을 떴다. 여기가 어딘가 하는 표정으로 한동안 가영은 차창 밖을 내다보았다.

  양희은이 부른 '한계령'이란 노래 들어봤니? 방금 한계령을 지나왔어. 거의 해발 1,000미터 높이의 도로 위에 있는 거야. 나중에 한번 '한계령'이란 노래 꼭 찾아서 들어봐. 정말 좋아. 사람들이 44번 국도는 몰라도, 아마도 44번 국도를 지나가 보지 않은 사람은 거의 없을 거야. 예전엔 양양 바다나 낙산사를 가려면 이곳 44번 국도를 타고 한계령을 넘어야 했거든. 여기서부터가 양양이야. 방금 인제를 지나온 거지.

  라디오에서 진혁이 좋아하는 영화음악 '문 리버'가 흘러나왔다. 앤디 윌리엄스가 부른 곡이었다. 영화 속 오드리 헵번이 부른 노래를 가장 많이 들었지만, 밝고 감미로운 목소리의 앤디 윌리엄스 버전 노래도 좋아했다. 최근엔 칼라 브루니의 '문 리버'를 자주 듣는데, 그녀의 달콤하고 허스키한 목소리로 들으면 눈물이 나곤 했다. 진혁은 멜로디를 콧소리로 흥얼거리다가 좋아하는 부분이 나오자 따라 불렀다.

Two drifters off to see the world….

노래 속 가사가 마치 우리 같아. 두 방랑자가 세상을 보기 위해 떠났대. 우린 둘은 바다를 보러 떠나왔고. 이 노래 너무 좋지?

차는 얼마 남지 않은 44번 국도를 달려 동해고속도로를 잠깐 타고 남양양IC를 거쳐 동해 바다로 연결되는 국도로 빠져나왔다. 얼마 지나지 않아 지경리 해수욕장의 한가하고 아름다운 겨울 풍경이 눈에 들어왔다. 진혁은 차를 잠시 주차하고 차에서 나와 기지개를 켠 후 가영과 바다로 향했다.

와, 바다다. 바다를 보고 신이 난 가영은 빠른 걸음으로 해변으로 달려갔다. 와, 멋져요. 동해 바다야. 너 반갑다. 어쩜 이렇게 멋질 수 있니? 나이스 투 미츄. 너 참 멋지다. 진짜 개멋져! 가영은 기쁨에 넘쳐 두 팔을 하늘에 닿을 듯이 높게 뻗고, 소녀처럼 꺄르르 웃으며 바다를 반가워했다. 그런 모습을 보는 진혁의 마음 역시 흐뭇했다. 추운 겨울 바다에는 진혁과 가영 외엔 아무도 없었다. 가영은 신나서 발밑까지 다가오는 파도를 아슬아슬하게 피해 가며 해변을 따라 빠른 걸음으로 거닐었다. 진혁은 해변가에 우두커니 서서 가영이 노는 모습을 지켜보다, 파도치는 웅장한 동해 바다를 말없이 바라보았다.

흥분이 어느 정도 진정되었는지, 가영은 모래사장에 쪼그리고 앉아 가만히 바다를 바라보았다. 기분이 좋은지 콧노래를 흥얼거렸다.

무슨 노래니? 크게 좀 불러봐.

이 노래요? 어릴 적 자주 불렀던 노래예요. '바닷가에서'란 곡 알죠?

어떻게 시작하더라?

해당화가 곱게 핀 바닷가에서 나 혼자 걷노라면 수평선 멀리…. 콧노래로 흥얼거리던 노래를 가영은 가사를 넣어 큰 소리로 부르기 시작했다.

아, 이 노래. 나도 알지. 나도 좋아하던 곡인데. 정말 오랜만에 들어보네.

어릴 땐 몰랐는데 지금 불러보니 가사가 슬픈 것 같아요.

어디가 슬퍼?

나 혼자 걷노라면…. 이 부분이요. 처음 와본 바다인데 정말 노래 가사처럼 제가 혼자 바다를 걷고 있잖아요.

아니 왜 혼자야? 내가 있는데.

어릴 때 제가 이 노래를 부르면 엄마 아빠가 정말 좋아하셨거든요. 그런데 이 노래를 그렇게 좋아하시던 아빠가 지금은 안 계시잖아요. 그리고 엄마도…. 가영은 말끝을 흐렸다. 가영은 학교에서 이 노래를 배우던 날, 너무나 맘에 들어 집에 와서 엄마 아빠 앞에서 노래를 불렀던 기억이 새삼 떠올랐다. 고사리 같은 작은 두 손을 위아래 포개어 잡고 어린아이 특유의 율동을 더해 좌우로 몸을 천천히 흔들며 노래를 부르던 모습이 떠올랐다. 동네 친구분들이나 친척분들이 집에 오시면 노래 잘하는 딸 자랑을 하고 싶으셨던 건지 아니면 가영에게 용돈을 벌게 해줄 생각이었는지 몰라도 아빠는 가끔 가영을 불러 어른들 앞에서 노래를 시키곤 했다. 그때마다 가영은 가장 좋아하던 이 노래를 불러서 어른들에게 칭찬받고 용돈도 받았던 기억이 떠올랐다.

바다를 보니까 좋니?
네. 너무 좋아요. 이래서 사람들이 겨울 바다를 찾나 봐요. 탁 트인 바다를 보니 막혔던 가슴이 뻥 뚫리는 것 같아요. 고마워요. 저를 데리고 와줘서.
고맙긴. 내가 고맙지. 가영 없었으면 오는 길 내내 심심했을 거야. 덕분에 졸지도 않았고. 난 바람 불 때 파도치는 이 겨울 바다의 모습이 너무 좋아. 뭔가 웅장하고 원시적이면서 강한 생명력이 느껴지거든. 가끔 사는 게 무료하게 느껴질 때 바람 부는 겨울 바다 앞에 서서 저 우렁차게 파도치는 모습을 바라보고 있으면, 꺼져가는 심장에 마치 심장 충격기를 갖다 댄 것처럼 가슴이 마구 뛰는 것 같아. 바다가 어서 들어오라고 날 부르는 것처럼 느껴지기도 하고.

1박 2일! 진지하게 말하고 있는 진혁의 말을 가로막고 갑자기 가영이 소리를 쳤다.
뭐야?
입수! 어서 입수해요. 입수해 봐요. 1박 2일! 가영은 큰 소리로 1박 2일을 외쳤다.
아이고. TV가 애들을 다 물들여 놨구먼. 너도 1박 2일 보는구나.
아저씨가 바다가 부른다는 이상한 소리 하니까 그랬죠.

파도를 보고 바다가 취한 것 같다고 말한 시인이 있었지. 술은 내가 마시는데 취하긴 바다가 취한다고. 너무 멋지지 않아? 내가 예전에 술 마시다 술집 벽에 쓰인 그 시구를 읽고 얼마나 큰 감동을 받았는지 몰라. 정말 감전된 것 같은 짜릿한 전율을 느꼈어. 시인은 바다를 바라보며 어떻게 그런 생각을 했을까? 너무 멋지게 느껴졌어. 나도 짧은 인생 살다 가겠지만, 그 시를 노래한 시인처럼 모든 사람들에게 그런 감동을 줄 수 있는 시 한 편 쓸 수 있다면 얼마나 좋을까 하는 생각을 그때 처음 해봤어. 파도치는 바다를 바라보며 진혁이 말했다.

십 분 정도 더 바다를 구경하다 어느새 추위를 느낀 둘은 다시 차를 타고 주문진으로 향했다. 지경리 해수욕장을 벗어나 주문진으로 향하는 해안길 도로 왼편으로 푸른 바다가 눈부시게 펼

처져 있었다. 가영은 아쉬운지 바다에서 눈을 떼지 못했다. 주문
진항이 가까워질수록 항구 특유의 짠 비린내가 코끝에 전해지기
시작했다. 주문진항의 멋진 풍경을 내려다볼 수 있는 옛 횟집 상
가 건물 옥상 주차장에 차를 세우고, 갈매기 우는 소리가 들려오
는 주문진항 입구 쪽으로 둘은 걸어 내려갔다. 주문진항 수산시
장 입구 근처에는 어른보다 훨씬 커 보이는 오징어 조형물이 걸
린 주문진 상징탑이 세워져 있었다. 상징탑엔 셀 수 없이 많은 오
징어 잡이 배들이 입항을 기다리며 개미떼처럼 항구에 모여 있는
1960년대 주문진항의 흑백 사진이 크게 걸려 있었다. 인상적인
사진이었다.

　주문진이 오징어로 유명한가 봐요? 와! 옛날에 이 항구에 배가
이렇게 많았어요? 저기 저 맨 끝에서 기다리고 있는 배들은 언
제 항구에 들어와요? 옛날에는 이곳이 지금보다 더 번창한 항구
였었나 봐요. 배들이 어떻게 벌집 속 꿀벌들보다 더 많은 것 같아
요. 가영이 흑백 주문진항 사진을 뚫어지게 쳐다보며 물었다. 정
말 믿어지지 않을 정도로 엄청나게 많은 배들이 항구에 들어오기
위해 주문진항에 모여든 사진이었다. 진혁은 그 사진을 보며 어
쩌면 자신과 가영과의 인연도 저 수많은 고깃배들만큼 많고 복잡
한 사람들 사이에서 우연인 듯 필연처럼 맺어져 오늘 이곳에 함
께 오게 된 건 아닐까 하는 생각을 했다. 수산시장 입구 근처 항
구에선 방금 들어온 어선 몇 척이 한창 홍게 하역 작업 중이었다.
플라스틱 상자에 그득 담긴 홍게들이 작은 손수레나 트럭 위로
바삐 내려지고 있었다. 어부들과 상인들이 부두에서 바쁘게 일하

는 모습을 보자 삶의 활력이 새롭게 느껴지는 것 같았다.

　가영은 홍게 내리는 작업이 신기했던지 어선 바로 근처까지 다가가 바라보았다.

　아저씨. 저 홍게 처음 봐요. 홍게 맛은 어떨까요?

　먹고 싶단 말이지?

　네. 가영이 작지만 기대에 찬 목소리로 대답했다.

　우리 홍게는 그만 보고 저기 수산시장 구경 갈까? 비싼 홍게나 대게의 가격을 잘 아는 진혁은 화제를 돌려 수산시장 쪽으로 발걸음을 옮겼다. 둘은 수산시장 통로를 따라 좌판에 놓인 다양한 수산물들을 천천히 구경하며 걸었다. 어두운 터널 같은 수산시장 구경을 마치고 나오니 눈이 부셨다. 조업을 마친 선박들이 눈부신 햇살에 반짝이며 길게 정박되어 있는 부두가 눈에 들어왔다. 부두 옆으론 이 항구의 역사만큼 오래된 것 같은 낡고 오래된 냉동 창고 건물들이 멋스럽지만 다소 을씨년스럽게 이어졌다. 그리고 그 주변엔 선원들이나 이곳에서 일하는 상인들이 연탄불 위에 양미리를 구우며 추위를 잊으려는 듯 소주 한잔 걸치며 얘기를 나누고 있었다. 항구에서 쉬고 있는 선박들 옆에는 그물과 통발 모양의 각종 어구들이 고얀 생선 비린내를 풍기며 놓여 있었다. 말라 비틀어진 작은 물고기나 게들이 간간이 통발이나 그물에 걸린 채로 썩어가며 악취를 뿜고 있었다.

　아. 냄새. 가영이 코를 막고 인상을 쓰며 말했다.

　이게. 항구의 냄새지. 가영은 오징어 잡이 배에 주렁주렁 길게 과일처럼 달린 커다란 집어등이 신기했는지 가까이 다가가 한참을 바라보다 휴대폰을 꺼내 사진을 찍었다. 진혁은 간만에 맡아 보는 비린내 섞인 짠 바다 내음을 코로 길게 들이마시며 햇살에 눈부시게 빛나는 주문진항의 겨울 풍경을 눈으로 감상했다.

우리 뭐 먹으러 갈까? 천천히 항구를 따라 걷다 보니 오래된 식당들이 간간이 보였다. 진혁은 그런 노포를 좋아했지만 아직 어린 가영이 그런 분위기의 식당을 좋아할 거란 생각이 들지 않았다.

저야 늘 고프죠. 우리 홍게 안 먹어요? 여기까지 왔으면 홍게 먹어야 하는 거 아녜요? 저기 봐요. 식당들마다 다 대게하고 홍게 판다고 써 붙여 놨잖아요?

가족이나 연인들이나 이런 데 와서 홍게나 대게를 사 먹는 거야.

에이 그런 게 어딨어요?

진혁은 비싸서 못 사주겠다는 말은 차마 못 하고 가영보다 앞서 홍게 식당이 없는 안쪽 골목으로 빠르게 걸었다. 진혁 역시 이곳에서 대게나 홍게를 사 먹어본 적은 없지만 대게나 홍게를 제대로 먹으려면 최소 십몇만 원은 할 거라는 건 알았다. 딱 쓸 만큼의 돈만 넣어 가지고 다니는 진혁은 대게나 홍게가 유명한 주문진에 여러 번 왔어도 그걸 먹겠다는 생각은 해본 적도 없었다. 더군다나 계획에도 없는 입이 하나 더 늘어서 더 아껴 써야 했다. 강릉에서 혼자 1박 2일 할 것으로 예상하고 경비를 챙겨왔기 때문에 잘못하다간 끼니를 거를 수도 있을 것 같았다.

너 저런 오래된 식당은 별로지? 저기 들어가서 얼큰한 생선 찌개 먹을까? 삼숙이 매운탕이 먹고 싶었던 진혁은 한 번 가본 적이 있는 식당 앞에 서서 가영에게 물었다. 식당 안에는 나이 든 선원들이 왁자지껄 떠들며 식사를 하고 있었다.

아니요. 다른 데 가요. 역시나였다.

그럼 중국집 가서 해물 짬뽕 먹을래? 바닷가 근처니까 서울보다 싱싱한 해산물들이 훨씬 많이 들어 있을 거야. 진혁은 휴대폰에서 지도 앱을 켜고 잠시 검색하다 앞장서 걸었다. 가영은 근처 식당들에서 구름처럼 뿜어져 나오는 대게와 홍게 찌는 수증기 냄새를 코로나마 실컷 맛보며 진혁을 따라 걸었다.

아저씨 홍게 짬뽕 있어요? 중국집에 들어와 메뉴판을 한참 살피던 진혁이 주인아저씨한테 물었다.

아니 이렇게 메뉴가 많은데 왜 하필 메뉴판에 없는 걸 물어봐요? 주인은 조금 짜증 난다는 표정을 지으며 말했다.

홍게 짬뽕 진짜 안 돼요?

거참 독특한 손님이네. 아니 이렇게나 먹을 게 많은데 왜 없는 걸 있냐고 물어보고 그래요? 홍게 짬뽕은 없어요. 홍게 파는 식당 가면 홍게 라면은 팔아요. 거 메뉴판 잘 보고 있는 걸로 시켜요, 라고 말하곤 더 기다리기 싫다는 듯 주인아저씨는 주방 쪽으로 자리를 옮겨서 TV 화면을 쳐다봤다. 가영에게 홍게 맛이라도 보여주고 싶었던 진혁은 성격 급한 주인장에게 면박만 당하고 말았다.

아저씨 성격도 참 괄괄하시네. 포항에서 홍게 한 마리 얹어 나오는 짬뽕을 먹은 기억이 있는 진혁은 주인아저씨에게 들리지 않게 작은 소리로 말했다. 조금 전 실망한 듯한 가영의 얼굴이 자꾸 맘에 걸려 어떻게든 홍게 한 마리를 가영에게 사주고 싶었지만 어쩔 수 없었다.

아저씨 여기 해물 짬뽕 두 개 주세요. 진혁은 더 이상 고민하지 않고 주인아저씨를 향해 큰 소리로 주문했다. 오늘 내가 독특하다는 말을 두 번이나 들었네. 희한한 날이야. 평생 한 번 듣기도 어려운 말을 불과 몇 시간 사이에 두 번이나 들었어. 그래, 오늘 아주 독특한 날이 될 건 가봐.

기대보다 해물 짬뽕은 훌륭했다. 아까 면박을 주던 주인아저씨에 대한 불만도 사라졌다. 바닷가라 다양하고 풍부한 해물이 면 위에 가득 올라가 있었다. 가영은 홍게 찜이나 홍게 짬뽕이 아니어도 여러 해산물이 가득 들어 있는 해물 짬뽕을 고개 한번 들지 않고 부지런히 맛있게 먹었다. 그런 가영의 모습을 보며 진혁 역시 천천히 해물 짬뽕의 국물 맛을 음미하며 맛있게 먹었다. 미더덕이 가득 들어 있어 바다 향이 진하게 나는 짬뽕 국물은 일품이었다. 늘 먹던 혼밥이 아니라 가영과 함께라서 그런지 더 맛있게 느껴졌다. 본격적인 점심 시간 전이라 아직은 한가한 중국집에서 트로트 음악이 흘러나왔다. 주방에서 일하던 아주머니가 홀로 나와 주인아저씨와 벽에 걸린 TV를 보며 음악 프로그램을 시청하고 있었다. 아주머니와 주인아저씨는 노래 부르고 있는 가수에 대해 서로 대화를 나누는 듯했다. 억양으로 보아 아주머니는 돈 벌러 입국한 지 얼마 안 된 중국 동포인 듯했다.

아. 저 가수 이름이 뭐더라. 오랜만에 나왔네. 아 배 뭐시기였는데…. 주인아저씨가 방금 무대에 나온 가수를 보며 반가운지 큰 소리로 말하곤 휴대폰으로 검색하기 시작했다.

그래, 배일호지 배일호. 내가 젊을 때 서울 나이트클럽에서 일할 때 많이 봤었는데. 이젠 완전 스타가 되었네.

사장님, 휴대폰 검색하면 누구나 다 찾을 수 있나요? 주인아저씨가 휴대폰으로 검색하는 모습을 지켜보던 아주머니가 물었다.

그럼요. 여기 이 네이버에 이름 검색하면 누구나 다 나와요. 아저씨가 휴대폰에 뜬 포털 앱 화면을 아주머니에게 보여주며 말했다.

그럼 저도 나오나요?

그럼요.

그럼 저도 한번 찾아줘 봐요. 난 거기 올린 적 없는데 누가 올렸을까? 내 친구들이 올렸나?

아주머니 이름이 뭐였죠?

김춘례요.

봐요. 여기 나오잖습니까? 김춘례. 흑룡강 출신. 현재 강릉 주문진 산둥반점 근무 중…. 언제 적 사진인데 이리 예쁘게 나왔나? 주인아저씨는 잠시 휴대폰으로 검색하는 척하며 휴대폰 화면을 가린 채 아주머니를 번갈아 보며 말했다.

정말요? 거 참 신기하네요. 얼굴도 나옵니까? 나도 좀 보여주세요. 아주머니는 잔뜩 기대에 찬 얼굴로 말했다.

아주머니가 네이버에 왜 나옵니까? 여긴 유명한 사람들만 나와요. 내가 장난한 거요. 그제야 장난이라는 듯 휴대폰 화면을 보여주며 아저씨가 말했다.

아, 그런가요? 난 고향 친척들, 친구들 보고 싶을 때 들어가서 검색해 볼까 생각했었죠. 순진한 아주머니는 실망한 듯한 표정을 지으며 말했다.

고향에 두고 온 아들, 딸이나 남편, 그리운 가족들과 친구들을 검색해 보고 싶으셨을까? 실망하는 아주머니의 얼굴이 진혁의 눈에 슬프게 보였다. 진혁은 문득 그런 생각을 했다. 정말 보고 싶은 사람, 그리운 사람의 이름을 검색 포털에 조회하면 그 사람에 대한 근황과 그 사람의 마음까지 알려주는 마법과 같은 서비스가 있으면 얼마나 좋을까 하는….

짬뽕을 다 비운 진혁은, 푸짐한 해산물 고명을 그제야 다 비우고 국물 속 면을 후루룩후루룩 입속으로 빨아들여 오물오물 씹으며 맛있게 먹고 있는 가영의 모습을 바라보았다.

왜 그렇게 빤히 쳐다봐요? 여자가 짬뽕 먹는 모습 처음 봐요? 진혁과 눈이 마주친 가영이 말했다.

어. 처음 봐. 아니 두 번째구나.

우리 빨리 어디 또 가야 돼요?

아니야. 급한 일 없어. 천천히 먹어. 진혁은 웃으며 답하고 가영의 먹는 모습을 애정 어린 눈길로 바라보았다.

그런데요. 아까부터 이상했는데 왜 아저씨는 단무지를 안 먹어요? 티슈로 입에 묻은 국물을 닦으며 가영이 물었다.

어. 너무 맛있어서.

무슨 선문답해요?

너무 맛있어서 계속 집어 먹다 혹시라도 실수할까 봐.

네? 가영은 무슨 말인지 알 수 없다는 듯한 표정으로 진혁의 얼굴을 쳐다보았다.

그게 무슨 말이에요?

짜장면 먹을 때는 단무지를 먹는데, 짬뽕 먹을 땐 단무지를 잘 안 먹어. 특히 여자랑 같이 먹을 땐 더 그렇지. 웃긴 얘기 하나 해 줄까? 아니 슬픈 얘기지. 예전에 종로에 있는 시장에서 일할 때 근처 원단 가게 사장님이 아가씨를 소개해 준 적이 있어. 둘이 초면에 어색하고 할 말도 없고 해서 근처 영화관에 가서 로맨틱 코미디 영화를 봤어. 영화를 보고 나오니 저녁 시간이라 극장 근처에 있는 중국집에 가서 짬뽕을 먹었어. 원래는 레스토랑 같은 델 갔어야 했는데…. 내가 그런 쪽에 젬병이라 잘 몰랐지. 그리고, 겨울이었는데 흐리고 바람까지 불어 추웠거든. 짬뽕에 소주 한잔이 딱 어울리는 날씨였기도 했어. 그래서 둘이 해물 짬뽕을 시켜서 소주 곁들여 아주 맛있게 먹었어. 그때까진 분위기도 좋았어. 그녀가 내게 관심 있어 하는 것 같기도 했고. 그녀가 짬뽕을 좋아하는지 아주 맛있게 잘 먹더라고. 방금 가영이처럼. 사실 조금 전에 그 모습이 생각나서 가영을 계속 쳐다봤던 거야.

그래서 잘됐어요? 애프터는 성공했어요?

아니 그날 그 중국집에서 우리 만남은 끝났지. 단무지 때문이야. 내가 오늘처럼 그녀보다 좀 더 빨리 먹었어. 그리고 그 여자가 다 먹기를 기다리는데 그 여자분이 아주 천천히 먹더라고. 단무지가 몇 개 안 남았길래 내가 단무지를 추가로 시켰어. 그러고 보니까 단무지가 남을 것 같은 거야. 그래서인가 갑자기 단무지가 하나 먹고 싶은 거야. 그래서 젓가락을 쭈욱 뻗어 단무지를 집어 내 입으로 가져오는데, 그만 단무지가 젓가락에서 떨어지더니 그만 내 짬뽕 국물 위로 떨어졌어. 풍덩 하고 빠지더니 그거 있잖아? 옛날에 그런 우유 광고가 있었어. 우유 잔 위로 우유 방울이 떨어지면 왕관 모양으로 우유가 튀어 오르는 광고. 그렇게 아주 넓게 마치 핵폭탄 터지듯 짬뽕 국물이 사방으로 튄 거야. 내 옷에도 튀고, 그 여자분 흰 외투 위로도 시뻘건 짬뽕 국물이 많이 튀었어. 그렇게 데이트도 끝났지. 그게 내 단무지 일화야.

어떡해요? 너무 웃긴데 당사자가 앞에 있으니 웃을 수도 없고…. 가영이 웃음을 참으며 말했다.

그런데 정말 이렇게 엄마한테 말도 안 하고 여기 동해까지 와도 되는 거야?

머릿속에 뭐 알람 설정 같은 거라도 해둔 건 아니죠? 도대체 몇 번을 말해요? 걱정 안 해도 된다고요. 저 잠깐 나갔다 올게요. 간간이 창문 밖을 바라보고 있던 가영이 급하게 중국집 밖으로 뛰어나갔다. 가영이 주시하던 쪽을 쳐다보니 역시나 거리에서 한 남자가 담배를 피우고 있었다. 그에게 다가간 가영은 웃으며 잠깐 대화를 나누다 담배 한 개비를 얻어 피우기 시작했다. 문득 진혁은 좋아하는 '동물의 세계' 프로그램이 떠올랐다. 아프리카의 맹수, 사자나 표범의 사냥 성공 확률보다 가영의 담배 사냥 성공 확률이 훨씬 더 높을 거란 생각이 문득 들었다. 하여튼 대단한 재주였다.

　담배 한 개비를 얻어 입에 문 가영은 주머니에서 라이터를 꺼내 불을 붙여 아주 길게 한 모금 담배 연기를 가슴 속 깊이 가득 빨아들였다. 휴우~. 빨아들였던 연기를 다시 길게 내뿜으며 가영은 주문진항 위로 펼쳐진 하늘을 바라보았다. 살 것 같았다. 불과 몇 시간 전만 해도 갈 곳 없이 밤새 맥도날드에서 졸며 막막하고 암울했었는데, 어느새 푸른 바다가 눈앞에 들어오는 주문진항에 와 있다니…. 꿈을 꾸고 있는 것만 같았다. 아니 더 이상 꿈만 꾸고 있을 수는 없다. 이젠 정말 현실이다. 난 이제 돈을 벌어야 해. 이곳에 온 목적을 잊어선 안 된다. 그렇게 바라던 동네와 학교로부터 아주 아주 먼 곳에 가영은 와 있었다. 잘해줘서 고맙지만 바른 소리만 하는 아저씨와 함께 더 있다간 모처럼 굳은 결심을 하고 떠나온 이번 가출의 목적을 잃어버리게 될지도 몰라. 그래 여기서 이제 그만 헤어져야 해. 그나저나 돈이라도 얼마 빌릴 수 있으면 좋을 텐데…. 마지막 남은 담배 한 모금을 길게 빨아들인 후 가영은 하늘 높이 담배 연기를 길게 뿜었다. 담배 연기가 하늘 위 구름에 닿을 것처럼 높게 퍼졌다. 추운 바닷바람을 피해 가영은 얼른 식당으로 다시 들어왔다.

우리 화장실 갔다가 늦기 전에 경포로 갈까? 여행 꿀팁 하나 알려줄게. 화장실이 보이면 급하지 않아도 무조건 다녀오기. 낯선 여행지에서 꼭 필요한 팁이야. 특히 운전할 때는 그래.

경포요? 강릉 아니고요?

강릉에 여러 해변이 있어. 커피 좋아하는 사람들이 자주 가는 안목해변, 그리고 회나 홍게 먹으러 오는 여기 주문진해변, 그렇지만 가장 오래 사랑받고 유명한 해변이 경포해변이지. 다 강릉 안에 있는 곳들이야. 나 먼저 다녀올게. 진혁이 자리에서 일어나 화장실로 향했다.

진혁이 의자에서 일어나자 의자 등받이에 걸쳐져 있는 진혁의 외투가 눈에 들어왔다. 가영은 문득 저 외투 속 어느 주머니 안에 만 원짜리 지폐가 가득 들어 있는 지갑이 있을 것만 같단 생각이 들었다. 곧 아저씨와 헤어져 낯선 곳에서 생활을 시작하려면 단 얼마라도 현금이 필요하다. 이미 진혁과 헤어지기로 결심한 이상 고민하고 갈등하고 있을 마음의 여유가 가영에겐 없었다.

주인아저씨와 아주머니는 TV를 보느라 정신이 없었다. 가영은 식당 안에 CCTV가 있는지 살폈다. 오래된 가게라 CCTV는 없었다. 가영은 자리에서 일어나 진혁의 자리로 가서 외투 안주머니로 손을 뻗었다. 지갑이 손에 들어왔다. 가영은 지갑을 손에 꽉 쥔 채로 조심스럽게 식당을 빠져나와 무작정 항구 끝 방향으로 달리기 시작했다. 뛰어가면서 곧 지갑이 없어진 걸 알고 화를 내고 있을 진혁의 얼굴이 떠올랐다. 미안하지만 어쩔 수 없다. 며칠 지나도 미안해서 마음에 걸리면 호프집으로 전화를 걸어 아저씨에게 미안하다고 사과하고 곧 갚겠다고 약속해야겠다는 생각까지 달리는 중간에 했다. 몇백 미터를 달렸을까? 숨이 턱까지 차오른 가영은 어느 상가 건물 안 여자 화장실로 뛰어 들어가 변기에 앉아 떨리는 손으로 지갑을 열었다.

만 원 지폐 두 장, 그리고 천 원짜리 여섯 장이 들어 있었다. 진혁이 톨비를 내기 위해 찾아둔 현금 중 쓰고 남은 돈이었다.

젠장, 이게 뭐야. 겨우 이만 육천 원? 신용카드는 정말 없었고 지갑에 들어 있는 거라곤 호프집 보안시스템 출입 카드와 운전면허증뿐이었다. "이거라도 들고 튈까?" 가영은 잠시 고민을 했다. 겨우 이만 육천 원 때문에? 설마 내가 이만 육천 원을 훔쳐 달아났다고 우리 엄마한테 이르거나 학교에 알리진 않겠지? 여고생하고 둘이서 동해 주문진까지 여행 갔었다는 걸 말하기 곤란해서 그냥 입 닫고 지낼 것 같았다. 그런데 여행 온 어른이 어떻게 현금을 이거밖에 안 갖고 다닐까? 지갑 속에 눈에 잘 안 띄는 비밀 주머니라도 있는 걸까? 가영은 진혁의 지갑 속을 이리저리 뒤적거리며 생각했다.

이건 뭐지? 지갑 안쪽 작은 주머니 안에 노란색 종이가 여러 번 접힌 채로 들어 있었다. 여기다 오만 원 지폐를 꼭꼭 접어서 넣어둔 걸까? 혹시나 하는 기대감에 조심스럽게 종이를 꺼내 펼쳐보니 부적이었다. 아마도 아저씨 어머니가 아들 건강하고, 무사하라고 전해준 부적 같았다. 찜찜했다. 부적을 보니 훔친 이 지갑을 괜히 가지고 다니다간 자신에게 불길한 일이 생길지도 모른다는 생각이 들었다. 현금만 빼고 지갑은 버려버릴까? 아저씨 운전면허증은 어떡하지? 보관하고 있다가 우편으로 부쳐주든지 나중에 돌려줘야지, 생각하던 찰나에 지갑 속 명함 넣어두는 곳에서 사진 세 장이 나왔다. 오래전 찍은 빛바랜 사진을 지갑 크기에 맞게 가위로 작게 오려 넣어둔 것 같았다.

맨 위 사진은 아저씨 어릴 적 사진이었다. 기차역 앞 광장에서 뱀 모양의 인형을 손에 쥐고 울고 있는 모습으로 봐선 아까 아저씨가 말해준, 여행 때 아저씨 아버지가 찍어준 사진 같았다. 아주 귀여웠다. 크지 않은 입과 짙은 눈썹 등 아저씨의 지금 얼굴이 어릴 때 얼굴에서도 보였다. 어릴 땐 울보였나 보군. 가영은 사진 속 우는 아저씨의 모습을 보다 자기도 모르게 웃고 말았다. 그 사진 뒤에는 아저씨의 아버지로 보이는 건장한 젊은 군인의 아주 오래된 흑백 사진이 들어 있었다. 군 복무 중 찍은 사진 같았는데 커다란 소총을 손에 들고 환하게 웃고 있었다. 마지막 사진은 아저씨 어머니로 보이는 분과 할머니가 배추밭 앞에 앉아서 웃으며 찍은 사진이었다. 부적 때문에 지갑을 버리려 했던 가영은 사진들을 발견하곤 도저히 화장실 쓰레기통에 그 지갑을 버릴 수 없었다. 아빠와 어릴 적 함께 찍은 사진이 별로 없는 가영은 그 사진들이 아저씨에게 얼마나 소중하고 중요한 것일지 알 수 있었다. 가영은 오래된 흑백 군인 사진을 다시 찬찬히 들여다보았다.

아빠가 생각났다. 아빠도 군인이었을 땐 이렇게 멋있고 건강했었지. 아빠가 아프고 나선 아픈 모습을 남기기 싫어한 아빠 때문에 셋이 찍은 가족사진이 거의 없었다. 가영은 뛰었다. 아무 일도 없었던 것처럼 몇 분 전의 과거로 다시 돌아가기로 했다. 중국집을 나와 도망쳐 왔을 때보다 더 빠른 속도로 죽을힘을 다해 달렸다. 아저씨가 화장실에서 나와서 벌써 지갑을 찾아봤으면 어떡하지? 가영은 곧 맞닥뜨릴 수도 있을 것 같은 난처한 상황을 지레 걱정하며 계속 달렸다. 담배 사러 갔다고 하면 되겠지. 그래, 그러면 이해해 주겠지. 돈 빌려달라고 하면 안 빌려줄 것 같아서 그냥 혼날 각오하고 지갑 좀 빌렸다고 둘러대면 되겠지. 중국집 간판이 눈에 들어왔다. 가영은 숨을 헐떡이며 급하게 식당 문을 열고 뛰어 들어갔다. 그와 동시에 진혁은 화장실에서 문을 열고 물에 젖은 두 손을 바지에 비벼 닦으며 천천히 테이블 쪽으로 걸어왔다.

어디 갔다 오는 거야? 또 담배 피우고 왔어?

문을 열고 걸어 들어오는 가영을 보고 방금 세수한 듯 물기가 군데군데 묻어 있는 얼굴을 한 채 진혁이 물었다.

어서 화장실 다녀와. 진혁은 가영 앞을 지나쳐서 카운터로 계산을 하러 갔다.

아니 분명 지갑은 내가 들고 있는데…. 가영은 카운터로 걸어가는 진혁의 뒷모습을 지켜보았다. 카운터 앞에 선 진혁은 뒷주머니에서 휴대폰을 꺼내더니 휴대폰 케이스에서 카드 한 장을 꺼내어 결제를 했다. 가영은 그 틈을 타 얼른 진혁의 지갑을 외투 안주머니에 다시 집어넣었다. 카드 결제하는 소리가 요란하게 들렸다.

저도 화장실 다녀올게요. 카운터에서 결제를 마치고 가영에게 다가오는 진혁을 보고 가영은 자리에서 일어나며 말했다.

휴~. 다행이다. 화장실 변기에 앉아 가영은 숨을 고르며 안도의 한숨을 내쉬었다. 그런데 아까 그 카드는 뭐지? 분명히 신용카드가 없다고 했는데….

연꽃 따는 노래

경포호수 근처 공영 주차장에 차를 대고, 둘은 경포호 주변의 넓은 습지 공원을 걸었다. 진혁은 호수 남쪽으로는 허난설헌 생가터와 초당순두부마을이 있고, 서쪽으로는 선교장과 오죽헌이 있다는 걸 가영에게 마치 자신이 관광 안내원이라도 된 것처럼 자세히 설명하며 강릉의 멋에 대해 늘어놓기 시작했다.

이곳에 유명한 이야기가 있지. 들어봤어? 경포대에는 달이 다섯 군데서 뜬다는 말. 하늘에 하나, 바다에 하나, 호수에 하나, 님이 따라준 술잔에 하나 그리고 님의 눈동자에 하나. 너무 멋지지 않아?

와. 시적이에요. 그럼 오늘 우리도 달 하나에 소주 한 병씩 해서 소주 다섯 병 마시는 거예요?

어떻게 또 그게 그렇게 연결되니? 운전해야 돼서 오늘은 금주야.

에이. 이런 멋진 곳에서 풍류를 즐기지 않으면 그건 반칙이에요. 자연에 대한 예의가 아니라고요. 하여튼 이따 기대할게요.

　난 경포해변을 찾을 때마다 이곳 생태공원을 한 바퀴 둘러보곤 해. 경포호 옆 파도치는 해변과 달리 조용한 이 공원에 오면 시간이 멈춘 듯 고요하고 마음이 편안해져. 그리고 무엇보다 이 산책로를 따라 걷다 보면 스무 개가 넘는 많은 옛 시들을 만날 수 있어서 너무 좋아. 저기 시비가 보이네. 진혁은 허난설헌의 시가 마치 책을 펼친듯한 커다란 바위 조형물 위에 새겨진 시비 쪽으로 가영을 안내하곤 난설헌의 한시 '채련곡'을 한번 읽어보라고 가영에게 시켰다.

　이걸 제가 어떻게 읽어요? 다 한문으로 되어 있는데.

　아니. 아래 한글로도 쓰여 있잖아. 그걸 읽어보라고.

　아. 이거. 난 또 시비에 대한 안내문 같은 건 줄 알았는데 이게 이 시를 우리말로 풀어놓은 거예요? 가영은 한글로 번역된 난설헌의 한시를 천천히 낭송했다.

연꽃 따는 노래

난설헌 허초희(1563~1589)

가을이라 맑은 호숫물 옥돌처럼 흐르는데
연꽃 피는 깊은 곳에 난초 배를 매어두고
물 건너 임을 만나 연밥을 던지다가
저 멀리 남이 봤을까 봐 반나절이나 부끄럽네

그런데 허난설헌이 너무 짧은 인생을 살다 갔네요. 재능 많은 여인이었을 텐데 왜 이렇게 일찍 세상을 떠났을까요?

그래. 너무 아쉽지? 오래 살면서 더 좋은 작품들을 많이 남겼으면 좋았을 텐데…. 이 시 너무 멋지지 않니? 생각해 봐. 사백몇십 년 전에 이곳에서 젊은 처녀가 사랑하던 임을 위해 김밥, 아니 연밥을 싸 와서 연꽃이 가득 핀 이 아름다운 연못에 배를 띄워 타고 와서 그리운 님에게 수줍게 몰래 건네는 장면이 눈앞에 그려지지 않아? 그리고 혹시 동네 사람 누군가가 엿보지 않았을까, 반나절을 노심초사 부끄러워했다는 구절도 너무 사랑스럽지 않니?

진혁은 문득 그녀를 처음 알게 되었을 때 밤마다 그녀 얼굴이 떠올라 잠 못 들던 날들이 떠올랐다. 허난설헌의 시처럼 그녀가 보고 싶어 그녀가 일한다는 네일샵 밖에서 혹시 그녀와 마주치지 않을까 기웃거린 적도 있었다. 붕어싸만코 여러 개를 검정 비닐봉지에 담아 가게 안을 기웃거리면서도 혹시 아는 동네 사람들이나 가게 사장님이 지나가며 자길 알아보지 않을까 노심초사하며 기다린 적도 있었다. 차마 전하지 못한 녹은 붕어싸만코를 먹으며 동네 공원 벤치에 앉아 그녀를 생각하던 때가 떠올랐다.

네. 특히 아저씨 말처럼 마지막 구절이 되게 설레고 인상적이에요. 지금이나 옛날 조선 시대나 젊은이들은 다 서로 사랑하고 그리워하며 살았나 봐요.

그랬겠지. 사랑 없이 이 세상을 어떻게 살겠어? 이 산책로에 많은 시들이 있는데 난 사랑을 노래한 이 시가 가장 좋아.

여기 공원에 있는 시들을 다 읽어봤어요?

어. 강릉에 올 때마다 이곳에 들러서 운동 삼아 시원한 바닷바람 마시며 이 산책로를 걸어. 걷다 보면 만나는 시비들을 자연스레 읽게 돼. 여기 난설헌 말고도 율곡이나 허균의 시들도 좋아.

와! 아저씨 진짜 할 일 되게 없었나 보다. 바로 앞에 저 멋진 푸른 바다가 부르는데, 여기서 혼자 청승맞게 걸어 다니면서 이 시비들을 읽었다고요? 저 멋진 바다를 코앞에 두고 어떻게 그럴 수 있어요? 왠지 불쌍하고 멋없어 보여요.

내가 봐도 그래. 그렇지만 이 아름다운 경포에서도 어쩔 땐 하루가 길게 느껴질 때가 있어. 나처럼 혼자 오면 심심할 때가 있어. 그래서 이 시들을 읽으며 오래전 우리 땅 이곳저곳을 거쳐 갔을 선조들하고 대화를 나누는 거지. 그러면 더 이상 혼자란 생각이 안 들어. 너도 나처럼 나이가 좀 더 들면 차츰 알게 될 거야. 옛 시를 읽다 보면 내가 지금 고민하고 있는 문제들을 오래전 조상들도 다 똑같이 고민하고 걱정하다 그렇게 한 시절 살다 갔겠구나 하는 생각이 들어. 그러면 신기하게도 심각했던 내 고민들이나 걱정거리들이 별거 아니구나 하는 생각을 하게 돼. 다 시간이 지나면 해결되고 아물게 되겠지 하는 생각이 든다고.

둘은 습지 공원을 나와 경포해변 쪽으로 걸었다. 우측에 초당마을을 끼고 허난설헌 생가 근처 멋진 소나무 숲길을 걸으니 동해 바다가 나왔다. 경포호와 바다를 연결해 주는 경포천 위에 놓인 솟대다리 위에서 잠시 바다를 바라보았다. 솟대다리 건너엔 새로 지어진 으리으리하고 화려한 고급 호텔이 그 위용을 한껏 뽐내고 있었다.

와, 저 호텔 너무 근사한데요. 호텔 방에서 넓고 푸른 동해 바다가 내려다보이겠어요. 가영이 부러운 눈으로 호텔을 올려다보며 말했다.

그렇지. 정말 좋겠지?

오늘 저기서 자고 가면 안 돼요?

저기서? 음, 전망을 포기하면 가능할 수도 있지.

전망이 뭐가 중요해요. 저렇게 멋진 호텔에서 하룻밤 묵을 수만 있다면요.

아니, 1층에서 잘 수 있단 얘기지. 침대 말고 호텔 로비에 있는 푹신한 소파에서.

에이. 진짜. 좋다 말았네.

진혁은 1박 요금이 자신의 고시원 월세보다 비싸다고 들은 신축 고급 호텔을 잠시 말없이 올려다보았다. 둘은 경포해변 모래 사장으로 걸어 들어갔다.

이곳 경포해변이 내가 아는 가장 오래된 강릉의 모습이야. 늘 이곳에 먼저 와서 시간을 보내고 근처 다른 해변이나 맛집을 찾아 강릉의 다른 관광지를 찾아다녔던 것 같아. 일종의 베이스캠프 같은 느낌이랄까? 강릉에 와서 이 해변에 도착하면 마음이 안정되고 푸근해져. 진혁은 어릴 적 아버지와 함께 처음 찾았던 경포해변을 거닐며 잠시 추억에 잠겼다. 눈이나 비가 오려는지 맑던 하늘은 어느덧 구름으로 뒤덮여 있었고 바람이 점차 세차게 불기 시작했다.

추워요. 잠시 해변에 서서 파도치는 동해 바다를 바라보던 가영이 몸을 움츠리며 말했다.

바람이 좀 부네. 그래. 우리 어디 들어가서 따끈한 국물이라도 먹을까? 넌 동해 바다가 처음이라며. 더 어두워지기 전에 사진이라도 한 장 남기면 좋을 것 같은데…. 휴대폰 줘봐.

가영은 휴대폰을 꺼내 카메라 앱을 켜서 진혁에게 건넸다.

포즈 좀 취해봐.

진혁의 말에 가영은 바다를 등지고 서서 진혁이 들고 있는 휴대폰 카메라 렌즈를 응시했다. 바람에 가영의 긴 머리가 흩날렸다. 바람에 깃발이 펄럭이듯 요란하게 춤을 추는 가영의 긴 머리에서 진혁은 강렬하고 건강한 생명력을 느꼈다.

웃어봐!

뭐예요! 꼰대처럼? 딱딱하고 멋없잖아요? 치즈나 김치, 스마일 뭐 이런 거 몰라요? 군대도 아니고.

그래. 자, 그럼 인상 한번 써봐.

진짜…. 가영은 예상치 못한 진혁의 주문에 어이가 없어 웃었다. 어이없어 웃던 가영의 웃음은 이내 너무도 자연스럽게 밝고 환한 웃음으로 바뀌었다. 웃을 때 가영의 얼굴은 어떤 어두운 그늘도 없는 꿈 많은 그 나이 또래의 아름다운 청년의 얼굴 그대로였다.

아주 좋아! 잠시 그러고 있어봐.

진혁은 순간을 놓치지 않고 액정 위 셔터 버튼을 연신 눌러댔다. 그리고, 사진에서 동영상으로 전환해 십 초 분량의 영상도 찍어줬다. 가영의 미소는 바람 부는, 조금은 을씨년스러운 겨울 바다의 광활한 배경 속에서 더욱 환하게 빛났다. 환하게 웃는 가영의 얼굴은 정말이지 눈부시게 아름다웠다.

훗날 가영이 이 사진을 보면 가영은 분명 날 떠올릴 것이다. 겨울 바다를 처음 보러 함께 온 나를. 가영에게 소중한 추억 하나를 남겨줬다는 생각에 진혁의 마음은 괜히 뿌듯해졌다.

아저씨도 한 장 찍어줄까요?

아니, 고맙지만 됐어. 난 사진 찍는 거 안 좋아해. 내 몽타주 사진 말이야.

휴대폰을 돌려받은 가영은 카메라를 셀카 기능으로 바꾸고 바다를 배경으로 셀카 사진 몇 장을 더 찍었다. 곧 어두워질 것 같은 바다가 아쉬워서일까, 가영은 카메라 앵글을 계속 바꿔가며 작은 휴대폰 화면에 넓고 탁 트인 바다를 가득 담았다.

우리 뭐 얼큰한 국물 있는 거 먹으러 가요. 추우니까 뜨끈한 국물이 먹고 싶어요. 셀카 촬영을 끝낸 가영이 진혁을 보고 말했다.

좋지. 이 근처에 내가 몇 번 가본 실내포차가 있어. 진혁은 푸른 바닷빛 보석 이름을 한 에메랄드 호텔 쪽으로 앞서 걷다 어느

문 닫힌 작은 가게 앞에서 발길을 멈췄다.

오늘 쉬는 날인가? 진혁은 혼잣말로 중얼거리며 문 닫힌 어두운 가게 내부를 들여다보았다. 가게 안 바닥에는 각종 고지서와 대출 안내 전단지가 놓여 있었고 테이블 위엔 뽀얗게 먼지가 쌓여 있었다. 가게는 문을 닫은 지 꽤 된 것 같았다.

진혁은 문득 제대 후 처음 이 경포해변을 찾았을 때가 떠올랐다. 겨울 바다가 보고 싶어 고속버스를 타고, 시내버스를 갈아타고 늦은 저녁 도착했던 경포해변. 한참을 바닷가에서 걷다 허기와 추위를 피하려 들어왔던 실내포차. 처음 이 실내포차에 들어와 주방 위 허름한 벽에 걸린 아주 커다란 사진 두 장을 쳐다보았던 기억이 떠올랐다. 사진 속 주인공은 중년의 남성과 할머니였다. 가게 문 열리는 소리에 낯선 여행객을 따뜻한 웃음으로 맞아주셨던 주인아주머니. 옛날 일본 흑백 영화에 나오는 단아한 일본 여성 느낌이 나는 긴 머리를 한 중년의 여인이었다. 그녀에게 물어보니 사진 속 주인공은 그녀 남편과 시어머니였다. 더 묻지 않아도 얼마나 많은 남자 손님들이 여주인 혼자 운영하는 그 가게에서 술을 마시며 그녀에게 치근덕거렸을지 짐작이 됐다. 그만큼 여주인은 매력적이었다. 너무도 맛있었던 꼼장어 구이, 뜨끈한 국물을 마시기 위해 주문했던 해물 라면 그리고 소주 두 병. 마침 바람 부는 일요일 늦은 저녁이라 그날 손님은 진혁이 처음이자 마지막이었고 주방에서 다음 날 쓸 재료 손질을 끝낸 여주인은 잠시 테이블에 앉아 진혁과 함께 소주를 마셨었다. 어두운 가게 안이 잠시 환하게 밝아지더니 친절했던 그녀가 환하게 웃으며 서 있는 모습이 오래된 영화 속 한 장면처럼 되살아나는 것만 같았다.

저 추워요. 뭐 하는 거예요? 불 꺼진 가게 안을 한참 들여다보고 있던 진혁에게 다가간 가영이 말했다.

경포에 오면 꼭 들르던 식당인데 아쉽게도 문을 닫았네. 다른데 찾아보자고. 둘은 근처 골목을 잠시 헤매다 '도루묵찌개' 메뉴가 붙어 있는 어느 작은 식당 안으로 들어갔다. 자리에 앉아 잠시 메뉴를 살핀 진혁은 가영이 좋아할 것 같은 새우튀김을 먼저 시키고, 그리고 겨울에 강릉에 오면 꼭 먹는 도루묵찌개를 함께 시켰다. 씹을 때마다 톡톡 터지는 식감이 좋아 진혁은 겨울철 술안주로 도루묵 구이나 찌개를 좋아했다.

도루묵찌개 보니까 소주 한잔 생각나네. 도루묵찌개가 가스 불위에 얹혀지는 걸 보고 진혁이 말했다.

새우튀김 보니까 시원한 맥주 한잔 생각나는데요. 주문하자마자 금방 나온 뜨거운 김이 모락모락 피어나는 새우튀김을 보고 가영도 덩달아 맥주를 찾았다.

운전해야 되니까 술은 안 되겠지? 술 대신 사이다나 한잔하자고.

에이, 그냥 술 한잔해요. 좀 기다리다 깨고 가면 되잖아요. 우리 조금만 마셔요.

안 돼! 진혁은 나이가 지긋하신 주인아주머니께 사이다 한 병을 시켰다.

알았어요. 그럼 난 사이다 마실 테니 아저씨만 도루묵에 소주 몇 잔 마셔요. 멀리 바다까지 왔는데 소주 한잔은 해야죠. 좀 기다렸다 깨고 가면 되잖아요? 진혁을 술에 취하게 해서 카드를 손에 넣을 생각을 하고 있는 가영은 어떻게든 진혁에게 술을 마시게 하려고 애교 섞인 목소리로 다시 말했다.

그럴까? 정 그렇다면 딱 한 병만 시키지 뭐. 좋아하는 도루묵찌개에 소주 한잔 곁들이고 싶은 맘이 간절했던 진혁은 악마의 유혹과도 같은 가영의 권유에 결국 소주 한 병을 시키고 말았다.

진혁은 새우튀김에 소주 반 잔 정도를 꺾어서 아주 조금만 마셨다.

첫 잔은 원샷이죠. 그게 뭐예요. 그냥 편하게 오늘 술 마시고 여기서 자고 내일 가요. 가영은 진혁을 취하게 만들 요량으로 원샷을 강요했다.

자고 가고 싶어도 돈이 모자라서 그래. 이번 여행에 넌 예정에도 없었잖아. 곧 예산을 초과해서 여관비가 부족할지도 모른다고.

그럼 그냥 차에서 좀 쉬다가 출발하면 되죠.

이렇게 추운데 해변 허허벌판 주차장에서 차박을 한다고? 감기 걸리면 어쩌려고?

히터 켜면 되잖아요?

기름도 얼마 없을 거야.

아니 술에 취하면 추운 줄도 모를 거예요. 그러니까 저도 한잔할래요. 그래야 이따 차에서 눈이라도 좀 붙이죠.

넌 안 돼.

그러지 말고 한 잔만 줘요. 동네도 아닌데 여기서 내가 학생인지 누가 알겠어요. 여긴 신분증 검사도 안 하잖아요. 서로 대작하며 진혁을 흠뻑 취하게 할 생각에 가영은 진혁의 자리에 놓인 술잔을 집어 들어 냉큼 원샷을 해버렸다.

야! 너 뭐 하는 거야? 이제 더는 안 돼! 딱 그거 한 잔만이야.

에이. 치사하게. 저 화장실 좀 다녀올게요.

가영이 화장실을 간 사이 진혁은 자신이 가영에게 너무 딱딱하게 군 건 아닌가 하는 생각이 들었다. 술을 아예 안 마셔본 것도 아닌데 너무 꼰대처럼 군 것 같단 생각이 들어 조금 미안했다. 그냥 취하지 않을 정도로 기분만 내라고 술을 조금씩 따라줄까? 아직 고등학생인데 대놓고 술 마시라고 할 수도 없고, 그리고 가영이 정말 술을 잘 마시는지도 알 수 없었다. 소주 몇 잔 마시고 호프집 바닥에 토하는 여자 손님들을 몇 번 본 적이 있어 조심스러웠다. 에이 모르겠다. 어디 술이 얼마나 센지 시험이나 해봐야겠단 생각에 진혁은 가영 자리에 놓인 사이다 컵을 들어 가득 든 사이다를 반쯤 마시고 소주를 한 잔 부어주었다. 가영의 사이다가 소사로 변했다.

화장실에 다녀온 가영은 남은 새우튀김을 먹더니 사이다를 벌컥벌컥 마시기 시작했다. 술에 약한 보통 학생들이라면 소주 냄새에 바로 뱉거나 맛이 이상하다고 뭐라 했을 텐데 평소에도 소사를 즐겨 마셔온 건지, 아니면 사이다 맛이 강해서인지 가영은 얼굴 표정 하나 바뀌지 않고 소사를 비웠다.

술이 세긴 센가 보네. 진혁은 속으로 생각했다. 진혁은 가영이 새우튀김을 좋아하는 것 같아 새우 한 마리만 먹고 더 이상 새우튀김엔 손을 대지 않았다.

나도 화장 좀 고치고 올게. 화장실 밖에 있는 거 맞지?

지금 유머 한 거예요? 네. 밖에 출입구 쪽 계단 옆에 있어요. 립스틱 좀 빌려줄까요? 맛있는 걸 먹어 기분이 좋아진 가영이 환하게 웃으며 진혁의 농담을 받아줬다. 진혁이 자리를 비운 사이 가영은 얼른 자신의 사이다 컵에 소주를 따르고 술이 비워진 만큼 자신의 물컵에 있는 물을 소주병에 조심스레 따랐다.

그렇게 술자리는 계속 이어졌다. 소주도 추가로 시켰다. 가영이 담배를 피우러 나가면 진혁은 사이다 잔의 사이다를 마시고 그만큼 소주를 채웠다. 진혁이 자리를 비울 때면 가영은 소주병을 들어 사이다 잔에 채우고 소주가 비워진 만큼 소주병에 물을 채웠다.

와! 역시 바닷가에서 술을 마셔서 그런지 취하질 않아. 술이 아주 물 같아. 정말 신기하네. 아까 내가 말한 시 기억나지?

와! 이거 정말 맛있어요. 씹을 때마다 알이 톡톡 터지는 것 같아요. 식감 최고예요. 처음 맛본 도루묵 맛에 감탄한 가영이 도루묵 알을 젓가락으로 연신 집어 먹으며 말했다. 소주를 마셔도 멀쩡한 진혁과 달리 사이다 아니 소사를 마시며 술에 취해 버린 가영의 발음이 서서히 꼬이기 시작했다.

우리 건배 한번 할까? 흥이 오른 진혁이 소주잔을 들고 건배를 청했다. 건배! 가영의 사이다 잔이 떵 하는 소리를 내며 진혁의 소주잔에 부딪혔다. 둘은 창밖으로 보이는 겨울밤 바다를 바라보며 천천히 도루묵찌개를 먹었다. 추운 날씨에 바람까지 불어 해변에 사람은 보이지 않았다.

　와. 정말 기분이 너무 좋아요. 새우튀김도 맛있었고, 도루묵은 정말 최고예요! 어느새 진혁보다 더 소주를 많이 마신 가영은 취기가 올라와서 빨개진 얼굴에 살짝 혀 꼬인 소리로 웃으며 말했다. 탄산 때문인지 가영의 혈관 속으로 알코올 기운이 더 빨리 퍼져나가는 것만 같았다.
　신기해. 술을 마셔도 취하는 것 같지가 않아. 아까 내가 말했던 시 있지? 술은 내가 마시는데 취하긴 바다가 취한다고. 저기 바다 좀 봐. 아까보다 훨씬 파도가 세진 것 같지 않아? 바다가 정말나 대신 취하는 것 같아. 아니, 그런데 바다만 취한 게 아니라 가영이도 취한 것 같네? 어떻게 사이다만 마셨는데 얼굴이 빨개지지? 소주를 조금씩 가영의 사이다 잔에 몰래 따라줬던 진혁은 모른체하고 물었다.
　아니요. 그게 아니고요. 기분이 좋아서 그래요. 술에 취한 게 아니라 제가 바다에 취했다고요. 동해 바다를 처음 봐서 그 매력에 푹 빠진 것 같아요.
　신기하네. 아까 내가 들려줬던 시를 다시 고쳐 써야겠어. 술은 내가 마시는데 취하긴 가영이가 취한다고. 진혁은 시치미를 떼고 웃으며 말했다.

제가 바다 같은 아이라서 그럴 거예요. 알아요? 아저씨?

그래, 멋진 말이야. 바다 같은 소녀. 바다를 닮은 가영. 에라이 모르겠다. 우리 나중 일은 나중에 생각하고, 지금은 그냥 즐기자고. 아주머니. 여기 소주 한 병 사이다 한 병 더 주세요! 아! 취하니까 좀 살 것 같네! 진혁이 잔에 든 소주를 원샷 하고 들뜬 목소리로 외쳤다.

아저씨는 사는 게 즐거워요? 고민 같은 거 없어요? 아까 저만 고민 말했잖아요. 아저씨는 고민 없어요?

세상에 고민 없는 사람이 어딨겠니? 이 나이 먹도록 제대로 된 연애 한번 못 해본 것 같고, 앞으로도 그렇게 쓸쓸하게 살다 총각 귀신으로 죽을 것 같다는 게 나의 고민이라면 고민이랄까? 나 같이 미래가 불확실한 사람한테 누가 오겠어? 사실 내가 몸이 좀 안 좋거든. 더 나빠질 일만 남았고. 그래서 누구에게 한 번도 먼저 다가가 본 적이 없어. 앞으로도 그럴 테고. 가끔 내가 왜 사나 그런 생각을 해. 뭔가 보람 있고 의미 있는 일 하나라도 하고 가야 될 것 같단 생각도 들고. 태어난 김에 그냥 사는 인생 말고, 남을 위해 좋은 일도 하고 싶고 그런데….

남을 위한 일은 지금도 할 수 있어요. 세상엔 도움이 필요한 사람이 많잖아요. 가영이 눈을 빠르게 깜빡깜빡하며 살짝 웃으며 말했다.

담배 말하는 거니? 안 돼! 넌 다른 고민은 없어?

저요? 저도 이젠 고3이 되고 학교를 졸업해야겠죠. 사실 이젠 꿈도 없어요. 아마 대학도 가지 못할 거예요. 엄마는 늘 제게 관심 있는척했지만 요샌 저를 포기했단 생각이 들어요. 혼자 어떻게든 공부해서 기적적으로 제가 대학에 합격해도, 돈 때문에 결국 대학에 가지 못하겠죠. 저는 친구도 몇 명 없어요. 승무원이 되고 싶다는 친구, 제빵사가 되고 싶어서 일본으로 유학 간다는 친구, 그리고 수의사가 되고 싶어 공부 열심히 하는 친구. 다들 꿈이 있어요. 저만 대학 진학에 대한 생각을 안 해요. 그렇게 고3 시절이 지나면 그나마 친한 세 친구 모두 다 바쁜 대학생이 되어 동네에는 저만 혼자 덩그러니 남겠죠.

중1 방학 때 친한 친구들 다들 영어 캠프 가는데 나도 보내달라고 엄마한테 떼를 쓴 적이 있어요. 엄마는 인터넷 방송 들으며 공부하면 되지, 뭐 큰돈 들여서 지방까지 내려가서 합숙까지 하며 호들갑이냐며 안 보내줬죠. 하도 졸랐더니 다음 방학 때 엄마가 무리해서 저를 영어 캠프에 보내줬어요. 합숙 생활은 즐거웠는데 휴대폰도 잘 못 쓰고 그리고 영어로만 대화를 해야 돼서 많이 힘들었어요. 저는 거의 말없이 지냈죠. 거기 캠프에 젊은 남자 선생님이 계셨는데, 제가 말없이 혼자 조용히 지내서 그런지 캠프 기간 내내 제게 잘 대해주셨어요. 저처럼 영어 못해서 말이 없는 찐따 같은 한 여자아이랑도 친해지고요. 한 달 남짓한 짧은 캠프였지만 캠프 끝나고 집으로 오는 길에 이젠 그 선생님과 울산에 산다는 그 조용한 아이를 영영 못 보겠구나, 하는 생각이 들었어요. 태어나서 처음으로 가슴이 뻥 뚫린 것 같은 허전하고 슬픈 감정을 느껴봤어요. 집에 와서 제게 잘 대해주신 그 선생님과 그 아이가 생각나서 열흘 넘게 아주 힘들었어요. 그냥 가슴이 너무 아파서 눈물이 계속 났어요. 지금 친구들이 다 떠나고 혼자 남는 게 두려워요. 그래서 그냥 죽어버릴까, 버려지기 전에 내가 먼저 아무도 없는 곳으로 떠나버릴까, 그런 생각도 여러 번 했어요. 그런 생각을 하다 보면 난 왜 태어났을까? 하지 말아야 될 생각까지 하게 돼요. 혼자가 되는 게 무섭고 싫은데 나이가 들수록 그런 인생을 살게 될 것 같아요. 그러려면 제가 독해져야겠죠. 술에 취한 가영은 솔직하게 마음속 이야기들을 꺼내놓았다.

이별도 자주 하다 보면 그 아픔도 점점 무뎌져. 아직은 가영이 어려서 친구들과 떨어지는 게 익숙지 않고 마음 아프겠지만, 앞으로 인생을 살다 보면 그런 이별을 자주 겪게 될 거야. 그러다 보면 점점 나아질 거야. 성장통이라고 생각해. 괜히 질풍노도의 시기란 말이 나왔겠어? 그렇게 무쇠가 망치를 얻어맞고 담금질을 통해 단단해지듯이 그런 시련을 겪으며 점점 어른으로 커가는 거야. 어느 철학자가 말했잖아. 자기를 쓰러뜨리지 못하는 고통은 자기를 강하게 할 뿐이라고. 그러려면 우선 널 사랑하고 아껴야 돼. 알겠니?

만남이 있으면 이별이 있듯, 이별 또한 새로운 만남의 시작이야. 학교를 가든, 사회에 나가든, 그렇게 새로운 사람들을 계속 만나며 함께 살게 되는 거야. 그러니까 네가 앞으로 혼자가 된다는 그런 엉뚱한 생각은 하지 마. 세상이 널 그렇게 심심하게 홀로 내버려 두진 않을 거야. 살아가려면 좋든 싫든 어떻게든 세상과 엮여야 돼. 혼자 살고 싶어도 혼자 살 수 없는 게 인생이야. 지금 네가 만나고 있는 동네에서의 친구들이 세상의 전부라는 생각은 하지 마. 세상은 넓어. 네가 앞으로 만나게 될 세상과 사람들도 무궁무진할 거야. 그건 너의 선택에 달려 있는 거야. 지금 네가 그 작은 동네에서 머물며 친구들이 다 떠났다고 의기소침해서 그 작은 세계에 숨어 더 이상 밖으로 나오지 않으면 그게 네 세상의 전부가 되는 거지만, 네가 더 넓고 새로운 세상과 더 많은 사람들을 만나고 싶다면 얼마든지 네 노력 여하에 따라 그렇게 될 수 있어. 그렇게 되기 위한 여러 방법 중에 가장 쉬운 게 공부를 하는 거야. 그래서 어른들이 공부를 하라는 거지. 그렇지만 그 길 외에도 세상으로 나가는 길은 많아. 나도 지난 10년간 그걸 깨달으며 살고 있기 때문에 네게 말해줄 수 있는 거야. 나도 그랬어. 공부를 더 하고 싶었지만 그럴 형편이 못 됐지. 지금은 국가 장학금 제도도 잘되어 있고, 어려운 형편에도 학업을 계속할 수 있는 길이 예전보단 더 잘되어 있잖아. 그러니까 고민만 하고 있지 말고, 더 잘 알아보고, 결정하고, 밀고 나가라고. 꼭 공부만이 답도 아니야. 다른 길도 많아. 그렇지만 공부가 그런 세상으로 나가는 여러 길 중에 가장 무난한 길이고, 다른 대안을 찾을 때도 디딤돌 같은 기초가 되기 때문에 공부는 해야 돼. 그러니까 우선 내년 1년은 미친척하고 공부해 봐. 네 긴 인생에서 1년은 그리 긴 시간이 아니니까 기꺼이 한번 공부에 투자해 보라고. 나중에 나처럼 때 놓치고 나서 후회하지 말고.

후회요? 아저씨도 학교 다닐 때 저처럼 공부 열심히 안 했어요? 아저씨는 학창 시절 어땠어요? 열심히 공부해서 원하는 대학 갔어요?

난…. 난 말이야. 고3 때 여러 일들이 일어나서 심적으로 많이 흔들리고 힘들었어. 여러 사정이 있어서 막판에 대학 진학을 포기했지.

아저씨도 포기했으면서 저보곤 왜 열심히 공부해서 대학 가라고 하는 거예요?

방금 말했잖아. 후회된다고. 어쩌면 지금의 너랑 비슷한 시기를 보냈었던 것 같기도 해. 그래서 말해주는 거야. 내 지난날들이 후회되니까. 그땐 대학을 꼭 지금 가야 하나 하는 생각이 들었어. 형편도 안 됐었고. 그리고 내게 이래라저래라 진로에 대한 조언을 해주는 사람도 없었어. 그래서 네게 얘기해 주는 거야. 네가 그때의 나 같아 보여서. 내 눈엔 가영이가 정말 똑똑하고 당당하고 미래가 아주 창창한 청춘으로 보이는걸. 너무 부러워. 시골 똥개, 아니 믹스견 새끼들의 매력이 뭔지 알아? 시골에 가면 개들을 풀어 키우는 집들이 많잖아. 그래서 아빠가 누군지 모르는 새끼들이 많아. 아주 귀여운 그 잡종 강아지 새끼들, 그 강아지들의 진짜 매력이 뭔지 아느냐고? 앞으로 어떻게 클지 예측이 불가능하다는 거야. 꼬물꼬물거리며 돌아다니는 강아지 때는 다 고만고만하게 비슷하게 생겨 보이지만 이 새끼가 커서 어떤 개로 클지는 아무도 모르는 거지. 강아지 아빠가 옆집 셰퍼드일 수도 있고,

아니면 발 짧은 웰시코기일 수도 있고, 결국 커봐야 알잖아. 난 정말 그게 믹스견들의 매력인 것 같아. 어떤 미래의 모습을 보여 줄지 모른다는 거….

잘 나가다가 왜 또 거기서 갑자기 믹스견 얘기가 나와요. 가영이 어이없다는 듯 웃으며 말했다. 하여튼 무슨 말 하려는지 알겠어요. 좋은 얘기 고마워요. 사실 요샌 정말 내가 나빠질 수 있을까? 아니, 얼마나 더 나빠져야 할까? 그런 고민을 심각하게 해요.

그런 고민 한다는 건 네가 착하다는 증거야. 너무 걱정 마. 착한 사람들은 다 복 받게 돼 있어.

아니, 얼마나 더 나쁜 애가 돼야 내가 그나마 인생을 살아갈 수 있을까 그런 생각을 요새 많이 한다고요. 저 잠깐 바람 좀 쐬고 올게요. 가영은 정신도 차리고 술도 깰 겸 가게 앞 테라스에 서서 잠시 차가운 바닷바람을 맞았다. 최근에 자신에게 일어났던 안 좋은 일들이 다시 떠올랐다. 당장 살기 위해선 혼자 돈을 벌어야 하는 지금의 막막한 상황, 나쁜 애가 되지 않으면 도저히 헤쳐 나갈 수 없을 것만 같은 지금의 상황들을 피할 방법은 없다. 독해져야 해! 독해져야 해! 가영은 말없이 파도치는 바다를 바라보며 다짐했다.

구겨진 상장

    나도 바람 좀 쐬고 올게. 가영이 자리에 돌아와 앉자 진혁이 바로 일어서며 말했다.

'아저씨도 포기했으면서….'란 가영의 말이 마음에 걸렸다. 취기가 오른 진혁은 시원한 바닷바람을 쐬며 파도치는 바다를 바라보았다. 아름다운 바다의 풍경은 눈에 들어오지 않고 대신 오래전 고등학교 3학년 시절 대학 진학을 포기해야 했던 아픈 기억들이 떠올랐다. 그땐 일찍 군대를 다녀와서 다시 대입 시험을 치르기로 다짐했었는데 벌써 십몇 년의 세월이 흘렀다. 그동안 돈 버느라 바빴고, 아프고 나서는 병원을 다니고 미래에 대한 걱정을 하느라 한동안 잊고 지냈던 기억들이다.

진혁은 어릴 적 아버지의 권유로 운동을 했었다. 운동을 하다가 부상을 당해서 고등학교 입학할 무렵에야 늦게 다시 공부를 시작한 진혁. 오랜만에 잡아보는 책에 흥미를 느끼고, 보통 아이들보다 뛰어난 체력과 정신력으로 남들보다 덜 자며 치열하게 공부해서 성적을 많이 끌어올렸다. 운동하기 전에도 어릴 적 꿈이 과학자였던 진혁은 수학과 물리, 화학 등에서 뛰어난 성적을 보여 주변 친구들의 부러움을 사기도 했다. 고1 무렵 동네 형이 건네준 '수학의 정석' 책에 흥미를 느껴 6개월 만에 독학으로 고3 과정 전체를 마스터하기도 했다. 이미 풀어본 문제들도 독특하거나 새로운 풀이법은 없는지 혼자 연구하는 걸 즐겨할 정도로 수학을 좋아했다. 수학 경시대회에 나가보라는 주변의 권유도 있었지만 주목받는 걸 싫어하는 성격이라 나가지 않았다. 어릴 적 좋아했던 추리 소설이나 공상 과학 소설 읽듯 과학 교과서나 참고서들을 읽는 재미에 빠져들었다. 친구들이 농구 하거나 PC방 가서 게임 하며 놀 때 과학 잡지를 손에 쥐고 밤하늘의 별을 올려다보며 우주를 생각하거나 우주의 물질들을 구성하는 쿼크나 원자, 양성자, 전자에 대해 공부하는 것이 더 재밌었다.

그러나 공부에 대한 진혁의 관심은 고2가 끝나갈 무렵 서서히 사라졌다. 몇 개월을 앓아누우셨던 아버지가 갑자기 돌아가시고 가세가 기울었다. 아버지의 죽음을 계기로 진혁은 태어나 처음으로 삶과 죽음, 인생에 대해 생각하기 시작했다. 사람은 왜 태어났고, 왜 살아야 하는지, 그리고 죽음은 무엇인지에 대해 처음으로 진지하게 고민하기 시작했다. 성격은 점차 조용하고 내성적으로 바뀌었고 공부에 매진하게 만들어 주었던 지적 호기심과 마음의 여유도 점차 시들해졌다. 그런 진혁의 마음을 아프게 한 사건들이 연달아 일어났다.

어느 날 옆자리에 앉은 반 친구가 학교에 나오지 않았다. 단정한 용모에 성적도 좋고 품행도 좋았던 그 아이가 전날 밤 뇌출혈로 갑작스레 세상을 떠났다고 담임 선생님이 굳은 표정으로 말씀하셨다. 진혁은 선생님 그리고 반 친구 몇 명과 함께 수업 후에 병원 장례식장으로 조문을 갔다. 어제 오후까지 옆자리에서 같이 공부하던 그 친구의 얼굴이 검은 띠로 장식된 액자에 담겨 조용히 웃고 있었다. 선생님이 친구의 어머니한테 진혁을 가리키며 아드님의 짝이었다고 소개하자 친구 어머니께서 갑자기 눈물을 보이시며 손을 꽉 잡아주셨던 기억이 떠올랐다.

"너였구나! 우리 애가 네 얘기를 많이 했는데…." 진혁은 어머니의 말씀에 놀랐다. 그 친구가 자기 엄마에게 내 얘기를 할 정도로 우리 둘이 그렇게 친했었나? 하는 생각이 들었다. 워낙 말이 없고 조용한 친구여서 수업 시간이나 자습 시간은 물론 쉬는 시간에도 먼저 말을 걸기가 쉽지 않은 친구였다. 그런 그 애가 집에 가서 내 얘기를 했다니…. 부잣집 큰아들이었던 그 아이는 중학교 시절엔 학생회장을 하고, 늘 전교 1등을 다툴 정도로 공부도 잘했고, 활달한 성격에 운동이나 학교 활동에도 적극적으로 참여했던 모범적인 아이였다고, 나중에 그 아이와 중학생 때부터 친했던 친구들을 통해 들었다. 친구들한테도 인기 많고, 집안의 관심과 사랑을 듬뿍 받고 자란 그 친구가 고등학생이 되며 말수가 줄고 학업에 대한 의욕을 잃고 서서히 성적도 떨어지기 시작했다. 활달하던 성격은 사라지고 어느샌가 늘 지쳐 보이고 말도 거의 안 하고 조용히 수업 듣고 자습하다 고개 숙이고 집으로 돌아가는 학생이 되어 있었다.

"항상 집에 오면 나랑 많은 대화를 나누는 딸 같은 살가운 아들이었지. 아주 밝고 착한 아이였어. 우리 아들이 네 얘기를 많이 했어. 자기 옆자리에 앉은 친구가 참 똑똑한 아이라고 했어. 친해지고 싶은데 말을 못 걸겠다고 하더라. 너랑 친하게 지내고 싶다고 여러 번 이야기했어. '그럼, 네가 먼저 말을 걸어봐. 친해지려고 네가 먼저 노력해 봐.'라고 아들에게 말을 해줬는데 '엄마 그게 말처럼 쉽지 않아.'라고 대답하더라고. 학교에만 가면 숨이 막혀서 말이 잘 안 나온다고 했어. 엄마도 알잖아? 학교에 가면 다들 공부만 해. 아니 우린 지금 공부만 해야 하잖아. 다들 공부만 하기에도 시간이 모자란 때잖아. 그런데 어떻게 그래?" 갑작스러운 어머니의 그 말씀에 진혁은 너무 놀라고 슬퍼 눈물이 핑 돌았다. 어머니한테 너무 죄송스러워서 잠시 할 말을 잃었다.

진혁 역시 그랬었다. 그 아이와 친해지고 싶었지만 늘 어두운 표정에 워낙 말수가 없는 친구여서, 그리고 고3을 앞두고 학업에만 열중해야 하는 교실 분위기 때문에 서로 대화를 나누지 못했던 것이 늘 미안했다. 무엇보다 아버지의 갑작스러운 죽음으로 진혁도 상당히 우울감에 빠져 있을 때여서 어쩌면 그 친구가 다가오기 어려웠을 거란 생각도 들었다. 먼저 따뜻하게 말을 걸어볼 걸. 그 친구가 집에선 그렇게 밝은 아이였다니. 학교에서 외로움을 느꼈을 그 친구를 생각하니 너무나 후회스럽고 미안한 마음이 들었다. 그 친구에 대해 너무 몰랐고, 알려는 노력도 하지 못했다. 진혁은 한동안 그 아이의 빈자리를 볼 때마다 그렇게 자책을 했었다. 그리고 가끔은 정말 그 친구가 뇌출혈로 죽었을까 하는 의문도 들었다. 혹시 스스로 생을 마감한 건 아닌가 하는 나쁜 생각마저 들어 진혁의 마음은 더욱더 괴로웠었다.

그러던 와중에 중요한 시험을 앞둔 어느 날 하굣길에 건널목에서 한 남자아이가 교통사고를 당하는 걸 목격했다. 파란불로 신호가 바뀌자마자 횡단보도로 뛰어든 아이를 신호가 끝나기 전에 급하게 지나가려고 속력을 냈던 트럭이 들이받았다. 아이의 몸은 공중으로 높게 부웅 떴다가 횡단보도를 막 건너려던 진혁의 가슴을 강타하고 도로에 떨어졌다. 트럭 운전사가 차 문을 열고 뛰어내려 의식 없이 축 늘어진 아이를 순식간에 차에 싣고 사라졌다. CCTV도 없는 도로였다. 그때는 너무 놀라 경황이 없어 손에서 놓친 참고서를 도로에서 주워 정신없이 집으로 돌아왔다. 그날 밤 공부를 할 수 없었다. 다음 날 시험을 보는데 계속 안 좋은 생각이 떠올랐다. 누군지 모르는 그 트럭 운전사가 그 아이를 병원에 데려갔을까? 그 아이는 살아 있을까? 그 아이의 부모에게 연락은 했을까? 아니면…. 혹시…. 생각은 꼬리를 물고 이어졌고 대입 시험을 얼마 앞두고 치른 중요한 시험을 결국 망치고 말았다. 지금 떨어진 성적으로 대학에 가느니 어서 군대를 다녀와서 정신 바짝 차리고 다시 미친 듯이 공부해서 대입 시험을 치르겠다고 결심했다. 그렇게 고등학교를 자퇴하고 진혁은 남들보다 일찍 군에 입대했다.

제대 후 육체적으로 정신적으로 건강해진 진혁은 포기했던 공부를 다시 해서 대학교에 진학할 꿈을 안고 사회에 나왔지만, 현실은 녹록하지 않았다. 안 좋은 일들의 연속이었다. 어머니의 병원비를 마련하느라 하루에도 몇 군데를 돌며 정신없이 알바를 해야 했고 그러다 자신이 병에 걸렸다는 걸 알게 되면서 미래를 생각할 틈도 없이 어머니 병원비, 그리고 자신의 약값, 월세를 벌기 위해 몸을 버려가며 돈을 벌어야 했다. 동대문 의류 시장에서 전국에서 올라오는 보따리상을 상대로 새벽까지 일을 했고, 중국 여행객 감소로 시장에 불황이 닥치고 나선 인테리어 공사 보조, 중국집 주방, PC방 알바나 고시원 총무, 대리운전, 배달 일, 그리고 호프집 주방 등 온갖 일을 닥치는 대로 하며 오로지 살기 위해 살아왔다. 그렇게 10년의 시간이 흘렀다. 더 나은 미래를 위해 공부할 생각은 꿈도 못 꿨다. 이제 후회해 봐야 뭔 소용인가? 진혁은 피우지 못하는 담배라도 한 대 구해 피우고 싶은 심정이었다.

내가 가영이한테 도움이 될 수 있다면 얼마나 좋을까? 네 공부에 도움이 된다면 말이야. 식당 밖에서 잠시 생각에 잠겼던 진혁은 자리로 돌아와 가영을 쳐다보며 말했다.

　너 아까 수학 때문에 고민이라고 했잖아. 사실 내가 수학은 좀 했거든.

　정말요? 수학 잘했는데 왜 대학에 못 갔어요?

　말하면 긴데, 고3 때 여러 일들이 있어서 성적이 좀 떨어졌어. 내가 원하던 대학 가고 싶은 학과를 갈 성적을 받기 어렵다고 판단했어. 국어 성적이 아주 나빴어. 그래서 포기했지. 아니 제대하고 나서 다시 공부하기로 미뤘던 거지. 그러다 결국 못 했지만….

　왜요?

　막상 제대하고 공부하려고 맘먹으니까 안 좋은 일들이 계속 생겼어. 어머니가 아프셔서 병원비가 필요했고, 나도 아픈 곳이 있어서 계속해서 약을 먹어야 했어. 지금도 먹고 있고. 병원비에, 약값에, 월세까지 버느라고 공부할 생각은 전혀 못 했어. 공부하려고 악착같이 알바해서 돈을 모으면 일이 생겨서 나가고, 또 어떻게 돈을 마련하면 다른 일이 터져서 돈이 나가고…. 그렇게 한 해, 두 해 넘기다 보니 서른이 지났고, 나이가 드니 공부에 대한 의지도 약해지고 꿈도 점점 잊게 되더라고….

　후회되면 지금이라도 다시 공부해요. 아저씨 나이가 어때서요? 선생님들이 하는 말 있잖아요. 늦었다고 생각할 때가 가장 빠른 거라는 말이요. 후회되면 다시 도전해 봐요. 그리고 수학 정말로 잘하면 저도 좀 가르쳐 주고요. 제가 국어 가르쳐 줄 테니까요. 저 중학교 때부터 문예부였고, 시도 써서 입상도 했었고, 국어 성적은 늘 최상위권이에요. 수학 성적은 참담한 수준이지만요. 그런데 정말 수학은 잘하는 거 맞아요? 수학 잘한다고 뺑치는 사람들이 하도 많아서요. 상장이나 경시대회 메달 같은 거 받은 거 있어요? 아니면 시상식 때 선생님하고 같이 찍은 사진 있으면 어디 보여줘 봐요.

아까 말했잖아. 나 사진 찍는 거 싫어한다고. 아! 교내 수학 평가대회에서 만점 받고 선생님한테 되게 혼난 적은 있어. 선생님하고 같이 사진 찍은 건 없고….

시험 잘 보고 선생님한테 혼날 수도 있어요? 그게 가능해요?

그거 알아? 좋은 일이 생겼는데, 그 기쁨을 같이 나눌 사람이 없을 때의 그 기분. 상을 받아도 보여줄 사람이 없는 그런 기분 말이야. 난 아버지 돌아가시고 외할머니가 아프셔서 어머니가 지방에 내려가 계셨어. 그래서 서울에서 홀로 수험생 시절을 보냈어. 내가 고등학교 2학년 때인가 교내 수학 평가대회에서 혼자 만점을 받아서 상장을 받은 적이 있어. 선생님이 불러서 앞으로 나가서 애들한테 박수받고 상장 받아 들고 맨 뒷자리로 걸어 들어가다 그 상장을 반으로 접고 또 접어서 바지 뒷주머니에 넣었는데 그걸 선생님이 본 거야. 선생님이 다시 앞으로 나와보라고 하더니 내가 건방지다며 머리를 쥐어박으면서 엄청 혼내더라고.

이 녀석 아주 싸가지 없는 놈이네. 야, 임마! 네가 공부 이만큼 하는 게 너 혼자 잘나서 그리 된 거냐? 다 니네 부모님이 너 머리 좋게 낳아주시고, 공들여 길러주시고, 공부 잘하라고 기도해 주시고, 그래서 그리 된 거 아냐? 이런 상장 받으면 얼른 부모님한테 고이 가져다 드려서 기쁘게 해드릴 생각부터 해야지. 어디 접어서 주머니에 넣을 생각을 해? 생각할수록 건방진 녀석이네. 넌 부모도 없이 혼자 컸냐? 다음부터 절대 그러지 마! 알겠어! 수학 선생님이 아주 화가 나셔서 나를 혼내던 모습이 아직도 떠올라. 난 어차피 상장 누구에게 보여줄 것도 아니라서 나도 모르게 그랬던 건데…. 선생님한테 아주 크게 혼났어. 물론 내가 잘못했지. 상 받고 혼나보긴 그때가 처음이었어.

정말이에요?

정말이야.

아니요. 선생님한테 혼난 거 말고, 상장 받은 게 정말이냐구요? 진짜 그렇게 수학 잘했어요?

지금 내 모습을 보면 믿기지 않겠지만 수학만큼은 아주 잘했어.

정말이에요? 지금도 수학 공식들 다 기억해요? 미적분 문제 아직도 풀 수 있어요?

왜 못 해? '수학의 정석' 책 며칠 훑어보면 다시 다 기억날 것 같은데.

제가 매일 들여다봐도 이해 안 되고, 하루 지나면 다 까먹는 걸 어떻게 다시 풀 수 있어요? 10년도 더 지났을 텐데요. 정말 그게 가능해요?

난 거기까지만 배웠으니까. 다른 친구들이야 고등학교 졸업하고 대학 가서 수학보다 더 중요하고 필요한 전공과목들 배우면서 다양한 새로운 지식들을 한정된 머릿속에 꽉꽉 눌러 담느라 고등학교 때 배운 것들이 기억 속에서 밀려나거나, 지워지거나, 희미해졌겠지만, 난 고등학교 때 혼자 수학책 공부하며 놀라고 즐거워하며 문제 풀던 그때의 좋았던 기억들 속에서 배움이 멈춰졌으니까.

어릴 때 배운 운동은 한참 후에 나이 들어 오랜만에 다시 해도 예전처럼 잘할 수 있는 운동들이 있잖아. 몸으로 배운 운동들 말이야. 줄넘기, 자전거 뭐 이런 거. 넘어지고, 자빠지고, 그렇게 시행착오 거치며 몸으로 배운 것들은 몸이 기억해서 아무리 세월이 흘러도 잊혀지지가 않거든. 내겐 수학이 그런 것 같아. 고1 때 '수학의 정석'이란 책으로 고3 과정까지 잠 안 자고 새벽까지 혼자 독학으로 그렇게 몇 달 동안 혼자 자빠지고, 구르고, 고민하고, 깨달으며 머리뿐만 아니라 온몸으로 부딪히며 익혔기 때문에 잊혀지지가 않아. 내가 기억력이 비상한 편이거든. 혹시 잘 기억이 안 나는 것들은 며칠 들여다보면 다시 기억이 날 거야. 하기 싫은데 억지로 엄마 등쌀에 떠밀려 학원 가서 멍하니 앉아서 강사들이 얘기해 주는 마법 같은 풀이법 들으며 손쉽게 수학에 다가가려는 애들하곤 다를 거야. 쉽게 얻은 건 쉽게 사라지거든.

우리 동네 사거리 큰 약국집 알지? 거기 막내아들이 내 고등학교 1년 후배야. 나랑 친해. 내가 군 복무 마치고 집에 오고 며칠 지난 날이었어. 참, 그 애는 명문대 경제학과를 다녔어. 군대는 면제였지. 어떻게 나 제대한지는 알았는지 날 찾아왔더라고. 그놈이 대학원 진학 준비한다고 학부생이면서 대학원생들하고 친하게 지냈는데 어느 대학원 선배가 경제 서적을 보다 어려운 수학 공식 관련된 내용이 나오니까 이해가 안 된다고 그놈한테 수학 잘하는 애한테 물어서 알아 오라고 시켰다는 거야. 마침 내가 제대한 걸 알고 그 애가 날 찾아왔어. 군에서 제대한 지 얼마 안 된 나를. 좀 화가 났었지. 난 군 생활하느라 고생했으니까 술이라도 한잔 사주겠다고 온 줄 알았어. 그런데 들고 온 책 펼치더니 급하다며 가르쳐 달라는 거야. 너무 어려워서 선배들 중에서 풀 줄 아는 사람이 없다고 말하면서. 그래서 군대에서 뺑이 치다 머리가 돌처럼 굳어 방금 나온 나한테 이걸 지금 물어보는 게 예의에 맞는 거냐고 우선 핀잔을 줬지. 혼내고 나니까 미안해서 들고 온 책을 좀 봤어. 경제학에 나오는 수학이 어려워 봐야 얼마나 어렵겠어. 미적분하고 고등 행렬을 조금 응용한 문제였는데, 내가 아주 쉽게 설명해서 가르쳐 주었더니 다음에 꼭 술 한잔 사겠다고 하고 그냥 가버리더라고. 아직까지 술은 못 얻어먹었지만 혹시라도 내 실력이 그렇게 못 미더우면 거기 약국집 아들 만나면 한번 물어봐.

수학 잘하는 비법 하나 알려줄까? 내가 고등학교도 졸업을 못한 처지라서 누구한테 이런 얘기해 본 적은 없지만 가영이니까 내가 특별히 말해주는 거야. 잘 들어봐. 수학을 잘하려면 우선 태도가 중요해. 뭐가 중요하다고?

태도요. 가영은 일타 강사 수업이라도 듣는듯한 자세로 진혁의 얘기를 경청했다.

그래. 태도가 중요해. 네가 이기나 내가 이기나 어디 한번 해보자 하는 도전 자세, 그리고 적극적이고 긍정적인 마인드가 필요해. 오늘 못 풀었으면 내가 내일 다시 이 문제를 풀어본다. 어디 한번 이해될 때까지 한번 파보자, 하는 그런 불굴의 자세 말이야. 세상에 열 번 찍어 안 넘어가는 나무 없다! 그런 마인드로 파는 거야.

저도 그래 봤죠. 그런데 그러다 금방 지치고 말아요. 이해가 돼야 계속 책을 들고 있죠. 수학 공식만 보면 숨이 막히는 걸요.

그렇지. 처음에 그럴 거야. 그러니까 태도가 중요하다는 거야. 싫어하는 사람하고 계속 얼굴 맞대고 지내는 게 얼마나 힘들겠어? 피할 수 없으면 즐기란 말이 있잖아. 그러니까 수학을 잘하려면 가장 중요한 게 수학을 좋아해야 해. 처음에는 힘들겠지. 좋아하는 척이라도 해야 해. 연극이라도 하라고. 그렇게 계속 수학책을 붙들고 있다 보면 수학에 흥미를 느끼게 될 테니까. 수학이나 물리를 잘하려면 학자들이 만들어 낸 공식만 이해하고 외우려 하지 말고, 그 학자들의 삶이나 인생 스토리, 그리고 철학에 대해서까지도 알고 싶어 하는 자세가 필요해. 그 정도로 관심을 갖게 되면 정말 많은 도움이 될 거야.

어렵고 지루하게만 보였던 공식들이 다르게 보이는 경험을 하게 될 거야. 우선 그런 학자들을 좋아하고 존경하는 마음이 생겨야 돼. 그러면 당연히 그들의 업적에도 관심이 생기겠지. 난 고등학교 때 물리 과목 좋아하는 애들하고 교과서에 나오지 않는 주제들에 대해 토론하는 걸 즐겼어. 아인슈타인의 이론들이 단골 주제였지. 상대성이론이나 타임머신에 대한 주제로 수업 끝나고 교실에 남아 밤늦게까지 토론했던 적도 많았어. 어느 과학자를 좋아하게 되면 그 사람이 만들어 낸 공식이나 가설 같은 것에 당연히 관심이 생기지 않겠어?

독일의 하이젠베르크에 대한 이야기는 유명하잖아. 난 그런 과학사 이야기들이 너무 재밌더라고. 고3 때도 시험 앞두고도 그런 책들을 읽었어. 미국 학자 이름은 기억이 안 나네. 2차 세계 대전 때 하이젠베르크하고 미국 학자가 서로 원자폭탄을 먼저 만들겠다고 경쟁을 하지. 미국이 이겼어. 불과 2톤의 다이너마이트를 플루토늄으로 감싼 가제트라는 시험폭탄으로 2만 톤의 위력을 내는 시험을 미국에서 먼저 성공하고, 불과 3주 후에 원자폭탄이 만들어져서 2차 세계 대전을 끝냈잖아. 그렇지만 '전쟁을 끝내기 위해 그렇게 큰 희생을 감수했어야 했나?'라는 생각에 미국 학자는 많이 괴로워해. 최초로 핵폭탄을 만든 미국 학자는 경쟁에선 이겼지만 많은 사람들을 죽였다는 죄책감에 시달리며 살았지. 그렇지만 나중에 그 경쟁에서 진 독일의 하이젠베르크가 일부러 핵폭탄 개발을 지연했다는 사실이 드러나지. 원래는 하이젠베르크가 훨씬 앞서 있어서 다들 그가 먼저 원자폭탄을 개발할 줄 알았는데 그 파괴력을 예감하고 선뜻 개발 완료에 나서지 못했다는 사실이 알려지며 오히려 그의 양심에 감복한 많은 사람들이 그를 칭송했어. 그는 나중에 노벨 물리학상도 받았어. 그런 과학자들의 이야기에 흥미를 느끼게 되면 당연히 그들이 경쟁한 핵분열, 핵융합 반응에 대해 궁금하고 알고 싶어 하게 되지 않겠어? 그러니까 수학을 잘하려면 수학자들에 대한 인생을 먼저 알아봐. 그리고 그들을 좋아하려고 한번 노력해 봐.

　공부라고 생각하지 말고 좋아하는 게임이나 퀴즈 푼다고 생각해 보라고. 이걸 공부하면 참 재밌을 거란 호기심을 갖는 게 가장 중요한 것 같아. 학원 다니며 풀이법 배우기 전에 수학에 관심을 갖고 수학이 어려운 게 아니라 아주 재미있는 놀이라는 걸 알게 되면 이미 반은 성공했다고 봐도 돼. 수학이 아주 오래전, 지금과는 비교도 하기 어려운 낙후된 고대 시절 옛날 사람들이 만들어 낸 재미있는 놀이라고 생각할 수 있으면 아주 큰 도움이 될 거야. 아니 이 어렵다는 학문을 어떻게 몇천 년 전, 몇백 년 전 유럽과 중동에서 살던 학자들은 생각하고 탐구하고 발전시켜 나갔을까? 난 수학 처음 공부할 때 그런 생각을 했어. 내가 고대 시대 사람들보다 머리가 나쁜 것도 아니고 학업 인프라도 훨씬 좋은 시대에 살고 있는데 그들이 그 오래전에 생각해 내고, 개발하고, 발전시킨 학문을 지금 이 최첨단 과학 시대에 사는 우리가 이해조차 못 하고 어렵다고 생각하면 말이 되나 하는 생각을 말이야. 그런 오기에서 밤을 새우며 문제를 풀었어. 고대 그리스인들이 지금처럼 노트북이 있었겠어? 전자계산기가 있었겠어? 각도기, 분도기 뭐 그런 도구가 있었겠니? 난 가끔 그런 생각을 해. 나뭇가지 꺾어서 흙 바닥에 여럿이 둘러 모여서 바닥에 도형 그려가며 수학에 대해 토론을 했을 고대 학자들의 모습을…. 부끄럽지 않니?

　수학을 잘하려면, 아니 수학을 좋아하고 싶으면 옛날 나처럼 생각을 해봐. 고대 그리스인과 고대 중동 사람들을 떠올려 보라고. 2,000년 전 오래전 그 사람들을…. 재미있지 않아? 궁금하지 않아? 그 사람들은 어떻게 이런 학문들을 만들어 냈을까? 하는 생각을 해보라고. 그런 생각들, 관심, 호기심, 끈기, 자신감이 수학을 잘할 수 있는 기본이 될 수 있을 거야. 그런 생각들이 내가 수학과 친해질 수 있었던 비결이었던 것 같아. 수학 공부하며 어렵다고 느낄 땐 늘 그 생각을 했어. 흙 바닥에 나뭇가지로 땅바닥 긁어가며 2,000년 후 우리가 배울 수학 이론을 처음 생각해 낸 그 고대인들을 떠올렸어. 그 사람들이 '수학의 정석'을 읽고 수학을 토론하진 않았을 거 아냐? 아마 네가 가장 싫어할지도 모를 미분, 적분도 기본 개념은 오래전 그리스 시대 때 생겨난 거라고. 병자호란, 정유재란으로 우리나라가 외세에 침략받고 있을 때, 유럽에선 미적분 학문이 꽃을 피우고 있었어. 신기하지 않아?

너도 들어본 적 있을 거야. 세계 수학 7대 난제. 그거 풀면 한 문제당 상금이 백만 불이야. 몇 년 전에 러시아 수학자가 한 문제 풀었으니까 이제 여섯 개 남았네. 얼마 전엔 우리나라 수학자가 리만 가설 풀었다고 뉴스에 나왔었잖아. 물론 검증하는 데 시간이 더 필요하겠지만. 가영이도 포부를 크게 가져봐. '내가 지금은 수포자지만 수학 공부를 죽도록 열심히 해서 나머지 여섯 문제를 다 풀고 말 테야.'라고 말이야. 육백만 불 벌 기회는 누구에게도 있어. 칠십억이 넘네. 가영이 돈 벌고 싶다면서? 이건 로또처럼 돈도 안 들어. 문제 풀어서 제출하기만 하면 돼.

차라리 로또를 사겠어요. 로또를 사서 당첨될 확률이 아마 제가 문제 풀어 맞출 확률보다 최소 육백만 배는 더 높을 거예요. 가영이 웃으며 말했다. 아저씨 나중에 수학 가르쳐 준다고 해놓고 영화 '해바라기'에서 나오는 것처럼 미분이 뭐냐고 물으니까 적분의 반대야, 적분이 뭐냐고 물으니까 그건 미분의 반대지 뭐, 그런 식으로 대충대충 가르쳐 주면 안 돼요. 아마 저를 가르치려면 인내심이 많이 필요할 거예요. 아저씨 합체 로봇 알아요? 수학 잘하는 아저씨랑 국어 잘하는 나랑 합체 로봇 하나 만들면 정말로 뛰어난 우등생 하나 탄생하겠어요. 가영이 웃으며 말했다.

대학 가고 싶은 생각은 없었어요? 아저씨 얘기 들으니까 너무 아깝다. 수학, 과학 잘하면 갈 데가 많았을 텐데….

왜 없겠어? 살다 보면 그런 생각이 들 때가 있었지.

언제요?

제대하고 처음에는 먹고사느라 바빠서 별생각이 없었는데 사회생활 몇 년 하면서 돈도 조금 모으고 마음의 여유도 생기니까 가끔 그런 생각이 들더라. 학력 때문에 부당한 대우나 임금 차별을 받는 거 같단 생각이 들 때가 있었어. 그럴 때면 더 공부해서 좋은 직장을 가지면 얼마나 좋을까 하는 생각이 들었어. 그리고 자격지심 때문인지 몰라도 고등학교 시절 친했던 친구들 중에 대학 졸업해서 대기업이나 연구소 아니면 의사, 변호사가 되어 성공했다는 소리를 듣는 친구들도 있었는데 어느 순간 보고 싶어도 내가 먼저 편하게 연락할 수 있는 친구가 아니란 생각이 들었어. 어느 날 아직 우리 동네에 사는 고등학교 친구를 만났는데, 그 친구가 제약회사 영업직이야. 예전 고등학교 시절 함께 농구를 하며 친했던, 지금은 의사가 된 친구와 가끔 일 때문에 본다는 거야. 나도 그 의사란 친구를 잘 알거든. 그래서 빈말로 셋이 언제 한번 봤으면 좋겠다고 내가 말했지. 그런데 언젠가 그 제약회사 다니는 친구를 다시 만났는데 그 친구가 그러더라고. 그 의사 친구는 잊는 게 좋을 것 같다고. 내가 왜 그러냐고 물었더니…. 처음엔 너무 바빠서 만나기 힘든 것처럼 얘기하더니 나중에 술에 취하니까 사실대로 이야기하더라고. 그 의사 친구가 나랑 아주 친했었는데 내 얘기를 듣더니 그렇게 말했대. "내가 왜 그 애를 만나냐?"고. 그 후론 고등학교 친구들과의 연락을 일체 끊었어. 한번은 꿈에서도 그 의사 친구가 나타난 적이 있었어. 예전의 친절하고 순수했던 모습은 사라지고 지친 얼굴에 하얀 가운을 입고 나타나서 "내가 왜 그런 놈을 만나야 하냐? 그런 하찮은 놈을…." 하고 인상 쓰며 말하고 사라지더라고.

너무했네요. 아무리 잘나가는 의사라지만.

아니야. 그건 꿈속에서 내가 들은 이야기고. 바쁘니까 만나기 힘들다고 말했을 거야. 혹시 그 영화 봤니? 영화 보다가 다시 공부하고 싶다고 느꼈던 적이 두 번 있었어.

무슨 영화인데요?

학교 청소 노동자로 나오는 수학 천재 월에 대한 이야기 있잖아?

아. '굿 윌 헌팅'이요?

봤니?

아니, 친구들이 좋은 영화라고 추천해 준 적은 있어요.

꼭 봐. 그리고 노벨상을 받은 경제학 이론을 만들어 낸 존 내쉬에 대한 영화가 있어. 제목은 '뷰티풀 마인드'. 그 영화를 보니까 고등학생 시절 잠을 줄여가며 수학에 미쳐 지내던 시절이 떠올랐어.

'굿 윌 헌팅'에서 션 교수가 주인공에게 했던 말 있잖아. 아주 유명한 대사지. "그건 너의 잘못이 아니야!"가 나오는데 참 가슴이 뭉클하더라고. 꼭 내게 들려주는 위로의 말처럼 들렸어. 내가 고3 시절 학업을 중단할 수밖에 없었던 것이나, 군 시절에 내가 용기 내서 막지 못했던 일 때문에 아직까지도 후회되고 가슴 아픈 사건이 하나 있는데…. 꼭 내 잘못만은 아니라고 위로해 주는 것 같아서 영화를 보다가 그 부분에서 울었어. 고3 시절에 그런 선택을 했던 내가 후회돼서 많이 자책하곤 했는데 꼭 내 잘못이 아닐 수도 있었겠단 생각이 들어서 큰 위로가 됐지. 그때 처음 다시 공부하고 싶다는 생각도 했어.

그리고 네가 목표로 하는 대학교에 한번 가보는 것도 추천해. 캠퍼스도 한번 둘러보고 과잠 입고 돌아다니는 학생들 쳐다보면서 나도 곧 저 과잠 입고 이 캠퍼스에서 즐겁게 공부하는 날이 올 거야라고 다짐을 해보는 것도 좋을 거야.

맞아요. 내가 가고 싶은 대학교 과잠 입은 대학생들, 오빠들 가끔 길에서 보면 너무 부러워요.

아, 과잠 얘기 나오니까 떠오르는 일이 있네. 지금 일하는 가게에서 있었던 일이야. 정말 그날은 조퇴하고 한강 가서 걷고 싶을 정도로 마음이 많이 흔들렸었지. 공부하고 싶단 생각도 들었고.

무슨 일인데요?

별로 좋았던 기억은 아니지만, 가영이를 위해서 해줄게. 우리 동네에서 멀지 않은 곳에 대학이 있잖아.

아, 거기요?

그 학교 학생들이 과잠을 입고 와서 즐겁게 술을 마시고 자리에서 일어날 무렵이었어. 하필 그날 가게 포스 시스템이 먹통이 된 거야. 네트워크에 문제가 생긴 건지, 포스 서버가 다운된 건지 알 수 없었어. 하여튼 포스가 안 됐어. 마감 무렵이었는데 다른 손님들은 다 가고 대학생들 단체팀만 남아 있었어. 사장님이 홀에서 한참 기다리다 잠시 담배 피우러 간 사이에 그 학생 손님들이 집에 간다고 자리에서 일어난 거야. 한 학생이 대표로 계산을 하겠다고 해서 주방에 있던 내가 나가서 결제받으려고 했는데 포스가 먹통이라 손님들이 먹고 마신 안주와 술의 합산 금액을 바로 알 수 없었어. 그래서 손님한테 포스 기계가 고장 나서 그런데 잠깐만 기다려 달라고 말했지.

다행히 사장님이 수첩에 수기로 테이블 별로 안주하고 술 마신 걸 꼼꼼히 다 적어놨더라고. 안주도 치킨부터, 골뱅이 소면, 감자튀김, 먹태 등 여러 가지 많이 먹고 술도 소주부터 병맥주, 생맥주 여러 잔씩 다양하게 마셨어. 다들 급한 일이 있는지 홀에 서서 기다리며 내가 합산 금액 알려주기를 기다리고 있었어. 손님들이

나만 쳐다보고 있어서 순간 당황했는지 안주 가격들이 기억이 잘 안 났어. 늘 보이던 계산기도 사장님이 어디다 치웠는지 안 보이더라고.

그래서 커다란 이면지 종이에다 볼펜으로 항목별로 가격 적고, 곱하기 하고 합산하고 있는데, 다들 인상 쓰며 나를 쳐다보고 있는 거야. 그래서 그랬는지 긴장돼서 메뉴 가격이 안 떠오르더라고. 잠시 나도 인상 쓰며 생각을 하고 있는데 그 무리 중 선배로 보이던 학생이 누굴 부르며 말했어. "야. 너 수학과지. 이리 와봐. 여기 아저씨 산수가 잘 안되시나 본데 네가 좀 도와드려라." 하며 날 무시하는 듯한 눈빛으로 쳐다보면서 말하는 거야. 그 여자 손님은 내 눈치를 보더니 선뜻 나서지 않더라고. 결국 볼펜을 그 어린 여학생한테 넘기고 기억이 안 나는 안주 가격은 메뉴판에서 뒤져서 내가 그 학생에게 알려주니까 순식간에 암산으로 합산 금액을 내더라고. 아저씨, 맞는지 확인해 보세요. 그 선배 학생이 말하길래 그때 얼마나 부끄럽고 얼굴이 화끈거리던지 "네, 어련히 잘하셨겠죠." 하고 그 학생이 계산한 금액대로 결제를 했어. 그 대학생 선배란 사람은 주방에서 일하는 나를 덧셈도 잘 못하는 사람으로 생각했던 것 같더라고. 날 무시하는 것 같았던 그 눈빛. 며칠 동안 그 일이 자꾸 머릿속에서 떠오르는 거야. 한때는 나도 수학을 좋아하고 잘했었는데 지금 다른 사람들 눈엔 산수조차 제대로 못하는 사람으로 보일 수 있다는 현실에 마음이 아팠지. 그때 정말 대학에 가고 싶단 생각이 들었었어. 후회도 많이 했고.

보이는 게 다가 아닌데 사람의 일부만 보거나 보고 싶은 것만 보고 그 사람의 모두를 다 안다고 판단해 버리는 경우가 종종 있는 것 같아.

얼마 전에 우리 가게 유니폼 입고 모자 쓰고 가게 근처 떡볶이 노점에 간 적이 있는데 아주머니가 처음 보는 나를 보고 "뭐 줄까?"라고 반말로 묻더라고. 그런데 내가 순대 주문하고 서서 기다리는데 우리 가게 단골손님이 떡볶이 포장하러 왔어. 대학 갓 졸업하고 회사에 취직했으니까 나보다 나이도 한참 어린 친구인데 양복 말끔하게 차려입은 그 손님 보고 그 아주머니가 "뭐 드릴까요? 손님." 하고 아주 공손하게 묻더라고.

그 아줌마 너무했다. 아저씨도 나중에 꼭 공부해서 큰 회사에 취직해서 양복 입고, 멋 내고 동네 좀 활보하고 다녀봐요. 가만히 이야기를 듣고 있던 가영은 마치 자기 일인 것마냥 흥분해서 말했다.

가영이가 맘 잡고 집으로 돌아가서 공부하면 나도 따라 공부 시작해 볼게. 그럼 네가 나중에 나 국어 가르쳐 줄 거야? 만약 내가 다시 공부한다면 말이야. 그런 날이 올지는 모르겠지만 늘 공부해야겠다는 마음은 있었어. 그런데 너 정말 국어 잘해? 국어는 어떻게 해야 좋은 성적을 얻을 수 있는 거야? 난 학창 시절 국어, 국사 두 과목 점수가 늘 안 좋았어. 그래서 국을 안 먹어.

아이. 진짜. 이 와중에 또 농담하기예요? 국이야 끓여주는 사람이 없으니까 못 먹는 거겠죠?

국어를 잘하려면 아저씨 말처럼 국어를 좋아하면 돼요.

난 국어를 좋아했어. 그런데 성적은 늘 안 좋게 나왔어. 난 수학이나 물리처럼 답이 딱 정해진 학문을 좋아했던 것 같아. 국어 문제는 논리나 이성보단 감정에 묻는 문제들이 많잖아. 그런데 어떻게 사람마다 다르게 생각하고 다르게 느낄 수 있는 건데 문학적인 질문에 대한 답이 획일적으로 단 하나일 수 있냐고?

그럴 땐 보편적인 답을 찾아야죠. 하기야 아저씨 같은 특이한 사람한텐 어려울 수 있겠네요. 남들과 다른 튀는 생각을 많이 하니까요. 너무 튀면 힘들어요. 모난 돌이 정 맞는단 말이 괜히 나왔겠어요?

방금 비유 좋은데! 역시 가영이가 국어를 잘하나 봐.

그리고 국어도 수학처럼 노력을 해야 돼요. 아저씨 학생 때 국어사전은 갖고 다녔어요? 영어 사전은 갖고 다녀도 국어사전은 안 갖고 다녔죠?

그랬던 것 같네. 작은 영어사전은 늘 가방 안에 있었지. 모르는 단어가 나오면 주로 휴대폰으로 검색해서 보긴 했지만.

국어를 잘하고 좋은 글을 쓰려면 우리말을 많이 알아야 한다고 했어요. 그래서 국어사전하고 친해져야 돼요. 휴대폰으로 모르는 거 나올 때마다 검색해 보는 건 너무 소극적인 공부 방법이에요. 사전이 있으면 훨씬 더 광범위하게 우리말을 알게 돼요. 평생 얼마 쓰지도 못하는 영어 공부한다고 영어사전은 끼고 살면서, 정작 공기처럼 호흡처럼 평생 쓰는 고마운 우리말 공부한다고 국어사전 찾아가며 정성을 들여 책 보는 사람들은 찾기 힘들잖아요.

칼빵

　　가영이 너 말하는 거 들어보니까 넌 정말 공부를 해야겠어. 너처럼 국어에 진심인 아이는 처음 보는 것 같아. 꼭 문학을 전공해서 멋진 시도 쓰고, 감동적인 글도 쓰는 작가가 되면 좋겠어. 그러니까 어서 방황 끝내고 빨리 집으로 돌아가. 이제 곧 고3 된다면서. 가장 바빠야 할 시간에 지금 뭐 하는 거니? 나중에 나처럼 후회하지 말고. 알았어?

　가영은 아무 말도 없었다.

　엄마 때문에 그래? 엄마한테 문자라도 왔었니? 정말 걱정이 안 되시나?

　왜 또 엄마 얘기 안 하나 했어요. 사실은 엄마가 요즘 가장 큰 고민이에요. 어쩌면 다 엄마 때문이에요. 엄마 때문에 모든 일이 다 꼬이기 시작한 것 같아요. 공부도 그렇고 내 미래도 그렇고.

아까 엄마 마트에서 잘리고 노래 부르러 다닌다고 했잖아요. 엄마가 노래 잘해서 어디 큰 무대에 서는 게 아니라 사실 그냥 노래방들 돌면서 도우미로 일하고 있어요. 엄마가 나이는 마흔이지만 나이보다 어려 보여요. 엄마는 다른 선택이 없다고 그러는데, 전 그 말 하는 엄마가 너무 싫어요. 슬기운 때문일까? 가영은 진혁에겐 털어놓고 싶지 않았던 이야기까지 자기도 모르게 꺼내고 말았다.

엄마가 이해가 안 돼요. 울 엄마 좋다고 오래전부터 따라다니는 부동산 아저씨 있거든요. 이혼하고 혼자 사는 아저씨인데 동네에 작은 건물도 두 채나 있고 강원도에 땅도 많대요. 그런데도 엄마는 싫대요. 엄마도 스타일이 확고해서 돈보다는 사람을 보는 것 같아요. 그러니까 우리 아빠 같은 남자를 만나서 나 같은 걸 낳았겠죠. 아무것도 가진 거 없지만 잘생기고 분위기 있는 아빠를 정말 많이 좋아했었대요. 요샌 그런 생각도 들어요. 우리 집이 가난해서 늘 부끄럽고 가난이 싫었지만, 정말 더 싫은 건 건강하지도 않은 엄마가 노래방에서 술 마시며 몸 버려가며 저렇게 일하다 아프기라도 하면 어쩌나? 저러다 나만 혼자 두고 갑자기 아빠 따라 가버리면 어쩌나 하는 생각 때문에 불안한 게 진짜 싫어요. 그래서 엄마한테서 멀리 도망치고 싶다는 생각을 자주 해요. 이번처럼요.

얼마 전 늦은 밤에 친구네 집 옥상에서 담배 피우고 있는데 친구가 갑자기 절 보고 "저기 니네 엄마 아냐?"라고 말하는 거예요. 그래서 고개를 숙여 아래 골목길을 내려다보니까 어느 술 취한 여자가 비틀거리며 또각또각 구두 소리 내며 아슬아슬한 걸음으로 걸어 올라오는 거예요. 엄마였어요. 너무 창피했어요. 마트 유니폼 입고 운동화 신고 터벅터벅 기운 없이 걸어오는 모습도 엄마가 너무 힘들어 보여 보기 안쓰러웠는데. 화려하게 차려입은 엄마가 그러고 집에 오는 모습은 더 보기 힘들었어요. 동네가 작아서 골목길에서 아저씨나 아줌마들이 그 모습 보고 나쁜 소문이 돌까 봐 맘이 조마조마했어요. 사실 같은 학교 다니는 동네 친구 삼촌이 이웃 동네 노래방 갔다가 우리 엄마하고 마주쳐서 엄마가 바로 그 자리를 도망쳐 나오긴 했다는데. 그 이야기가 학교까지 소문이 퍼져서 창피해 죽을뻔했어요. 그뿐만이 아니에요. 엄마가 노래방 젊은 매니저 아저씨하고 그렇고 그런 사이라는 소문까지 나서 그 소문 퍼뜨리고 다닌 애랑 머리끄덩이 붙잡고 싸우기도 했어요. 한 번만 더 그런 이상한 소리 퍼뜨리고 다니면 그날이 너 죽고 나 죽는 날이라고 학교 애들 다 들리게 소리 지르면서 그 애를 때렸어요.

　힘들었겠네. 기운 내. 하지만, 모든 밥벌이는 의미 있고 소중한 거야. 누구에게 해를 끼치는 일만 아니라면 말이야. 난 그렇게 생각해. 꼭 밥벌이 그 행위보다 그 목적을 생각하면 더 그렇지. 누굴 위해 그렇게 힘들게 일하며 버티시겠니? 엄마를 이해하려고 노력해 봐. 마트에서 손님들 계산하는 거 도와주는 일만큼이나 힘들고 우울한 사람들이 노래하며 웃게 해주는 일도 의미 있다고 생각해. 세상엔 정말 힘들고 고독한 사람들이 많거든. 그런 사람들에게 위로를 건네고 잠시라도 혼자라는 걸 잊게 해주는 일을 너무 나쁘게만 볼 필요는 없어.

진혁은 손을 뻗어 가영의 어깨를 툭툭 두드려 주었다. 호프집에서 볼 때면 늘 밝은 모습만 보이던 가영에게 이런 어두운 그늘이 있을 거라고 진혁은 생각 못 했었다.

엄마가 그 매니저란 남자를 만나는 것 같아요. 엄마가 노래방 나가는 것보다 오히려 그게 더 신경 쓰이고 맘에 걸려요. 처음엔 그냥 노래방에서 가깝게 지내는 후배라고 했어요. 엄마랑 이상한 소문이 돌아서 저도 둘이 어떤 사이인지 궁금해서 새벽 시간에 몰래 노래방 근처에 가본 적도 있어요. 사실 그전부터 조금 이상하긴 했어요. 엄마도 나도 청국장 안 좋아하는데 어느 날은 집에 먹다 남은 청국장찌개가 냉장고에 있는 거예요. 찬장에선 엄마나 내가 먹지 않는 한치나 대구포도 나온 적이 있었어요. 나 없을 때 가끔 누가 집에 오는 것 같다는 생각을 그때 처음 했어요. 남자 만나느라 바빠서 그런지 빨래도 세탁기에 넣어둔 채 몇 주째 그대로이고, 집도 엉망이고, 가끔 집에서 마주쳐도 요샌 밥 챙겨주기는커녕 밥 먹었냐고 물어보지도 않아요. 최근엔 그 남자랑 무슨 안 좋은 일이 있었는지 저랑 눈도 잘 마주치려고 하지 않아요. 집구석이 이 모양인데 제가 공부할 맛이 나겠어요?

가영은 어제 급하게 집을 뛰쳐나와야 했던 상황이 다시 떠올랐다. 닫힌 엄마 방에서 들려오던 신음 소리가 자꾸 귀에서 맴도는 것만 같았다. 그 남자가 술에 취해서 엄마한테 무어라고 말하던 목소리. 그리고 잠시 후 엄마 방문이 열리고 그 남자가 자신의 방문을 열려고 손잡이를 돌리던 그때의 공포가 다시금 밀려왔다. 아마 문을 잠가두지 않았다면 그 남자가 가영의 방으로 들어왔을지도 모른다. 잠시 후 화장실 문이 열리고 들리던 남자 소변 보는 소리. 그때 가영은 용기를 내서 숨죽이고 조용히 소리 내지 않고 방문을 열고 나와 현관문을 열고 죽을힘을 다해 공원으로 뛰었다. 다시는 떠올리고 싶지 않은 어제의 그 충격적인 일만큼은 진혁에게 얘기할 수 없었다.

가끔은 아빠가 하늘에서 여전히 우리 가족 잘되라고 지켜보고 계신다고 믿어야 하나? 하는 생각이 들 때가 있어요. 만약 그렇다면 엄마가 저렇게 힘들게 살도록 내버려 두셨을까요? 내 기도가 미치지 않는, 그냥 아주 먼 곳으로 떠나버렸단 생각도 들어요. 아빠 원망하고 싶은 생각은 없어요. 그런데 어떻게 꿈에서라도 한 번 저를 찾아오지 않을 수 있는지 너무 야속해요. 제가 궁금하지 않은 건가요? 걱정되지 않냐고요? 보고 싶다고 아빠한테 아무리 기도해도 꿈에서라도 한 번 저를 찾아온 적이 없어요. 그렇게 갑자기 우리 곁을 떠나더니 하늘에서도 여전히 우리 아빤 무책임하고 아파서 누워만 있는 사람이구나 하는 생각이 들 때도 있어요. 그래도 어쩌겠어요? 제겐 하나뿐인 아빠인걸요. 엄마 말처럼 아빠가 하늘에 계시든 어디에 계시든 우리 가족을 지켜보며 보호해 주고 있다고 믿어야죠. 그런데 그렇게 말하는 엄마가 어떻게 그럴 수 있냐고요?

　아빠가 늘 가영이 기도에 답을 해주고 계실 거야. 하지만 저 높은 하늘 구름 위에 너무 멀리 계셔서 그 응답 소리가 잘 들리지 않는 걸 거야. 그럴 때마다 하늘을 올려다봐. 아빠가 짠 하고 나타나실지도 모르잖아. 우리가 아주 먼 곳의 소리는 못 들어도 아주아주 먼 곳까지 볼 수는 있잖아? 하늘을 올려다봐도 아빠가 안 보이면 그땐 아마 너무 가영이가 보고 싶어서 아빠가 하나님한테 휴가 받아서 가영이 마음속에 들어와 계신 걸지도 몰라. 그렇게 생각해. 가영이 마음속에서 늘 이곳저곳 바쁘게 가영이와 함께 다니며 보호해 주고 계신 거라고. 그러니까 가영이가 마음속에서 아빠를 지우지 않는 한, 아빠는 늘 가영이 곁에 있는 거야.

　잠시 침묵이 흘렀다. 가영은 보글보글 끓고 있는 도루묵찌개 냄비를 물끄러미 바라보고 있었다.
　그런데…. 가영. 아빠가 가영이나 엄마가 불행하길 바랄까 아니면 행복하길 바랄까?
　행복하길 바라겠죠.
　그래, 가영도 나중에 나이 더 먹고 어른이 되면 알 수 있을 거야. 아빠가 바라는 건 엄마의 행복이란 걸. 지금 아빠는 엄마 혼자서 외롭고 쓸쓸하게 지내는 걸 가슴 아프게 내려다보고 계실지도 몰라. 그런데 엄마가 누군가한테 사랑을 받고 다시 밝게 사는 모습을 본다면 아빠는 저 하늘 위에서 아마도 행복해하실 거야. 질투와 시기는 인간들이 만들어 낸 말이야. 천국에 있는 사람들의 마음엔 그런 감정이 없어. 아니, 아마 그런 단어조차 없을지도 몰라. 그냥 모두 행복하길 바라며 살 거야.

가영은 자리에서 일어나 담배를 한 개비 얻어 피우러 가게 밖으로 나왔다. 가게 앞 거리엔 아무도 없었다. 조용한 바다의 풍경을 바라보며 가영은 생각에 잠겼다. 가영은 담배를 빌릴만한 사람이 나타나길 기다리며 부둣가를 서성이며 걸었다. 조금 전 아저씨의 말이 맞는 것 같지만 받아들이긴 어려웠다. 엄마한텐 미안하지만 엄마는 아빠의 여자로, 그리고 가영에겐 엄마로 늘 곁에 있어줬으면 하는 게 가영의 솔직한 마음이었다. 걷다 보니 커다란 어선이 정박되어 있는 곳 근처까지 왔다. 지저분하게 널린 통발, 밧줄, 부표, 그물 등의 어구가 심한 생선 비린내를 뿜어내고 있었다. 그물엔 미처 털어내지 못한 작은 생선이나 게 등이 아직도 살아 있는 듯 걸려 있었다. 그때였다. 날카로운 고양이 울음소리가 들려왔다. 고양이 두 마리가 서로 엉켜서 죽기 살기로 몸싸움을 하고 있었다. 아마도 영역 싸움을 하거나 그물에 걸린 생선을 놓고 서로 다투는 것 같았다. 그 장면을 보고 있자니 몇 주전 학교에서 엄마 때문에 나은이와 싸웠던 일이 떠올랐다.

같은 반 친구들이 보는 앞에서 나은이 머리채를 잡아끌고, 나은이를 향해 마구 발길질을 하고, 닥치는 대로 할퀴고, 깨물고, 소리치던 순간이 떠올랐다. 한 번만 더 그런 소리 하고 다니면 너 죽고 나 죽는 거라고 나은이를 노려보며 소리치던 그 순간이 떠올랐다. 엄마에 대한 나쁜 소문을 내고 다니는 걸 알고 가영은 잠시 이성을 잃었었다. 가난 때문에 왕따를 당해도 늘 참아왔던 가영이지만 엄마에 대해 험담을 하는 것만큼은 참을 수 없었다. 한바탕 소란 후 선생님한테 싸운 일이 알려져 징계를 받는 건 아닌가 걱정도 잠시 했지만, 그날의 싸움은 조용히 묻혔다. 대신 며칠 후부터 집으로 가는 길에 가영은 낯선 여자아이들로부터 위협을 받는 일이 생겼다. 한때 좀 놀았던 나은이가 어울려 다니는 근처 다른 학교 일진 무리들이었다. 가영은 수업이 다 끝나고 친구들이 모두 집에 돌아가고 나서도 학교에 좀 더 남아 있다 집에 가거나 원래 다니던 하굣길 대신 먼 길을 돌아가는 방법으로 그 무리들을 한동안 피해 다녔다. 그러던 어느 날 집 근처 골목길까지 찾아온 그 무리들한테 붙잡혀 하마터면 큰일을 당할뻔했다. 그날 가영은 가방 깊숙이 숨겨 가지고 다니던 커다란 문구용 커터 칼을 꺼내 손목을 그으며 말했다. 니네들이 하도 괴롭혀서 죽고 싶다는 유서를 집 책상 서랍 속에 쓰고 나왔으니 어디 한번 괴롭히고 싶으면 해보라고 소리치며 가영이 먼저 자신의 손목을 그었다. 가영이 손목에서 피가 흐르는 걸 보고 놀란 그 무리들은 달아났다. 그전에도 몇 번 삶이 힘들거나 괴롭힘 때문에 가영은 손목을 그은 적이 있었지만 그날처럼 깊게 그은 건 처음이었다.

그날 이후로도 가영이 무사한 걸 확인한 그 무리들은 계속해서 가영을 위협했다. 가영 편엔 아무도 없었다. 가영을 돌봐줄 울타리가 필요했다. 결국 가영은 힘든 결정을 해야 했다. 오래전부터 가영에게 유혹의 손길을 뻗어왔던 학교 일진 언니들에게 스스로 찾아가 도움을 청했다. 키 크고, 깡도 있는 편이고, 예쁜 얼굴의 가영은 항상 일진 언니들의 영입 타깃 일 순위였다. 가영 스스로도 남한테 더 이상 당하지 않기 위해서 세 보이고 강해지고 싶었지만, 무엇보다 당장 먹고 자고 지낼 곳이 필요했다. 나은이 무리들 때문에 집은 위험했다. 그렇게 그 무리에 어울리게 되었고 소위 꿀림방이라 부르던 아지트 반지하 방에서 무리의 언니 오빠들과 동거를 시작했다. 막내로서 청소와 설거지를 도맡아 하며 그 무리에 적응하려 애썼던 가영이 스스로 다시 그 무리를 탈출해 나온 건 몇 주 지나지 않아서였다. 아무에게도 그날의 일을 말한 적은 없었다. 왜 그래야만 했는지. 아니 꼭 그 일이 일어나지 않았어도 가영이 그곳에 오래 머물지는 않았을 것이다.

말마다 입에선 쌍욕이 튀어나오고 모두 담배를 피우고 몇몇 선배는 비닐봉지에 본드를 불거나 약을 먹었고, 방 안은 빈 페트병마다 가득 담긴 꽁초 썩는 냄새로 악취가 진동했다. 여기저기 널브러진 과자, 라면 봉지들, 구석구석마다 죽은 벌레 사체와 먼지 뭉텅이들로 가득 찬 공간에선 숨도 쉬기 힘들었다. 책상 밑 검정 비닐봉지들 속엔 쓰다 버린 말라비틀어진 생리대와 둘둘 말린 휴지 뭉치들이 가득 들어 있었다. 봉지마다 역겹고 불쾌한 냄새가 퍼져 나왔다. 누구 하나 나서서 치우는 사람이 없었다. 그 공간에서 뒹굴고, 먹고, 싸고, 휴대폰을 보다가 잤다. 밤이 되어 불이 꺼져 지저분한 것들이 안 보여도 가영은 잠을 잘 수 없었다. 잠자리는 불편했다. 남녀 선배들과 혼숙하니 언제 자길 덮칠지 모른다는 불안감에 깊게 잠들지 못했다. 한번은 술에 만취해 들어온 짱오빠와 늘 옆에 붙어 다니는 언니가 새벽에 서로 뒤엉켜 사랑을 나누는 소리에 깬 적도 있었다. 정신없이 사랑을 나누는 그 둘을 빼곤 다들 코 고는 소리나 뒤척임 하나 없이 아주 조용했던 걸 보면 불이 꺼진 어두운 방 안에 있던 모두가 어쩌면 다 깨어 있었는지도 모른다.

  돈이 떨어질 때면 근처 마트에 가서 시식코너를 서성였다. 바코드를 뜯어내거나 비닐봉지를 찢어 라면이나 빵의 내용물만 몰래 꺼내어 점퍼 주머니나 가방 안에 숨겨 나오기도 했었다. 그러다 한번 가영의 부주의로 마트 직원에게 걸릴뻔한 이후론 그곳에 더 이상 갈 수 없었다. 먹거리와 담배를 사기 위해 앵벌이, 삥 뜯기, 아리랑치기, 절도를 하는 오빠도 있었고 예쁘장한 언니들을 동원해서 조건 만남 사기로 돈을 벌기도 했다. 무리 중 싸움 좀 하고 덩치 좋은 오빠들은 차털이나 빈집털이, 삥치기 등을 하다 소년원에 다녀온 적도 있다고 들었다. 아마 가영이 계속 그곳에 남아 있었더라면 어쩌면 그 언니나 오빠가 했던 일들을 함께 하고 다니며 지금도 함께 먹고 자고 그곳에서 지내고 있었을지도 모른다.

가출을 하면 늘 외롭고 불안하기 때문에 비슷한 상처를 안고 있는 또래들과 어울려 덜 상처 받으려 노력하고, 서로의 위태로운 모습에 그나마 위안을 얻고 버티며 그들 모두 거기서 지내고 있는 것인지도 모른다. 어쩌면 그날 그 일이 가영에겐 다행인지도 모른다. 짱이라 불리던 그 두목 오빠한테 증오심 말고 감사한 마음을 갖고 살아야 할지도 모를 것이다. 그런 단체 생활이 처음이었던 가영에겐 그곳에서의 몇 주간의 생활은 너무 힘들고, 낯설고, 적응하기 어려운 날들의 연속이었다. 그러다 며칠 전 그 일이 일어났다. 언니들이 PC방에 간다고 나가며 가영에게 화장실 청소를 시키고 라면, 햇반, 과자, 식용유, 계란, 휴지 그리고 생리대 등을 가까운 슈퍼에서 사다 놓으라며 구만 원인가 가영에게 주고 나간 직후였다. 몇 주간의 적응기간을 거쳐 가영이 이제 믿을만하다고 생각해서 짱 언니가 처음으로 돈을 주며 심부름을 시킨 날이었다. 가영은 혹시라도 돈을 잃어버릴까 걱정돼 늘 들고 다니는 작은 동전 지갑에 돈을 넣고 바지 뒷주머니에 그 지갑을 넣은 채 화장실 청소를 하고 있었다.

그때 갑자기 계단을 빠르게 내려오는 소리가 들리더니 문이 활짝 열리며 아무도 없는 반지하 방으로 짱 오빠가 들어왔다. 휴대폰을 두고 나간 것 같다며 여기저기 담요와 베개를 들추더니 여기도 없는 것 같다고 투덜거리며 욕을 해댔다. 그러더니 갑자기 화장실 안에서 청소를 하고 있는 가영 옆으로 바싹 다가오더니, 지퍼를 내리고 변기에 소변을 보기 시작했다. 놀란 가영은 순간 자리를 피해 화장실 밖으로 뛰쳐나왔다. 짱 오빠는 방에 둘 빼고 아무도 없는 걸 확인하곤 가영 쪽으로 다가오더니 자기 가슴을 가영의 얼굴에 들이대며 벽 쪽으로 바싹 밀어붙이기 시작했다. 그러더니 갑자기 가영의 입술에 키스를 퍼부었다. 가영은 너무 놀라서 저항해 보려 했으나 이미 두 손은 짱 오빠에게 잡혀서 힘을 쓸 수 없었다.

　가영아! 너도 나 좋아하지? 나도 사실 너한테 계속 관심 있었어. 네가 좋다고. 그러니까 잠깐만 가만히 있어봐. 짱 오빠의 혀가 갑자기 가영의 입속으로 깊숙이 밀고 들어왔다. 그리고는 가영의 어깨를 한 손으로 잡아채 가영을 벽 쪽으로 돌려세우고 거칠게 밀어붙였다. 순간 짱 오빠의 손은 빠르게 가영의 가슴을 뒤에서 움켜쥐더니 이내 가영의 청바지 속 팬티 안으로 들어왔다. 거센 짱 오빠의 완력에 눌려 가영은 아무런 저항을 할 수 없었다. 몇 주간 지내며 느낀 거지만 무리 중 아무도 무리 속 우두머리이자 대빵인 그의 지시를 거역하거나 그에게 대드는 멤버는 없었다. 전형적인 나쁜 남자 스타일의 남자답게 잘생긴 얼굴에 한주먹 하고 떡대도 좋아 힘으로 아무도 그를 이길 수 없었다. 가영도 그런 그의 카리스마와 외모에 호감이 없었던 건 아니지만 이런 식의 관계는 싫었다. 아니, 두려웠다. 짱 오빠만 두려운 게 아니라 짱 오빠 곁에 늘 붙어 다니는 무서운 그 언니가 이 사실을 알게 된다면…. 상상하기도 싫은 괴롭힘이 뒤따를 건 뻔한 일이었다.

어떻게든 이 상황을 벗어나야겠다고 가영은 생각했다. 용기를 내어 오른발을 들어 올렸다가 있는 힘껏 발뒤꿈치로 짱 오빠의 발가락을 세게 내려찍고 머리를 있는 힘껏 뒤로 젖혀 짱 오빠의 얼굴을 가격했다. 그리고 도망쳤다. 아지트를 벗어나 한참을 달려 대로변 편의점 안으로 숨어들어 숨을 고르고 정신을 차렸다. 시원한 생수 한 병 사 마시려고 뒷주머니를 뒤졌으나 얼마나 빨리 달려왔는지 주머니에 꽂아두었던 돈은 지갑째 사라지고 없었다. 언니들이 물건을 사 오라고 맡기고 간 돈은 그렇게 사라졌다. 몇 시간이 지난 후 가영이 사라진 걸 알고 무리에게서 전화와 문자가 왔다. 가영은 받지도 답하지도 않았다. 졸지에 가영은 돈에 욕심이 나서 돈 들고 튀어버린 나쁜 년이 되어 있었다. 계속 오는 문자를 읽어보니 그 돈 외에 다른 물건들이 혹시 없어진 건 아닌지 아지트 내에서 각자의 소지품을 확인하느라 잠시 소란이 있었던 듯했다. 당장 돈을 빌려 돌려줄 데도 없고 잃어버렸다고 말해도 믿지 않을 것 같아서 가영은 '나중에 꼭 갚을게요.'란 문자를 처음이자 마지막으로 무리에게 보내고 더 이상 문자를 읽지 않고 멤버들의 번호를 모두 차단했다. 가영만 나쁜 애가 되어버렸고 그 짱 오빠는 아무 일도 없었던 듯 그곳에서 변함없이 잘 지내고 있을 것이다.

나은이와의 다툼 이후 보호받기 위해 제 발로 찾아갔던 무리들에게조차 가영은 이젠 쫓기는 상황이 되어버렸다. 일진 무리와 어울려 다닌다는 소문이 퍼져 이제는 학교나 교회 친구들과도 더 이상 어울리기 어렵게 됐다. 갈 곳은 집밖에 없었다. 그렇게 공원과 상가 계단을 오가며 숨어 지내다 너무 춥고 배고파서 어제 잠깐 집에 들렀다가 떠올리기도 싫은 그 상황을 맞닥뜨리고, 간신히 다시 집을 도망쳐 나와 맥도날드에서 밤을 새우다 아저씨를 만나 이곳 동해까지 오게 되었다. 생각해 보니 몇 주 사이에 가영에겐 많은 일이 있었다. 정말 힘들고 가혹한 날들이었다. 아니, 앞으로 이 낯선 곳에서 혼자 돈을 벌려면 더한 일들도 있을지 모른다. 그 생각을 하니 앞날이 캄캄하고, 겁이 나기 시작했다. 과연 내가 해낼 수 있을까? 포차 이모처럼 독하게 마음먹고 앞으로의 시련들을 이겨나갈 수 있을까? 머리가 복잡해졌다. 담배 한 대가 절실했지만 지나다니는 사람은 한 명도 없었다. 추위를 느낀 가영은 가게 안으로 들어갔다.

여태 담배 피우다 온 거야? 안 추워?
아뇨. 담배 한 갑만 사줘요. 날씨가 추워서 그런지 사람이 안 다녀요. 기다리다 추워서 들어온 거예요.
나 같으면 그렇게 추운데 고생하면서 밖에서 담배 피우느니 그냥 끊겠다. 아직 배운 지 얼마 안 됐으니까 독하게 한번 끊어봐. 나중에는 정말 끊기 힘들 거야. 진혁은 걱정스러운 눈빛으로 가영을 바라보며 말했다.
아저씨! 잔소리는 그만! 저 이제 애도 아니고 아저씨가 생각하는 그런 착하고 순진한 학생은 더욱더 아니니까 자꾸 저한테 뭐라 하지 말아요. 저를 바꾸려고 하지 말라고요. 다 헛고생이에요.

사실 저 좀 놀았거든요. 그렇고 그런 노는 애들하고 어울려 다니던 애라고요. 알아요? 일진이라고 들어봤죠? 저도 이제 더 이상 어린애가 아니니까 이래라저래라 충고 안 해줘도 돼요. 사람은 고쳐 쓰는 거 아니라면서요? 이미 물들고 망가질 대로 망가져서 아저씨가 아무리 좋은 쪽으로 얘기해줘도 소용없어요. 예전의 저로 돌아갈 수 없다고요. 더 나빠지면 모를까⋯. 조금 전 부두를 서성이며 떠올렸던 안 좋은 기억들 때문인지, 취기가 오른 가영은 진혁에게 짜증 섞인 목소리로 말했다.

왜 그래? 갑자기? 무슨 일 있었어? 누구한테 전화라도 왔던 거야? 일진은 또 무슨 말이야?

내가 언제 일진이랬어요? 일진 애들하고 같이 어울려 다녔다고 했죠.

진짜야? 지금도 어울려?

아니요. 도망쳐 나왔어요.

왜? 그래서 여기까지 도망쳐 온 거야?

그건 아니에요. 그럴만한 사정이 있었어요.

무슨 이유로 나왔는지는 모르겠지만 잘한 일이야. 더 묻지는 않겠어. 하여튼, 그 무리에서 나온 건 아주 잘한 선택이라고. 진혁은 가영이 말하기 힘든 사정이 있는 것 같아 더 이상 일진에 대한 언급은 하지 않았다.

춥다며? 이 국물 좀 마셔봐. 이제 찌개가 충분히 끓은 것 같아. 진혁은 가스 불을 줄이고 국자를 들어 냄비에서 뜨끈한 국물을 몇 국자 퍼서 빈 앞접시에 담아 가영에게 건넸다.

식기 전에 어서 먹어봐. 국물 맛이 끝내줄 거야.

진혁의 배려에 화가 조금은 누그러진 가영은 앞에 놓여 있던 빈 앞접시를 하나 들어서 진혁이 방금 그랬던 것처럼 뜨끈한 국물을 가득 담아 진혁에게 건넸다.

아저씨도 좀 먹어요. 가영이 앞접시를 진혁에게 건네는 순간 뜨거운 찌개 국물이 가영의 손등 위로 흘렀다.

앗 뜨거워! 가영은 하마터면 들고 있던 앞접시를 놓칠뻔했지만 간신히 접시를 내려놓고 얼른 팔소매를 걷어 올리고 물수건으로 손등과 손목 위를 닦았다.

조심하지. 괜찮아? 진혁도 옆에 있던 자기 물수건을 건네며 걱정스러운 표정으로 가영의 손목을 쳐다보았다. 순간 긴 팔소매에 가려져 있던 가영의 하얗고 가는 손목이 드러났다. 가영의 손목 아래쪽 속살을 처음 본 진혁은 순간 놀라지 않을 수 없었다. 너무 놀라 자기도 모르게 크게 벌어진 입을 한동안 다물지 못했다. 지금껏 이렇게 심한 흉터가 있는 손목을 진혁은 본 적이 없었다. 가영의 손바닥 바로 위 굵은 힘줄과 핏줄 위엔 여러 개의 칼빵 자국들이 마치 빨래판 홈처럼 어지럽게 그어져 있었다. 너무도 충격적인 흉터 자국에 놀란 진혁은 가영의 손목 가까이 얼굴을 들이밀고 흉터들을 하나하나 눈으로 살피고 손으로 천천히 만져보았다.

아니 이게 다 뭐야? 도대체 이게 뭐냐고? 어? 왜 그랬어? 누구한테 당하기라도 한 거야? 흥분한 진혁은 가영의 손목을 잡은 채 걱정 가득한 눈빛으로 다그치듯 물었다.

아니에요. 아무것도 아니에요. 가영이 아무 일도 아니라는 듯한 표정을 지으며 말했다.

그냥요.

뭐가 그냥이야. 이게 어디 그냥이라고 하고 넘어갈 상처들이냐고? 열 개도 넘잖아? 도대체 누가 그런 거야? 그 일진 무리들이 그랬어? 이건 정말 심하네. 하마터면 큰일 날뻔했어. 진혁은 가영의 팔을 자기 쪽으로 더 끌어당겨 가장 깊게 베인 칼빵 자국을 손으로 만지며 말했다.

별거 아니라니까요. 그냥 죽고 싶을 때마다 하나씩 그은 거예요. 정신 차리려고요. 중학생 때 왕따로 힘들 때 그은 것도 있고 얼마 전에 그은 것도 있어요. 나 스스로를 지켜야 했을 때 제가 다 그은 거예요. 살려고 그런 거라고요.

별일 아니라는 듯 무표정한 얼굴로 말하는 가영의 얼굴을 보자 진혁의 마음은 더욱더 아파왔다. 슬픔과 동시에 안타까운 연민의 정이 느껴졌다. 조그만 생채기 하나에도 놀라서 무슨 큰일이라도 날 것처럼 호들갑 떨며 자식을 차에 태우고 응급실로 데려갈 부모들도 세상에 많을 텐데 가영의 엄마는 이 상처에 대해 알기나 할까? 이런 상처를 안고 살아가는 가영의 맘은 어떨까? 순간, 어린 가영이 혼자 버티며 힘들게 살아온 지난날들의 버거웠을 삶의 무게를 진혁은 조금이나마 느낄 수 있었다.

너 정말 일진이었던 거야? 그런 험한 애들하고 어울려 다니다가 그런 거 아니냐고?

아니라니까요. 그냥 잠깐 그 무리에서 같이 지내다가 도망쳐 나왔다니까요. 하기야 내가 그 무리의 노는 언니 오빠들하고 함께 술 마시고 어울려 지내고 같이 다녔다는 게 소문이 이미 다 돌았을 테니까 이젠 사람들도 나를 걔네들과 다를 것 없는 일진으로 생각할지도 모르죠. 지금 아저씨가 그렇게 생각하는 것처럼요. 그치만 난 그냥 잠시 숨을 곳이 필요했던 거고 거기 잠깐 머물렀을 뿐이에요. 칼빵은 제가 다 한 거라니까요. 죽으려고 그런 게 아니라 살려고 그런 거라고요. 저 돈 많이 벌어서 부자 될 거예요. 제가 왜 죽어요? 당장 이유가 있으면 모르겠지만요. 아저씨, 그런 말 들어봤죠? 왜 그 애가 죽었는지 모르겠다고…. 전혀 그럴 아이가 아닌데. 그럴 이유가 전혀 없는데 왜 그런 선택을 했는지 모르겠다고…. 자살하는 사람들 기사 읽다 보면 그런 인터뷰 기사 나오잖아요. 아저씨는 어떻게 생각해요? 진짜 그럴 이유가 없었을 거라고 생각해요? 저는 정말 그런 기사 볼 때마다 너무 어이없고 황당해서 화가 나요. 이유가 없다뇨? 이유를 모르면 없다고 말해도 되는 거예요?

아까 그 얘기는 진짜지? 거기서 완전히 빠져나온 거 맞는 거지?

그렇다니까요. 거기 짱 오빠가 저한테 추근대고 어떻게 해보려고 자꾸 괴롭혀서 도망쳐 나왔어요. 그 오빠도 무서웠지만 거기 언니들이 제가 꼬신 거라고 오해라도 하는 날이면 자초지종 묻지도 않고 저만 나쁜 년 돼서 죽도록 얻어맞을 게 뻔하거든요. 내가 그 짱 오빠한테 꼬리 쳤다고 다들 생각할 테니까요. 그 얘긴 이젠 그만하고 싶으니까 더 이상 묻지 마요. 그리고 솔직히 말하면, 이왕 도망치는 김에 저를 아는 사람이 아무도 없는 낯선 곳에서 돈 벌기 위해 아저씨를 따라온 거예요. 가영이 옷소매를 내려 손목을 덮으며 말했다. 손목과 옷소매에 묻은 찌개 국물 냄새를 맡고 있던 가영은 얼룩지기 전에 물로 닦고 와야겠다며 자리에서 일어나 화장실로 향했다.

처음 가영이 일진 얘기를 꺼냈을 땐 조금 세 보이고 삐뚤어져 보이고 싶어 하는 허세 가득한 어린애들의 치기 어린 행동쯤으로 진혁은 생각했다. 그래서일까 가영의 얘기가 거짓말이거나 과장처럼 들려 대수롭지 않게 생각했었다. 하지만 가영 손목 위에 처참하게 새겨진 짙은 보라색 칼빵 자국들을 보고 난 후 진혁의 생각은 바뀌었다. 약간의 선입견을 갖고 바라봤던 가영이가 자신의 짐작과는 전혀 다른 아이일 수도 있을 거란 생각이 들었다. 심한 괴롭힘이나 고통이 있어도 남에게 얘기하거나 겉으로 잘 드러내지 않는 독립적이고 과묵한 성격일 수도 있단 생각이 들었다. 가영의 얘기는 어쩌면 덜어내고 듣지 말고, 더 심각하고 진지하게 조금 더 보태서 들어야 하는 이야기였을지도 모른다. 그런 생각이 들자 가영 손목 위의 칼빵들이 마치 방금 아주 예리한 칼로 진혁의 손목 위에 깊게 그어진 상처인 것마냥 쓰라리게 느껴졌다. 세상으로부터 도망쳐 혼자가 된 가영을 자기라도 나서서 지켜줘야겠다는 생각이 들었다. 가영은 아직 누군가의 보호가 필요한 아이였다.

눈물이 나는 날에는

아이. 손 시려. 역시 화장실에 뜨거운 물이 안 나오네요. 가영이 소매에 묻은 찌개 국물을 물로 비벼 닦고 나와 자리에 앉으며 말했다.

가영. 나중에 커서 여유가 생기면 병원에 꼭 가봐. 완전히는 몰라도 잘 안 보이게 흉터를 지울 수 있을지도 몰라. 여성에겐 치명적일 수도 있는 피부의 큰 흉터를 별거 아니라는 듯 얘기하는 가영의 모습이 안쓰러워 진혁은 말했다.

다음부턴 아무리 힘든 일이 있어도 절대 몸에 칼 대지 말고…. 나중에 크면 후회한다고. 그리고 아지트에서 나온 건 정말 잘한 일이야.

네. 가영은 진혁의 충고가 고마웠다. 살아오면서 누구도 가영에게 이런 말을 해준 사람이 없었다. 하지만 가영의 운명은 정해져 있다. 곧 아저씨를 떠나 낯선 곳에서 돈을 벌기 위해서 더 나쁜 길을 걸어야 할지도 모른다. 문득 자신이 혼자서 잘해낼 수 있을까 하는 걱정이 몰려왔다.

아저씨 돈 잘 벌어요? 한 달에 얼마나 벌어요? 모아놓은 돈은 좀 있어요? 저 어떻게 생각해요? 저 하나 데리고 살 능력은 돼요? 잠시 생각에 잠겼던 가영이 농담을 던지듯 진혁에게 물었다. 농담처럼 던진 말이었지만, 자신에게 곧 닥칠 불확실한 미래로부터 벗어나고 싶은 마음에 가영은 자신의 속마음을 진혁에게 그대로 털어놓은 것인지도 모른다. 가출 후 혼자 겪어야 했던 힘들었던 일들이 떠올랐다. 그리고 또 맞닥뜨리게 될, 어쩌면 더 험난한 앞으로의 날들이 떠올라 가영은 불안했다. 누군가 의지할 사람이 있으면 좋겠다는 생각이 들었다. 술에 취해 감성적이 되어 그런 건지, 아니면 곧 다시 혼자가 된다는 불안감에 마음이 흔들리고 있는 건지 알 수 없었다. 마치 낯선 세상에 자신만 혼자 버려진 듯한 기분이 들었다.

빈말이라도 나한텐 그런 농담하지 마. 나 또 상처받는다고. 농담처럼 던진 가영의 절박한 구조 신호를 진혁은 가영의 장난으로 생각하고 대수롭지 않게 웃어넘겼다.

나 하나 먹여 살릴 수 없겠어요? 나 하나 데리고 살 자신 없냐고요? 가영은 웃음기를 거두고 조금은 진지한 표정으로 진혁에게 다시 물었다.

장난이라도 그런 농담하지 말라니까. 나한텐 다 진담으로 들려요. 그럼 나 또 진지해진다니까.

가영은 자신의 속마음을 알 리 없는 진혁의 답변에 슬픈 헛웃음만 지었다.

또 어디 가? 갑자기 자리에서 일어나 가게 문 쪽으로 걸어가는 가영을 향해 진혁이 물었다.

아까 못 한 거요. 담배 마려워서 못 참겠어요.

추우니까 아까처럼 너무 오래 밖에 있지는 마. 감기 걸리면 안 되니까.

가게 밖으로 나온 가영은 거리에 사람이 있는지 한참을 살펴보았다. 하지만 어둠이 내린 쌀쌀한 거리엔 아무도 보이지 않았다. 가영은 가게 입구 계단에 쪼그리고 앉아 사람이 지나가길 기다렸다.

아직도 못 구했어? 한참을 기다려도 돌아오지 않는 가영이 걱정돼 나온 진혁이 추위에 떨며 계단에 앉아 있는 가영을 내려다보며 말했다.

그러니까 담배 한 갑만 좀 사다 줘요. 저 이렇게 계속 밖에서 추위에 떨게 놔둘 거예요?

담배를 끊을 생각을 해봐. 그 아지트에서 탈출해 나왔듯이 담배의 늪에서 도망쳐 나올 생각을 해보라고.

몰라요. 추워 죽겠는데…. 그러지 말고 어서 담배 한 갑만 사다 줘요. 딱 한 번만요.

안 돼.

아. 진짜. 아저씨가 담배를 안 피우니까 지금 제 심정이 이해가 안 되는 거예요. 왜 그렇게 타인에 대한 공감 능력이 하나도 없어요? 피우고 싶을 때 못 피우면 정말 미쳐 죽을 것 같다니까요. 그 기분 모르죠? 에이 됐어요. 안 사다 줄 거면 어서 들어가세요. 화난 얼굴로 진혁을 향해 한바탕 쏘아붙인 가영은 고개를 숙여 식당 앞 화단석 위를 살폈다. 그리고는 작은 꽁초를 하나 주워 들고 주머니에서 라이터를 꺼내 불을 붙였다.

후우~. 살 것 같네. 초조했던 가영의 얼굴이 담배 연기 한 모금에 안정을 찾은 것 같았다.

뭐야? 이젠 꽁초까지 주워 피우는 거야? 완전 심한 중독이구면. 꼭 그렇게까지 피워야 해? 내가 왜 담배를 안 배웠는지 알아? 군 시절 고참들한테 맞으면서도 담배 안 배운 이유가 있어. 지금 네 모습 보니까 딱 그 시절 생각이 나네. 어떻게 남이 피우다 버린 걸 주워 피울 생각을 해? 얼마나 중독이 됐으면 말이야.

후우~. 가영은 아무런 대꾸도 하지 않고 마치 잔소리 그만하라는 듯 진혁의 얼굴 쪽으로 담배 연기를 길게 뿜었다.

아주 멋지네! 멋져.

이거 아까 제가 피우다 버린, 아니 혹시 몰라서 여기 화단 위에 킵 해둔 꽁초라고요. 저도 남이 피우다 버린 건 싫어요. 그 정도까진 아니라고요. 그러지 말고 딱 한 번만 담배 사다 줘요. 사람들이 안 다니잖아요. 나중에 꼭 갚을 테니까 돈 좀 줘봐요.

그거 하나 못 참아? 그런 의지로 뭘 공부하겠어? 그 정신으로 어떻게 공부하고 돈 벌어 이 험한 세상 살아가겠냐고? 추우니까 어서 그것만 피우고 들어와.

　진혁은 가영의 부탁을 단호하게 거절하고 가게 안으로 들어왔다. 너무 화를 낸 건 아닌가 하는 미안한 마음이 들어 자리에 앉자마자 소주를 잔에 가득 따라 원샷을 했다. 이상하다. 어제 맥도날드에서 만났을 때만 해도 그저 귀찮게 느껴졌던 아이였는데…. 이제 더 이상 그렇지 않다. 더 이상 가영이 자신과 아무런 상관없는 남처럼 느껴지지 않는다. 나라도 지켜주고 보호해 줘야 할 불쌍한 아이라는 생각에 가영이 좀 더 마음을 굳게 먹고 나쁜 유혹들을 극복해 나갔으면 했다.

　십 분이 넘도록 가영은 식당 안으로 돌아오지 않았다. 바람 부는 추운 길가에서 서성이고 있을 가영이 걱정돼 진혁은 자리에서 일어나 부두 쪽이 바라다보이는 창가로 가서 거리를 내다보았다. 그때였다. 화려한 헤드라이트 불빛과 함께 굉음을 내며 빠른 속도로 멋진 스포츠카 한 대가 요란하게 식당 앞 넓은 주차장 안으로 들어왔다. 잠시 후 차에서 젊은 남자 둘이 내리더니 식당에 들어오지 않고 잠시 서서 식당 간판과 창문에 붙어 있는 메뉴들을 쳐다보며 대화를 나눴다. 이 식당에서 먹을지 아니면 다른 식당을 더 찾아볼 건지를 놓고 실랑이를 벌이고 있는 것 같았다. 그때였다. 가영이 그들에게 조심스럽게 다가가더니 말을 걸었다. 남자들도 가영에게 무언가를 묻는 모습이었다. 잠시 후 셋은 함께 담배를 피우며 대화를 나누기 시작했다. 그 모습을 가만히 바라보고 있던 진혁은 조금 놀랐다. 지금껏 봐온, 조금은 시니컬하고 시크해 보이던 가영의 모습과 달리 그 젊은 남자들 앞에 서 있는 가영은 부끄러운 듯 수줍은 미소를 연신 지어 보이며 그들과 대화를 나누고 있었다. 진혁의 마음엔 질투와는 조금 다른, 그렇지만 뭐라고 정의하기도 어려운 복잡하고 미묘한 감정이 일었다. 셋의 대화가 끝나고 가영이 인사를 하며 돌아서는 모습을 보고 진혁은 얼른 자리로 돌아와 앉았다. 곧 가영이 담배 냄새를 풍기며 식당으로 들어와 자리에 앉았다.

결국 또 얻어 피우고 온 거야? 대단해. 나 같으면 추워서 진작에 포기하고 들어왔을 텐데…. 그 정도 정신력이면 뭐든 다 잘할 수 있을 거야.

놀리는 거예요? 아저씨가 사다 줬으면 안 그래도 될뻔했잖아요. 지금 밖이 얼마나 추운지 알아요?

아주 좋아 죽겠다는 표정이던데? 담배 때문이야? 아니면 밖에 저 오빠들이 맘에 든 거야? 처음 보는 사람들하고 무슨 얘기를 그렇게 나눴어? 원래 그렇게 아무하고나 얘기 잘해?

왜 그래요? 그만해요. 담배 얻느라고 그런 거죠. 가영은 화가 난 듯 말없이 휴대폰을 쳐다보았다. 잠시 침묵이 흘렀다.

마침 주차장에서 한참 대화 중이던 그 남자들이 식당 안으로 들어와 주차장이 훤히 보이는 창가 쪽 자리에 앉아 메뉴판을 펼쳐

보았다. 메뉴판을 들여다보던 남자가 주인아주머니에게 도루묵찌개 대짜를 주문했다. 도루묵찌개를 이미 주문했는데도 다른 한 명은 대게가 먹고 싶다며 여전히 대게 타령이었다. 곧 그 남자 손님들 식탁 위에 커다란 냄비가 놓여지고, 보글보글 도루묵찌개 끓는 소리가 들리기 시작했다. 찌개가 끓기를 기다리며 남자 둘은 식당 안을 이리저리 둘러보았다. 진혁과 가영이 말없이 앉아 있는 테이블 쪽을 힐끔힐끔 쳐다보다 진혁과 눈이 마주치기도 했다.

네가 마음에 드나 봐. 계속 널 쳐다보는 것 같은데. 진혁이 가영의 눈치를 보며 말했다.

하기야 아까 밖에서 그렇게 웃으면 어떤 남자들이 안 넘어오겠어?

담배 줘서 고마워서 그랬어요. 그리고 사실 저 정도 외모에 저런 포르쉐 차 타고 다니는 남자를 어느 여자가 싫다고 하겠어요? 담배 하나 얻을 수 있겠냐고 물었더니 조금 전 휴게소 커피숍에 라이터를 두고 와서 마침 라이터가 필요했는데 서로 잘됐다고 해서 같이 담배 피운 거뿐이에요. 그리고 이 식당 음식 어떠냐고 물어보길래 물론 맛있다고 얘기해 줬죠. 그치만 저한테 물어본 건 실수죠. 저한테 맛없는 음식이 어딨겠어요?

그래도 조심해야지. 잘 모르는 사람들이잖아.

뭘 조심해요? 갑자기 왜 그러는 건데요? 예? 가영은 진혁의 말에 어이없다는 표정을 지으며 말했다.

순간 진혁의 머릿속엔 자신을 따라 동해 이 먼 곳까지 함께 온 가영이 저 멋진 남자들을 따라 이젠 더 이상 서로 볼 일이 없다는 듯한 쿨한 표정을 지으며 자기에게 작별 인사를 하고 멋진 스포츠카를 타고 바람처럼 사라질지 모른다는 불안한 생각이 들었다. 사실 그래도 이상하거나 문제 될 것 하나 없는 둘 사이의 관계였지만 그 불편한 생각들은 계속해서 진혁의 머릿속을 맴돌았다.

같이 가면 안 되냐고 물어본 건 아니지? 어차피 동해에 도착하면 알아서 갈 길 간다고 했었잖아? 진혁은 자신도 모르게 평소 같았으면 하지 않았을 말까지 해버렸다.

뭐라고요? 아저씨가 봤어요? 내가 그렇게 말하는 걸 듣기라도 했느냐고요? 아저씨가 제 보호자라도 돼요? 제가 낯선 사람들한테 상냥하게 웃거나 말 좀 하면 안 되는 나이예요? 저도 아저씨 잘은 모르지만 서로 대화도 나누면서 아저씨 차 타고 여기까지 온 거잖아요? 처음부터 아는 사람이 세상에 어딨어요? 그러니까 아저씨가 혼자인 거예요. 연애도 잘 못하고 같이 여행 올 여자가 없으니까 혼자 불쌍하게 이렇게 여행 다니고…. 그리고 말했잖아요. 별 얘기 없었다고. 담배 빌려줘서 고마웠고, 그리고 이 식당에 대해서 말해준 것뿐이라고요. 화가 난 가영은 소리를 높여 말했다.

미안해. 내가 말이 좀 심했던 것 같아. 나도 그건 알지. 그렇지만 낯선 여자들한테 친절하고, 쉽게 말 걸고, 그런 사람들 중에 바람둥이가 많대. 네가 걱정돼서 그랬어.

저도 알 건 다 알아요. 그리고 제가 먼저 말 건 거잖아요. 그리고 사실 저기 야구 모자 쓴 오빠한테 관심이 갔던 것도 사실이고요. 멋지잖아요? 관심 좀 가지면 안 돼요? 저런 멋진 차에, 저렇게 옷 잘 입고 멋있는데, 마음이 안 가면 오히려 제가 이상한 거죠. 그래요. 아저씨 말처럼 저 모자 쓴 오빠가 맘에 들어서 하트 뿅뿅 눈빛으로 엄청 날리다 왔어요. 혹시나 나도 데리고 가줄까 해서요. 됐어요? 됐냐고요? 아저씨가 여자들 맘을 알겠어요? 배려심도 없고, 눈치도 없고, 센스도 없고. 내가 걱정된다고 말하면서 추운데 밖에 그렇게 오래 서 있게 하는 게 맞는 거예요? 나 같으면 진작에 편의점으로 뛰어가서 담배 한 갑 사다 줬겠다. 내가 몇 번이나 부탁했어요? 나 원래 그런 부탁 잘 못하는 성격이라고요. 그거 알아요? 없이 살아서 그런지 남한테 부탁하는 거 정말 질색할 정도로 싫어한다고요. 그렇게 제가 부탁했는데…. 말도 없이 휙 들어가 버리고. 너무한 거 아녜요? 여자들이 뭘 원하는지, 어디에 마음이 끌리는지, 뭘 싫어하는지, 어떨 땐 어떤 말을 해주길 바라는지, 그런 거 아저씨가 알 리가 있겠어요?

  그러니까 추운데 담배 구하느라 밖에서 한없이 서성이고 있는 저를 그냥 내버려 두고 그렇게 식당 안으로 들어가 버렸겠죠. 그러니까 여자가 없는 거예요. 여자에 대해 잘 모르고, 여자 마음 헤아릴 줄도 모르고, 노력도 안 하니까요. 지금 아저씨처럼 괜히 불안해하고 자신감 없어 보이는 듯한 그런 표정들이 여자들을 힘들게 했을 거라고요. 그 언니도 아마 지쳐서 떠나갔을 거예요. 그러니까 이제 저한테도 이래라저래라, 뭐라 하지 말라고요. 왜 자꾸 남의 인생에 이래라저래라 간섭하려고 들어요? 저랑 아저씨랑 아무 사이도 아니잖아요? 그냥 관심 꺼달라고요.

뭐라고? 말이 너무 심한 거 아냐? 네가 나에 대해 뭘 안다고 그렇게 막말하는 건데. 그리고 나에 대해 뭐라 하는 건 괜찮지만 그 여자에 대해서는 잘 알지도 못하면서 그렇게 뭐라 막말하지 마. 그리고 미안해. 잘 알았어. 내가 주제넘게 남의 일에 괜히 참여한 것 같네. 정말 너 말처럼 우린 아무 관계도 아닌데 말이야. 그렇지. 난 그냥 네가 가끔 들르는 동네 치킨집 주방에서 일하는 사람인데 내가 네 인생에 이래라저래라 관여할 바가 아니지.

가영은 진혁의 말을 듣다가 자리에서 벌떡 일어나 화장실로 향했다.

그때 남자들 테이블에선 작은 실랑이가 벌어졌다.

난 입맛에 맞지 않아서 도저히 못 먹겠어.

그래도 눈 딱 감고 한번 먹어봐. 맛있다니까.

아까 말했잖아. 난 생선 별로 안 좋아한다고. 이 생선은 살코기도 거의 없고 거의 다 알뿐이네. 난 생선알 안 먹거든. 그냥 내가 여기도 계산하고, 대게도 사줄 테니까 어서 자리 옮기자. 열심히 도루묵을 먹던 반대편 남자는 앞접시에 도루묵 두 마리를 더 가져다 재빨리 살과 알을 발라 먹더니 그래도 조금 아쉬운 듯 냄비에 남아 있는 도루묵들을 쳐다보며 마지못해 자리에서 일어섰다.

아깝네. 나 혼자도 다 먹을 수 있을 거 같은데. 네가 이 식감과 맛을 모르는 것도 너무 아쉽고. 도루묵알이 얼마나 쫄깃쫄깃하고 맛있는데….

대게가 먹고 싶은 다른 친구는 듣는 둥 마는 둥 자리에서 일어나 주머니에서 지갑을 꺼내어 카운터에서 계산을 하고 식당 밖으로 먼저 나갔다.

사장님, 도루묵찌개 너무 맛있는데 저희가 지금 바쁜 일정이 있어서 다 못 먹고 갑니다. 급하게 가볼 곳이 있어서요. 다음에 또 올게요. 도루묵찌개를 맛있게 먹던 친구는 먼저 나간 친구를 뒤따라 나가며 주인아주머니에게 너무 맛있다며 깍듯이 인사를 하고 나갔다.

그 순간 마침 화장실에서 나오던 가영은 젊은 남자들이 가게 밖으로 나가는 모습을 보더니 진혁과는 눈도 마주치지 않은 채 빠른 걸음으로 그들을 쫓아 나갔다.

어디 가? 진혁이 큰 소리로 불러도 가영은 뒤도 돌아보지 않고 급하게 뛰어나갔다.

한참이 지나도 가영은 돌아오지 않았다. 얼마나 시간이 더 흘렀을까? 담배 서너 개비를 피웠을 시간이 지나도 가영은 나타나지 않았다. 괜한 불안감과 초조함에 진혁은 식당 밖으로 나가 가영을 찾아볼까도 생각했다. 하지만 조금 전 가영이 자신에게 했던 말이 비수처럼 꽂혀 쉽게 발이 떼어지지 않았다.

'저도 알 건 다 알아요. 아저씨랑 나랑 아무 관계도 아니잖아요. 이제 저한테 관심 꺼주세요.' 화가 난 가영이 쏘아붙이듯 내뱉은 말들이 계속 귓가에서 맴돌았다. 조금 더 기다려 볼까도 생각했지만 궁금해서 더 이상 참을 수 없었던 진혁은 자리에서 일어나 방금 전까지 청년들이 앉아 도루묵찌개를 먹던 창가 쪽 자리로 다가가서 조심스럽게 창밖을 내다보았다. 초조한 자신과 달리 가영은 포르쉐 자동차 옆에 서서 그 남자들과 웃으며 담배를 피우고 있었다. 가영은 자동차 주위를 돌며 포르쉐의 멋진 외관과 빛나는 타이어 휠을 음미하듯 쳐다보며 마치 자신도 한번 그차에 타보고 싶다는 듯한 표정을 지으며 담배를 피우고 있었다. 젊은이들이 앉아 있던 식탁 위에는 아직 주인아주머니가 치우지 않은 도루묵찌개 대짜 냄비가 아직도 김을 모락모락 내며 끓고 있었다. 앞접시들에 놓인 도루묵의 가시들을 보니 냄비 가득 들어 있는 여러 마리의 도루묵 중 세 마리만 먹은듯했다. 아까 식당에 들어와서 메뉴판의 가격을 보며 중짜를 먹을까, 소짜를 먹을까 잠시 고민하다 소짜를 시켰던 자신의 모습과 비교되었다. 그렇게 좋아하는 도루묵찌개였건만 가영이가 워낙 맛있게 잘 먹어서 진혁은 강원도 오면 멸치조림, 콩자반, 묵은지, 꽈리고추 볶음 같은 밑반찬들이 너무 맛있다고 좋아하는 도루묵을 한 마리만 앞접시에 담고 그것도 차마 다 먹지도 않으며 가영에게 나머지 도루묵을 다 양보했던 자신이 초라하게 느껴졌다. 순간 주문진에서 홍게가 먹고 싶다고 노래를 부르던 가영의 모습이 떠올랐다. 가영이가 돈 많은 저런 친구들과 함께 여행을 왔으면 훨씬 더 좋고 맛난 음식들을 맘껏 먹었을 거란 생각이 들어 미안한 마음이 들었다.

진혁은 자신의 자리로 돌아와 앉았다. 그때였다. 갑자기 밖에서 차 시동 거는 굉음이 울려 퍼지고 현란한 헤드라이트 조명이 가게 밖과 안을 어지럽게 비추더니 부웅부웅 지축을 흔드는 엄청난 소음을 내며 포르쉐가 출발하는 모습이 보였다. 소음은 점점 멀어지고 식당 주변은 금세 쥐 죽은 듯 조용해졌다. 이제 그들이 갔으니 가영이 곧 들어올 거란 생각이 들었다. 진혁은 식당 벽에 걸려 있는 TV를 쳐다보며 별 관심도 없는 주말 드라마를 멍하니 바라보며 가영을 기다렸다. 드라마가 끝나고, 기나긴 광고 시간이 흐르고, 저녁 뉴스가 시작될 때까지도 가영은 나타나지 않았다. 더 이상 궁금해서 견딜 수 없어진 진혁은 자리에서 일어나 식당 문을 열고 주차장으로 달려 나갔다. 주차장과 거리에는 아무도 없었다. 포르쉐도 가영도 없었다. 스파크 차량만이 진혁을 바라보며 혼자 외로이 주차장을 지키고 있었다. 주위를 아무리 살펴봐도 가영의 모습은 보이지 않았다. 갑자기 가슴이 내려앉는 것 같은 공허함이 밀려왔고 상실감에 마음 한편이 아려왔다. 진혁은 한참을 그렇게 차가 사라진 방향을 쳐다보며 멍하니 서 있었다. 문득 맥도날드에서 가영이가 했던 말, 바다가 보이는 곳에 도착하면 알아서 사라져 줄 테니 동해 바다 근처까지만 데려다 달라고 했던 말이 떠올랐다. 그렇다고 이렇게 아무 인사도 없이 바람처럼 떠났단 말인가? 더 이상 기다려 봐야 가영은 돌아올 것 같지 않았다. 진혁은 식당으로 들어와 자리에 앉아 차가운 냉수를 한 컵 따라 마셨다. 혹시나 자신이 오해하고 있는 건 아닌가 해서 가영의 옷이나 휴대폰을 찾아보았다. 휴대폰이나 다른 소지품을 두고 갔다면 가영은 다시 돌아올지도 모른다. 식탁이나 의자, 식당 바닥 어디에도 가영의 물건은 보이지 않았다. 그러고 보니 가영이는 돈과 의지할 친구만 없는 게 아니라 지갑이나 파우치, 목도리나 장갑 그 아무것도 없었다. 겨울이면 교복처럼 매일 입고 다니는 패딩 점퍼에 달린 여러 주머니 중 하나가 지갑이 됐을 테고, 다른 주머니는 파우치도 되고 벙어리장갑도 됐을 것이다. 그 흔한 휴대폰 장식이나 스티커 하나 붙어 있지 않은 싸구려 핸드폰, 깨어진 지 오래된 것 같은 그로테스크한 실금이 여러 갈래로 난 휴대폰 화면 위 액정이 어쩌면 유일한 장식이 되어버린 가영이의 낡은 핸드폰이 눈에 아른거렸다. 가영에겐 어쩌면 가장 중요한 소지품이고 모든 것일 수도 있는 그 싸구려 휴대폰이 더 이상 보이지 않았다.

잠깐 화장실 가거나 담배를 구하러 자리를 비울 때도 무슨 보물이라도 되는 것마냥 늘 손에서 놓지 않고, 애지중지 만지작거리고, 배터리 걱정에 아주 가끔 잠금 패턴을 열어 잠깐씩만 들여다보던 가영의 핸드폰이 없다는 사실이 가영이 떠났다는 현실만큼 가슴 아프게 다가왔다. 불과 하루하고 반나절을 함께 지냈을 뿐인데…. 가슴이 뻥 뚫린 것 같은 공허함이 몰려왔다. 서로 계획하고 같이 온 여행도 아니고, 귀찮아서 처음엔 어떻게든 떼어내려고 했던 아이였는데, 몇 달을 사귀고 헤어졌던 그녀와의 이별만큼이나 가영이가 떠났다는 사실이 가슴 아프게 느껴지는 이유를 진혁은 알 수 없었다. 불과 얼마 전까지 전혀 자신의 마음속에 존재조차 하지 않았던 가영의 부재가 이런 큰 감정의 동요를 불러올 줄은 전혀 생각도 못 했다. 급격한 감정의 변화에 진혁의 마음은 요동치기 시작했다.

내가 가영을 얼마나 봤다고? 내가 가영을 좋아하기라도 한단 말인가? 도대체 언제 이렇게 가영이가 내 맘속에 깊숙이 들어와 버린 걸까? 혹시 그냥 연민의 정은 아니었을까? 그러고 보니 태어나서 처음 누군가를 지켜주고 보호해 주고 싶단 생각도 들었었다. 내 마음을 이렇게 흔들어 놓은 이 감정은 도대체 무엇일까? 진혁의 마음은 혼란스러웠다.

차라리 맥도날드에서 만나지 말 걸…. 커피 마시지 않고 바로 출발했었으면 이런 일도 없었을 텐데…. 아니 아까 그냥 눈 한번 딱 감고 담배를 사다 주는 건데…. 그럼 담배를 빌린다며 그놈들에게 말을 걸지도 않았을 텐데…. 후회의 감정이 밀려왔다. 아니다. 어차피 곧 헤어질 사이였는데 이렇게 갑작스럽게 미련 없이 쿨하게 헤어지는 것도 나쁘진 않을 것 같단 생각도 들었다. 그래 지금이 아니더라도 가영은 어차피 자기 갈 길을 갈 아이였다. 그렇게 생각하자. 오히려 잘된 일이다. 진혁은 후회와 체념을 반복하며 소주를 연거푸 들이켰다.

그래도 가영과 함께 오길 잘했지. 가영이 없었더라면 혼자 이 먼 길을 오는 동안 얼마나 쓸쓸했을까? 가영이는 괜찮을까? 정말 그들을 따라간 걸까? 그랬겠지. 그렇지 않고서야 이 추운 날씨에 가진 돈 하나 없는 가영이 갑자기 사라질 리가 없다. 설마 그 남자애들이 가영이를 어떻게 하는 건 아니겠지? 그놈들은 도대체 뭐 하는 놈들일까? 뭐 하는 놈들이길래 이 추운 겨울날 둘이서 밤바다를 찾은 걸까?

겉만 번지르르한 사기꾼들은 아닐까? 우연을 가장해서 저녁 내내 이 식당 근처에 숨어 덫을 놓고 순진한 먹잇감을 기다리고 있던 악당들은 아닐까? 지금이라도 그놈들을 쫓아가 가영이를 구해 줘야 하는 건 아닐까? 내가 영화를 너무 많이 봤나? 분명 그놈들이 가영보다 먼저 나갔으니 그럴 리는 없겠지. 계산하고 식당을 나갈 때 주인아주머니한테 인사하던 모습을 보면 전혀 그런 부류의 인간들로 보이진 않았다. 그래, 기우겠지. 가영에겐 아무 일도 생기지 않겠지. 오히려 더 맛난 거 먹고 멋진 차 타고 다니며 고급 차에서 내릴 때 느낄 수 있다는 하차감이란 것도 경험해 보겠지. 어쩌면 가영이를 위해 잘된 일이야. 포르쉐는 아무나 타나?

그렇다고 그렇게 간다는 말도 없이 뛰어나간 가영은 또 뭐람? 생각해 보니 너무한 거 아닌가? 그래도 보통 애들과는 달라 보였는데 그저 그렇고 그런 노는 애일 뿐이었나? 내가 처음에 차에서 계속 내리라고 해서 마음이 상해 있었던 걸까? 그래도 맥모닝도 사주고, 도루묵찌개도 사줬는데 그렇게 아무 말 없이 가버리는 게 말이나 되나? 진혁은 고개를 들어 조금 전까지 가영이 앉았던 자리에 놓인 앞접시를 바라보았다. 네 마리의 도루묵 생선

가시가 살점 하나 없이 아주 깨끗하게 발라져 앙상한 뼈만 남은 채 놓여 있었다. 진혁의 앞접시엔 반쯤 먹다 남은 도루묵 한 마리가 차갑게 식은 채 끝내지 못한 젓가락질을 기다리고 있었다. 가영에게 도루묵을 양보하기 위해 배가 부른 척 일부러 남겨놓은 살들이었지만 이젠 젓가락을 뻗고 싶은 의욕마저 사라져 버렸다. 흔적 없이 사라진 가영처럼 냄비 안에는 도루묵 한 마리도 남아 있지 않았다. 뭐든 잘 먹는 가영의 모습이 보기 좋았는데…. 가영이 먹는 모습을 보고 있으면 마치 내가 먹고 있는 것처럼 좋았는데…. 그런 가영의 모습이 벌써 그리웠다.

아저씨 우리 뭐 먹어요? 와, 이거 진짜 맛있어요. 아저씨도 좀 먹어요. 저도 한 잔만 줘요. 자, 짠 해요. 갑자기 가영의 목소리가 귓가에 들리는 것만 같았다. 고시원에서 늘 혼자 벽을 보며 아무 말 없이 밥 먹는 것에 익숙해진 진혁에게 누군가와 함께하는 식사는 어색하고 불편해서 가능하면 피해왔지만 가영과의 식사는 그렇지 않았다. 편안했지만 특별하기도 했다.

가영이를 다시 볼 수 있을까? 돈 벌겠다고 집을 나왔으니까 이곳저곳 떠돌며 돈 버느라 동네에는 어쩌면 영원히 다시 나타나지 않을지도 모르지. 처음엔 식당이나 카페, 찻집 같은 곳에서 성실하게 일하다 얼굴이 반반하니 나쁜 사람들 꾐에 빠져 쉽게 더 큰 돈을 벌 수 있는 다방이나 주점에서 일을 하게 될지도 모르지. 그러다 동네 건달하고 눈이 맞아 살림을 차리고 기둥서방 놈한테 단물 쪽쪽 빨리다가 나중엔 버림받아 이 도시, 저 도시를 다시 떠

돌다 허름한 주점에서 몸 버려가며 술 마시며 힘들게 살게 될지
도 모르지. 그렇게 계속 떠돌다 도시에서 탄광으로, 그리고 바닷
가 어촌 마을로, 그리고 더 나이가 들어 외딴섬마을 한적한 술집
에서 늙은 어부들 술 시중들다 늙어갈지도 모를 일이지. 아니, 내
가 옛날 영화를 너무 많이 봤나? 진혁은 정신을 차리려 물컵 가
득 냉수를 따라 벌컥벌컥 들이켰다. 혹시나 하는 마음에 진혁은
자리에서 일어나 창가로 가서 창문을 열고 컴컴하고 조용한 주차
장과 도로를 내다보았다. 잔잔한 파도 소리만 들려올 뿐 거리는
조용했다. 창문 사이로 불어오는 바닷바람에 눈이 시려 눈물이
났다. 그렇게 시작된 눈물은 어느새 가영 생각에 흐르는 눈물로
변했다. 서러운 마음에 볼 위로 눈물이 줄줄 흘렀다. 혹시나 주인
아주머니가 볼까 얼른 옷소매로 눈물을 훔치고 자리에 돌아와 앉
았다. 눈물을 참아보려 힘껏 눈을 감았지만 감은 눈 안 가득 차오
른 눈물은 진혁의 볼을 따라 조용히 흘러내렸다. 이내 고개를 떨
군 진혁의 두 눈엔 참았던 눈물이 줄줄 흘러내리기 시작했다.

  그때였다.
  뭐 하는 거예요? 다 큰 어른이 지금 울고 있는 거예요? 정말 울
고 있었어요? 고개를 숙이며 흐느끼던 진혁의 귀에 가영의 목소
리가 들려왔다.
  취하니까 이제 환청까지 들리는군. 눈을 감고 생각에 잠겼던
진혁은 중얼거리듯 혼잣말을 했다.
  아니 진짜 우는 거예요? 아님 취해서 졸고 있는 거예요? 다시

금 들리는 가영의 목소리에 진혁은 고개를 들고 눈을 떴다. 눈물이 고여 흐릿하게 보였지만 분명 가영의 얼굴이었다. 가영 걱정에 반쯤 눈을 감은 채 깊은 생각에 잠겨, 아주 먼 훗날 여기저기를 떠돌다 외딴섬 낡은 주점에 정착해 고생고생하다 나이 들어 늙어갈 불쌍한 가영의 모습을 한참 상상하던 차에 환영처럼 나타난 가영의 얼굴을 보니 진혁은 이게 꿈인지 현실인지 분간이 되지 않았다.

이제 헛것까지 보이는군. 진혁은 다시 눈을 감았다.

술병은 또 왜 이렇게 늘었어요? 이거 그새 혼자 다 마신 거예요? 너무도 생생히 들리는 반가운 가영의 목소리에 놀란 진혁은 눈을 크게 뜨고 가영을 다시 바라보았다. 그렇게 그리던 가영이 눈앞에 서 있었다.

너 왜 이렇게 늙었어? 그간 고생 많았지? 꿈인가 생시인가, 반가움에 놀란 진혁이 가영의 손을 잡아주기 위해 팔을 뻗으려는 순간 가영은 어이없다는 표정을 지으며 자리에 앉았다.

뭔 소리예요? 늙었다뇨? 잠깐 사이에 제가 갑자기 늙기라도 했단 말이에요?

진혁은 드디어 정신을 차리고 얼른 눈물을 훔치고 아무 말 없이 가영의 얼굴을 찬찬히 바라보았다.

정말 울기라도 한 거예요? 다 큰 남자가 웬 궁상이에요?

울긴. 무슨 소리야. 아니야. 너무 놀라고 반갑기도 하고 또한 부끄럽기도 해서 진혁은 얼른 아무 일 없었다는 듯 자세를 바르게 고쳐 앉고 눈가의 눈물을 훔쳤다.

방금 가게 문이 열려서 찬바람 때문에 눈물이 고인 거야. 내가 겨울엔 안구건조증이 심하거든. 겨울에 찬바람 맞으면 눈물 흘리는 사람들 있잖아. 내가 그래.

아니 아까 밖에서 찬바람 그렇게 불 때도 눈물 한 방울 안 흘리더니…. 거짓말 말아요. 부끄러워 고개를 돌리는 진혁의 시선을 물끄러미 쳐다보며 가영은 놀리듯 웃으며 말했다.

나 없는 동안 또 그 언니 생각하다 운 거 맞죠? 아직도 그렇게 못 잊겠어요? 정말 좋아했나 보다. 아까 내가 그렇게 말했다고 또 생각났었나 보다. 미안해요. 내가 아저씨 마음 아프게 했나 봐요. 아저씨는 당분간 혼자 두면 안 되겠네. 그럼 또 울 거잖아요. 미안한 마음에 가영은 진혁을 위로하며 말했다.

아니라니까. 조금 전에 내가 좋아하던 슬픈 노래가 흘러나왔는데, 가만히 듣고 있으니까 나도 모르게 눈물이 났나 봐. 식당 천장 구석에 달린 낡고 작은 스피커에서 신나는 8090 댄스가요가 흘러나오고 있었다.

이렇게 신나는 노래 듣고 눈물이 나와요?

아냐. 조금 전에는 슬픈 노래가 나왔었어.

됐고요! 그 언니는 지금쯤 아저씨 생각 전혀 안 할지도 모르니까 어서 잊어요. 이 잔 받고 그분 잘 살라고 행복이나 기원해 줘요. 가영은 진혁에게 술을 따라주며 말했다.

아니 그게 아니라…. 아니 그래 내가 좀 울었다 치자. 남자도 울

수도 있는 거지. 남자라고 꼭 울면 안 된다는 법이라도 있니? 그리고 사랑이 그렇게 쉽게 잊히는 줄 아니? 어린 너는 모르겠지. 누군가를 정말로 사랑해 봤어야 이런 감정을 알겠지. 그냥 막 세상이 다 끝나버린 것 같은 그 공허함을 내가 어떻게 너한테 설명하겠니? 그런데 너 진짜 어디 있었던 거야? 여태 뭐 하다 왔어?

아까 그 남자들이 내 라이터를 갖고 있던 게 생각나서 그거 받으러 뛰어나갔던 거예요. 그리고 담배 좀 얻어 피우고 혼자 바닷가 좀 구경하다 왔어요. 별일 없었어요. 두 까치만 달라고 했더니 담뱃갑에서 두 까치 빼고 나머지를 갑째 다 주더라고요. 역시 있는 사람들은 달라요. 가영은 남자들한테 받아온 담배를 자랑하듯 꺼내 보이며 말했다.

난 또 네가 그 남자들 따라간 줄 알았잖아.

제가 왜요? 아니 저를 데리고나 가주겠어요? 그냥 대게가 꼭 먹고 싶었나 봐요. 대게 먹으러 간다고 하는 것 같던데. 그새 술을 이렇게나 많이 마신 거예요? 누가 왔다 간 건 아니죠? 오늘 서울 가긴 그른 것 같은데…. 아저씨도 여기 강릉에서 자고 가야 될 것 같아요.

이틀이나 집에 안 들어가도 돼? 대리운전 불러서 갈까?

그럴 돈은 있어요? 몇십만 원은 나올 것 같은데…. 저는 안 가도 돼요.

오늘 돌아가기로 했었으니까 가야지. 약속은 지켜야지.

언제 그런 약속을 했어요? 안 그래도 돼요. 저 기다리는 사람 하나도 없으니까 걱정 안 해도 돼요. 그런데 정말 대리비 써서라도 가려고 했어요?

난 원칙이 있어. 내가 손해를 보는 한이 있더라도 해야 할 일은 꼭 한다는 원칙 말이야. 당장은 손해를 좀 보더라도 원칙을 지키며 살려고 노력하지. 손해를 좀 보더라도 그게 맘이 편해. 나중에 돌아보면 결국 잘한 결정으로 남더라고. 길게 보면 말이야. 세상엔 꼭 돈으로만 따질 수 없는 그런 가치들이 있거든. 너도 나중에 나이 들어 사회생활 해보면 지금 내 말이 이해될 거야.

그래서 정말 오늘 대리기사 불러서 갈 수 있는 거예요? 혹시나 진혁이 다른 비상금이 있는 건 아닌가 해서 가영은 물었다.

아니. 아무리 원칙이 중요하다지만 돈이 없으면 어쩔 수 없지. 아무리 노력해도 정 여건이 따라주지 않으면 어쩔 수 없는 거잖아.

뭐예요? 이랬다저랬다 헷갈리게. 가영이 어이없다는 듯 웃으며 말했다.

그냥 우리 여기 남은 술이나 다 마시면서 천천히 생각해요. 어차피 이렇게 된 거, 바다에 자주 올 수도 없는 인생들 바다 보며 남은 술이나 다 마시고 가자고요. 그리고 우리 내일 일출 봐요. 아침 일찍 일어나서 해 뜨는 거 같이 봐요. 가영은 진혁의 잔에 술을 따라주며 말했다.

이제 다 운 거죠? 또 갑자기 울지 않을 거죠?

너 나 놀리는 거니? 안 울었다니까. 그냥 눈물이 맺힌 거지.

제가 그 언니로 보이는 건 아니죠? 자, 이거 몇 개? 가영이 웃으며 손가락 두 개를 들어 흔들며 물어보았다. 아직도 눈앞에 그 언니가 아른거려요?

그만 놀려. 진혁이 어이없다는 표정을 지으며 웃었다.

내가 그 언니로 보여서 방금 그렇게 웃은 거예요?

아니야. 헷갈릴 수가 없어. 그녀는 정말 예뻤거든.

뭐라고요? 또 시비 거는 거예요?

아니야. 농담이야.

그런 사람들이 있대요. 술에 취하면 보고 싶은 사람이 눈앞에 아른거려서 혼잣말도 하고 그러는 사람들이요. 아저씬 그런 적 없어요?

헛것이 보인다는 말이야?

그걸 헛것이라 말해야 되는 건지 잘 모르겠는데 보고 싶은 사람이 눈앞에 나타나 마치 말을 거는 것처럼 보일 때가 있대요. 사실 제가 요새 가끔 그래요. 술 배우고 나서 많이 취하면 가끔 혼자 앉아 있어도 예전에 제가 짝사랑했던 동네 교회 오빠가 자주 생각나요. 전 그 오빠가 절 좋아하는 줄 알았거든요. 그런데 저만 좋아한 게 아니었더라고요. 정말 좋아하는 여자는 따로 있었어요. 그때 제가 얼마나 상처받았었는지 매일 눈물만 나고, 세상이 다 무너져 내리는 것 같고, 아무것도 먹기 싫고, 그랬던 적이 있어요. 그런데 술 많이 취하고 몽롱해지면 가끔 앞에 아무도 없는 빈자리에 그 오빠가 나타나서 예전에 저한테 항상 그랬듯이 부드럽게 웃으며 절 쳐다보고 있는 듯한 그런 환상이 보이곤 해요. 너무 사실 같아서 손을 뻗어 그 오빠 뺨을 만지려고 했는데 만져지지 않는 거예요. 그래서 가끔 그 후로 술을 마셨어요. 혹시 오빠가 다시 나타나 주는 건 아닐까 해서요. 아저씨는 술 마시면 그런 적 없어요?

심각하구나. 너는 술을 마시면 안 되겠다. 헛것까지 보일 정도면 담배보다 더 심한 중독 같은데…. 아직 나이도 어린데 너를 어쩌니? 그런데 보고 싶은 사람을 그렇게라도 볼 수 있다면 정말 좋겠네. 아주 신비한 능력처럼 생각되겠어. 나도 가게에서 그런 사람을 본 적 있어. 나이 드신 손님인데 늘 혼자 오셔서 술에 취하면 아무도 없는 앞자리 허공에다 대고 혼자서 누군가와 대화를 하고 그래. 마치 누가 앞에 있는 것처럼 웃고 화내고 대화하면서 말이야. 정말 가만히 쳐다보고 있으면 신기하기도 하고 어쩔 땐 소름 돋기도 해. 사람들은 이상한 사람이라고 생각하겠지만 정작 그 아저씨 본인은 참 행복하겠구나 하는 생각이 들더라고. 보고 싶은 사람을 불러내서 대화를 나눌 수 있는 능력을 우리 보통 사람들은 갖고 있지 못하잖아. 그 아저씨는 늘 행복해 보였어.

그런데 이상한 건 내가 그렇게 보고 싶고 그렇게 날 예뻐했던 아빠는 아무리 제가 취해서 아빠 생각을 많이 하고 있어도 한 번도 제 눈앞에 나타난 적이 없어요. 아빤 내가 보고 싶지 않은 걸까요?

너 그거 아니? 진짜 소중한 사람은 짠 하고 맨 나중에 나타나는 거야. '뮤직뱅크'에 나오는 가수들처럼 말이야. 아빠처럼 정말 소중한 사람은 아주 결정적인 순간에 거짓말처럼 널 찾아올 거야. 그러니까 믿고 기도하며 기다려 봐.

그럼 아저씨도 너무 슬퍼하지 말고 믿고 기다려 봐요. 그 언니가 나중에 짠 하고 다시 가게에 나타날지도 모르잖아요. 자, 그럼 우리 그 언니를 위해 건배를 해요. 가영이 잔을 들어 진혁에게 건배를 권하며 말했다.

한 잔은 떠나버린 너를 위하여
또 한 잔은 너와의 영원한 사랑을 위하여

어, 너도 그 시를 아니? 진혁이 가영의 낭송에 끼어들며 말했다. 나머지는 내가 할게.

그리고 또 한 잔은 이미 초라해진 나를 위하여
마지막 한 잔은 미리 알고 정하신 하나님을 위하여

자 건배하자. 꼭 나를 위해 쓰여진 시 같네. 시 낭송을 이어서 마친 진혁이 가영의 잔에 잔을 세게 부딪치며 건배를 했다.

아저씨도 이 시 아는구나?

아주 유명한 시잖아.

유명한 시예요? SNS에 떠도는 유명한 글이라서 아저씨는 모를 줄 알았어요.

아주 오래전에 조지훈 시인이 쓴 '사모'란 시야. 그분이 돌아가시고 발표된 유작이지.

그렇게 오래된 시예요?

아니 문학소녀가 조지훈 시인의 '사모'를 모르다니….

마침 신나는 댄스가요가 끝나고 스피커에선 귀에 익은 가요의 전주가 흘러나왔다. 언뜻 노래 제목은 떠오르지 않았지만 익숙한 멜로디가 반가워 진혁은 자기도 모르게 전주를 따라 흥얼거렸다.

와, 정말 나 오늘 울리려고 라디오 디제이가 작심을 했나 보네. 이러다 정말 가영 앞에서 또 눈물 펑펑 흘리는 건 아닌지 모르겠어. 이 노래 아니? 노래 제목이 떠오른 진혁이 가영에게 물었다.

제목은 잘 모르겠지만 들어본 것 같아요. 엄마가 좋아하는 노래예요.

그래, '눈물이 나는 날에는'이란 노래야. 너도 이 노래 좋아해?

아니요. 행복한 사람들이야 어쩌다 이런 슬픈 노래 들으면 아련한 감상에 젖어 좋다고 느낄지 모르겠지만 저같이 삶이 슬픈 사람이 이런 슬픈 노래까지 들어야겠어요? 전 아주 밝고 신나는 노래가 좋아요. 신나는 비트가 나오는 힙합 노래들이요.

진혁은 노래 전주가 끝나자마자 나지막한 목소리로 노래를 따라 불렀다.

우리들 마음 아픔에
어둔밤 지새우지만
찾아든 아침 느끼면

다시 세상 속에 있고

눈물이 나는 날에는
창밖을 바라보지만
잃어간 나의 꿈들에
어쩔 줄을 모르네

나에게
아니
가영에게 올
많은 시간들을
이제는
후회 없이 보내리

어두웠던 지난날을
소리쳐 부르네
아름다운 가영의
날을 위하여….

진혁은 가영의 이름을 넣어 노래 가사를 개사하여 불러주었다.
아저씨 그만해요. 목소리 좀 낮춰요. 주인아주머니가 쳐다보잖
아요.
어이 젊은 총각! 술에 취해 큰 목소리로 노래 부르는 진혁의 모

습을 바라보던 아주머니가 진혁을 불렀다.

아 죄송합니다. 그만 부르겠습니다.

아니. 좀 크게 불러봐요. 노래 좀 하는 것 같은데…. 식당에 댁들 말고 아무도 없으니까 큰 소리로 제대로 좀 불러보라고요. 내가 좋아하는 곡 하나 불러줄 수 없나? '안동역에서'나 '용두산 엘레지' 같은 노래 부를 줄 알아요?

아니요. 죄송합니다. 그 노래들은 잘 모릅니다.

그럼 '돌아가는 삼각지'는?

그 노래도요. 그냥 조용히 술 마시다 가겠습니다. 갑작스러운 아주머니의 신청곡에 당황한 진혁은 화장실 가는척하며 얼른 그 자리를 피했다.

취중진담

       그래, 역시 돌아오길 잘했어. 가영은 속으로 생각하며 안도의 한숨을 쉬었다. 진혁이 화장실에 간 사이 가영은 창밖을 바라보며 생각에 잠겼다. 불과 십 분 전까지 홀로 추운 바닷가를 거닐며 방황하던 자신의 모습이 떠올랐다.

  태어나서 그렇게 멋진 차를 처음 본 가영은 그 남자들을 따라가고 싶은 마음도 있었다. 옷도 잘 입고 부티 나 보이는 그런 오빠들을 어느 여자가 마다할까? 지금 화장실에서 벌겋게 달아오른 얼굴을 찬물로 씻고 있을 아저씨와는 다르게 단정하고 고급스러운 옷차림. 머리와 몸에서 은은히 풍겨져 나오던 고급스러운 향수 냄새, 그리고 자신감 넘치고 밝은 성격들까지 뭐든 다 여자들의 마음을 홀릴만했다. 속마음이야 '저도 같이 가면 안 될까요? 아니면 저 잠시라도 이 차 좀 태워주면 안 될까요?'라고 몇 번이나 묻고 싶었지만 차마 용기가 나지 않았다. 너무 부담스럽게 멋있고 잘사는 사람들 같아서 차마 입이 떨어지지 않았다. 가영과는 다른 세상에서 사는 사람들처럼 보였다. 자신이 비집고 들어가 봐야 조금이라도 섞일 수 있는 여지가 전혀 없어 보이는 그런 다른 차원의 세계에 사는 사람들처럼 보였다. 처음엔 몰랐지만, 결정적으로 그 차엔 뒷좌석이 없었다. 물어볼 용기도 없었고 물어본들 까였을 테지만 뒷좌석이 없는 그 차는 아예 가영이 그들의 세계에 끼어들 수 없다는 걸 말해주는 것만 같았다. 그렇게 말 한번 못 꺼내고 그들이 건네준 담배를 감사히 받고 쿨한 척 애써 관심 없는 표정을 지으며 그들과 작별 인사를 했다.

아저씨에게 화를 내고 뛰어나왔을 땐 다시 되돌아오고 싶지 않았다. 동해 바다에 오면 어차피 혼자가 되어 내 갈 길을 가야 했다. 그렇지만 막상 혼자가 되고 나니 정말 혼자가 되었다는 그 낯설고 쓸쓸한 기분에 가영은 목적지를 잃은 여행객처럼 한동안 멍하니 그 자리에 서 있었다. 별안간 가영 혼자 허허벌판 낯설고 음산한 거친 야생의 들판에 맹수들의 먹이로 던져진 어린 사슴이 된듯한 두려운 기분이 들었다. 잠시 후 우울한 기분을 떨쳐내려 가영은 용기를 내어 바닷가를 혼자 거닐기 시작했다. 이대로 계속 걷고 또 걸어 이제 나의 길을 떠나야만 한다. 그렇지만 수중에 가진 돈이 없어서일까, 곧 비가 쏟아질 것만 같은 흐린 하늘의 겨울바람은 더 춥게 느껴졌다. 일단 오늘 밤만이라도 어디든 좀 따뜻한 데서 보내고 내일 일은 내일 생각해야겠다고 가영은 생각했다. 결국 아저씨에게 돌아가는 것 외엔 다른 선택은 없었다. 혹시나 화내지 않을까 걱정도 됐지만 어쩔 수 없었다. 어떻게든 되겠지. 그래 마지막으로 눈 딱 감고 오늘 밤만 신세를 지자고. 그리고 염치없지만 내일 아침 다시 도망가기 전에 잘 말해서 돈을 빌리든 아니면 조금 몰래 훔쳐 가든지 해야겠다고 생각했다.

그렇게 포르쉐에 탄 남자들과 헤어지고 한 시간도 지나지 않아 가영은 발길을 돌려 식당으로 향했다. 갑자기 아저씨가 화가 나서 식당을 떠난 건 아닐까 하는 걱정이 되었다. 발걸음이 빨라졌다. 싫건 좋건, 지금 이 순간엔 아저씨밖에 없었다. 식당 근처에 다다르자 주차장에 가영이 타고 온 작은 스파크 자동차가 보였다. 너무 반가웠다. 그 차를 보니 마치 집에 온 것처럼 안도감이 느껴졌다. 반가움에 다가가서 차 보닛 위를 만져보니 신기하게도 아직까지 엔진 열기가 남아 있는 것처럼 따뜻하게 느껴졌다. 식당 문을 열고 들어가기 전에 주차장에서 창문을 통해 가게 안을 살짝 들여다보았다. 씩씩대며 화가 나 술을 마시고 있을 것 같았던 아저씨가 고개를 푹 숙이고 슬픈 표정으로 멍하니 앉아 있다. 자세히 보니 울고 있는 것 같기도 했다. 아직도 그 언니를 못 잊었나? 청승맞게 다 큰 남자가 왜 저럴까? 하는 생각도 들었지만 불쌍하게도 보였다. 오히려 잘됐다. 조용히 들어가 자리에 앉아 위로하는 척 잔소리하며 아무 일도 없던 것처럼 아저씨에게 술을 따라줘야겠다. 아저씨가 술에 잔뜩 취해야 내 계획이 술술 잘 풀

릴 것이다. 어쨌든 돈이 필요하니까. 그렇게 가영은 조금 전 가게
에 들어왔다.

무슨 생각을 그렇게 해? 취한 건 아니지? 그런데 걔네들은 그
냥 갔어? 사실 난 네가 그 멋진 외제차를 타고 가버린 줄 알았어.
아니, 잠깐이라도 좀 태워달라고 해보지 그랬어? 화장실에서 나
와 자리에 앉은 진혁이 생각에 잠긴 가영에게 물었다.

저도 좀 얻어 타볼까 했어요. 그런데 결정적으로 뒷좌석이 없
더라고요. 그래서 말도 못 꺼냈어요.

생각은 있었구나. 그리고 아깐 내가 미안했어. 너무 매정했지?
추운데 밖에서 담배 얻는다고 그렇게 오래 서성이게 해서 나도
맘이 불편했어. 내가 좀 고지식하지? 그런데 이해해 줘. 나도 나
만의 원칙이 있어서 그랬어. 바르지 않은 일은 하지 않는다는 원
칙 말이야. 그것도 그렇고 갑자기 네가 그냥 남 같지 않다는 생각
이 들었어. 오버하는 건지도 모르겠지만 그냥 아무 관련 없는 그
런 남 같다는 생각이 안 들었다고. 네 말대로 너한테 난 아무것도
아닌데 말이야.

아니에요. 아까 저도 말을 좀 심하게 한 것 같아요. 미안해요.
그런 뜻으로 말하려고 했던 건 아닌데 저도 좀 화가 나서…. 아저
씨가 저를 귀찮아한다는 생각도 들고 그래서 좀 화가 났어요. 싫
다는 거 억지로 태워달라고 졸라서 여기까지 얻어 타고 온 것만
해도 고마운 건데 제가 좀 무례했죠?

내가 널 왜 싫어해? 그건 아니야.

제가 싫으니까 추운데 밖에 저를 그렇게 세워둔다는 생각이 들었어요.

그건 오해야. 그냥 네가 담배 피우는 게 싫었어. 아니, 싫다기보단 아직 어리니까 빨리 끊었으면 하는 맘에서 그랬던 거야. 더 중독되기 전에 말이야. 중독이 얼마나 무서운지 아니? 군대에서조차 내가 왜 담배를 안 배웠는지 알아? 이 얘긴 내가 지저분해서 안 하려고 했는데 말이야. 들어봐. 지저분해도 좀 충격을 받으면 담배 끊는 데 도움이 될지도 모르니까.

내가 군에 있을 때 흡연자들에게 한 달에 한 번 담배가 나왔어. 그런데 이등병들은 고참들한테 담배도 많이 뜯기고 돈도 별로 없으니까 한 달이 다 되어갈 때쯤 되면 담배는 피우고 싶은데 담배가 다 떨어져서 없는 애들이 많았어. 비 오는 날이었는데, 그날 내가 탄약고 경계 근무를 서는데 그 초소에서 우리 막사 뒤편 화장실이 보여. 졸병들이 담배 구한다고 그 지저분한 화장실 바닥, 창틀, 쓰레기통 뒤져서 남이 피우고 버린 그 더러운 꽁초들을 주워 피우더라고. 많이들 그랬어. 그때 내가 그런 생각을 했지. 아무리 술을 좋아해도 거리에 버려진 소주병 주워서 남은 술 달달 털어 먹는 사람은 못 봤거든. 그런데 담배 중독은 사람을 저렇게 추하게 만들 정도로 중독성이 강하구나 하는 생각을 했지. 절대 배워선 안 되겠다고 생각했어. 새벽에 술집 거리 돌아다녀 본 적 있어? 노숙자들이 거리에 버려진 꽁초들 중에서 긴 것들을 주워서 검정 비닐봉지에 가득 담아 가곤 해. 전염병이 돌아도 신경도 안 써. 그 정도로 담배는 중독성이 강해. 그래서 더 중독되기 전에 담배를 끊었으면 했어. 가영이가 남처럼 생각이 안 돼서 말이야. 알겠니?

가영은 아무 말이 없었다.

자니?

가영은 졸고 있었다.

아? 졸고 있었나 보네. 미안. 내가 또 군대 이야기하니까 지루했나 보네. 진혁은 혼잣말로 중얼거렸다.

가영! 자는 거야? 일어나 봐. 잠시 기다리던 진혁은 좀 더 크게 가영의 이름을 불렀다.

잠에서 깬 가영은 두 눈을 크게 깜박거리며 놀라 진혁을 쳐다보았다.

추운 데서 오래 있다가 따뜻한 곳에 들어와서 그런지 나도 모르게 잠이 들었나 봐요. 무슨 말 하고 있었어요?

아니야. 별로 중요한 말은 아니었고. 사실…. 너한테 진짜 하고 싶었던 말이 있어. 잘 들어 봐. 진혁은 쑥스러운지 쳐다보던 가영의 시선을 피한 채 고개를 약간 숙이고 말했다.

가영. 정말 열심히 노력해서 대학 가고 싶은 생각이 있다면 내가 돕고 싶어. 공부도 그렇고 돈도 필요하다면 조금이나마 도움을 줄 수 있을 것 같아. 내가 모아둔 돈이 있어. 사실 어머니를 위해 모아둔 돈이긴 했지만 내 몫도 조금 있지. 네가 필요하면 내 몫은 네가 먼저 써도 될 것 같아. 공부 열심히 해서 네가 원하는 대학 합격하면 첫해 등록금은 낼 수 있을 거야. 부담 갖지는 마. 나중에 여건 되면 천천히 갚으면 되잖아. 형편 어려운 학생들 국가에서 지원하는 제도들도 많으니까 잘 알아보고 또 열심히 공부해서 장학금도 받고 생활비는 알바하면서 벌고 그렇게 열심히 노력해 보는 거야. 꿈이 있는데 돈 때문에 못 간다면 말이 돼? 꿈을 포기하지 마. 나처럼 후회하지 말라고. 사실 아까 네 손목 위 흉터 보고 너무 놀랐어. 넌 강한 아이니까 힘든 일이 있어도 다 잘 헤쳐나갈 거야. 한창 공부해야 할 나이에 돈을 벌겠다는 말을 하는 가영이 안쓰럽기도 하고 가영의 칼빵 자국을 보고 나서 나중에 더한 곤경에 처해 정말 돌이킬 수 없는 선택을 하게 되는 건 아닐까 하는 염려에 진혁은 진심 어린 충고를 해주었다.

그리고 좀 오버라고 생각할 수도 있겠지만, 힘든 일 있거나 고민 있을 때 날 사촌 오빠나 삼촌처럼 편하게 생각하고 연락 줘. 괴롭히는 사람 있으면 언제든 말하라고. 꼭 힘든 일 있을 때만이 아니라도 외롭다거나 뭐 먹고 싶은 거 있을 때도 연락해도 돼. 세상에 너 혼자라고 생각하지 말라고. 그리고 있잖아…. 말하기 좀 그런데 너 상당히 매력 있어. 볼수록 호감형이야. 그런 걸 볼매라고 하나? 넌 날 어떻게 생각하는지 모르겠지만 살아가는 데 나이가 뭐 중요해. 너도 나이가 뭐가 중요하냐고 아까 그랬잖아. 네 말이 맞는 거 같아. 사람들의 그런 고정 관념을 다 깨버리고 싶어. 우리가 말이야. 나이 차가 좀 나긴 하지만 서로 좋아해선 안 된다는 법이 어딨어? 너도 1년만 지나면 성인이야. 순간 진혁은 꺼내지 말았어야 할 속마음까지 다 가영에게 얘기해 버린 것 같아 당황스럽기도 하고 부끄러운 마음에 가영의 시선을 피해 고개를 더 숙여 아예 가게 바닥을 응시하며 말했다.

누가 널 고등학생으로 보겠어? 어른처럼 화장하고 꾸미면 이십 대 중반까지도 보여. 그렇다고 화내진 말고. 늙어 보인다는 얘기가 아니고 성숙해 보인다는 거야. 그리고 나도 어디 가면 동안이란 소리 좀 듣거든. 내 나이보다 대여섯 살까지도 어리게 보인대. 그렇게 따지면 나이 차이가 몇 살 안 나는 거야. 그러니까 말이야. 내가 무슨 말 하고 싶은지 알겠지? 진혁은 자신이 말하고도 지금 도대체 어린 가영 앞에서 무슨 말을 하고 있는 건지 종잡을 수가 없어 민망함에 손에는 땀이 나고 정수리 위로는 뜨거운 김이 피어오르는 듯한 기분이 들었다. 얼굴은 붉다 못해 검게 변해 화끈화끈거렸다. 내가 미쳤나? 지금 어린 학생한테 무슨 말을 한 거지? 이거 성희롱, 가스라이팅 그런 거 아닌가? 이러다 경찰서에 끌려가는 건 아니겠지. 내가 너무 취했나? 미쳐도 단단히 미쳤나 봐. 진혁은 속으로 생각했다.

아니 너무 심각하게 받아들이지는 말고 그냥 편하게 생각해. 그냥 교회 오빠들처럼 편하게 생각해 줬으면 좋겠어. 그리고 맥도날드에서 우연히 만나서 내가 차에서 내리라고 그렇게 말했는데도 고집부려서 이곳까지 나와 함께 와준 거 고마워. 지금 이 순간 내가 혼자가 아니란 게 얼마나 다행인지 몰라. 누군가 옆에 있다는 게 이렇게 든든하고 좋은 건지 몰랐어. 누군가 낯선 사람이 옆에 있으면 불편하고 부담스러워서 항상 그 자리를 벗어나고 싶었는데, 넌 그러지 않았던 것 같아. 처음이야. 혼자 있기 싫다는 생각이 들긴…. 최근 헤어진 그녀는 멋지긴 한데 솔직히 같이 있으면 좀 숨 막히고 불편했어. 매일 신을 찾고 교회 이야기만 해서 대화가 즐겁지만도 않았어. 그녀 앞에서 표현은 못 했지만, 그녀는 자기 혼자서도 신을 믿고 의지하며 잘살 수 있는 사람처럼 보였어. 절대적인 동반자가 있으니까 외로울 일이 없어 보였어. 내가 비집고 들어갈 틈이 없어 보인다고 생각됐어. 그런데 넌 좀 다른 것 같아. 강해 보이고 밝은 것 같기도 하지만 반대로 그래서 언제든 더 잘 깨지고 부서질 것 같은 와인 잔 같아 보이기도 해. 옆에서 조심스럽게 지켜봐 주고 방패막이 되어줄 누군가가 아직은 필요한 아이야. 그래서인지 몰라도 너랑 같이 있으면 내가 이 세상에 그래도 조금은 필요한 존재가 될 수도 있을 거란 생각이 들어. 그런 생각을 해본 적이 없거든. 내가 누군가에게 도움이 될 수도 있을 거란 생각 말이야.

그래. 얘기한 김에 다 털어놓으면…. 사실 말이야, 이런 얘긴 누구에게도 한 적이 없지만, 난 어제 우리가 지나온 국도를 따라 차를 몰고 올 때마다 늘 죽음을 떠올렸어. 죽음을 준비하기 위해 겨울 바다를 찾은 거야. 사실 사람들은 모르지만 내가 좀 많이 아파. 특히 추운 겨울에 심하지. 당장 죽을병은 아니라는데 정말 어쩔 땐 살고 싶은 생각이 전혀 안 들 정도로 통증이 느껴질 때가 있어.

치료도 어렵대. 앞으로 더 나빠질 일만 남았지. 이번에 바다를 찾은 것도 죽음을 준비하러 온 거야. 아프고 나서 어떤 죽음이 내게 어울릴까 많이 생각해 봤어. 난 죽어서 바다로 돌아가고 싶어. 오래전 인류, 아니 모든 생명의 고향으로 말이야. 아무도 없는 새벽에 조용한 겨울 바다를 거닐며 그런 생각을 하지. 우울해지고 세상만사 모든 일들이 다 부질없게 느껴지기도 하지만 고민거리나 고통들이 거센 겨울 바닷바람에 섞여 한 줌의 바람이 되어 다 날아가 버리는 것 같아서 좋아. 내 우울의 무게가 커서인가? 그렇게 걷고 나면 몸이 가볍게 느껴져서 좋아. 예전에도 너무 우울한 일이 있어 이곳을 찾았던 적이 있었어. 술에 취해 이 겨울 바다를 오래 걸었지. 죽고 싶어서 해변에 앉아 바다를 바라보며 술을 마셨어. 너무 슬퍼서 계속 소주를 사다 마셨어. 그러다 너무 취해 잠이 들었지. 새벽에 추워서 깼어. 잡아놓은 모텔을 찾지 못하겠어서 그냥 해변가에 있는 모텔에 들어가서 잤어. 그날 내가 술이 그렇게 취하지 않았었더라면 아마 그날이 내 인생의….

   그러다 동네에서 그 여자를 만나고 그런 고통이나 허무감을 잠시 잊고 살았어. 하지만 그녀가 떠나고 내 병의 통증과 우울증은 더 심해졌지. 그래서 이번에 바다를 찾게 된 거야. 사실 너 만나기 직전에도 한강다리 위에서 뛰어내릴까 하다 결국은 못 했어. 그때 뛰어내리지 않길 잘했지. 난 서해보다는 동해로 가고 싶었거든. 한강으로 떨어져서 서해를 거쳐 제주도 앞바다를 떠내려가다 현해탄, 아니 대한해협을 통과해서 내가 정말 가고 싶었던 내 인생의 마지막 종착역인 동해까지 도달하긴 쉽지 않았을 거야. 너무 우울한 얘기지?

하여튼 가영이가 힘들었던 과거와 고민들을 내게 얘기해 줘서 고마워. 보잘것없는 내게 그런 이야기까지 해준 사람은 없었어. 내가 조금 특별한 사람이 된 것 같아 좋았어. 그래서 내 얘기도 해주는 거야. 앞으론 네가 행복했으면 해. 공부 열심히 해서 원하는 대학에 진학할 수 있다면 내가 뭐든 도울게. 방금 했던 말 진심이야. 나중에 돈 벌면 갚으면 되잖아. 난 그 돈 당장 필요하지 않아. 너처럼 꼭 대학 가야 되는 것도 아니고 만에 하나 그런 일이 생기더라도 이 나이에 좋은 대학 가서 뭐 하겠어? 학비 부담스럽지 않은 방송대나 일하면서도 다닐 수 있는 사이버대학을 다녀도 될 것 같아.

아침에 가영이가 그랬잖아. 왜 열아홉 살은 안 되고 스무 살은 담배를 피워도 되냐고? 육십 살, 아니 오십 살까지만 멋지게 살다 갈 거니까 열다섯 살이나 열두 살 때부터 담배 피우면 안 되냐고? 사실 가영이가 그 말 할 때 많이 놀랐어. 그렇게 말하는 사람은 처음 봤거든. 보통이 아니라고 생각했지. 그것도 아직 인생을 많이 살아보지도 않은, 아직은 어린 네가 그런 생각을 한다니 좀 특별한 아이구나 하는 생각을 했어. 그러고 보면 가영은 인생을 제대로 생각하며 사는 것 같단 생각이 들어. 지금뿐 아니라 시작과 끝도 보면서 말이야. 가영은 아마 알차게 인생을 살다 갈 거야. 하고 싶은 거 다 하며 행복하게 살 것 같아. 내가 말한 것처럼 삶의 끝을 벌써 생각하고 인생의 짧고 유한함을 알아버렸으니까. 그걸 모르는 사람들은 시간을 낭비하지. 그냥 아무 생각 없이 흘려보내지. 인생이 저기 하늘 위 태양처럼 무한할 거라고 생각하니까.

그리고, 사실 아까 농담처럼 네가 같이 살래요? 물었을 때, 너무 가슴이 뛰어서 심장이 멎는 줄 알았어. 너무 놀라기도 했고 설레기도 했어. 나 지금 정말 용기 내서 아까 가영이 물은 질문에 정식으로 답하는 거야. 나이가 뭐가 중요해. 긴 인생에서 열 몇 살 나이 차이 나는 게 뭐가 그리 중요하냐고? 삐딱하게 보는 남들의 시선이야 무시하면 되지. 로댕이나 고갱, 채플린 같은 예술가들은 몇십 살의 나이 차이에도 아름다운 사랑을 했잖아? 그러니까 말이야…. 아까 가영이 물었던 그 질문에 내가 하려는 답은 말이야…. 잠시 침묵이 이어졌다. 진혁은 고개를 들어 가영의 반응을 살피고 싶었다. 쑥스러워 차마 용기가 나지 않았다. 이렇게 길게 고백을 하는 동안 아무 대꾸 없이 가만히 자신의 말을 경청하고 있는 가영이 고마웠다. 평소의 시니컬하고 자유분방한 가영의 성격대로라면 분명 지금쯤 뭐라 뭐라 하면서 말꼬투리를 잡거나, 한 번은 반기를 들며 끼어들거나, 듣기 민망해서 농담처럼 응대했을 만도 한데…. 가영도 내게 호감이 있는 걸까? 가영은 지금 어떤 표정일까? 너무 궁금했다. 숨이 멎을 듯 가슴이 뛰었지만 진혁은 용기를 내서 고개를 들고 가영의 얼굴을 바라보았다.

가영! 자는 거야? 조금 전 졸던 가영은 아예 테이블에 머리를 대고 자고 있었다.

언제부터 잔 거야? 가영! 일어나 봐. 가영은 아무런 반응이 없었다. 진혁은 손을 뻗어 가영의 어깨를 가볍게 흔들었다.

아! 여기가 어디죠? 아니…. 우리 무슨 얘기하고 있었죠? 아! 내일 일출 보러 가기로 했잖아요.

그렇지. 일출 보러 가야지. 진혁은 순간 맥이 풀리는 듯했다. 하지만 어쩌면 가영이 자신의 얘기를 듣지 않은 게 잘된 일일 수도 있단 생각도 들었다. 가영이 졸지 않았다면 지금 이 순간 이렇게 가영의 눈을 쳐다보고 있는 게 가능했을까? 얼마나 민망했을까? 아니 가영이 제정신이냐고 화내며 또다시 나갔을지도 모른다. '그래, 잘된 일이야.'라고 속으로 생각한 진혁은 민망함에 화장실을 가기 위해 자리에서 일어섰다.

술에 취해서일까? 잠이 덜 깬 걸까? 자리에서 일어나 화장실로 걸어가는 진혁의 뒷모습을 가영은 자기도 모르게 계속 쳐다보았다. 언제 벗었는지 진혁은 점퍼를 벗은 긴팔의 티셔츠 차림이었다. 아저씨 어깨가 저렇게 넓었던가? 처음 보는 점퍼를 걸치지 않은 등빨 좋은 진혁의 남자다운 뒷모습에 놀란 가영은 생각했다. 그동안 봐왔던 또래 남자아이들과는 다른 아주 다부지고 섹시하기까지 한 어른의 뒷모습에 가영은 처음으로 진혁이 남자로 보였다. 문득 분위기나 얼굴 인상도 첫사랑이었던 교회 오빠와 닮았다는 생각이 들었다. 순결을 바치고 싶었을 만큼 사랑했던 지적이고 과묵하고 그래서 남자답던 교회 오빠의 얼굴이 떠올랐다.

아저씨, 우리 딱 술 한 병만 더 하고 가요. 어차피 오늘 못 갈 거잖아요. 화장실에서 나와 자리에 앉은 진혁을 보고 가영이 말했다. 진혁의 얼굴에서 교회 오빠의 얼굴이 겹쳐 보여 가영은 빤히 진혁의 얼굴을 쳐다보았다.

졸린 것 같던데 괜찮겠어? 그런데 왜 그렇게 내 얼굴을 쳐다봐? 뭐라도 묻었어? 진혁이 얼굴을 만지며 말했다.

왜요? 김이 묻었다고 할 줄 알았어요? 잘생김? 그러지 말고 한 병 더 해요. 어색한 분위기를 깨려 가영은 농담으로 답했다. 아직은 멀쩡해 보이는 진혁이 조금 더 취했으면 하는 의도가 섞인 바람이기도 했지만 갑자기 다르게 보이는 진혁에 대해 더 알고 싶은 순수한 마음이 섞인 바람이기도 했다.

내일 일출 보려면 일찍 일어나야 하는데….

제가 언제 또 겨울 바다 보러 동해에 오겠어요? 그러지 말고 우리 딱 한 잔만 더 해요. 가영이 불쑥 내뱉은 우리란 말에 진혁은 기분이 좋아졌다.

딱 한 잔 더 하고 싶을 때가 가장 적당한 때야. 그때가 딱 멈춰야 할 때라고. 뭐든 지나치면 안 하니만 못해. 여기서 더 마시면 필름 끊기고 내일 아침 속 안 좋아서 후회할 거야. 기분 좋다고 달리다가 사고 나고 후회하고 그러는 거야.

그렇지만 바다잖아요. 바다에선 바다가 대신 취해준다고 아저씨가 말해줬잖아요. 아저씨도 술 때문에 큰일 당한 적 있어요? 사실 제가 그래요. 술 때문에 크게 후회한 적이 몇 번 있어요. 블랙아웃이요. 전날 일들이 아무것도 기억 안 나는 그런 경험들이요. 술을 너무 많이 마시면 그날 일들을 전혀 기억 못 해요. 완전히 필름이 끊겨요. 그래서 무서울 때가 많아요. 내가 어제 무슨 사고를 친 건 아닌지 무슨 실수는 하지 않았는지 아침에 일어나면 전날 일들이 기억이 안 나서 식은땀을 흘릴 정도로 놀라고 두려운 적도 있었어요. 그런 생각도 한 적 있어요. 술을 많이 마셔서 기억을 잃는 거면 슬픈 기억들, 아픈 기억들, 살며 서러웠던 순간들, 뭐 그런 나쁜 기억들이 알코올로 매직 글씨 지우듯이 머릿속에서 지워지면 좋겠는데 그러려고 술 진탕 마시고, 깨고 나면 그런 아픈 기억들은 더 또렷하고 선명해지는 것 같아요.

블랙아웃 그거 참 무서운 거야. 전날 내가 술에 취해 한 일이 기억나지 않으면 얼마나 불안하겠어? 술은 그만 마시는 게 좋겠어. 가영도 곧 어른이 되면 멈출 줄도 알아야 돼. 뭐든지 과하면 안 좋거든. 조금 부족하다고 느낄 때가 가장 적당한 거야. 진혁역시 술 한잔 더 걸치며 가영과 대화를 나누고 싶었지만 시간도 늦었고 더 늦기 전에 숙소도 알아봐야 했다.

우리 이제 그만 자러 갈까? 말이 조금 이상하네. 시간도 늦었으니 모텔에 빈방 있는지 알아보러 가야겠어. 어서 일어나자. 진혁은 카운터로 가서 계산을 하고, 술을 마셔서 차는 내일 아침에 가져가겠다고 주인아주머니께 양해를 구했다. 둘은 함께 식당을 나와 잠시 주차장에 서서 시원한 겨울 공기를 들이켰다.

심호흡 좀 해봐. 술이 좀 깰 거야. 그리고 모텔 거리가 여기서 멀지 않으니까 차는 놔두고 걸어가자고.

지금 취해서 기분 좋은데 왜 술 깨는 소리 해요? 아! 알딸딸해서 좋다. 가영은 기분이 좋은지 팔을 벌리고 자리에서 돌며 웃으며 말했다. 그때였다. 갑자기 검은 하늘에서 쏴아 하는 소리와 함께 겨울비가 내리기 시작했다. 겨울비 같지 않은 세찬 비였다. 비를 피하기 위해 둘은 가게 입구 차양 아래로 얼른 피했다.

아까부터 흐리더니 하필 지금 내리는군. 어떡하지? 조금 기다려 볼까?

아저씨 추워요. 비 내리는 거 봐선 금방 안 그칠 것 같아요. 우리 차 타고 가요.

술 마셨잖아.

지나다니는 사람도 차도 하나 없잖아요.

안 돼. 난 원칙이 있어. 술을 마셨으면 운전은 절대 안 돼. 차를 놔두고 가든지 대리운전 기사를 부르든지 해야지.

그러면 대리기사 불러요.

주말 비 오는 겨울밤에 이곳까지 대리기사가 올까? 한참 걸릴 것 같은데. 식당에 들어가서 좀 기다려 볼까? 마지막 손님이었던 진혁과 가영이 나오자마자 주인아주머니는 홀 조명을 어둡게 줄이고 바쁘게 식탁 위를 치우고 계셨다.

안 되겠네. 벌써 열 시가 다 됐어. 영업이 끝났나 봐.

그럼 차 안에서 기다려요.

그럴까? 그게 좋겠네.

둘은 차 안으로 뛰어 들어가 앉아 차창 유리 위로 떨어지는 겨울 빗소리를 들으며 비가 그치길 기다렸다. 십 분이 더 지나도 비는 점점 더 세졌다. 그때였다.

부르릉. 갑자기 시동 거는 소리가 들리더니 차가 천천히 앞으로 움직였다.

그리 멀지 않으니까, 그리고 네 말대로 거리에 차도 하나도 안 다니니까 천천히 가면 될 것 같아.

안 돼요. 그러다 사고 나면 어떡해요? 대리기사 불러요.

아까는 가자고 그러더니…. 지금 이 비에 대리기사가 올 것 같지는 않아. 운전 거리도 너무 짧고. 술은 마셨어도 아직 정신은 멀쩡한 것 같아.

아니 조금 전에 그렇게 원칙, 원칙 노래하더니 이게 뭐예요?

그러게. 오늘 좀 이상하네. 내가 원래는 안 그러는데. 원칙을 안 지키는 게 아니라 내가 고수하는 원칙들이 충돌해서 그중 하나를 선택했다고 봐야겠어. 술 먹고 운전해서는 안 된다는 원칙. 그리고 소중한 사람을 힘들게 해선 안 된다는 원칙 말이야. 둘 중에서 난 가영이를 고생하게 해선 안 된다는 원칙에 더 비중을 두는 거야.

그게 무슨 궤변이에요? 법을 지켜야죠. 사고라도 나면 어쩌려고요?

대신 걸어가는 속도만큼이나 천천히 운전할게. 됐지? 혹시라도 접촉 사고 나면 넌 문 열고 그냥 도망가. 그러면 되잖아? 알았지?

항구에 접한 도로를 천천히 벗어날 무렵 진혁은 갈림길에서 잠시 헷갈려 좁은 골목길로 잘못 들어서고 말았다. 200미터도 가지 못해서 막다른 골목이 나타났다.

이 길이 아닌데. 잠깐만. 여긴 차를 돌릴 수도 없으니 후진해서 가야겠어. 진혁은 몸을 가영이 앉아 있는 조수석 쪽으로 돌려 오른손으로 가영의 시트 등받이를 붙잡더니 차 뒤 유리창을 보며 능숙하게 후진해 나갔다

와. 아저씨. 운전 짱이에요. 차 후방을 주시하며 능숙하게 운전하는 남자의 모습에 여자들이 반한다는 얘기를 들은 적이 있었는데 역시나였다. 순간 가영의 눈에 진혁의 그런 모습이 섹시하게 보일 정도로 멋지게 느껴졌다.

아저씨 멋져요! 어떻게 그렇게 운전을 잘해요? 이거 연출 아니죠? 일부러 후진 보여주려고 길 잘못 든 거 아니죠? 아저씨 술 안 마셨으면 눈 감고도 후진하겠다! 진혁의 능숙한 후진 솜씨에 감탄한 가영이 칭찬을 쏟아냈다.

무슨 소리야. 뭐 이 정도 갖고 그래? 가영. 나도 오래 살지는 않았지만, 살다 보면 지금처럼 가끔 잘못된 길로 들어설 때가 있어. 원하지 않았던 길로 들어섰다고 놀라거나 당황하지 말고 거기서 잠시 멈추면 돼. 그리고 방금 나처럼 이렇게 후진해서 돌아 나오면 되는 거야. 알겠니? 가영의 칭찬에 우쭐해진 진혁은 굵은 목소리를 더욱 낮게 깔며 가영의 눈을 지그시 쳐다보며 말했다.

아저씨. 앞에 봐요. 절 보면서 운전하면 어떡해요? 후진하다 말고 자신을 바라보고 있는 진혁을 향해 가영은 놀라서 소리쳤다.

아. 그렇지. 전방 주시해야지. 아니 후방 주시. 미안해.

그런데요. 아저씨. 조금 전 아저씨가 한 그 말…. 멋진 말 같아요. 명심할게요.

무슨 말?

잘못된 길로 들어섰어도 당황하지 말고 침착하게 돌아서 나오라는 말이요. 제게 해준 말같이 들렸어요.

사람들은 다 실수를 하면서 살거든. 그걸 알면 다시 바른길로 찾아 돌아오면 돼.

비 오는 거리를 아주 느린 속도로 오 분여 달리니 둘이 탄 차는 어느덧 모텔들이 즐비하게 늘어선 거리에 다다랐다.

아저씨, 저기 정말 좋아 보여요. 바다 전망도 끝내줄 것 같아요. 최근에 새로 오픈한 듯 만국기와 화려한 조명들로 잔뜩 치장한 멋진 외관의 신식 모텔을 지나며 가영이 들뜬 목소리로 말했다.

전망보단 가격이 좋아야지.

네?

우리 형편에 맞아야지. 그리고 방도 두 개를 잡아야 할 텐데….

뭐 하러 두 개를 잡아요?

그럼 같이 자자고? 얘가 지금 무슨 소리야?

서울에서 여기까지 좁은 차 안에서 둘이 내내 같이 왔는데 하룻밤 같이 방에서 지내는 게 뭐 대수라고요? 모텔 방은 이 차보단 넓을 거 아니에요? 아저씨가 침대에서 자요. 전 바닥에서 잘 테니까. 부끄러워서 그래요? 그냥 방 하나만 잡고 남는 돈으로 저 담배 한 갑 사주고 맛있는 거 좀 사 먹어요. 진혁의 지갑을 떠올리며 가영은 말했다.

안 돼. 다 큰 처녀가 지금 무슨 말이야? 응큼한 거니? 아니면 정말 세상물정 하나도 모르는 애들처럼 순진한 거니? 너 '지킬 박사와 하이드' 책 안 읽어봤어? 내겐 소주가 지킬 박사의 물약 같은 거라고. 술 마시기 전의 내가 지킬 박사라면 난 지금 곧 하이드로 변할 거야. 그러니까 조심해야 돼. 어떤 사람으로 변할지 몰라.

알았어요. 돈 좀 아끼려고 그런 거죠. 둘이 같이 있다고 무슨 일이라도 생기겠어요? 아저씨가 이상한 생각하는 거 아녜요? 가영은 억울하다는 듯 뚱한 표정을 지으며 말했다.

그렇게 말한 가영이지만 속마음은 혼란스러웠다. 돈을 훔치겠다는 생각으로 오늘 밤 진혁과 함께 시간을 보낼 계획이었지만 술 취한 가영의 눈엔 점점 진혁이 돈이 든 지갑 대신 그냥 남자로 보이기 시작했다. 곧 아저씨를 떠나 홀로 낯설고 험한 곳에서 돈을 벌려면 어쩌면 지금까지 지켜온 순결을 잃을지도 모른다. 갑자기 소중하게 지켜온 순결이 거추장스럽고 부담스럽게 느껴졌다. 그동안 주변 친구들에게 센 척, 노는척하고 떠벌리고 다닌 것과는 달리 사실 가영은 아직도 경험이 없다. 여러 번 유혹이 있었지만 좋아했던 교회 오빠와의 첫날밤을 꿈꾸며 지켜왔다. 어차피 그 순결을 더 이상 지키기 어려울 거라면 자신의 첫 남자는 먼 훗날에도 기억하고 싶은 사람이었으면 좋겠단 생각이 들었다. 돈 벌기 위해 잘 모르는 남자들과 술 마시다 술에 취해 얼떨결에 기억하고 싶지 않은 첫 경험을 맞이하고 싶진 않다. 이제 그만 이 거추장스러운 순결을 떠나보내고 싶다. 처음 와본 겨울 바다. 그리고 첫인상과 달리 자상하고 듬직하고 무엇보다 첫사랑 교회 오빠를 닮은 아저씨라면 나쁘지 않을 것 같다.

화난 거니? 그래 나도 네 마음 알지. 내 주머니 사정 생각해 주는 건 고마운데, 그래도 지켜야 할 원칙이 있지. 나이 든 남녀가 같이 한방에서 자는 건 좀 그렇잖아?

왜 안 돼요? 아저씨가 이상한 생각을 하니까 안 되는 거죠.

그런 뜻은 아니고, 사실 얘기하기 좀 부끄러운데 내가 코를 아주 심하게 골아.

저는 잘 때 누가 업어 가도 몰라요. 그럼 됐잖아요?

아니. 코만 고는 게 아니라 잠꼬대도 심하고 헛소리도 하고 가끔 발길질도 하고 그래.

저는 바닥에서 잔다니까요. 아저씨가 침대를 써요.

새벽에 화장실 가다 밟기라도 하면 어떡해?

아, 됐어요. 담배 사주기 싫어서 그렇죠? 저도 방 따로 쓰면 편하고 좋죠. 오늘 밤 어떻게든 한방에서 지내려던 가영의 계획은 수포로 돌아갔다. 대신 기회를 봐서 진혁의 방으로 찾아가면 될 거라고 가영은 속으로 생각했다.

차는 어느새 삐까번쩍한 최신 모텔들을 지나 지은 지 수십 년은 된듯한 낡고 오래된 모텔의 주차장 안으로 들어섰다.

여기야! 오늘 우리가 묵을 숙소. 시동을 끄며 진혁이 말했다.

가영은 창밖으로 고개를 돌려 모텔 건물을 찬찬히 바라보았다. 오래전 사회 교과서에서 봤던 70년대 새마을 운동 관련 사진 속에 등장할 법한 아주 오래돼 보이는 여관이었다.

와! 무슨 촬영 세트장이에요? 옛날 영화 속에 나오는 그런 건물 같아요.

미안해. 우리 형편에 방 두 개 구하려면 여기밖에 없어. 비가 곧 그칠 것 같으니까 잠시 차에 있다가 나가자고.

괜찮아요. 저 때문에 괜히 아저씨가 고생하는 것 같네요. 혼자 왔으면 좋은 곳에 묵었을 거 아니에요?

아냐. 그리고 아저씨 말고 다른 호칭은 없니? 이따 모텔 들어갈 때 혹시라도 나보고 아저씨라고 부르지 마. 주인이 이상하게 볼 거야. 오빠라고 부르면 안 돼?

오빠는 좀 그렇죠. 사귀는 사이 같잖아요.

요새 할리우드 배우들 봐봐. 스무 살 서른 살 나이 차이가 나도 서로 연애만 잘하고 다니더라.

아저씨가 할리우드 스타예요?

그래 알았어. 그냥 맘대로 불러.

네. 아저씨.

참나. 또 아저씨네.

그리고 참, 잊지 말고 집에 연락드려. 오늘 못 간다고 말씀드려. 어제도 외박했는데 걱정하실 거 아냐?

또 그 얘기예요? 걱정 안 해요. 제가 사라져 주는 게 엄마를 위한 최고의 효도일지도 몰라요. 그래야 엄마도 자기 인생을….

무슨 말을 그렇게 해? 세상에 그런 엄마가 어딨어?

있어요. 딱 한 명. 우리 엄마요. 오죽하면 술만 마시면 저보고 너만 없었으면 이렇게 살진 않을 거라고 저한테 그러겠어요?

힘들고 속상해서 그냥 나온 말이겠지. 진심이겠니? 가영이를 기다리고 계실 거야.

아니에요. 저만 없었으면 벌써 새살림 차렸을지도 몰라요.

어쨌든 집에 전화 한번 드려. 아니면 문자라도 남겨. 내가 불편해서 그래. 진혁은 가출 소년들이 나오는 방송에서 어느 상담원이 한 말이 떠올랐다. 아이들은 집에서 자길 기다리고 있다는 믿음이 있으면 언젠가는 반드시 엄마의 품으로 돌아간다고 그 상담원이 말했었다. 아마도 가장 큰 믿음을 주는 건 자식을 반기는 엄마의 음성일 것이다. 가영이 아무리 싫다고 해도 어떻게든 엄마랑 통화하게 해야겠다고 진혁은 생각했다.

싫다니까요.

어서 전화해 봐.

싫어요.

마침 가영의 휴대폰에서 문자 메시지 알림 소리가 났다. 가영은 주머니에서 휴대폰을 꺼내 빠른 손놀림으로 잠금 화면을 풀고 문자를 읽기 시작했다.

그때였다. 진혁이 가영의 휴대폰을 냅다 뺏어 전화 앱을 켜고 다이얼 1번을 꾹 눌렀다. 신호가 갔다. 가영의 다이얼 1번은 역시 엄마로 저장돼 있었다.

　왜 그래요? 싫다니까요. 가영이 화를 내며 진혁에게 달려들어 휴대폰을 뺏으려 했다.

　잠깐만 엄마랑 통화하라니까…. 걱정하느라 잠도 못 자고 계실 거야.

　싫어요. 신호가 몇 초 가기도 전에 가영은 진혁으로부터 휴대폰을 빼앗아 얼른 정지 버튼을 눌렀다.

　진짜 왜 그래요? 싫다니까요. 가영은 화난 얼굴로 진혁을 노려보며 말했다. 잠시 침묵이 흘렀다.

　얘기 하나 해줄까? 얼마 전에 내가 동네 공원에서 본 건데…. 늦은 오후였어. 인적이 드문 공원 구석진 벤치에 한 아주머니가 혼자 앉아 계셨는데 갑자기 너무 서럽게 우시더라고. 막 아이처럼 엉엉 소리까지 내면서 말이야. 아마도 어두워서 건너편 구석에서 내가 지켜보고 있는 줄은 모르셨을 거야. 정말 서럽게 아이처럼 엉엉 소리 내어 울더니 나중엔 아예 고개를 숙여 얼굴을 무릎 사이에 파묻고 한참을 흐느끼고 계시더라고. 아이들이 그렇게 소리 내어 서럽게 우는 건 가끔 봤어도 중년의 아주머니가 그렇게 우는 건 처음 봐서 나도 많이 당황했어. 조금 울컥하기도 했고. 다가가서 무슨 일 있으시냐고? 어디 아프시냐고? 물을까 고민하고 있었는데…. 그때 울음을 멈추고 고개를 들더니 호흡을 가다듬고 휴지를 꺼내 눈물을 닦으시더니 잠시 후에 휴대폰을 꺼내셨어. 그리고 휴대폰을 계속 쳐다보고 계셨는데 오른손을 계속해서 빠르게 옆으로 미는 걸 봐선 사진첩 속 사진들을 보는 것 같았어. 그렇게 잠시 사진들을 보며 마음을 추스르시더니 마음이 좀 진정됐는지 간간이 미소도 보이시더라고. 그리고 잠시 후에 훌훌 자리에서 털고 일어나서 식당들 있는 방향으로 걸어가시더라고. 근처 식당에서 일하시는 분 같았어. 내가 무슨 말 하려는지 알겠지? 자식 걱정에 엄마들이 얼마나 힘들면 그렇게 울겠니? 겉으로는 표현을 안 하고 강한척해도 엄마들도 다 힘들고 외롭다고. 자식들 앞에선 못 울어도 아무도 없는 곳에선 그렇게 서럽게 울 수밖에 없는 게 우리들 엄마야. 자식들 걱정에 힘들어 울기도 하지만 그래도 또 자식들 때문에 살아갈 힘을 얻는다고. 네가 아직 어려서 잘 모르겠지만, 너도 네 엄마 나이 되어보면 부모님 걱정, 노후 걱정, 자신이 떠나고 남겨질 아이 걱정 그리고 서서히 갱년기도 찾아올 시기여서 우울증에 더 괴롭고 힘들기도 할 거야. 물론 너도 사는 게 힘들고 어렵겠지만 지금 네가 느끼는 고통의 몇 배는 힘든 삶을 살고 계실 거라고. 그래서 엄마가 술을 드시는 걸지도 몰라. 고통을 잠시라도 잊고 싶어서 말이야. 그러니까 오늘은 네가 먼저 엄마한테 연락해 봐. 걱정이라도 안 하시게 말이야. 그 아주머니 이야기하니까 서럽게 우시던 그 모습이 또 떠올라서 울컥하려고 하네.

알아요. 아저씨가 무슨 말 하고 싶은 건지 잘 알아요. 이따 방에서 나 혼자 있을 때 연락할게요.

또 안 하기 없기다. 꼭 전화해.

그런데 그 아주머니가 그렇게 아이처럼 운 건 자식 때문이 아니라 엄마 때문에 우셨을 것 같아요. 엄마가 아프시거나 돌아가신 엄마가 생각나서요. 엄마를 생각하면 다들 아이가 되잖아요. 그래서 그렇게 아이처럼 우셨을 거예요. 가영의 눈에 어느새 눈물이 고여 있었다.

그러네, 그 생각은 차마 못 했는데…. 가영이 말 듣고 보니 그 아주머니도 엄마 생각나서 우셨던 것 같네. 그리고 자식 사진 보며 다시 힘내서 일하러 가신 것 같아. 뜬금없긴 했지만 진혁은 가영이 덤덤하게 말해준 해석에 조금 놀랐다.

진혁의 이야기를 듣고 마음이 복잡해진 가영은 아무 말 없이 휴대폰을 바라보았다. 문득 예전에 용돈이 떨어져 돈 좀 빼가려고 엄마 지갑을 몰래 열어봤던 때가 생각났다. 지갑을 펼치면 신분증이 보이는 작은 비닐 덮개 주머니가 있는 지갑이었는데 그 안엔 엄마 신분증 위로 가영이 어릴 적 털모자를 쓰고 예쁜 치마를 입고 찍은 사진이 한 장 들어 있었다. 엄마 사진도 아빠 사진도 없었다. 지갑을 펼치면 오직 가영의 어릴 적 사진만이 보였다. 문득 엄마와 다정했던 어린 시절이 떠올랐다.

진혁은 비가 그치길 기다리며 잠시 생각에 잠겼다. 가영은 여전히 고개를 숙인 채 말없이 휴대폰을 보고 있었다. 문득 얼마 전 동네에서 목격했던 일이 떠올랐다. 비 오는 새벽 젊은 애들이 많

이 찾는 동네 술집 골목에서 어느 아주머니가 혼자 멍하니 우산
도 없이 세차게 내리는 비를 맞고 서서 한참을 정신 나간 사람처
럼 흐느끼며 울고 있던 모습이 떠올랐다. 근처 식당에서 소주를
마시고 나와 집으로 가는 길에 비를 피해 포차 안으로 들어가 어
묵 국물을 마시고 있을 때였다. 아주머니는 누군가를 응시하듯
여러 젊은이들이 나와 담배를 피우고 있는 한 가게를 계속 쳐다
보았다. 분노, 슬픔, 불안, 서러움이 한데 섞인 그 애처로운 눈빛
은 도저히 잊을 수 없을 것 같았다.

저 아주머니는 왜 저렇게 비 맞으며 울고 계신 거예요? 진혁이
꼬치 어묵을 먹으며 주인아주머니께 물었다.

아이고, 저 여자 너무 안됐어. 벌써 한 이십 분 넘게 저렇게 꿈
쩍도 않고 비 맞고 서 있다니까. 아까 다른 사람이 다가가서 그
만 집에 가라고 말려도 봤는데 헛수고였어. 저 표정 봐. 집에 초
상이라도 난 사람처럼 넋이 나갔잖아. 말도 못 붙이겠어. 조금 전
에 이 앞에서 난리 났었어. 딸인 것 같은데 술이 잔뜩 취해서 담
배 입에 꼬나물고 저 여자한테 쌍욕을 해가며 대들더라고. 주위
엔 몸에 문신 잔뜩 한 불량한 애들이 그 모습을 웃으며 지켜보더
라고. 아마도 엄마가 안 간다고 버티는 딸을 집에 데려가려고 딸
아이 휴대폰을 빼앗았던 것 같아. 딸이 쫓아 나와서 엄마 손목을
잡고 휴대폰 내놓으라고 고래고래 소리 지르고 쌍욕까지 하더라
고. 친구들은 말리지도 않고 실실 쪼개면서 쳐다만 보고 있고.

엄마가 집에 가자고 계속 말하는데 그 딸년인가가 "어쩌라고!
나보고 어쩌라고!" 그놈의 "어쩌라고!"만 수십 번 반복해서 지껄

이더니 휴대폰 내놓으라고 고래고래 소리 지르다 결국엔 엄마 손 꺾고 강제로 휴대폰 뺏더니 그 친구들과 저쪽 술집으로 들어가 버렸어. 저 여자 그때부터 지금까지 딸내미 사라진 저쪽 쳐다보고 저렇게 한참을 비 맞으며 서 있는 거야. 딸이 아니라 완전 웬수야 웬수. 어떻게 사람들 다 보는 앞에서 엄마한테 쌍욕을 해가며 지 엄마 손목을 그렇게 꺾을 수가 있어? 엄마가 너무 놀란 것 같더라고. 딸이 아직 어려 보이던데.

만나본 적도 없는 가영의 엄마 걱정을 계속해서일까 최근 동네에서 봤던 그 가슴 아팠던 일이 문득 진혁의 기억 속에 되살아났다.

어둡고 슬픈 별

이제 들어가 볼까? 겨울비 같지 않게 거세게 내리던 비가 그치고 둘은 차에서 나와 외벽의 흰색 페인트칠이 군데군데 벗겨져 있는 오래된 모텔 정문을 향해 걸었다.

잠깐만 여기서 기다려. 빈방 있는지 알아볼게. 뒤따라오던 가영에게 유리문 밖에서 잠시 서 있으라 말하고 진혁은 문을 열고 혼자 카운터 쪽으로 걸어갔다. 한 번 뵌 적 있는 연세 지긋해 보이시는 주인아주머니가 카운터 의자에 앉아 고개를 숙이고 졸고 계셨다.

아주머니 안녕하세요! 오랜만이네요.

어서 오세요. 내가 깜박 졸았네. 지금 몇 시나 됐지? 주인아주머니가 잠에서 깨어 여전히 졸린 얼굴로 카운터 뒤에 걸린 벽시계를 뒤돌아보며 말했다.

비가 와서 그런지 손님이 없네. 예전에 여기 오셨었나요?

네. 잘 지내셨죠?

주인아주머니는 안경을 고쳐 쓰며 잘 기억나지 않는다는 듯한 표정을 지으며 진혁의 얼굴을 쳐다보았다.

저 혹시 단골 할인 그런 건 없나요? 오늘 방 두 개를 잡아야 할 것 같아서요. 방 한 개 값에 두 개 안 될까요?

손님은 자주 오셨다는데 난 기억이 잘 안 나네.

자주는 아니고요. 두 번째예요. 앞으로 자주 올게요.

두 번 오고 무슨 단골이야? 그리고 여기가 뭐 편의점인가? 원 플러스 원 찾게?

사정이 있어서요. 방 하나는 물도 거의 안 쓸게요. 제가 눈만 잠깐 붙이고 갈 테니 싸게 해주세요. 정말 샤워도 안 하고, 고양이 세수하고, 침대 시트도 어지럽히지 않고 바닥이나 의자에서 잘 테니 그렇게 해주시면 안 될까요? 청소 안 하셔도 될 만큼 깨끗이 쓰고 가겠습니다. 아니 들어갈 때보다 더 깨끗하게 청소해 놓고 나오겠습니다. 욕실도 청소해 놓을게요. 제가 돈이 좀 부족해서요.

주인아주머니는 진혁의 말에 어이없다는 표정을 지으며 웃었다.

지갑이라도 잃어버리셨나? 카드도 없고? 계좌 이체하면 되는데?

진짜 사정이 있어서요. 안 그러면 내일 밥을 굶어야 될 것 같아서요.

아니 뭐 같이 잘 수 없는 사정이라도 있나? 꼭 방을 따로 써야 돼? 주인아주머니가 현관 밖에 서 있는 가영을 발견하곤 물었다.

싸웠어요? 부부싸움 칼로 물 베기란 말도 몰라? 아무리 싸웠어도 밤에 잠은 같이 자야지. 그럼 못써요.

싸운 건 아니고요. 그럴 사정이 있습니다.

무슨 사정? 그러지 말고 먼저 미안하다고 말하고 어서 화해해요. 여기까지 와서 뭐 하러 따로 자?

제가 코를 너무 심하게 골아서요. 와이프가 몸이 좀 불편해서 잠이라도 푹 자게 해주려고요.

그래요? 아프다는 말에 아주머니의 얼굴 표정이 바뀌며 책상 서랍에서 빈방 열쇠를 찾기 시작했다.

자. 열쇠 받아요. 307호, 308호. 그래도 방 하나는 바다가 보이는 방이야. 베란다 나가서 왼쪽 구석 끝으로 가면 바다가 아주 쪼금 보여. 원래 오션뷰 방은 더 비싼데 단골이라 하니까 특별 서비스야.

네, 감사합니다. 진혁은 감사 인사를 하고 열쇠를 받으러 주인 아주머니에게 바짝 다가섰다.

어. 잠깐만! 손님, 이리로 좀 가까이 와봐요. 열쇠를 건네다 말고 진혁의 얼굴을 가까이서 빤히 쳐다보던 아주머니가 다소 놀란 표정으로 말했다.

아 기억나네. 그 양반이구먼. 작년인가 오늘같이 바람 불던 겨울밤, 방 잡아놓고 바닷가로 바람 좀 쐬러 간다고 나가서 안 돌아온 손님…. 그 손님이 자네 맞지?

아…. 네. 기억하시는군요. 그땐 죄송했습니다. 그날 밤 술 마시고 워낙 정신이 없어서 연락을 못 드렸었죠. 바닷가에서 소주를 마셨는데 너무 취해서 잠이 들어버렸어요. 정신이 없어서 여기 숙소 잡은 거 까먹고 근처 모텔에서 자고 갔습니다.

내가 그때 얼마나 놀랐는지 알아요? 가만히 말없이 나갔으면 모르겠는데 분명 잠깐 바람 쐬고 곧 온다던 사람이 새벽까지도 안 와서 산책하다 컴컴한 방파제 밑으로 떨어진 건 아닌가, 해변 걷다가 파도에 쓸려간 건 아닌가, 아니면 죽으러 바다로 기어들어 간 건 아닌가 별의별 생각을 다 했다고. 방에 가보니 짐도 하나도 없고. 그날 손님 표정이 아주 가관이었지. 얼굴 표정이 얼마나 심각하고 어둡던지, 뭔 일 날 것 같아 보였어. 그냥 죽으러 온 사람 같았다니까. 어쨌든 살아서 이렇게 또 만나니 반갑네.

오늘은 어디 안 나가고 방에만 있겠습니다.

어쨌든 그때 방값 내고 잠도 안 자고 그냥 갔으니 오늘은 방 하나 값만 받겠네.

네, 감사합니다. 정말 감사합니다.

그래요. 뜨끈한 물에 샤워도 하고 침대에서 편하게 푹 쉬다 가요. 오늘도 바람 많이 부니까 괜히 밖에 나가지 마시고.

가영! 어서 와. 방 하나 가격에 열쇠를 두 개 받아 든 진혁이 기쁜 표정으로 가영에게 손짓했다.

그런데, 가영, 전화번호가 어떻게 되지? 엘리베이터를 기다리던 진혁은 방 열쇠와 함께 자신의 휴대폰을 건네며 전화번호를 물었다.

제 전화번호는 왜요? 아저씨, 지금 작업 거시는 거 아니죠? 방

같이 쓰기 싫다면서 번호는 왜요? 가영이 웃으며 말했다.

　그래서 묻는 거지. 비상 연락망 몰라? 내일 아침 일출 꼭 보고 싶다며. 술도 한잔했는데 혹시라도 늦게 일어나서 제때 바닷가로 못 나가면 안 되니까 먼저 일어난 사람이 전화로 깨워주기로 하자고. 휴대폰 무음이나 진동으로 해두지 말고 소리로 해놔.

　아. 고민되네. 번호 아무한테나 막 주면 안 되는데. 방문 두드리면 되잖아요?

　새벽에 남들 다 자는데 옆방 사람들까지 다 깨면 어떡하라고? 사실 모텔 방마다 놓여 있는 인터폰으로 연락을 해도 되지만 진혁은 모닝콜을 핑계로 가영의 번호를 받아두고 싶었다. 일출 때문이기도 했고 혹시나 가영이 다시 사라질까 봐 걱정되기도 했다.

　가영은 진혁의 휴대폰 화면의 숫자를 눌러 전화번호를 입력하고 발신 버튼을 눌렀다. 신호가 가고 그렇게 둘은 서로 전화번호를 주고받았다. 오늘 밤 진혁의 방에 놀러 가서 어떻게든 돈을 얻어내려면 가영 역시 진혁의 전화번호가 필요했다. 가영이 먼저 묻기 전에 진혁이 물었을 뿐이다.

　피곤할 텐데 어서 들어가서 따뜻한 물에 샤워하고 푹 자. 혹시 모르니까 문 잘 잠그고.

　이따 전화할게요. 가영이 묘한 표정을 지으며 말했다.

　전화는 왜? 하루 종일 붙어 있었는데 또 할 말이 있어? 급한 일 아니면 문자로 보내. 어서 들어가 쉬어!

　진혁과 가영은 서로 뭔가 조금은 아쉬움이 남는듯한 눈빛을 교환하고 서로 붙어 있는 각자의 방으로 들어갔다.

모텔 방에 처음 들어와 본 가영은 모든 게 낯설었다. 방문을 여는 방법도 그리고 아주 오래전에 달아놓은 것 같은 낯선 시건 장치도 신기하기만 했다. 열쇠 키를 꽂아야 방의 전원이 들어오는 걸 몰라서 잠시 컴컴한 입구에 서서 휴대폰을 들고 헤매기도 했다. 처음 보는 작은 냉장고도 열어보고, 거울이 달린 화장대 밑 서랍도 열어보았다. 서랍 속엔 투숙객이 놔두고 간듯한 팩 소주 세 개와 편의점에서 파는 구운 쥐포 안주가 뜯지 않은 채 들어 있었다. 혹시나 하고 담배가 없나 서랍들을 열어보았지만 헛수고였다. 가영은 뜻밖에 얻은 전리품을 테이블 위에 놓고 의자에 앉았다. 조금 전 모텔 입구에 서서 차가운 겨울바람을 맞다 와서 그런지 몸이 으슬으슬 추웠다. 가영은 팩 소주 상단 빨대 주입구를 새끼손가락 손톱으로 뚫고 추위를 녹이려 소주 한 모금을 마셨다. 기분이 알딸딸해지고 좋았다.

그래, 술 마시고 용기를 내서 이따 아저씨 방에 가보는 거야. 아저씨는 뭐 하고 있을까? 씻고 있을까? 아니면 바로 곯아떨어졌을까? 벌써 자면 안 되는데. 아마도 씻고 있을 테니까 이십 분쯤 후에 전화를 해야지. 아니 먼저 문자를 보낼까? 그냥 자기는 아쉬우니까 밖에 나가서 술 한잔 더 하자고 해볼까? 아니 가게들이 다 문 닫을 시간이랬지. 그래 여기 팩 소주와 쥐포 들고 가서 술 한잔 더 하자고 꼬셔봐야지. 어떻게든 오늘 밤에 아저씨 카드를 손에 넣어야 돼. 휴대폰 케이스에 끼워둔 진혁의 신용카드를 떠올리며 가영은 다짐했다. 둘이서 이 팩 소주 금방 다 마시겠지?

그러면 술하고 안주 더 사오겠다고 하고 카드를 받아서 편의점을 가는 거야. 그 전에 아저씨를 술에 잔뜩 취하게 만들어서 비몽사몽간에 비밀번호를 알아내서 현금 서비스를 받아서 사라지는 거야. 혼자 떠나려면 어떻게든 돈을 구해야 해.

그런데 내가 먼저 취하면 어떡하지? 아니 서로 취해서 뭔 일이라도 생기면 어떡하지? 뭘 어떡해? 운명에 맡기는 거지. 내 첫사랑 교회 오빠를 닮은 아저씨라면 괜찮을 것 같아. 아저씨 정도라면 어쩌면 먼 훗날 기억하고 싶은 첫 경험이 될지도 몰라. 그냥 오늘 밤 아저씨를 꼬시는 거야. 그래야 비밀번호도 쉽게 얻을 수 있을 거야. 아저씨 품에 안겨 밤을 보내고 거추장스러운 처녀 딱지도 오늘 떼어버리고 그리고 돈을 들고 떠나는 거야.

진혁은 방에 들어오자마자 환기를 위해 베란다 유리문을 활짝 열고 잠시 베란다에 나가 바깥바람을 쐬었다. 앞 건물에 가려 바다는 보이지 않았다. 하지만 주인아주머니 말대로 가영의 방 베란다의 왼쪽 끝에 서면 앞 건물 사이로 바다가 조금은 보일 것 같았다. 가영이 묵은 방 베란다를 보고 있자니 가영이 궁금해졌다. 가영은 뭘 하고 있을까? 아까 가영이 말대로 그냥 같이 방을 쓸 걸 그랬다. 서울과 달리 방이 꽤나 넓었다. 내가 소파에서 자고 가영이가 침대를 써도 충분했을 것 같다. 진혁은 침대에 누워 천장을 멍하니 바라봤다. 이렇게 멋진 겨울 바다에 와서 이 넓은 침대에 혼자 누워 밤을 보내야 하나? 하는 생각에 밤새 함께 마신 술이 허무하게도 느껴졌다. 계속 옆에 있던 가영이 없어서일까? 기분이 우울해졌다. 우울한 기분은 평소 늘 하던 우울한 걱정들로 이어졌다.

내가 얼마나 살 수 있을까? 지금처럼 내 의지대로 걸어 다니고 맘껏 숨 쉬며 살날이 얼마나 남았을까? 진혁은 자신의 병에 대해 지금껏 누구에게도 말한 적이 없다. 가끔 피곤할 때면 숨 쉬는 게 불편하고 침 삼키는 게 힘들어서 일하는 데 어려움을 겪었지만 참고 숨기며 일을 해왔다. 피로를 느끼지 않게 관리를 잘해야 한다는데 지금처럼 새벽까지 일하며 언제까지 그게 가능할까? 언제 더 나빠질지 모르는 병. 중증 근무력증. 병이 악화되면 호흡이 곤란해지고 심하면 죽을 수도 있는 병. 어려서 늘 기관지 쪽 질환을 안고 살았던 진혁. 언제 어떻게 나빠질지 알 수 없기에 여자를 만나는 건 사치라고 생각하며 살아왔다.

내가 여자를 만나 사랑을 할 수 있을까? 내게 그런 시간이 남아 있는 걸까? 죽기 전에 여자를 한 번 안아볼 수나 있을까? 어쩌면 오늘이 내 남은 인생에서 가장 건강한 순간일지 모른다. 조금이라도 건강하고 멀쩡하게 움직일 수 있는 오늘 밤, 어쩌면 마지막이 될 수도 있는 사랑을 해보고 싶다. 외로운 이 밤, 가영이 옆에 있었으면…. 꼭 사랑이 아니더라도 오늘 밤 이 침대 위에서 가영을 품에 안고 아무 말 없이 잠들어도 좋다. 가영이를 부를까? 진혁은 휴대폰 화면 위 가영의 번호를 바라보며 생각에 잠겼다. 조금 전까지 옆에 있던 가영에게 전화를 하는 게 왜 이리 떨리고 긴장될까? 갑자기 가영이 낯설고 멀게만 느껴졌다. 그때였다.

아저씨 뭐 해요? 밤바다 보러 같이 나가요! 가영에게서 카톡이
왔다.

자요? 아니 읽어놓고 왜 답을 안 해요? 읽씹? 카톡을 읽고도
한동안 진혁에게서 답장이 없자 가영은 다시 카톡을 보냈다.

추울 거야. 바다 보고 싶으면 베란다에 나가서 왼쪽 끝에 서봐.
바다가 조금 보일 거야.

예상치 못했던 가영의 카톡이 너무 반가웠지만 진혁은 흥분을
가라앉히고 차분한 마음으로 한참 후에야 첫 답장을 보냈다.

심심한데 고스톱 칠래요?

화투도 칠 줄 알아? 내가 화투 쳐본 적이 없어서.

컵라면 먹으러 편의점 갈래요?

내일 아침에 얼굴이 빵빵하게 부을 거야. 참아야 돼. 컵라면에
소주가 당기긴 했지만 진혁은 유혹을 참고 답했다.

잠시 가영에게서 카톡이 오지 않았다. 막상 가영의 카톡이 끊
기니 진혁은 조금 아쉬웠다. 아까 괜히 원칙 운운하며 다 큰 남녀
는 방을 따로 써야 한다고 가영에게 설교하듯 말했던 자신이 바
보처럼 한심하게 느껴졌다. 그 말만 아니었다면 진작에 가영을
방으로 놀러 오라고 했을 텐데….

어떻게든 오늘 밤 두 가지 목표를 다 달성하려는 가영은 진혁
과 함께 밤을 보내기 위해 어떤 다른 미끼가 있을까 한참을 고민

하다 다시 휴대폰 자판을 누르기 시작했다.

아참! 화장대 서랍 속에서 팩 소주하고 쥐포 안주 찾았는데 이거 같이 먹을래요? 팩 소주가 세 개나 들어 있었어요. 누가 까먹고 놓고 갔나 봐요. 오늘 밤 우리 밤새워 같이 술 마실 운명인가 봐요. 아저씨 방에서 같이 TV 보면서 마셔요.

끊겼던 가영의 카톡이 한참 만에 다시 오자 진혁의 가슴은 반가움에 쿵쿵 뛰기 시작했다. 진혁의 가방에도 서울에서 챙겨온 병 소주 두 병과 안줏거리가 있었다.

그냥 오라고 할까? 침대에 편하게 같이 누워 영화 보며 얘기라도 하다 잘까? 그러다 기회가 생기면…. 아냐 내가 지금 무슨 생각을 하고 있는 거지? 진혁은 한동안 본능과 원칙 사이에서 갈등했다. 그리고 고민 끝에 가영에게 답신을 보냈다.

미안한데 내가 좀 취한 것 같아. 내일 일출도 봐야 되고. 아까 내가 말했듯이 적당할 때 멈출 줄 알아야 돼. 정 마시고 싶으면 팩 소주 한 개만 마시고 얼른 자. 진혁은 결국 자신의 속마음과는 전혀 다른 답신을 보내고 말았다. 잠시 후 가영에게서 'ㅜㅜㅜ'란 짧은 답신이 왔다. 그 후론 더 이상 가영에게 문자가 오지 않았다. 처음 겨울 바다에 와서 즐거운 밤을 보내고 싶었을 가영의 순수한 마음을 자신의 흑심 때문에 받아주지 못한 것 같다는 생각이 들어 진혁은 괜히 미안했다. 진혁은 오늘 밤 자신의 욕망을 통제하고 억누를 자신이 도저히 없었다. 잘한 결정이다. 진혁은 그렇게 생각하기로 하고 리모컨을 찾아 TV를 켰다.

술 마시며 영화나 봐야겠어. 그러다 취하면 나도 모르게 잠이 들겠지. 그러면 이 밤의 혼란스러웠던 갈등, 미련도 다 끝이 날 거야. 진혁은 가방에서 소주병을 꺼내 병뚜껑을 돌려 따서 한 모금 마시고 짭짜름한 멸치 아몬드 안주를 씹으며 아쉬운 마음을 술과 영화로 달래기로 했다. 그러나, 진혁의 결심을 비웃기라도 하듯 TV 화면에선 요란한 신음 소리와 함께 아주 야한 장면이 흘러나왔다. 순간 술이 확 깨고 정신이 번쩍 드는 것만 같았다. 화면을 가득 채운 여배우의 터질듯한 가슴에 진혁은 놀라 자기도 모르게 몸을 일으켜 세워 TV 앞으로 다가가 자세를 고쳐 앉고 화면 속 여주인공의 몸매를 응시했다.

남자가 왜 그리 용기가 없어요? 나도 알아요. 당신이 오래전부터 날 원해왔다는 걸. 여자는 섹시한 눈빛으로 남자의 눈을 뚫어지게 쳐다보며 다가갔다. 그리고 둘의 뜨거운 키스가 시작되었다. 영화 속 여배우의 도톰한 입술이 너무 매혹적이었다. 수줍어하는 남자와 달리 여자는 상당히 적극적이었다. 여자는 남자를 껴안고 침대로 다가가 그를 밀어 쓰러뜨리고 그 위에 올라탔다. 진혁은 흥분되어 침대 위에 있는 베개를 하나 끄집어 들고 그 베개가 마치 화면 속 여배우라도 되는 양 힘껏 끌어안았다. 얼마 전에 이 침대 위에서 젊은 커플이 뜨거운 사랑을 나눴던 것일까? 베개에 배인 여인의 체취가 진혁의 코를 자극했다. 진혁은 더욱더 흥분되어 심장이 요동쳤다. 처음 쌀쌀했던 모텔 방 안의 공기는 어느새 사막의 뜨거운 공기만큼이나 후텁지근하게 바뀌어 있었다. TV 화면에서 흘러나오는 여배우의 거친 신음 소리와 베갯잇에 밴 여인의 짙은 향수와도 같은 체취는 오랜만에 진혁의 리비도를 자극했다. 여자의 보드랍고 따뜻한 품이 간절하게 그리웠다.

그때였다.

똑똑….

진혁은 문 두드리는 소리에 놀라 리모컨을 찾아 들고 TV 전원을 급히 껐다. 누굴까? 진혁은 뛰는 가슴을 진정시키며 문 앞으로 다가갔다.

누구세요?

….

진혁의 물음에 아무런 답이 없었다.

누구세요? 진혁은 조금 더 큰 소리로 물었다.

저예요. 가영이.

문밖에서 가영의 목소리가 들렸다. 너무도 기다리던 가영의 반가운 목소리였다.

'왜 왔어? 어서 가서 자라니까!'라고 돌려보낼까? 잠시 진혁은 갈등했지만 어느새 진혁의 손은 방 문고리를 잡고 돌려 방문을 활짝 열어젖혔다.

가영이 서 있었다. 방금 샤워를 했는지 젖은 머리는 군데군데 물방울이 맺혀 있었다. 가영은 허벅지까지 내려오는 흰색 티셔츠 차림으로 아랫입술을 지그시 깨문 채 진혁을 도발적인 눈빛으로 쳐다보며 살짝 미소를 지었다. 티셔츠가 허벅지까지 가리고 있어 그 속에 가영이 팬티를 입었는지 알 수 없었다. 하지만 가영의 봉긋한 젖꼭지가 젖은 티셔츠 위로 도드라지게 드러난 모습을 봐선 노브라 차림인 것 같았다. 두껍고 긴 패딩에 가려져 볼 수 없었던 굴곡진 가영의 에스라인 몸매가 희미한 모텔 조명 아래서 눈부시게 빛났다. 학생의 몸이라고 하기엔 도저히 믿을 수 없을 정도로 관능적이고 섹시했다.

오빠! 사실 저 맥도날드에서 오빠를 만난 그때부터 이런 순간이 올 줄 알았어요. 휴대폰도 일부러 바닥에 떨어뜨려 놓았던 거예요. 몰랐죠? 연기하느라 저도 힘들었어요. 몇 달 전 호프집에 언니들하고 처음 갔을 때 내 첫사랑을 닮은 오빠를 보고 얼마나 심쿵 했는지 몰라요. 호프집에 갈 때마다 고백하고 싶은 마음 참느라고 너무 힘들었어요. 오빠의 얼굴을 가까이서 보고 싶어서, 그리고 오빠의 그윽한 음성을 한 번이라도 더 듣고 싶어서 치킨무를 핑계로 오빠에게 다가갔던 거 오빠는 몰랐죠? 그런데 오늘은 취해서 그런지 저도 더 이상 제 마음을 숨길 수가 없었어요. 더 이상 연기도 못하겠어요. 오늘 밤은 오빠 품에 안겨서 잠이 들고 싶어요. 술에 취해서 후회할 행동을 해선 안 된다고 아까 오빠가 말했지만 오늘 밤 이렇게 오빠 앞에서 용기 내어 고백할 수만 있다면 그런 후회는 백 번 해도 좋아요.

오빠! 저의 첫 남자가 돼주세요. 네? 이제부터 전 오빠 거예요. 어서요. 오빠! 가영은 두 눈을 감고 입술을 동그랗게 모아 내밀며 진혁에게 다가왔다.

가영! 진정해. 뜻밖의 고백에 놀란 진혁은 슬금슬금 뒷걸음질 치며 말했다.

가영은 아무 말 없이 진혁의 품으로 다가와 안기며 말했다. 오빠도 지금 저를 원하고 있다는 거 잘 알아요. 그러니 제 맘을 받아주세요.

진혁은 더 이상 참을 수 없었다.

그래. 나도 널 처음 본 순간부터 사랑에 빠졌어. 안 그런 척 연기하느라 나도 얼마나 힘들었는지 몰라. 가영! 나의 마지막 사랑이 되어줘. 진혁은 가영을 끌어안고 뜨거운 키스를 퍼부으며 침대 쪽으로 자리를 옮겼다. 그때였다.

쿵! 침대에 도착하기 직전 방바닥에 널브러져 있는 빈 소주병을 밟은 진혁은 가영을 끌어안은 채 바닥으로 고꾸라지고 말았다. 그리고 진혁은 깨어났다. 너무도 황홀한 꿈에서. 술 마시며 영화를 보던 진혁은 그대로 잠이 들었었다. 놀란 마음을 진정시키려 진혁은 냉장고 문을 열고 탄산음료를 하나 꺼내 마셨다. 방문 쪽으로 다가가 혹시나 하고 손잡이를 돌려보고 시건 장치를 살펴보았다. 방문은 굳게 잠겨 있었다. 쇠고리 모양의 낡은 시건 장치도 들어오며 잠근 그 상태 그대로였다. 탄산음료를 원샷 하니 정신이 좀 돌아오는 것 같았다. '휴~.' 하고 안도의 한숨이 절로 나왔다. 몇 시나 됐을까? 꽤나 시간이 흐른 것 같았다. 휴대폰을 들어 시간을 보려는데 진혁이 잠든 사이 가영한테서 장문의 카톡이 와 있었다. 한동안 카톡이 끊긴 게 아니라 긴 문장을 쓰느라 시간이 걸렸던 것 같다. '마지막 잎새'란 가영의 자작시였다.

마지막 잎새

늦은 밤 공원 벤치에서

떨어지는 낙엽을 보며

혹시 누군가 나처럼

낙엽을 보며

맘 아파할

그 누군가를 위해

투명 스카치테이프로

가장 높이 있는

나뭇잎 하나 골라

몰래 가지에 꼬옥

붙여놔야겠다는

예쁜 생각을 하는 밤

아저씨, 아까 제가 쓴 시가 궁금하다고 해서 저의 자작시를 한 편 보내요. '마지막 잎새'란 시예요. 한번 읽어봐요. 그리고 비평은 혼자 맘속으로만 해줘요. 아까 술은 내가 마시는데 취하긴 바다가 취한다는 시 알려줘서 고마워요. 저도 좋아하는 글이 있어요. 들어봤어요? 가장 밝고 환하게 빛나는 별은 자기가 사랑하는 사람이고 가장 어둡고 슬퍼 보이는 별은 자기를 사랑하고 있는 사람이래요. 이건 제가 쓴 글은 아니고 어느 소설가분이 한 말이에요. 저는 밤하늘의 별을 볼 때마다 신기하게도 어둡고 희미한 별들이 눈에 잘 보여요. 그냥 그렇다고요.

가영이 보내준 자작시도 사랑스러웠지만 소설가가 말했다는 어둡고 슬픈 별이란 비유와 가영의 설명도 너무 좋았다. 그런데 왜 가영은 이런 시를 내게 보냈을까? 오 헨리의 '마지막 잎새'란 단편소설이 떠올랐다. 폐렴에 걸려 사경을 헤매며 창문 너머로 보이는 담쟁이덩굴 잎이 다 떨어지면 자기도 죽을 거라 생각하던 소설 속 여주인공이 생각났다. 혹시, 아까 술집에서 엎드려 자고 있던 가영이가 내가 아프다고 말한 걸 들은 건 아닐까? 그래서 내게 희망을 가지라고 이런 시를 써서 보낸 걸까? 가영이도 혹시 내게 관심이 있는 건 아닐까? 진혁은 가영의 시와 글을 다시 읽으며 생각했다.

진혁의 거듭된 거절에 더 이상 함께 밤을 보내자는 핑곗거리가 없어진 가영은 대신 얼마 전 가을 낙엽지는 공원 벤치에 앉아 휴대폰으로 썼던 자작시 한 편의 내용을 조금 수정해서 진혁에게 보냈다. 사실, 아까 도루묵찌개 식당에서 엎드려 자는척하던 가영은 진혁의 말을 다 듣고 있었다. 벽돌담 위에서 영원히 떨어지지 않을 마지막 잎새를 그리던 오 헨리의 소설 속 늙은 화가의 마음을 담아 가영은 진혁에게 희망을 잃지 말라고 말해주고 싶었다.

가영은 잠깐 방에서 쉬면서 어떻게 진혁의 마음을 끌어낼지 다시 고민해 보기로 했다. 가영은 쥐포 안주에 팩 소주 한 모금을 들이켠 후 리모컨을 들고 TV를 켰다. 버튼을 눌러 채널을 빠르게 돌리던 가영은 좋아하는 남자 배우가 나오는 영화 채널에서 버튼 누르는 걸 멈췄다. 몇 년 전 극장에서 상영되었던 영화다. 그때 보지는 못했지만 엄마 속을 무던히도 썩이는 고등학생 딸아이가 주인공으로 나오는 영화였다. 그래서인지 자신도 모르게 영화 속으로 서서히 빠져들어 갔다. 먼저 떠난 남편을 대신해 혼자 고생하며 딸을 뒷바라지하는 엄마의 노고도 모르고 온갖 사고는 다 치고 다니며 엄마 속만 썩이는 주인공을 보고 있자니 가영은 자신도 모르게 영화에 몰입되어 팩 소주 한 개를 금세 비웠다. 새 팩 소주 하나를 바로 집어 들고 마시는 가영의 눈은 여전히 TV 화면을 계속 응시하고 있었다. 영화 속 배경이 바뀌고 늦은 저녁 식당 설거지 일을 마치고 귀가한 엄마가 달동네 쪽방촌 작은 집 마당 빨랫줄에 널려 있던 빨래를 걷어 작은 마루에 앉아 딸의 교복과 옷가지들을 개키는 장면이 나왔다. 옷을 개키다 말고 잠시 멍하니 밤하늘의 달을 올려다보며 깊은 한숨을 쉬는 장면을 보니 문득 영화 속 엄마로 나오는 배우의 모습이 엄마처럼 보였다.

엄마는 뭘 하고 있을까? 엄마도 많이 힘들 거야. 내 걱정은 하고 있을까? 혹시 지금도 그 인간하고 같이 있는 건 아닐까? 어떻게 그럴 수 있지? 아니야. 엄마도 외로울 때가 있겠지. 내가 말 안 듣고 밖으로만 나도니까 그런 식으로 분풀이를 하는 걸까? TV를 보며 잠시 쉬려던 계획과 달리 영화 속 장면에 심란해진 가영은 예능 프로그램으로 채널을 돌리려고 다시 리모컨을 들었다. 그때였다. 영화 속 엄마가 빨래 더미 속에서 뒤집어진 딸아이의 양말들을 하나하나 정성스레 손을 넣어 바로 되돌리고 짝을 찾아 포개어 차곡차곡 마루 위 다른 빨랫감 옆에 쌓아서 정돈하는 장면이 나왔다. 가영은 순간 채널을 돌릴 수 없었다. TV 화면에서 그 양말들이 클로즈업된 화면을 보는 순간, 가영은 너무 놀라 아! 하는 탄식과 함께 숨을 쉴 수가 없었다. 잊고 지냈던 악몽과도 같은 기억이 떠올라 너무 괴로워 호흡이 멎는 것만 같았다.

그래, 양말 가게 가판대 앞에서 비를 맞고 내가 서 있었어. 좁은 가판대 안에서 추위를 피하느라 서로 바짝 붙어 무릎 위에 담요를 나눠 덮고 양말을 팔고 있던 엄마와 딸을 우두커니 서서 바라보며 내가 울고 있었어. TV 영화 속 양말이 포개져 정리되어 있는 장면을 보는 순간 가영은 심장이 요동치고 온몸이 감전된 듯한 괴로움에 견딜 수가 없었다. 미안하고 괴로운 마음에 울컥해진 가영의 눈에 눈물이 흘러내렸다. 술에 취해 머리가 빙빙 도는 것처럼 어지러웠지만 얼마 전 비 오던 그날 동네 술집 거리 양말 노점상 앞에 서서 비를 맞으며 맘속으로 용서를 빌며 울며 서 있던 자신의 모습만큼은 너무도 선명하게 떠올랐다. 극심한 두통에 숨을 쉴 수 없었고 심장이 멎을듯한 통증이 다시 온몸으로 퍼져나갔다.

블랙아웃.

술에 완전히 취해 까맣게 잊고 있던 그날의 기억이 마치 그 새벽 그 장소에 내가 비를 맞으며 다시 서 있는 것처럼 생생하게 되살아나는 것 같았다. 그래, 바로 그날이었어. 내가 스스로 그 일진 무리의 아지트로 찾아가서 그 무리의 막내가 되고 며칠 지나서 나를 환영하는 술자리가 있던 밤. 그날 갑자기 비가 내렸지. 짱 오빠가 잠시 술집 밖으로 나를 불러냈어. 예전에도 날 무리에 가입시키기 위해 몇 번 찾아온 적이 있었어. 큰돈을 벌게 해준댔어. 조건 만남을 시킬 것 같아서 그땐 거절했었지. 그래서 나한테 아직 감정이 남아 있는 것 같기도 했어. 가게 옆 어두컴컴한 좁은 골목으로 불러 세워놓고는 내게 싫은 소리를 해댔어. 왜 예전에 자기가 그렇게 무리에 들어오라고 할 땐 싫다고 버티더니 왜 지금 갑자기 부르지도 않았는데 제 발로 우릴 찾아왔냐고 뭐라 했었지. 아이돌 그룹 멤버처럼 잘생긴 명섭이란 아이가 무리에 들어왔다는 소문을 듣고 어떻게 한번 해보려고 들어온 거 아니냐고 말도 안 되는 소리를 지껄였어. 그리고는 기분 나쁘다는 표정을 지으며 장난치듯 내 뺨을 툭툭 때리며 말했지. '명섭이 그놈이 그렇게 좋아? 그래. 그렇게 좋으면 어디 한번 잘해봐. 그렇지만 그 애 좋아하는 여자애들이 한둘이 아니니까 괜히 꼬리 치다가 큰코 다치지 말고 조심해.'라는 말을 했지. 명섭이란 오빠는 쳐다보지도 말고 자기한테나 잘하란 소리처럼 들렸어.

마침 그 골목을 지나던 엄마가 우리 둘을 봤지. 험하게 생긴 남자가 어두컴컴한 골목에 딸을 세워놓고 뺨을 툭툭 치는 모습을 보고 엄마는 놀라서 내게 달려왔어. 그리고 어서 집으로 가자며 내 손을 잡고 나를 끌었지. 난 싫다고 우겼어. 용기 내서 무리에 들어왔는데 이렇게 나갈 순 없었어. 그리고 싫든 좋든 무리의 보호가 필요했었지. 엄마는 더 세게 나를 끌어당겼어. 내가 집에 안 가겠다고 하니까 내가 손에 쥐고 있던 휴대폰을 빼앗았어. 한바탕 소동에 가게 안에 있던 다른 멤버들까지 다 나와서 우릴 지켜봤어. 그때 난 엄마 아니면 무리 둘 중 하나를 선택해야만 했어.

좀 놓으라고. 안 놔? 이 손 좀 놓으라고. 휴대폰 내놔. 내 휴대폰 달라고. 계속해서 엄마한테 소리를 지르던 자신의 모습이 너무도 생생하게 떠올랐다. 휴대폰을 다시 가져오려던 나, 휴대폰을 뺏기지 않으려던 엄마는 그렇게 비 오는 날 술집 앞 여러 군중들 앞에서 소리 지르며 몸싸움을 했어. 그때 담배를 입에 물거나 팔짱을 끼고 낄낄대며 나를 바라보던 무리의 오빠들과 언니들. 그 시선을 의식해서 난 더 거칠어졌지. 더 이상 온실 속 화초같이 자란 그런 보통 아이가 아니란 걸 보여줘야 했어. 그래서 더 악을 쓰며 소리를 지르고 엄마에게 해선 안 될 욕까지 했어.

씨발! 이 손 좀 놓으라고. 엄마가 나한테 해준 게 뭔데? 내 인생에서 좀 꺼져달라고 씨발. 그리고 엄마의 손을 세게 비틀고 고통스러워하는 엄마의 표정은 무시한 채 엄마의 반대편 손에 있던 내 핸드폰을 낚아채듯 빼앗았지. 그리고 난 다시 무리 쪽으로 걸어갔어. 엄마는 술집 건너편 양말 가판대 앞에 멍하니 서서 우릴 쳐다봤어. 내가 한 욕에 놀랐는지 더 이상 내가 있는 쪽으로 다가 오지 않았어. 그렇게 비를 맞으며 넋 나간 사람처럼 아무 말도 않고 서 있었어. 우린 그 모습을 술집 처마 밑에 모여서 담배를 피우고 침을 뱉어대며 쳐다봤어. 심지어 낄낄대며 웃어대는 언니도 있었어. 담배를 다 피우고 우린 아무 일도 없었다는 듯 다시 술마시러 가게 안으로 들어갔어. 그렇게 난 예전의 가영이 아니라 더 세고, 나쁘고, 강해진 가영이가 되어서 그 안에서 무리의 환영을 받으며 웃으며 술을 마셨지. 웃고 떠들고 선배들한테 술 따르고 따라준 술 다 마시며 난 무리 가입을 축하 받으며 즐거워했어.

그렇게 얼마나 지났을까? 선배들과 담배를 피우러 다시 가게 밖으로 나갔는데 그 거센 비를 맞고 아까 그 모습 그대로 엄마가 거기 서 있었어. 비가 세차게 내리는데도 알 수 있었어. 엄마가 조용히 울고 있다는 걸. 엄마는 나를 보고도 가만히 서 있기만 했어. 담배를 피우고 다시 가게 안으로 들어갔지. 엄마의 그 모습이 떠올라서 더 이상 즐겁지가 않았어. 몸도 좋지 않은 엄마가 비를 맞아 감기라도 걸리면 어쩌나 걱정이 되었어. 화장실을 핑계로 오분도 지나지 않아 다시 밖으로 나왔어. 엄마한테 사과를 해야 했어. 혹시라도 엄마에게 무슨 일이 일어날까 걱정됐거든. 가판대 근처에 서 있던 엄마는 더 이상 없었어. 가판대 주위를 돌며 잠시 엄마를 찾아봤어. 하지만 엄마는 더 이상 거기에 없었어. 거기 서서 엄마를 기다려 봤지. 그때 양말 가판대 안의 다정한 모녀의 모습, 엄마 또래의 아줌마 그리고 내 또래의 딸이 서로 가까이 붙어 앉아 이야기하고 있는 모습을 훔쳐보며 얼마 전까지만 해도 다정한 사이였던 엄마와 내가 생각나서 나도 모르게 눈물이 났어.

그때 엄마에게 그렇게 상처를 주고 분명히 엄마를 찾아가 바로 사과해야겠다고 속으로 다짐했었는데…. 가게 안으로 다시 들어가 술을 마셔야 했어. 그때쯤 돼서야 일하던 멤버들이 다 모였고 본격적인 환영 술자리가 시작되었으니까…. 언니 오빠들하고 어울려 그날 새벽까지 환영의 술을 마시느라 인사불성이 되고만 거야. 화장실 변기에다 토를 몇 번 했는지도 몰라. 구토를 하는 중에 엄마에게 상처를 준 그 기억들이 화장실 변기 속 구멍으로 빨려 들어가는 토사물과 함께 블랙홀 속으로 사라지듯 지워져 버렸던 거야. 엄마에게 그렇게 상처를 주고 어쩌면 엄마가 죽을 때까지 평생 잊지 못할 그런 아픔을 가슴에 새겨놓고 난 그 일을 몇 시간 만에 통째로 다 잊어버리고 만 거야.

삼십 분 넘게 비를 맞으며 서서 무리들 속에 서 있던 나를 멀리서 바라보던 엄마는 무슨 생각을 했을까? 얼마나 외롭고 마음이 아팠을까? 혹시라도 엄마가 이젠 다 잊었으니 괜찮다고 용서해 준다고 한들 내가 앞으로 살아가며 그 일을 잊을 수 있을까? 평생 못 잊을 거야. 먼 훗날 엄마가 이 세상에 없는 날, 이 생각이 떠오르면 난 어떻게 살 수 있을까? 미안해서 어떻게 살 수 있을까? 가영은 괴로운 마음에 눈을 감았다.
내가 미쳤었지. 어떻게 그걸 잊고 지냈을까? 미친 건 엄마가 아니라 나였어. 그래서 엄마가 내게 그랬던 거야. 다 나 때문에⋯. 그래서 내게 연락이 없었던 거야. 변한 내가 낯설고 두려워서 나를 제대로 쳐다보지 못한 거야. 처음 가출했을 때만 해도 '어딨니? 밥은 먹었니? 엄마가 미안해.'라고 귀찮을 정도로 문자를 보내던 다정한 엄마였는데⋯. 그게 다 나 때문이었다니. 엄마에게 용서를 구해야 해.

어떻게 그 기억이 되살아난 걸까? 오랜만에 비가 내려서일까? 아니면 그날의 나만큼 내가 많이 취해서일까? 날카로운 가시에 찔린 듯 되살아난 아픈 기억 때문에 가영은 속이 메스껍고 어지러웠다. 온몸이 부르르 떨렸다. 머리가 핑 도는 것 같아 침대에 누운 채로 눈을 뜨고 하염없이 천장을 바라보았다.

부재중 전화

저녁인지 새벽인지 모르겠다. 얼마나 잤을까? 타는 갈증 때문에 가까스로 일어나 냉장고 문을 열어보았지만 음료수도 생수도 없다. 여기저기 발에 걸리는 빈 소주병들 사이를 지나 어두컴컴한 부엌 싱크대로 가서 시원한 수돗물을 두 손으로 받아 마시고 손에 남은 물기를 얼굴에 비벼본다. 정신이 좀 돌아오는 것 같다. 어제 술을 너무 많이 마신 것 같다. 기억이 잘 나지 않지만 모텔 앞에서 매니저 동생이 나를 쳐다보던 그 표정만큼은 생생히 기억에 남는다. 왜 그랬을까? 너무 후회된다. 기억을 떠올리기만 해도 부끄러움에 다시 얼굴이 화끈거리는 것만 같다. 모든 게 허무하게 느껴진다.

노래방에 다시 나갈 수 있을까? 그 매니저 동생 얼굴을 보며 다시 일할 수 있을까? 일 안 하고 먹고살 방법은 없을까? 사는 게 너무 힘들다. 가영이만 없었다면…. 난 진작에 인생을 포기했을지도 모른다. 가영이 때문에 어떻게든 살아야 하고 돈을 벌어야 한다. 지금 내가 돈 벌 곳은 거기 밖에 없는데…. 그래, 아무 일도 없었던 것처럼 다시 동생하고 잘 지내고 돈을 벌어야 해. 난 그럴 수 있는데 동생은 날 예전처럼 대해줄까? 다른 곳을 알아볼까? 그냥 오늘 밤부터 일 그만둔다고 지금이라도 동생에게 문자를 보낼까? 아니야. 거기처럼 퇴짜 안 맞고 돈 벌 수 있는 곳도 없어. 그리고 동생한테 빌린 사백만 원도 아직 못 갚았잖아. 내가 아파서 쉬었을 때나 급전이 필요할 때 매번 선뜻 돈을 빌려줬던 착한 동생인데 갑자기 내가 그만두면 그 돈 갚기 싫어서 그만둔다고 생각할 수도 있겠지. 그래, 어제 아무 일 없었던 것처럼 그냥 얼굴에 철판 깔고 일하러 갈 수밖에 없어. 당장 생활비도 벌고 빌린 돈도 어서 갚아야지. 그 노래방 아니면 나 같은 나이 먹은 여자를 어느 노래방에서 불러주겠어? 다 그 동생 덕에 일할 수 있었지. 어제 내가 미쳤었어. 그런 고마운 동생한테…. 사실 그 동생도 날 좋아하는 줄 알았어. 그때 비 오던 날 새벽 가영이와 그 일이 있고 나서 정말 세상에 나 혼자 버려진 것만 같아서 죽고 싶었어. 그래도 가영이 때문에 그럴 순 없었지. 그래서 어쩌면 그 동생한테 더 의지하고 싶었는지도 몰라. 술자리 끝나고 나서 평소처럼 인사하고 각자의 집으로 갔었어야 해. 왜 내가 동생의 손목을 붙잡고 그 모텔 앞까지 갔던 걸까? 내가 미쳤었나 보다. 무슨 생각으로 그 동생과 모텔에 갈 생각을 했을까?

오해하신 것 같아요. 누님. 전 그냥 누님이 편하고 고향도 같고 어릴 적 제게 잘 대해주시던 친척 누나들 같아서 시간 될 때마다 같이 식사도 하고 그랬던 건데…. 아니 제가 혹시라도 오해할 만한 행동을 했었다면 죄송합니다. 그리고 사실 저 마음에 두고 있는 여자가 따로 있습니다. 죄송합니다. 누님.

술에 취해 다 기억은 안 나지만 모텔 앞에 서서 꽉 잡힌 손목을 풀고 자신을 바라보며 미안한 얼굴로 그렇게 말하던 동생의 얼굴은 생생하게 기억이 난다. 동생이 말한 그 여자는 몇 주 전부터 새로 나오기 시작한 수연을 말하는 것 같다. 보도방을 통하는 나랑은 다르게 가게에 상주하며 일하는 어린아이다. 그 아이가 가게에 나오면서 마음이 바뀐 건 아닐까? 분명 동생도 나를 좋아했던 것 같은데…. 그저 연민의 감정이었던 걸까? 같은 여자인 내가 봐도 발랄하고 싱그러운 이십 대 초반의 그 아이가 너무 예뻐 보이던데 동생의 마음이야 어땠을까? 어느 남자가 그런 아이한테 맘을 뺏기지 않을 수 있을까? 수연이가 부러운 만큼 나 자신이 더 초라해지는 것만 같다. 많고 많은 노래방 중에 하필 여기 늙다리 손님들만 주로 오는 이런 후진 노래방에 왜 그런 애가 왔을까?

그것도 모르고 요 며칠 동생한테 주말에 인천으로 같이 한번 놀러 가자고 데이트 신청할 기회를 엿보던 행복했던 순간들이 떠올라 갑자기 눈물이 났다. 그저 오랜만에 바람 좀 쐬러 함께 지하철 타고 인천역에 내려 또 버스 타고 월미도 앞바다 구경하며 회한 접시에 술 한잔 사주고 싶었는데…. 늘 고마운 동생이었으니까. 며칠을 월미도 맛집들 검색하고 식당별로 메뉴와 가격도 알아보고 둘 다 차가 없으니 지하철, 버스 교통편 알아보며 설레고 즐거웠었는데. 아, 얼굴이 화끈거린다.

그런데 어제 어떻게 집에 온 걸까? 동생의 그 말을 듣고 너무 맘이 아파 다리가 풀리고 정신이 몽롱해져서 집 방향으로 비틀거리며 걷다가 쓰러진 것 같은데…. 누가 날 집까지 데려다준 걸까? 동생이었을까? 분명 그 상태로 혼자 집까지 왔을 리는 없는데…. 기억이 나지 않는다. 뭐 다른 실수한 건 없었을까? 그나저나 동생은 지금 뭘 하고 있을까? 난 이렇게 맘이 아픈데 내 생각을 하기나 할까? 혹시 동생도 날 좋아했었는데 갑자기 내가 선을 넘는 바람에 한발 뒤로 물러난 건 아니었을까? 후회와 미련의 감정이 몰려왔다. 어제 그 일을 핑계로 이제 더 이상 나를 모르는 사람 취급하는 건 아니겠지?

가영이가 밖으로만 돌고 방황해서 내가 힘들 때 그래도 그 동생이 있어 의지하며 마음 잡고 살았는데…. 혹시 내게 전화를 했던 건 아닐까? 문자라도 보내지 않았을까? 휴대폰은 어딨지?

침대 밑에 떨어져 있는 휴대폰이 보인다. 힘을 내 일어나 보려 했지만 이내 정신을 잃고 다시 침대로 쓰러진다. 배고프다. 이렇게 속이 쓰리고 가슴이 텅 빈 것처럼 마음이 아픈데 허기가 느껴진다는 게 신기하고 슬프다. 찬장에 컵라면이 남아 있을까? 괜히 먹었다가 속이 더 울렁거려 다 게워내는 건 아닐까? 만사가 귀찮고 의욕이 없다. 아참! 해피는? 해피는 왜 저렇게 구석에 엎드려 잠만 자고 있을까? 뭐라도 먹었나? 배고파 꼬리 칠 힘도 없나? 언제 밥을 줬었지? 맞아. 그제 사료가 얼마 안 남아서 사러 가려다 못 갔었지. 기운 내서 신발장에 사료가 얼마나 남았는지 봐야겠다.

집은 왜 이렇게 지저분한 걸까? 치우며 살아야 하는데 언제부터인가 내 삶이 망가지고 무너져 내리며 이 비루한 공간마저 나를 닮아가는 것 같다. 더 이상 지저분하고 냄새나는 게 신경 쓰이지 않는다. 그냥 지금 나처럼 모든 게 다 엉망이다. 그래도 기운을 내서 일어나 보자. 어서 해피 사료부터 찾아봐야지. 정신을 차리고 침대에서 일어나 바닥에 놓인 휴대폰을 간신히 집어 든다. 동생한테서 전화가 왔었을지도 몰라. 두근거리는 마음으로 잠금 화면을 연다.

부재중 전화 한 통.
딸이었다. 눈물이 핑 돌았다. 오랜만에 휴대폰에 뜬 가영의 번호를 보니 만감이 교차했다. 가영이 먼저 내게 전화를 건 거는 실로 오랜만이었다. 웬일일까? 혹시 이제야 미안한 생각이 든 걸까? 가영이는 어디에서 무얼 하며 지내고 있을까? 밥은 잘 먹고 있을까? 며칠 전 비 오는 날 새벽 충격적이었던 그 일이 잠시 잊힐 만큼 그리고 애써 잊고 지내려던 딸의 안부가 걱정될 정도로 불쑥 가영에게서 온 전화, 미처 받지 못한 부재중 전화 표시가 눈물 나게 반가웠다.

가영이가 왜 그랬을까? 너무 착한 딸이었는데…. 그 나쁜 아이들과 어울려서 그랬던 거겠지. 가영이의 마음은 하나도 변하지 않았을 거야. 매니저 동생의 마음을 빼앗아 간 어린 수연이는 미워도 동생을 미워할 수 없는 것처럼 다 딸의 나쁜 친구들 때문이었을 거라고 엄마는 생각했다. 가영은 여전히 착하고 소중한 내 딸이지. 어떤 딸이었는데….

왜 전화한 걸까? 돈이 필요한가? 그날 일에 대해 이제야 사과하려고? 아니면, 그냥 술 마시다 취해서 잘 있다는 안부 전화를 하고 싶었던 걸까? 내가 잘 지내는지 궁금했겠지. 해피도 물론 궁금할 테고.

바로 전화를 하고 싶지만 그날의 충격이 아직 다 가시지 않아서일까 선뜻 통화 버튼을 누르지 못하겠다.

가영이가 그날 왜 그랬던 걸까? 매니저 동생에 대해 쌓였던 감정이 폭발했던 걸까? 내가 동생하고 친하게 지내느라 자기한테 소홀히 한다고 생각했을지도 모르지. 그래도 절대 그런 행동을 할 애가 아닌데. 술에 취해서 잠깐 정신줄을 놓았던 걸 거야. 아니면 너무 취해 날 못 알아봤을지도 몰라.

언제부터일까? 가영이하고 이렇게 서먹서먹해진 게…. 중학교 때까지만 해도 애교 많고 집에 오면 나부터 찾아서 학교에서 있었던 일 얘기해 주느라 수다스럽기까지 했던 아이였는데….

왜 가영이 이렇게 변했을까? 내가 마트를 그만두고 노래방에 나가기 시작했을 때부터였지. 그때부터 말수도 줄고 집에 오면 자기 방으로 들어가 버리고 그러다 집을 나가서 안 들어오기도 하고…. 며칠 지나 집으로 들어와도 어디서 뭐 하다 이제 왔냐고? 묻기도 어느 순간부턴 힘들고 어색해졌어. 혹시나 이유를 알고 나 스스로가 상처를 받을까 봐 제대로 묻지 못한 것도 있지. 처음 외박하고 들어와 내가 소리치며 추궁했을 때 네가 했던 말…. 친구 집에서 자고 왔어. 그 말이 사실일까? 의심도 됐지만 그냥 그렇게 내가 믿고 싶었던 대로 들었어. 우리 소중한 딸에게 아무 일도 없었을 거라고. 어느 순간 아무 말 없이 안 들어오면 네가 또 그러고 있을 거라 생각했어. 친구네 집에서 놀다가 자고 있겠구나. 아니 어쩌면 그러고 있을 거라고 믿는 게 마음이 편해서였을 수도 있어.

네가 그렇게 나쁜 아이들과 밤거리를 배회하며 술 마시고 담배 피우며 어울려 다닐 거란 생각은 못 했어. 너무 놀라 널 집으로 데려가야 된다고 생각했어. 그 무리들에게서 널 떼어내야 했어. 안 간다고 고집부리는 널 어떻게든 집으로 데려오고 싶었어. 그래서 네 휴대폰을 빼앗았어. 휴대폰이 없으면 넌 잠시라도 못 사는 아이잖아. 그렇게 사람들 보는 앞에서 실랑이를 벌이다 네가 욕을 하고 내 손목을 꺾고 휴대폰을 빼앗아 그 무리들로 돌아갔을 때…. 난 세상이 무너져 내리는 것만 같았어. 너무 슬펐어. 나보다 힘이 세진 너. 너를 힘으로 이길 수가 없었어. 아니 이제 너를 내 마음대로 할 수가 없었어.

네 아빠가 있었더라면…. 네 아빠가 있었더라면…. 건강했던 모습의 네 아빠가 내 곁에 있었더라면 하고 몇 년 만에 처음으로 네 아빠를 찾았었어. 비를 맞으며 무리들 속에서 담배 피우는 너를 보며 많이 울었어. 네 아빠 생각이 계속해서 났어. 내가 잘못 살아온 것 같아서 미안했어. 잘 키우겠다고 다짐했었는데…. 그렇게 못 한 것만 같아서.

그런데, 이 늦은 시간에 왜 전화했을까? 이러고 있을 때가 아니지. 급한 일일 수도 있잖아. 잠시 망설임 끝에 단축번호 1번은 눌러졌다. 신호가 가고 얼마 되지 않아 통화는 연결되었다.

딸!

….

어디서 뭐 하고 지내는 거야? 잘 있는 거야?

….

밥은 먹고 다니니? 돈은 있어? 오랜만에 딸이 전화했다는 사실에 기분이 들떠 은연중에 예전의 다정한 말투가 나왔다. 가영이 먼저 연락을 했다는 반가움과 잘 있었구나 하는 안도감에 대답이 들려오기도 전에 질문은 계속되었다.

왜? 내가 궁금하긴 한 거야? 돈 떨어졌다면 부쳐줄 돈은 있고?

침대에 누워 괴로워하던 가영은 늦은 시간에 갑자기 걸려온 엄마의 전화에 놀라 무슨 일이 생겼나? 하고 잠시 당황했지만 아까 여관에 들어오기 전 차 안에서 엄마한테 전화하라고 잔소리하던 아저씨와 벌였던 실랑이가 떠올라 마음을 가라앉힌 후 대답했다.

저녁은 먹었니?

지금이 몇 시인데? 오랜만에 듣는 엄마의 따뜻한 목소리에 가영의 닫혔던 마음이 열리기 시작했다.

웬일이야? 이 시간에 전화도 하고? 엄마 무슨 일 있는 건 아니지?

네가 먼저 해놓고 웬일이라니? 미안해, 아까 자느라고 못 받았어.

어제도 술 많이 마셨어? 술 좀 적당히 마시라니까.

그래, 술 마시고 탈 나서 어디 나가지도 못하고 하루 종일 집에 누워만 있었지.

왜 탈이 났는데? 뭐 잘못 먹은 건 아니고? 무슨 안주에 술 마셨는데?

오돌뼈에 소주 마셨지.

또 오돌뼈? 좀 좋은 거도 먹고 그래. 그게 어디 식사가 돼? 맵기만 하고 딱딱해서 씹기도 힘들고…. 어째 맨날 오돌뼈야? 또 그 인간하고 마신 거야? 좀 좋은 데 가서 비싸고 고급스러운 안주에 와인도 좀 마셔보고 그래.

너 밥은 진짜 먹은 거야? 돈은 있었어?

저녁에 도루묵찌개 먹었지. 맛있었어.

네가 돈이 어딨다고 그 비싼 걸 먹어?

얻어먹었지. 아주아주 돈 많은 오빠한테서. 엄마가 맨날 그랬잖아. 돈 많은 사람 아니면 돈 잘 버는 사람 만나라고. 엄마 포르쉐 타본 적 있어? 아니 본 적은 있어? 나 지금 동해 바다야. 오늘 포르쉐에 처음 먹어보는 도루묵찌개에 아주 근사한 날이었어.

우리 딸 출세했네. 맛있었겠다!

도루묵찌개 큰 거 대짜로 시켜서 내가 거의 다 먹었어. 오빠는 자주 먹는다고 나보고 다 먹으라고 해서…. 엄마도 좀 돈 많은 남자 만나서 좋은 것도 먹고 멀리 드라이브도 좀 다니고 그랬으면 좋겠다. 그 인간처럼 딱 엄마 수준의 남자 만나지 말고 말이야. 나한텐 커서 돈 많은 남자 만나라고 맨날 노래 부르면서 엄마는 왜 그래?

그 아저씨 나쁜 사람 아냐. 안주 때문은 아니고 그냥 속이 상해서 술을 좀 많이 마셨어.

왜? 그 인간이 속 썩여? 꼴에 여자라도 생겼대? 나이 든 여자는 이제 싫대? 그러니까 엄마도 좀 꾸미고 다녀. 화장품도 좀 좋은 걸로 새로 사서 쓰고, 옷도 가끔 사 입고, 멋 좀 내고 다니란 말이야.

기집애. 엄마한테 말하는 거 하곤. 그 아저씨랑은 그런 사이 아니라니까. 그런 사이 아니라고 몇 번을 말해야 되니? 동생과의 어제 일이 생각나서 순간 울컥했지만 달라진 가영의 태도에 힘을 얻어 아무 일 없었던 것처럼 말할 수 있었다. 엄마도 좀 꾸미고 다니라는 뜻밖의 말이 고맙기도 했다.

아직도 그 아저씨가 싫어? 오히려 엄마한텐 참 고마운 아저씨야. 힘든 일 있으면 가끔 소주 한잔 서로 주고받으며 쌓인 스트레스도 풀고, 힘내라고 서로 격려해 주는 그런 사이라고. 엄마도 일할 때 힘들고 서러울 때가 많아. 그 고향 후배 덕에 위로받고 힘닐 때가 많다고. 그리고 가진 건 없지만 성실한 사람이야. 고향에 학교 다니는 아직 어린 동생들이 많아서 버는 돈은 거의 다 동생들 학비로 보낸대. 그래서 고시원에서 지내는 거고. 그냥 내가 친누나처럼 푸근하고 편해서 좋대. 사실 내가 아쉬운 입장이지. 너한테 말하긴 좀 그렇지만 그 아저씨 덕에 그나마 가게 나가서 공치지 않고 돈도 버는 거야. 그 아저씨가 우리 어려운 사정을 잘 알아서 나한테 특별히 잘해준다고. 너한테 말하긴 좀 그렇지만, 나이 많다고 대놓고 무시하고 면박 주고 퇴짜 놓는 손님들이 얼마나 많은데? 그 아저씨가 매너 좋은 손님들 오면 제일 먼저 날 불러주거든. 진상 손님들도 다 걸러주고. 그런 건 다 매니저 동생 맘이거든. 그래서 가끔 내가 술 한잔 사고 그랬던 거야.

엄마!
왜?
엄마 왜 말 안 했어?
뭘?
그날 일 말이야.
잠시 침묵이 흘렀다.
그날 비 오는 날 새벽에 주점 거리에서 나 만났던 거….
내가 묻고 싶은 말을 이제 하네. 넌 왜 그동안 아무 말 안 했니? 엄마한테 미안하단 말 한마디도 안 하고…. 엄마의 목소리엔 서운함이 한가득 배어 있었다.
미안해. 정말 미안해. 엄마한테 진작에 사과하고 싶었는데 그렇게 못 했어. 사정이 있었어.

　대체 얼마나 마셨던 거니?

　많이 마셨지. 엄마 그렇게 보내놓고 미안하다고 사과해야겠다고 마음먹었었는데…. 엄마 가고 나서 또 그 선배들하고 어울려서 새벽까지 술 마시다 만취해서 기억을 잃었었나 봐. 완전히 필름이 끊겨서 그날 일이 기억 속에서 지워졌던 것 같아. 그날처럼 오늘 오랜만에 비가 내렸잖아. 그리고 내가 또 오랜만에 술을 마셨는데 갑자기 그날 기억이 떠올랐어. 그래서 나도 엄마한테 전화하려고 했었어. 엄마 많이 속상했었지? 미안해. 용서해 줘. 최근에 학교에서 여러 가지 일들이 있었어. 엄마한테 말하기 힘든 일이라 말 못 했어. 나도 엄마 그렇게 보내고 나서 얼마나 후회했었는데…. 그냥 내가 술에 취해 잠깐 정신을 잃었다고 생각해. 아니 정신이 오락가락 미쳐서 내가 엄마를 몰라봤었다고 생각해 줘. 변명같이 들리겠지만 그럴 사정이 있었어. 그땐 그 일진 선배들한테 내가 보호를 받아야 할 상황에 처해 있었어.

　그러기 위해선 내가 그 무리에 속해야 됐고. 나도 그들 못지 않게 나약하지 않고 센 아이란 걸 보여줘야 된다고 생각했어. 그 언니 오빠들이 보고 있어서 일부러 더 못된척했는지도 몰라. 일종의 신고식 같은 거라 생각했어. 너무 취해서 내가 뭘 하고 있는지도 몰랐지만 그냥 내가 살기 위해 연기를 했었다고 생각하고 그날 일은 다 잊어줘. 정말 미안해.

　….

　한동안 아무 말도 할 수 없었다. 그날의 기억이 다시 떠올라 마음은 아팠지만 딸의 갑작스러운 사과에 그 쓰라렸던 아픔은 봄눈 녹듯 사그라드는 것만 같았다.

어쩌라고 씨발! 내 인생 내가 알아서 살 테니까 엄마는 신경 끄라고! 엄마가 해준 게 뭔데!

비가 내리던 그날 엄마 눈을 뚫어지게 쳐다보며 빨리 손 놓으라고 욕설을 퍼붓던 자신의 모습이 갑자기 떠올랐다. 주변 사람들이 쳐다보고 구경 인파가 늘어날수록 내 앞에 서 있는 저 여자를 어떻게든 울려야 하는 미션을 부여 받은 실험극의 연극배우처럼 아주 차디찬 눈빛과 날카로운 목소리로 가영은 엄마의 가슴에 비수를 꽂고 말았었다.

어쩌라고 씨발! 이 손 놓으라고. 어서 좀 놓으라고! 씨발! 엄마한테 소리쳤던 그 말들이 다시 귀에서 차갑게 메아리치는 것만 같았다. 태어나서 처음으로 엄마를 울렸던 그날. 자기 앞에서 처음 그렇게 서럽게 울던 엄마를 두고 차갑게 뒤돌아섰던 자신의 행동을 엄마가 용서해 준다고 해도 평생 자신을 용서할 수 없을 것 같았다. 차가운 겨울비를 맞으며 한참을 울며 서 있던 엄마는 어떤 생각을 했을까?

엄마, 나 밉지?
무슨 말이니?
내가 너무 변해서 밉지 않냐고?
네가 왜 미워? 넌 내가 살아오며 느낀 행복의 전부야. 네가 어릴 때 내게 줬던 그 모든 행복들을 무엇과 비교하겠니? 네가 내게 왔단 그 사실 하나만으로도 난 늘 감사했고 행복했어. 제대로 못 해줘서 미안하기도 하고. 아무리 힘들어도 우리 딸만 생각하면 힘이 나는걸….

엄마, 알아? 엄마도 변한 거? 엄마도 많이 변했어.

넌 안 변했니? 너도 많이 변했어. 그래서 나도 변해가는 거고. 네가 어릴 때 유치원, 초등학교 다닐 때만 해도 넌 늘 엄마가 전부였어. 항상 나만 찾고 잠시라도 내가 자리를 비우면 난리가 난 것마냥 바닥에 주저앉아 발을 구르며 내가 나타날 때까지 울고불고 그랬었지. 어쩌다 외출이라도 하는 날이면 혹시나 네가 집에 먼저 와서 기다릴까 봐 허둥지둥 서둘러 집으로 돌아오곤 했지. 기억나니? 너 어릴 때 토요일마다 엄마랑 둘이서 맥도날드 가서 햄버거 세트 시켜서 같이 나눠 먹으며 다른 테이블 아이들 쳐다보거나 엄마랑 수다 떨며 시간 보내는 거 그렇게 좋아했었잖아. 그런데 네가 6학년 때였던가? 맥도날드 가자고 했더니 이제 좀 컸다고 친구들하고 약속 있으니까 엄마 혼자 가서 먹으라고 내게 말했지. 어쩌면 별거 아닌 일일 수도 있지만 엄마는 허전한 마음에 혼자 햄버거를 먹으며 눈물이 났었어. 바보 같지? 언젠가 우리 딸도 사랑하는 사람을 만나 자기 가정을 꾸리고 내 곁을 떠나 나 없이도 잘 사는 날이 오겠지 하는 생각을 그때 처음 해봤어. 너 중학교 때 교회 처음 나가서 성가대에 잘생긴 오빠가 너무 좋다고 그렇게 요란하게 사랑 타령하고 울고불고 짝사랑에 아파하고 난리 치던 거 기억나? 엄마를 투명인간 취급하던 거 기억 안 나니?

엄마는 별걸 다 기억하고 사네. 나도 그 교회 오빠 잊은 지 오래됐어. 이젠 아무렇지도 않아. 나도 다 잊고 사는 걸 엄마가 왜 그렇게 다 기억하며 살아?

　엄마 부탁이 하나 있는데…. 그 노래방 아저씨 집으로 데리고 오지 않았으면 해서. 그냥 밖에서만 만나면 안 돼? 동생이든 고향 후배든 남자 친구든 내가 뭐라고 더는 안 할 테니까…. 엄마도 엄마의 인생이 있는 거잖아. 진혁의 조언에 생각이 달라진 가영은 엄마의 인생도 인정하며 살기로 마음먹었다.
　무슨 소리니? 그 아저씨가 우리 집에 언제 왔다고? 아니, 네가 어떻게 그걸…. 너 없을 때만 두 번인가 세 번 왔었을 텐데…. 너 알고 있었니?
　한 번이 아니고?
　그제 밤에도 왔었을 텐데…. 그전에도 두 번인가 밥 먹으러 왔었지. 그런데 어떻게 알았어? 조심한다고 내 딴엔 할 만큼 다 했는데…. 그제 밤에 집에 있었구나?
　가영은 아무 말 하지 않았다.
　미안해. 여자만 있는 집에 낯선 남자 들이는 거 아닌데. 그런데 맹세코 아무 일도 없었어. 그날은 사정이 있었어. 내가 너무 취했었거든. 나도 잘 기억은 나지 않아. 아마 날 부축해서 우리 집까지 와서 침대에 뉘어놓고 바로 갔을 거야. 그날 너무 속상하고 힘든 일들이 많아서 내가 술을 많이 마셨어. 아주 많이 취했었거든. 너하고의 일 때문에도 기분이 안 좋았고 그리고 또 말하기 좀 그런데 그럴만한 일이 더 있었어. 그래서 평소와 다르게 과음을 했어. 기억을 못 할 정도로 마신 것 같아. 그 아저씨한테 큰 실수도 했고 정신이 하나도 없었어. 술집에서 나와서 내가 토하고 비틀거리고 쓰러지고 자꾸 그러니까 날씨도 추운데 뭔 일 날까 봐 그 아저씨가 날 부축해서 집까지 데려다주고 간 것 같아. 날 방에 눕혀놓고 바로 돌아갔을 거야. 정말 아무 일도 없었어. 그 아저씨 아니었으면 그 추운 날 집에 무사히 오지 못했을지도 몰라. 그 아저씨랑 엄마랑은 네가 생각하는 그런 사이는 절대 아냐. 가끔 고향 음식이나 집밥 먹고 싶단 얘길 하길래 두 번인가 내가 집으로 불러서 고향 음식 만들어 같이 먹은 게 전부야. 그리고 너한테 얘긴 안 했지만 나중에 너 등록금 하려고 매달 오십만 원씩 은행에 적금 들고 있거든. 꽤 됐지. 너한텐 미안했지만 네가 용돈 없다고 돈 더 달라고 그렇게 졸라대도 그 적금 낼 돈만큼은 안 건드리고 그렇게 악착같이 아끼면서 내고 있다고. 지난번에 나 아파 누워 있을 때 하마터면 그 적금 깰뻔했는데 그 아저씨가 이제 와서 적금 깨면 손해가 크기도 하고 또 흐지부지 다 쓰게 된다고 말리면서 적금 깨지 말라고 몇 달 치 적금 낼 돈도 선뜻 빌려줬어. 아까도 말했지만 엄마한텐 여러모로 과분하게 고마운 동생이야. 그리고 앞으로는 그 아저씨 우리 집에 오는 일은 없을 거야. 아니 밖에서도 둘이 만나는 일도 이젠 없을 거야.

아니 뭐 꼭 그럴 것까진 없다니까. 엄마도 엄마 인생이 있는 건데. 나도 이제 이해해. 아니 이해 안 되더라도 노력할 거라고. 나

366

도 이제 어른이야. 이제 더 이상 아이가 아니라고. 그리고 적금 들고 있었다면서 그렇게 돈 하나도 없는 것처럼 그랬던 거야? 난 정말 집에 목에 삼키고 죽을 돈 하나 없는 줄 알았다고. 나한테 용돈 안 줘서 뭐라 하는 게 아니고 엄마 많이 아팠을 때 내가 얼마나 무서웠는지 알아? 엄마 데리고 병원에는 가야 하는데 돈이 없어서 병원에 못 가니까 이러다 엄마까지 아빠 따라 하늘나라 가는 건 아닐까 그런 걱정까지 했었다고.

미안해. 그 돈만큼은 손대고 싶지 않았어.

술에 취하지 않았을 때의 엄마는 예전의 다정하고 잘 챙겨주던 엄마의 모습 그대로였다. 오랜만에 엄마와 전화로나마 이야기를 나누고 나니 그간의 오해도 풀리고 엄마의 마음도 조금은 알 수 있는 것 같았다. 잘 모르면서 그동안 엄마와 그 아저씨와의 관계를 혼자서 상상하고 오해하고 의심했던 게 미안했다. 그제 밤 집에서 있었던 그 일도…. 어쩌면 엄마가 술에 취해 힘들어 앓는 소리를 내는 걸 다른 신음 소리로 착각했는지 모른다. 그 아저씨가 술에 취해 정신을 잃은 엄마를 침대에 눕혀놓고 소변을 보려고 잠깐 화장실에 가려다 술김에 내 방문을 잘못 열었는지도 모른다. 생각해 보니 그날 밤 엄마 몰래 들어왔다 옷만 챙겨서 금방 나가려고 거실 전등을 켜지 않았었다. 그래서 집 안은 컴컴했었지. 아저씨가 내 방을 화장실로 착각했을 수 있다. 내가 엉뚱한 오해를 했던 거야. 그 아저씨는 나쁜 사람이 아니고 어쩌면 엄마 말대로 고마워해야 할 사람인지도 모른다. 그 추웠던 날 새벽에 그 아저씨가 엄마를 부축해서 집까지 데려다주지 않았다면 끔찍한 일이 일어났을지도 모를 테니까….

엄마 몸도 안 좋은데 좀 쉬면 안 돼? 건강 좀 나아질 때까지 집에서 그냥 쉬면 안 돼?

얘는, 방바닥에 등 붙이고 집에서 놀면 금방 건강해진다니? 사람은 일을 해야지. 이제 괜찮아.

내가 돈을 벌 테니까 엄마는 좀 쉬라고.

무슨 소리야? 요새 알바 자리도 없다면서. 공부는 어떻게 하고? 대학 안 갈 거야?

아니 딱 1년만 학교 쉬고 돈 벌면 되지. 돈 벌고 다시 복학하거나 검정고시 쳐서 대학 가면 되잖아. 그런 애들 많아. 엄마 건강 안 좋은데 일 나가는 모습 볼 때마다 내가 마음이 아파서 그래.

그런 소리 하지 마. 모든 일에는 다 때가 있는 법이야. 넌 지금 돈 벌 때가 아니라 공부를 해야 할 때라고. 엄마도 이제 적응돼서 노래방 나가는 거 예전처럼 힘들지 않아. 술 마시는 척하거나 손님 몰래 술 버리는 방법도 배웠어. 술 많이 안 마시고도 일할 수 있으니까 걱정 안 해도 돼. 알았지? 그러니까 돈 벌겠단 소리 말고 어서 집으로 와.

엄마?

왜?

아빠 말이야. 동해 바다에 뿌렸잖아. 어디에 뿌렸어? 나 어릴 때 엄마랑 동네 아저씨 트럭 타고 한 번 가본 후로 못 가봤잖아. 동해 바다였던 것 같은데 어딘지 기억이 나지 않아서.

얘는. 뜬금없이 아빠는 왜? 너 놔두고 그렇게 일찍 가버린 아빠가 뭐가 좋다고 아빠를 찾니? 넌 공부나 열심히 해.

아니, 나 지금 동해에 왔잖아.

아. 그렇지. 한번 가보게? 자주 찾아오지 말라고 거기 먼 곳에 뿌려달라고 했는데…. 네가 아빠 근처에 있구나. 그런데 말해주면 찾아갈 수 있겠어? 아빠도 말은 그렇게 했어도 가영이가 찾아가면 얼마나 기쁘겠니? 자주는 말고 아주 가끔 너랑 여행 오듯 즐거운 마음으로 경포로 놀러 오라고 했었지. 어릴 적 우리 가족의 추억이 있는 경포해변으로 말이야.

경포해변?

그래, 경포해변.

나중에 엄마랑도 기회 되면 같이 가자.

그래. 그래야지. 너 대학 붙으면….

엄마, 해피 밥은 줬어?

갑자기 해피 밥은 왜?

엄마 요새 술 자주 마시면서 해피 밥 주는 거 가끔 깜박하잖아? 오늘 줬냐고?

줬지. 아니 내가 해피 밥을 줬나? 그러고 보니 헷갈리네. 개밥이 떨어진 것 같다 말하면 화를 낼 것이 분명한 가영이였기에 엄마는 기억이 잘 안 나는 것처럼 둘러댔다. 내일 아침 당장 마트에 가서 개밥부터 사와야겠다고 다짐했다.

준 거 맞아?

아니 내가 주면 잘 안 먹잖아. 네가 밥 주고 옆에서 지켜보고 있어야 잘 먹잖아. 예전에 가영이 귀가가 늦을 때마다 엄마가 쓰던 수법이었다. 전화를 걸어 해피 짖는 소리를 들려주거나 해피가 밥을 잘 안 먹는다고 가영에게 말하면 해피를 끔찍이 아끼는 가영이는 화를 내고 투덜거리면서도 해피 걱정에 일찍 집으로 들어와 해피 밥을 주고 놀아주고 목욕도 시켜주곤 했다. 오랜만에 엄마는 가영이 집으로 왔으면 하는 마음에 그 방법을 썼다. 가영이 사춘기가 되고 집 밖으로 돌며 엄마와의 관계가 서먹해질 때마다 해피는 언제나 둘 사이의 관계를 이어주는 그런 존재였다.

진짜 밥 준 거 맞아?

준 거 같다니까.

준 거 같다는 건 무슨 말이냐고? 엄마는 밥 굶으면 좋아? 왜 제때 밥을 안 주는데. 얼마나 배고프겠어?

그러니까 어서 집에 와. 해피가 심심해서 맨날 엎드려 잠만 잔다고.

엄마 어디 안 가지? 집에 있는 거야?

내가 갈 데가 어딨니? 집에서 해피랑 놀아야지.

나 집에 갈지도 몰라.

네 집인데 왜 말하고 오니. 그냥 아무 때나 오면 되지. 엄마야 늘 기다리고 있으니까 언제든지 와. 그 아저씨 때문에 그러는 거야? 또 마주칠까 봐?

아니야.

그 아저씨 때문에 그러는 거면 걱정 안 해도 돼.

알았어. 집에 먹을 거는 있어?

어서 와! 너 좋아하는 참치김치찌개 끓여 놓을 테니까…. 나 졸려서 이만 자야겠어. 또 전화해. 가영의 말이 바뀔까 엄마는 집으로 온다는 가영의 말을 듣곤 얼른 전화를 끊었다.

그래. 엄마도 잘 자!

얼마를 울었을까? 전화를 끊고 가영은 침대에 누워 엄마에 대한 미안한 마음에 한참을 울었다. 용돈도 잘 안 주고 집에 돈 한 푼 없다는 말만 하던 엄마가 날 위해 그렇게 아끼며 열심히 적금을 들고 있었다니…. 엄마의 목소리를 오랜만에 듣고 나니 그간 쌓인 오해와 서운했던 감정은 사라지고 어릴 적 엄마 다리에 꼭 붙어 다니던 시절로 다시 돌아간 것마냥 마음이 따뜻해졌다. 엄마와 해피가 얼른 보고 싶어 내일이라도 당장 집으로 돌아가고 싶었다.

하지만, 엄마가 정말 술을 끊을 수 있을까? 술을 못 이겨 다시 취해서 비틀거리는 엄마의 모습을 보게 된다면? 술에 취해도 조금 전처럼 그렇게 따뜻하고 다정한 모습 그대로일까? 아니, 내가 돌아간다면 엄마는 또 약한 몸으로 술을 마시고 노래 부르며 돈을 번다고 할 텐데…. 그런 모습을 또 보고 싶지는 않다. 아픈 엄마를 계속 일하게 하는 게 맞는 일일까? 원래 계획했던 대로 내가 독하게 마음먹고 1년 만이라도 악착같이 돈을 벌어서 돌아가는 게 낫지 않을까? 그래, 엄마를 위해 미친 듯이 돈을 버는 거야. 그게 엄마나 나를 위한 길이야. 엄마가 정말 돈을 모았는지도 모르겠지만, 그 돈은 내 돈이 아니야. 아픈 엄마를 위해 쓰는 게 맞겠지. 정말 돈이 있다면 엄마를 데리고 병원부터 가야 해.

그래, 돈을 벌어야 해. 내가 돈이 없어서 놓친 것들이 얼마나 많은데…. 내가 다른 친구들처럼 수학 학원에 한 번이라도 다녀봤으면 지금처럼 수포자가 되진 않았겠지. 남들은 가기 싫다고 해도 강제로 이 학원, 저 학원 다니느라 지친다는데 난 꼭 듣고 싶었던 한 과목, 그 한 과목조차 다녀본 적이 없잖아. 어디 공부뿐인가? 좋아했던 교회 오빠도 결국은 내가 돈이 없고 가난해서 스스로 단념할 수밖에 없었잖아. 그래, 돈을 벌어야 해. 엄마를 위해 그리고 나를 위해. 가영은 다시 한번 마음속으로 굳게 다짐하고 자리에서 일어나 눈물을 닦으려 화장대 거울 앞에 앉아 곽티슈에서 휴지 한 장을 뽑았다. 그때였다. 가영의 시선이 곽티슈 앞면에 붙여져 있는 화려한 색깔의 다방 홍보용 스티커에 닿았다. 핫다방, 돌다방, 흙다방, 밀림다방, 홍콩다방…. 그중에 핫다방이란 곳의 커피 배달 주문 번호 밑에 아가씨 구함이란 구인 광고 문구가 작은 글씨로 적혀 있었다. 그래, 내일 아침 떠나는 거야. 아저씨보다 먼저 일어나서 나 혼자 떠나는 거야. 아저씨랑 일출을 보고 나면 아저씨가 날 못 가게 붙잡을지도 모르지. 아니 아저씨 설득에 내 맘이 또 약해질지도 몰라.

가영은 휴대폰을 찾아 손에 들고 진혁과 만나기로 했던 약속 시간보다 한 시간 더 일찍 알람을 설정해 놓았다. 따뜻한 방 편안한 침대 위에서 몇 시간만 눈을 붙이고 새벽 일찍 떠나려면 이제 자야 한다. 술을 그렇게 많이 마셨는데도 맑았던 정신이 갑자기 몽롱해지기 시작했다. 바닷가에선 술을 마셔도 바다가 대신 취한다는 마법은 여기까지인 것 같았다. 가영은 깊은 잠에 빠져들었다.

잘 지내니?

쿵! 쿵! 쿵!

얼마를 잤을까? 가영은 누군가 세게 문을 두드리는 소리에 소
스라치게 놀라 잠에서 깼다. 방 불을 켜고 휴대폰을 보니 알람 설
정해 둔 시간보다 한 시간 이상 더 지나 있었다. 머리가 지끈거리
고 어제 마신 술 때문에 어지럽고 속이 울렁거렸다. 진혁과 만나
기로 한 시간에서도 벌써 십여 분이 지나 있었다.

일어나. 가영! 곧 해 뜬다고. 밖에서 문을 두드리며 자신을 부
르는 소리에 가영은 정신을 차리고 문 쪽으로 다가가 살짝 문을
열고 복도를 내다보았다. 일찍 일어나 샤워를 했는지 깔끔한 차
림의 진혁이 복도에 서 있었다.

어서 나와. 곧 일출이야. 빨리 옷 걸치고 1층으로 내려와.

네. 알았어요. 잠깐만 기다려요. 곧 갈게요. 급하게 거울을 보며

눈곱을 떼고 휴대폰을 보니 아저씨한테 부재중 전화가 다섯 통이 넘게 와 있었다. 어제 결심과는 달리 술에 취하고 피곤했던 가영은 알람 소리와 휴대폰 벨 소리도 듣지 못한 채 깊은 잠에 빠졌었다. 머리가 깨질 듯이 아프고 빙빙 도는 것처럼 정신이 없었지만 생전 처음 일출을 본다는 설레는 마음에 세수도 생략하고 밤새 울어 퉁퉁 부은 눈을 모자를 눌러써서 가리고 점퍼만 걸친 채 여관 1층 출입구로 내려갔다. 진혁이 쑥스런 표정을 지으며 가영을 맞았다. 어제 종일 같이 붙어 다녔는데 잠시 떨어졌다가 다시 봐서일까 둘 사이엔 약간의 어색한 기운이 감돌았다. 진혁은 어젯밤 꿈이 생각나 가영의 얼굴을 제대로 쳐다볼 수 없었다.

겨울에도 모기가 있나? 어색한 분위기를 깰 겸 진혁이 농담을 던졌다.

왜요? 이 추운 겨울에 모기가 어딨다고 그래요?

아니 가영이 눈 보니까 모기가 문 것 같아서. 아~. 술 냄새! 어제 그렇게 마시고 또 방에서 얼마나 더 마신 거야? 진혁은 코를 막는 시늉을 하면서 말했다.

방금 일어났으니까 그렇죠. 금방 괜찮아질 거예요. 가영은 술이 덜 깬 멍한 눈빛으로 어이없다는 표정을 지으며 말했다.

아저씨 얼굴에 그 멍은 뭐예요?

아…. 이거. 새벽에 화장실 가다 좀 넘어져서…. 진혁은 부끄러운 마음에 한 손으로 얼굴을 가리며 말했다.

아니, 주인아주머니한테 물 안 쓰겠다고 말한 건 난데 왜 가영이가 안 씻었어?

　늦었다고 빨리 내려오라면서요.

　그래. 어서 해변으로 가자고. 진혁은 가영보다 조금 앞장서서
가까운 해변을 향해 성큼성큼 걸어갔다.

　와! 어떡해! 어머! 어머! 너무 멋져!

　갈매기 소리와 파도 소리가 귀를 때리는 가운데 짠 바다 내음
물씬 풍기는 오렌지빛 새벽 동해 하늘의 장관을 마주한 가영의
입에서 자기도 모르게 탄성이 연달아 흘러나왔다. 너무 신비롭고
황홀해서 절로 감탄이 나왔다. 어제 오후 구름 낀 하늘 아래 차분
하게만 느껴졌던 동해 바다와는 다른 동트기 직전의 역동적이고
비현실적이기까지 한 마치 한 폭의 그림 같은 멋진 새벽 바다를
보자 가영은 너무 감동해서 입을 다물 수가 없었다. 술이 덜 깨
머리는 지끈거리고 아팠지만 술기운 때문일까 아름다운 새벽 바
다의 풍경이 더욱더 몽환적이고 신비롭게 느껴졌다. 진혁은 가영
보다 뒤편에 서서 해가 떠오르는 광경을 조용히 바라봤다.

　그래, 아침 일찍 나오길 잘했어. 이래서 사람들이 멀리 동해까
지 일출을 보러 오는 건가 봐. 가영은 잠시 말을 잊고 멍하니 서
서 해 뜨기 직전 동해 바다가 상영하는 한 편의 영화와도 같은
일출의 장관에 흠뻑 빠져들었다. 꿈인가 생신가 볼을 한 번 꼬집
어 보고 싶은 생각이 들 정도로 그 모습은 황홀했다. 저 멀리 수
평선 위를 나는 갈매기들의 울음소리, 바다 위에 떠 있는 작은 어

선들이 불어대는 뱃고동 소리를 들으며 가영은 차가운 겨울 아침 공기를 가슴이 아리도록 한껏 들이마셨다. 여태까지 살며 느껴보지 못했던 강렬하고 뭉클한 감동이 가슴속 깊은 곳으로부터 북받쳐 올라왔다. 갑자기 하늘 전체가 붉어지더니 아주 커다랗고 밝은 태양이 수평선 위로 조금씩 그렇지만 빠르게 떠오르기 시작했다. 가영은 해가 떠오르는 모습을 한순간도 놓치기 싫어 시시각각 변해가는 그 모습을 눈도 깜박거리지 않고 숨죽이며 넋 놓고 바라보았다.

   가영 바로 앞에선 자전거를 탄 할아버지가 강아지와 함께 산책을 나왔는데 자전거 핸들에 묶인 작은 라디오에서 귀에 익은 선율이 흘러나왔다. 카발레리아 루스티카나 간주곡이었다. TV 광고에 자주 나와서 익숙한 음악이기도 했지만, 얼마 전 학교 음악 수업 시간에 선생님이 자기가 가장 좋아하는 클래식 음악이라며 그 곡을 소개한 적이 있어 가영도 잘 알고 있는 곡이었다. 지직거리는 작은 라디오 스피커에서 흘러나오는 그 멋진 음악은 장엄한 일출과 너무도 절묘하게 잘 어울렸다. 가영의 눈가에 또 눈물이 고였다.
   비현실적이야. 너무나 비현실적이야. 세상에! 어쩌면 이럴 수가? 가영은 일출의 장관에 압도되어 자기도 모르게 계속해서 감탄사를 쏟아냈다. 내가 매일 술에 취해 잠이 든 채 흘려보냈던 그 무수한 아침들이 강원도 바닷가 이곳에선 매일 이렇게 황홀하고 아름다웠을 것을 생각하니 가영은 정말 소중한 것들을 놓치며 지금껏 살아온 건 아닌가 하는 생각이 문득 들었다. 강렬하게 타오르는 붉은 태양을 보고 있자니 그간 마음속에 쌓아두었던 슬픔, 실망, 좌절, 분노, 원망, 두려움 같은 어두운 감정들이 어느새 활활 타버려 모두 사라지는 것만 같았다. 긴 어둠을 밝히며 다시 떠오르는 저 태양처럼 가영 또한 새로운 희망을 갖고 다시 열정적으로 인생을 살아보고 싶었다. 그렇게 가영은 너무도 아름다운 동해 바다의 아침에 취해 한동안 멍하니 서서 그 모습을 바라보았다.

몇 분이 흘렀을까? 해가 수평선 위로 거의 다 떠오를 무렵 갑자기 먼바다로부터 강렬한 바닷바람이 불어오기 시작했다. 멀리서 빠른 속도로 달려오는 마차가 일으키는 바람과도 같은 거대한 바람이 해변을 향해 불어오기 시작했다. 꿈만 같았던 일출은 어느덧 끝나고 가영은 다시 현실로 돌아왔다. 숙취 때문인지 머리가 지끈거리고 어지러웠다.

그때였다.

바닷바람 때문에 눈이 시려 맺힌 눈물 위로 저 멀리 태양의 이글거리는 빛이 어지럽게 흔들리며 흐릿하게 보였다. 태양 위로 사람 얼굴의 형상을 한 무언가가 서서히 겹쳐 보이는 것 같았다. 어제 마신 술 때문에 헛것이 보이는 건가 생각도 해봤지만 정체를 알 수 없는 그 무언가의 형체는 점점 또렷해지기 시작했다. 호기심에 가영은 눈도 깜박이지 않고 태양을 한참 바라보았다. 분명 사람의 얼굴이었다. 커다란 극장 스크린에 주인공의 얼굴이 서서히 클로즈업되듯이 사람 얼굴의 형체가 태양을 가득 메우기 시작했다. 아지랑이처럼 이글거리는 태양 빛 때문에 얼굴의 형체는 아직 또렷이 보이지 않았다.

누구일까? 누가 지금 이 순간에 나를 찾아온 걸까? 어제 얼마나 술을 마셨길래 밤도 아니고 이렇게 밝은 아침에 헛것이 보인단 말인가? 가영은 자기도 모르게 속으로 중얼거렸다.

도대체 누굴까? 누구인데 여기 이 먼 곳까지 나를 찾아왔을까? 저 형상이 진정 헛것이 아니라면, 지금 태양을 바라보고 있는 이 순간이 꿈이 아니라면 저 얼굴은 누굴까? 어두운 암실 속 현상액에 담긴 인화지 위로 인물 사진의 형상이 서서히 나타나듯 그 모습은 점차 구체적인 형상을 갖춰가더니 어딘지 익숙한 사람의 윤곽을 한 얼굴 모양의 형태로 바뀌어 갔다. 턱의 윤곽으로 보아선 남자의 얼굴이다. 그렇지만 아직은 누군지 알 수 없었다.

누구세요? 누구냐고? 가영은 자기도 모르게 태양 속 얼굴을 향해 말했다.

학교 선생님인가? 내가 집 나간 거 소문이 다 돌아서 선생님이 날 잡으러 여기까지 찾아온 걸까? 선생님은 날 많이 챙겨주시고 아껴주셨지. 아냐. 방학인데 선생님이 날 찾으러 이곳까지 올 리가 없지. 그럴 리가…. 그 아지트 짱 오빠인가? 내가 자기 팔뚝을 깨물고 도망쳐서 홧김에 여기까지 날 쫓아온 걸까? 설마 내가 돈을 훔쳐 달아났다고 혹시 경찰에 신고를 한 건 아닐까? 경찰 아저씨가 날 잡으러 온 건가? 설마, 얼마나 큰돈이라고…. 그럴 일이야 없겠지. 숙취 때문에 아직도 머리가 멍한 가영은 저 멀리 눈앞에 보이는 것이 현실인지 환영인지 분간을 할 수 없었다. 눈을 비비고 크게 뜬 눈으로 몇 번을 쳐다봐도 일렁거리는 태양의 빛 때문에 누군지 알아볼 수 없었다.

누구세요? 도대체 누구냐고? 왜 날 찾아온 건데요?

그때였다.

거대한 해일 같은 바닷바람이 드넓은 바다 위를 휙 하고 훑고 지나갔다. 거짓말처럼 태양을 가리던 흐릿한 기운과 근처의 구름들이 한순간에 사라졌다. 가영을 괴롭히던 강렬한 태양 빛의 눈부심도 서서히 익숙해지자 태양 위 그 얼굴 형상이 또렷하게 드러났다.

아빠!

놀란 가영의 입에선 자기도 모르게 탄식하듯 아빠란 단어가 입밖으로 튀어나왔다. 순간 가영의 눈에 굵은 눈물이 터져 나와 볼위를 타고 흘러내려 뚝뚝 떨어지기 시작했다. 아빠가 그렇게 허망하게 떠난 후 처음 불러보는 아빠였다. 어릴 적엔 아빠가 너무 보고 싶어 밤마다 울며 맘속으로 불러보기도 하고 꿈에라도 한 번 나타나 달라고 무수히 기도를 했었다. 이 세상 누구보다 가영을 아껴주고 늘 편이 되어주었던 아빠. 갑자기 세상을 떠나고 누구에게도 말해본 적 없던 상실감, 외로움, 그리고 의지할 곳을 찾지 못

해 방황하던 가영이었기에 너무 오랜만에 갑작스럽게 마주한 아빠의 얼굴이 너무 반가워서 눈을 뗄 수 없었다. 가영의 가슴은 기쁨으로 요동치기 시작했다. 아빠는 환하게 웃고 있었다. 그 모습이 눈물겹게 반가웠다. 아빠가 웃는 모습을 본 건 정말 오랜만이었다. 아팠던 아빠의 모습이 아니라 가영이 어릴 적 기억하던 건강하고 늘 밝게 자신을 향해 웃어주던 그 아빠의 얼굴이었다. 아빠가 보고 싶을 때마다 몰래 꺼내 펼쳐봤던 사진 앨범 속 군복을 입고 늠름하고 환하게 웃던 젊은 시절 아빠의 얼굴이었다.

아빠! 이젠 안 아파? 거기선 안 아픈 거지? 아빠가 웃는 거 보니까 너무 좋다. 자기도 모르게 아빠의 얼굴을 바라보며 중얼거리는 가영의 눈엔 쉴 새 없이 눈물이 흘러내렸다.

바다가 좋아서 이곳에 있는 거야? 아빠 바다 좋아했잖아. 군 시절 바다를 바라보며 경계 근무 서던 때가 참 좋았다고 내게 얘기했잖아. 아빠가 좋아하는 바다에서 이렇게 아빠를 보니까 너무 좋아. 무엇보다 따뜻한 태양과 아빠가 함께 있는 모습을 보니까 안심이 돼. 햇빛이 들지 않는 어두운 방 안 침대에 누워 있던 아빠의 모습이 떠오를 때마다 마음이 아팠던 가영의 눈에 또 눈물이 흘렀다. 아빠는 말없이 웃고만 있었다. 뭔가 할 말이 있는 것 같았지만 오랜만에 본 딸이 반가운지 그냥 아무 말 없이 웃고만 있었다.

아빠! 잘 지내고 있는 거지? 엄마하고 난 잘 지내고 있어. 그러니까 우리 걱정 말고 잘 지내.

그때였다. 아빠의 입꼬리가 떨리듯 조금씩 실룩거리더니 뭔가 하고 싶은 말이 있는 듯 서서히 움직이기 시작했다.

아빠! 왜? 하고 싶은 말이 있어? 아빠! 왜? 무슨 말을 하려는데? 가영은 천천히 움직이는 아빠의 입모양을 응시하며 물었다. 멀리 떨어져 있는 아빠의 음성이 가영에게 들릴 리 없었다. 너무 듣고 싶은 아빠의 목소리를 들을 수는 없었지만 입모양으로 아빠가 무슨 말을 하고 싶은지 가영은 눈으로 읽을 수 있었다.

'잘 지내니?'라고 아빠가 말했다.

어. 아빠, 걱정 안 해도 돼.

가영도 아빠가 알아들을 수 있도록 입을 크게 움직여 소리 대신 입모양으로 대답했다.

아빠가 많이 미안해.

아니야. 아빠. 뭐가 미안해?

가영의 대답을 읽은 듯 아빠는 슬픈 눈빛으로 아무 말 없이 가영을 바라보았다. 그리고 아빠의 입술이 다시 말을 하기 시작했다.

부탁이야. 가영아.

가영은 아무 말 없이 아빠의 얼굴을 쳐다보았다.

엄마한테 잘해!

아빠의 그 말에 미안해진 가영은 아무 말도 할 수 없었다. 흐르는 눈물을 참으며 아무 말 없이 앞으로 잘하겠다는 뜻으로 고개를 끄떡였다.

아빠는 아무 말 없이 가영을 쳐다보며 웃었다.

그때였다. 태양이 점점 빠르게 하늘 위로 솟아오르더니 처음 수평선 위로 올라왔을 때의 붉은 기운은 어느덧 사라지고 푸르게 변해버린 하늘 위로 높이높이 떠올랐다. 태양 위에 겹쳐 보이던 아빠의 얼굴도 서서히 작아지고 흐릿해지기 시작했다.

아빠! 벌써 가는 거야? 가영은 아쉬운 마음에 손을 뻗어 아빠의 얼굴을 만져보려 했다. 아빠의 얼굴이 점차 흐려져 태양 속으로 곧 사라질 것만 같았다. 너무 오랜만엔 만난 아빠를 붙잡고 싶었지만 그럴 수 없었다.

아빠! 미안해! 내가 아빠한테 사랑한단 말을 한 번도 못 했던 것 같아. 아빠! 사랑해! 그리고 걱정 마. 나 이제 더 이상 어린애가 아니니까 내가 엄마한테 잘할게. 내가 늘 엄마 곁에 있을 거니까 걱정 마. 그리고, 오늘 이렇게 내게 와줘서 너무 고마워. 아빠, 앞으로 이곳 바닷가 하늘 위 어딘가에 아빠가 있다고 생각할게. 그래도 가끔 엄마하고 나 보고 싶으면 서울 집에도 찾아와 줘. 내가 커서 돈 벌면 돈이 생길 때마다 아빠 심심하지 않게 이곳에 자주 놀러 올게. 가영의 두 눈엔 어느새 뜨거운 눈물이 가득 고였다. 희미하게 사라져 가는 아빠의 얼굴을 바라보며 가영은 그간 아빠에게 하고 싶었던 말들을 급하게 다 쏟아냈다.

너무 오랜만에 갑작스럽게 만난 아빠, 영원히 곁에 붙들어 두고 싶은 아빠의 얼굴이지만 오래전 갑작스레 하늘로 떠났던 것처럼 아빠는 다시 태양 속으로 말없이 사라졌다. 아빠가 혹시 다시 나타나지 않을까 가영은 한동안 태양을 쳐다보았다. 어느새 가영의 눈에 고였던 눈물이 바람에 날아가 버리고, 꿈을 꾼 듯 몽롱했던 정신도 서서히 깨어나는 것만 같았다.

　내가 꿈을 꾼 걸까? 아니 지금도 난 꿈속에 있는 걸까? 아니야. 꿈이라기엔 너무 또렷하고 선명했어. 아빠의 모습, 아빠의 얼굴과 입모양 그리고 지금 보이는 이 풍경들까지. 가영은 얼른 뒤를 돌아 진혁을 찾았다. 가영으로부터 한참 떨어진 뒤편에 진혁이 서 있었다. 바다를 바라보며 깊은 생각에 잠겨 있는 듯했다. 가영은 자신의 볼을 꼬집어 보았다. 지금 아저씨가 내 눈에 보이는 걸로 봐선 꿈은 아닌 것 같았다. 그래. 꿈이 아냐. 분명 아빠가 내게 왔었던 거야. 아빠가 날 잊었을 리가 없지. 오랜만에 아빠를 만나 대화를 나누고 하고 싶었던 말들을 전할 수 있어 기뻤던 가영의 얼굴은 금세 환하게 밝아졌다.

　문득 오래전 아빠와의 마지막 순간이 떠올랐다. 늘 헝클어진 머리에 초췌한 모습으로 침대에 누워 있던 아빠가 아침 일찍 안간힘을 쓰며 몸을 일으켜 욕실에서 몸을 씻고, 머리를 빗고, 단정한 차림으로 나와 침대에 누워계셨던 그날을 가영은 잊을 수 없다. 가영은 몰랐지만 아빠 이별의 순간을 분명 알고 계셨던 것 같다. 그래서 평소와는 다르게 오랜만에 단정한 모습으로 아침을 맞이하셨다. 점심이 지날 무렵 혼자서 그렇게 갑자기 떠나셨을 때, 왜 자신에게 미리 말해주지 않았을까 원망했던 적이 있었다. 며칠 전, 아니 몇 시간 전이라도 미리 아빠가 알려줬다면, 아빠에게 남은 그 짧은 시간을 좀 더 아빠 곁에서 보내며 사랑한다는 말을 해줄 수 있었을 텐데 아빠는 그러지 않았다. 한동안 그런 아빠가 원망스럽고 미웠다. 왜 아빤 이별의 말을 할 수 있게 자신에게 미리 마지막 순간을 알려주지 않았을까? 어쩌면 아빤 그걸 바랐는지도 모른다. 자길 그리워 말고 원망하고 잊고 살라고.

엄마가 갑자기 큰 소리로 울면서 빨리 나와보라고 정신없이 내 방문을 두드리고 나서야 가영은 알 수 있었다. 아빠는 이미 눈을 감고 의식 없이 조용히 침대에 누워 있었다. 갑작스러운 아빠의 죽음에 놀라 어쩔 줄 몰라하는 엄마와 자기를 놔두고, 아빠는 그렇게 고요하고 평안한 얼굴로 떠나셨다. 일부러 그랬을까? 왜 미리 말하지 않았을까? 엄마와 내가 슬퍼하는 모습을 볼 자신이 없으셨던 걸까? 이별이 곧 닥쳐올 걸 아셨어도 차마 말을 할 용기가 없었을지도 모른다. 이젠 알 것 같다. 아빠는 그만큼 여린 분이었고 무엇보다 우릴 너무 사랑하셨으니까…. 오랜만에 아빠를 본 가영은 아빠가 돌아가시고 나서 한동안 아빠에게 느꼈던 원망과 서운함이 더 이상 마음속에 남아 있지 않은 걸 느꼈다.

가영에게 더 이상의 고민이나 방황은 필요 없었다. 아빠와의 꿈같은 짧은 만남 이후 가영의 기나긴 방황은 끝이 났다.

맥도날드에서 아침을

　　한동안 조용히 일출을 바라보고 있던 진혁은 장엄
하게 떠오르는 태양을 바라보며 지난 몇 주간 우울한 생각에 사
로잡혀 극단적인 생각까지 했던 자신이 어리석고 한심했었다고
생각했다. 미래를 기약할 수 없게 만든 병 때문에, 그리고 최근
그녀와의 이별 후 느꼈던 지독한 공허감에 죽을 생각만 하며 지
냈던 자신의 나약함이 너무나 부끄럽게 느껴졌다. 두 번 다시 나
타나지 않을 것처럼 그렇게 길고 짙은 어둠을 남기고 사라지는
노을 속 태양이 매일 아침이면 이렇게 밝은 빛을 하늘 가득 채우
며 다시 뜨겁게 떠오르는 모습을 보니 병마와 실연에 굴복하고
삶의 의지를 놓으려 했던 자신이 한없이 초라하게 느껴졌다. 붉
게 타오르는 태양은 그동안 진혁의 마음속에 자리 잡았던 우울하
고 어두운 생각들을 다 태워 없애주고 마음속 가득 밝고 희망찬

기운을 불어넣어 주는 것 같았다.

갑자기 소원을 빌고 싶어진 진혁은 두 눈을 감고 마음속으로
기도를 했다. 너무 아프지 않게 해달라고, 견딜 수 있을 만큼만의
고통만 달라고 빌었다. 아무에게도 말하지 못하고 숨겨왔던 병,
당장 죽을병은 아니라지만 가끔씩 찾아오는 통증 때문에 당장 죽
고 싶을 정도로 괴로운 병, 그래서 몇 번이나 빨리 죽는 게 나을
것 같다는 생각까지 하게 만들었던 그 병을 이제는 나의 일부로
숙명처럼 받아들이고 슬기롭게 잘 이겨나가며 살게 해달라고 기
도를 했다. 잠시나마 병마의 고통을 잊고 미래를 꿈꿀 수 있는 삶
의 의지를 갖게 해주었던 그녀에게도 감사한 마음이 들었다. 살
아오면서 처음 느껴봤던 사랑의 감정. 그걸 알게 해줘서 고맙다
고 생각했다. 그녀의 행복을 빌어주었다. 그리고, 어쩌면 새로운
사랑이 자신에게 또 찾아올지 모른다는 희망이 생겼다. 굳이 사
랑의 감정이라 표현하지 않더라도 누군가 늘 곁에 두고 바라보고
힘이 되어 의지하며 살 수 있는 그런 소중한 대상이 생길 것 같
다는 기분이 들었다. 몇 발치 앞에 서서 가만히 일출을 바라보고
있는 가영의 뒷모습이 진혁의 눈에 들어왔다. 진혁의 입가엔 어
느덧 미소가 번졌다. 혼자일 뻔했던 이번 여행이 쓸쓸하지 않게
함께 따라와 준 가영에게도 고마운 마음이 들었다. 가영 덕분에
우울한 감정도 많이 나아지고 삶의 목적과 의미도 다시 한번 생
각할 수 있었던 것 같다. 가영이 없었더라면 어쩌면 마지막을 꿈
꾸고 계획하려던 이번 여행이 진혁에게 마지막 여행이 될 수도

있었다. 그녀와의 이별 후 더 깊어졌던 우울증과 죽음에 대한 생각들이 가영과 함께 지내는 동안 더 이상 진혁을 괴롭히지 않았다. 그녀가 떠난 후 가슴이 뻥 하고 뚫린 것만 같던 그 공허함을 가영과 함께 더 나은 삶을 살 수 있다는 희망과 보람으로 채워나갈 수 있을 거란 믿음도 생겼다.

지금까지 먹고살기 바빠 이 세상에 좋은 일 한번 못하고 살다 갈 것 같아 늘 맘에 걸렸었는데 방황하는 가영이의 마음을 잡아주고 가영이 더 나은 미래를 꿈꿀 수 있도록 조금이라도 도울 수 있다면 무거웠던 마음이 조금은 홀가분해질 것 같기도 하다. 그래, 열심히 공부하는 거야. 가영을 위해서 그리고 나를 위해서 한 번 도전해 보는 거야. 먼저 흔들리는 가영의 마음을 잡아줘야 해. 잘 설득해서 가출을 끝내고 우선 다시 집으로 돌아가게 해야 돼. 진혁은 시선을 돌려 다시 한번 가영의 뒷모습을 바라보았다. 여전히 하늘 위 태양을 바라보며 생각에 잠겨 있는 듯했다. 가영이 궁금해진 진혁은 가영이 서 있는 곳으로 천천히 다가갔다.

괜찮아? 속은 어때? 가영의 눈가에 눈물이 고인 걸 보고 진혁은 걱정스러운 마음에 괜찮은지 물었다.
괜찮아요.
어제 너무 많이 마신 거 아냐? 어제 내가 술 마시게 해준 건 비밀이야. 속 쓰리다고 지금 속으로 나 욕하고 있는 건 아니지?
아니요. 괜찮아요. 제가 마시고 싶어서 마신 건데요. 비록 술 때문에 속은 쓰렸지만 막 일출을 본 감동과 어제 마신 술기운 덕에 아빠를 볼 수 있었다고 생각한 가영은 오히려 어제 진혁과 함께 마셨던 그 많은 소주에 감사했다.

너 울었니? 역시 문학소녀라서 그런지 감성이 풍부하구나. 아니면 추운데 일출 보자고 내가 일찍 깨워서 속상해서 우는 건 아니지?

맞아요. 가영은 진혁을 살짝 흘기며 말했다.

진짜? 미안해. 더 자게 놔둘 걸 그랬나?

아니요. 농담이에요. 일출 너무 좋았어요.

속은 진짜 괜찮아? 어제 막판에 혼자 필 받아서 막 퍼마시던데…. 속 좀 쓰릴 것 같은데. 아 참 그리고 진짜 방에서 술 더 마신 거야?

네. 그래서 속이 좀 쓰리긴 한데 어제 술 마신 건 잘한 것 같아요. 어제 담배 안 사준 건 미워도 술 마시게 해준 건 고마웠어요.

와…. 너 진짜 심각하다. 술 때문에 속이 쓰리다면서도 술 마시게 해줘서 고맙다는 말이 지금 나와? 완전 알코올 중독인데! 서울 가면 공부하기 전에 병원부터 가봐야겠어.

해 뜨는 모습 보니까 너무 멋있어서 눈물이 났어요. 태어나서 이런 광경은 처음 봐요. 그래서 고맙단 거예요. 술은 당분간 안 마실 거예요.

그래. 난 자주 일출을 보는 편인데도 볼 때마다 너무 멋진 것 같아. 배운 지 오래돼서 잘 기억은 안 나지만 말이야. 오늘은 갑자기 고등학생 때 국어 시간에 배운 조선 시대 어느 여인의 일기에서 나오는 동해 바다의 그 멋진 일출 장면이 떠올랐어.

아~. 소 혓바닥 그런 거 나오는 대목이요?

어. 잘 아네. 너희도 그걸 배우는구나. 내가 국어 고전 시간에 다른 건 기억이 안 나도 '구운몽'하고 그 일출 나오는 그 글을 좋아했었어. 그래서 아직도 기억해.

네. 저도 그 '동명일기'의 그 대목 너무 좋아해요. 정말 오래전 의유당 남씨가 바라본 동해 일출의 모습이 오늘 제가 바라본 일출의 모습과 똑같았을 거 같아요. 특히 그 부분이요. 아저씨가 말한 것처럼 '소 혀처럼 드리워 물속에 풍덩 빠지는 듯싶다.'라고 표현한 그 장면이요.

아. 맞아! '동명일기'였지. 의유당 남씨도 기억나네. 아참. 아까 일출 바라보느라 소원 비는 걸 깜박했네. 너 태양 보면서 소원은 빌었니? 일출 보며 소원을 비는 거 너도 알지? 조금 늦었지만 우리 저 방금 떠오른 해를 보며 소원을 빌어보자고! 자~. 기도!

가영은 눈을 감고 엄마의 건강을 기원했다. 엄마가 싫다고 우겨도 가까운 시일 내에 꼭 병원에 함께 가야겠다고 다짐했다. 늘 빈혈, 저혈당 쇼크, 저혈압, 관절염 등 온갖 질병에 시달려 온 엄마의 현재 건강 상태를 정확히 알아야겠다고 생각했다. 엄마와 건강하고 행복하게 오래오래 살게 해달라고 환하게 웃고 있는 태양을 보며 가영은 기도를 했다. 마지막으로, 남은 1년 동안 열심히 공부해서 원하는 대학에 합격하게 해달라고 기도했다. 생각지도 못했던 아빠와의 만남을 가능하게 해준 이번 여행도, 엄마에 대한 오해를 풀게 해준 통화도, 모두 다 아저씨 덕분이었다. 가영은 태양을 바라보며 기도를 하고 있는 진혁의 옆모습을 슬며시 바라보았다. 호프집이나 맥도날드에서 봤던 처음의 그 무뚝뚝했던 아저씨 모습 대신 보면 볼수록 친절하고, 재밌고, 따뜻한, 그리고 나의 첫사랑 교회 오빠를 닮은 잘생긴 얼굴의 아저씨가 두 눈을 감고 기도하고 있었다.

진혁은 어머니 그리고 외할머니의 건강을 빌었다. 아프지 말고 오래오래 두 분이 함께 행복하게 사시길 기원했다. 그리고 그녀의 행복도 빌었다. 마지막으로 가영이 덕분에 공부라는 생각지도 못했던 새로운 목표가 생긴 것에 감사하며 앞으로 1년 동안 공부에 매진할 것과 가영의 공부도 적극 도울 것을 다짐했다. 문득 가영에게 고마운 마음이 든 진혁은 고개를 돌려 가영을 바라보았다. 순간 둘은 눈이 마주쳤다. 조금 전부터 진혁을 바라보고 있던 가영은 놀라 얼른 시선을 돌렸다.

기도 다 한 거야? 기도하랬더니 왜 날 쳐다보고 있어? 배고파서 그런 거지?
배가 고프다기보단 해장 좀 해야 될 것 같아요. 얼큰한 국물 좀 마셨으면 좋겠어요.
그래. 여기 동해는 삼숙이 매운탕이나 곰치국이 해장하기에 딱 좋은데, 아마 지금 이 시간에 문 연 곳은 없을 거야. 물론 돈도 부족하고. 일출 본다고 새벽부터 일어나서 조금 바삐 움직인 진혁은 평소와 달리 이른 시장기를 느꼈다. 어제 과음한 탓에 얼큰하고 뜨끈한 국물이 마시고 싶었다.

매운탕이 아니더라도 뜨끈한 짬뽕 국물이라도 마시면 좋겠다. 그치? 너 돈 좀 가진 거 없니? 진혁이 얼마 남지 않은 지갑 속 지폐를 세어보며 가영에게 물었다.

네. 가영은 진혁의 물음이 채 끝나기도 전에 대답했다.

없다는 말이지? 영어는 예스와 노의 해석이 우리랑 다를 때가 종종 있잖아.

네. 그냥 한 푼도 없다는 뜻이에요.

아니…. 거 물어본 사람 무안하지 않게 조금 찾아보는 시늉이라도 하고 답을 하든지 그러지 어떻게 내 말이 떨어지기 무섭게 그렇게 빨리 답을 하니? 조금 더 내공 쌓이면 내가 묻기도 전에 답하겠어.

편의점에서 홍게 맛 컵라면 두 개와 우유 팩 두 개 그리고 삼각김밥 하나를 집은 진혁은 카운터로 가서 체크카드를 건넸다. 결제를 마치고 뜨거운 물을 컵라면에 받고 진혁과 가영은 편의점 테이블에 앉아 면이 익기를 기다리며 창밖 파도치는 아침 바다의 모습을 바라보았다.

이건 너 먹어. 난 삼각 김밥 별로 안 좋아해. 전자레인지에서 꺼내 온 삼각 김밥을 가영의 컵라면 옆으로 살짝 밀며 진혁이 말했다.

그런데요. 돈이 좀 필요하면 현금 서비스 받으면 안 돼요? 아저씨 방금 결제한 카드는 현금 서비스 안 돼요? 가영은 궁금했지만 꾹 참고 있었던 진혁이 가지고 다니는 카드의 정체에 대해 처음으로 물었다. 이제 그 카드를 몰래 훔쳐야겠다는 생각이 사라져서인지 별 부담 없이 물을 수 있었다.

아! 이 카드? 진혁이 휴대폰 케이스에서 카드를 꺼내 보이며 말했다.

이거 신용카드가 아니고, 체크카드야. 체크카드 잘 모르니? 이건 현금 서비스도 안 되고 신용카드처럼 외상 결제도 안 돼. 은행에 들어 있는 잔고 한도 내에서만 쓸 수 있는 카드야. 미안해. 적금 굴리느라 잔고에 돈이 얼마 안 남아 있어서. 이제 이만 원도 안 남았을 거야.

카드를 만들어 본 적 없는 가영은 신용카드뿐만 아니라 체크카드에 대해서도 잘 몰랐다. 현금으로 엄마한테 용돈을 받는 자신과 달리 친구들은 다들 카드를 들고 다녔지만 괜히 카드에 대해 자세히 물었다가 카드 한번 써본 적 없는 자신이 애들 앞에서 망신만 당할 것 같아서 궁금해도 물어본 적은 없었다. 아니, 저 카드에 들어 있는 이만 원도 안 되는 돈을 훔치려고 내가 어제 그렇게 고생했단 말인가? 가영은 면을 젓가락으로 집어 들고 후우 바람을 불어 식히며 허탈감에 자기도 모르게 속으로 웃었다.

네. 굶지 않는 게 어디예요? 편의점 컵라면이면 저한텐 황송한 거죠. 바다 보며 먹는 이 컵라면 맛은 평생 못 잊을 것 같아요. 가영은 휴대폰 카메라를 켜고 휴대폰 렌즈를 컵라면 용기에 바짝 붙여서 김이 모락모락 나는 컵라면 위로 동해 바다의 풍경을 가득 담아 사진을 찍었다.

와! 바다 보며 컵라면도 먹고, 어제 여관에서 휴대폰도 만땅으로 충전해서 이렇게 사진도 맘껏 찍을 수 있고, 돈은 없지만 부자가 된 기분이에요. 기분 최고예요! 점심엔 편의점 도시락 사 먹어요. 저 편의점 도시락 엄청 좋아해요.

물어볼 게 하나 있는데…. 어제 그 젊은 포르쉐 오빠들 왜 따라가지 않은 거야? 사실 난 네가 개네들하고 정말 같이 떠난 줄 알았어. 정말 탈 자리가 없어서 못 따라간 거야? 애들 다 잘생기고, 돈 많고, 매너 있어 보이던데…. 진혁이 뜨끈한 컵라면 국물을 후루룩 마시며 가영에게 물었다.

아저씨…. 저도 나인 어리지만 알 건 다 알아요. 그냥 인적 드문 겨울 바다에 왔는데 그 풍경과 어울리지 않는 어린 여자애가 눈에 띄어 잠깐 관심 있었겠죠. 그래 봐야 뭐 해요? 그냥 아주 잠깐의 관심이었겠죠. 그 오빠들이 그런 고급 차 몰고 올 정도면 주변에 멋진 여자, 잘나가는 여자, 돈 많은 여자, 옷 잘 입는 여자, 좋은 학교 다니거나 좋은 직장 다니고 집안 좋은 여자가 얼마나 많겠어요? 저는 그냥 잠깐의 관심거리 정도였을 거예요.

포르쉐 타고 온 남자들 얘기를 하다 보니 진혁은 문득 어제 가영이 그들 차를 타고 떠났을 거라고 생각하고 허전한 마음에 식당에서 홀로 상심했던 순간이 떠올랐다. 그래 이제 일출도 함께 봤으니 아마도 가영이는 원래 계획했던 대로 돈을 벌기 위해 곧 내 곁을 떠나겠지. 이제 동해 바다에서 함께 하기로 한 일은 다 끝났다. 가영이 떠난다고 해도 붙잡을 명분이 없었다. 아니다. 어떻게든 가영을 설득해서 다시 집으로 되돌려 보내야 한다. 아직 어린 가영이를 혼자 내버려 두고 돌아갈 순 없다. 아니 그보다 가영과 떨어지기 싫은 마음이 솔직히 더 크다.

가영…. 저기…. 아주 급한 게 아니면 말이야. 음, 여기 해안도로를 따라 위로 올라가면 한적하고 고요한 해변들이 쭈욱 이어지거든. 날씨도 좋은데 고성 화진포까지 함께 드라이브하는 거 어때? 그리고, 다시 지금 이곳으로 드라이브해서 돌아오는 건 어떨까? 그렇게 시간이 많이 걸리진 않을 거야. 점심 무렵이면 돌아올 수 있어. 진혁은 드라이브를 핑계로 시간을 벌고 가영을 설득해서 마음을 되돌리고 싶은 생각에 차를 향해 걸으며 가영에게 물었다.

어때? 어제처럼 비바람 부는 것도 아니고 날씨도 끝내주네. 뭐 하루, 아니 반나절 정도 늦는다고 우리 인생에 큰일이라도 나겠어?
아니요. 드라이브도 좋지만 나중에 기회 되면요. 급하게 가야 할 곳이 있어요. 아무 말 없이 바다를 바라보며 걷던 가영이 입을 열었다. 진혁은 가영이 곧 자기 곁을 떠날 것이라는 사실에 마음

이 아팠지만 그렇다고 더 이상 붙잡기도 어려웠다. 그래, 가영과
의 동행은 여기까지야. 쿨하게 헤어지자고. 진혁은 속으로 생각
하며 차에 올라 시동을 걸었다.

그래. 바쁘다니 어쩔 수 없지.

네. 그럼 이제 어서 가요.

그래. 넌 어느 쪽으로 가니? 어디까지 바래다줄까? 강릉 시내
까지 데려다주면 돼? 천천히 차 액셀을 밟으며 진혁이 말했다.

네? 아니요. 집에 가야죠.

집에? 진혁은 놀라 다시 물었다.

집에 가자고? 너 돈 벌러 집 나온 거 아니었어? 아무도 모르는
낯선 곳에서 돈 열심히 벌며 살 거라더니…. 아니었어? 정말 집
으로 가는 거야?

원래 계획은 그랬죠. 어제까지, 아니 오늘 새벽까지는요. 그렇
지만 계획에 변화가 생겼어요. 일단은 집에 가봐야 할 것 같아요.
급하게 할 일이 있어요.

무슨 일인데?

해피 밥 줘야 돼요. 우리 집 강아지요.

뭐라고? 강아지 밥 주러 가야 한다고? 개밥 주러 강릉에서 서울
까지 간단 말이야? 집에 엄마 계시다며? 엄마한테 개밥 좀 주라고
부탁해 봐. 진혁은 가영의 답에 어이없다는 듯 웃으며 말했다.

해피가 나이가 많아서 밥을 잘 안 먹어요. 어쩌다 아플 땐 내가
밥을 먹여줘야만 돼요. 또 아픈가 봐요.

아, 그래?

그래서 일단은 집에 가봐야 할 것 같아요. 그리고 그다음 일은 차차 생각해 봐야 할 것 같아요. 돈 버는 거는 조금 늦게 해도 될 것 같아요. 어쨌든 지금은 해피 때문에 빨리 집에 가봐야 해요.

그래, 아주 잘 생각했어. 아주 잘한 결정이야! 덕분에 서울 가는 길도 외롭지 않겠어. 집으로 돌아가겠다는 가영의 뜻밖의 말에 기분이 좋아진 진혁은 환하게 웃으며 말했다.

가영. 여행의 좋은 점이 뭔 줄 알아? 난 그렇게 생각해. 여행지에서 느끼는 설렘이나 휴식도 좋지만 결국 여행을 통해 우리는 원래 있던 곳을 생각하게 되고, 그리워하고, 그곳으로 다시 돌아갈 힘을 얻게 되는 것 같아. 우리가 늘 살아가는 익숙한 일상을 다시 그립게 해주고 그 평범한 일상이 얼마나 소중한지 되새겨주는 게 여행인 것 같아. 그래서 좋은 것 같아. 그러니까 가영이도 서울 가면 방황하기 전처럼 엄마하고 잘 지내고 공부도 열심히 해야 해. 난 다시 호프집 주방 튀김기나 그릴 앞에서 땀 뻘뻘 흘리며 밤늦게까지 일해야 하는 일상으로 돌아가겠지. 언제까지 그렇게 할 수 있을지는 모르겠어. 일하며 공부하는 게 쉽진 않을 텐데…. 그렇게 말하는 진혁의 얼굴에 근심이 서려 있었다.

무슨 걱정이라도 있어요?

걱정이라기보단 지금처럼 일하면 제대로 공부할 시간을 내기가 어려울 것 같아. 그래서 공부하기로 마음먹은 이상 몇 달 내로 가게를 그만둬야 할지도 몰라. 그래도 한참 그 호프집에서 일했는데 내가 그만둔다고 하면 사장님이 많이 서운해하시고 날 붙잡을 것 같아서 그게 마음에 걸려. 우리 가게 사장님이 마음이 너무 착하신 분이거든.

아니에요. 사장님도 아마 붙잡지 않을 거예요.

안 붙잡는다고? 가영이가 어떻게 알아? 아저씨가 날 얼마나 좋아하고 의지하는데…. 늘 내가 없으면 가게가 안 돌아갈 거라고 말씀하시는 분이야. 그래서 그게 마음에 걸려.

아니. 아저씨 인생이 더 중요하죠. 그리고 공부해서 더 좋은 직장을 찾겠다는데 아저씨를 진짜 좋아하시는 분이라면 그걸 말리겠어요?

그렇겠지? 너무 미안해하지 않아도 되겠지? 공부하기로 결심한 이상 내 미래를 우선 생각하는 게 맞겠지?

그럼요. 아저씨 인생이 더 중요하죠. 사람이야 또 구할 수 있을 거예요. 그러니까 너무 주저하지 말고 사장님한테 얘기해 보세요. 사장님도 아저씨 잘되는 모습 보고 싶어 하시겠죠. 가영은 학교 친구한테 들은 가게 이야기는 끝까지 하지 않았다.

엄마하곤 잘 지낼 거예요. 걱정 안 하셔도 돼요. 공부도 정말 열심히 해서 원하는 대학 꼭 갈 거예요. 그러니까 수학 잘 가르쳐 줘야 돼요. 알았죠? 평일엔 각자 공부하고 주말에 만나서 같이 공부해요. 금요일 밤 어때요? 정확히는 금요일에서 토요일로 넘어가는 밤이요. 그런데….

좋지! 금요일 밤 맥도날드에서 만나는 거야. 그런데는 뭐야?

과외비는 우선은 당장 못 줘요.

내가 언제 돈 달랬니?

그래도 저를 위해서 수고해 주시는데 그에 합당한, 아니 최소한의 보상이라도 해드려야 제가 맘이 편하죠. 아니 그게 원칙이죠.

그래서 과외비 줄 돈은 있니? 용돈도 부족하다며….

없는데요. 주고는 싫고 줘야 한다는 생각은 하지만 줄 돈이 없어서 줄 수 없단 말을 하고 싶은 거예요.

그럼 어차피 못 준다는 말이잖아.

네. 그렇죠.

하하하. 너도 나 닮아가니? 진혁이 웃으며 말했다. 원칙과 현실은 다르다 이 말이지? 그만큼 네가 국어를 가르쳐 주면 되잖아. 그리고 과외비 말이야. 혹시라도 신경 쓰이면 아주 가끔 혹시라도 용돈 남는 거 있을 때 맥도날드에서 아침을 사줘. 난 주말 아침에 가끔 맥모닝을 먹어. 계란에 치즈, 베이컨 들어간 맥모닝 시켜서 따뜻한 모닝커피와 함께 먹으면 좋거든.

맥모닝이요?

그래, 맥모닝!

네 좋아요! 오빠.

가영의 입에서 자기도 모르게 오빠라는 호칭이 나왔다. 얼떨결에 나온 오빠라는 호칭 때문에 쑥스러워진 가영은 잠시 창밖을 쳐다보는 척하며 고개를 돌렸다.

오빠…. 오빠라니…. 가영이가 날 오빠라고 부르다니….

진혁은 오빠라는 말에 놀라 얼굴이 빨개지고 가슴이 두근거리기 시작했다. 부끄럽고 쑥스러운 마음에 진혁은 한동안 아무 말 없이 앞만 보며 운전을 했다. 하지만 입가엔 어느새 자기도 모르게 환한 미소가 가득 피어나기 시작했다.

　부끄러운 듯 붉게 변한 진혁의 얼굴을 훔쳐보던 가영은 조용히 고개를 돌려 차창 뒤로 빠르게 미끄러져 사라지는 국도 옆 겨울 풍경을 말없이 바라보았다. 어제 주문진을 지나며 경포로 향하는 길에 불안하고 힘이 없던 눈으로 바라봤던 쓸쓸한 거리의 풍경들을 가영은 따뜻한 시선으로 더 오래오래 바라보고, 마음에 담았다. 분명 어제와 같은 풍경인데 어제와는 전혀 다른 느낌으로 거리의 풍경들이 가영에게 다가왔다. 아주 오래전 봄날 거리에 피어오르던 아지랑이처럼 몽롱하고 따뜻했던 추억 속의 수많은 풍경들 그리고 가까운 미래에 다가올 밝고 희망에 찬 소망과 바람을 담은 모습들이 그 풍경 속으로 함께 투영되어 가영은 한동안 창밖 거리의 풍경에서 시선을 뗄 수 없었다.

이 글은
'딸이 엄마를 미워할 수 있을까?'란
물음에서 시작되었다.

    원래는 단편 소설 다섯 편을 엮어 소설집을 낼 생각이었다. 세 번째 소설까지 쓰고 보니 모두 비극적 결말의 소설이라 다른 느낌의 소설이 하나쯤은 필요할 것 같다는 생각을 했다. 아마도 처음 계획대로 썼다면 네 번째 소설 역시 불치병에 걸린 남자의 독특한 방식의 자살을 주제로 한 「겨울잠」이란 소설이 쓰여졌을 것이다. 소설집이 모두 비극으로 채워져선 안 되겠단 고민에 빠져 술집에서 새벽까지 술을 마셨다. 답을 찾지 못하고 허탈한 심정으로 술집을 나오다 어떤 소란을 목격했다. 비가 세차게 내리던 새벽, 술집 앞에서 앳되고 예쁜 딸과 엄마의 말다툼 그리고 몸싸움. 소설 후반부에 여주인공 가영이 우연하게 기억해 내는 그 장면보다 사실은 더 폭력적이고 처참했다. 어떻게 딸이 엄마에게 저럴 수 있을까? 분명 지금 어울리고 있는 친구들을 사귀기 전까지는 엄마에게 전부였을 착한 딸이었을 텐데…. 그 딸에게도 세상의 전부였을 엄마한테 어떻게 그럴 수 있을까? 아이의 아빠는 어디에 있을까? 왜 엄마 혼자 비를 맞으며 다시 술집 안으로 친구들과 사라진 딸을 기다리며 길에 서서 하염없이 저렇게 울고 있을까?

거기서부터 상상은 시작되었다. 집을 나온 듯한 그 가출 소녀에게 따뜻하게 말을 걸어주고 차분하게 그 아이의 이야기에 귀 기울여 줄 어른이 필요하다고 생각했다. 문득, 네 번째 소설 「겨울잠」의 주인공 진혁이 떠올랐다. 불치의 병에 걸려 사는 게 고통스러워 죽고 싶지만, 홀어머니 생각에 차마 그러지 못하는 진혁. 그렇지만 어머니를 위해 어렵게 모아둔 돈이 자신의 병원비로 다 쓰여질 것이 걱정돼 어서 죽어야겠다는 생각을 하며 살아가는 효자 진혁이 분명 그 가출 소녀에게 좋은 말을 해줄 수 있을 거라 생각했다. 그렇게 즉흥적으로 「겨울잠」이란 단편 속으로 가영이란 아이가 들어와 진혁을 만나게 되면서 소설 「맥도날드에서 아침을」이 태어났다.

엄마에게 남자가 생겨 자신에게 소홀해진 것 같다는 생각에 엄마와 사이가 멀어진 가영. 그렇지만 엄마를 험담하는 학교 친구를 폭행하고 그 친구의 일진 무리들에게 쫓기게 된 가영, 자신을 보호해 줄 다른 일진 무리로 찾아가지만 또 다른 사건으로 그 무리로부터 탈출하며 양쪽의 무리로부터 쫓기게 된다. 세상에 자기

편이 하나도 없는 것만 같은 절망에 아무도 자신을 모르는 낯설고도 먼 곳으로 도망치고 싶은 가영의 눈앞에 나타난 진혁. 그렇게 가보고 싶었지만 가볼 수 없었던 경포, 이 세상 하나뿐인 영원한 가영의 편, 아빠와의 마지막 이별의 장소인 경포해변으로 진혁을 따라 떠난다.

동네 호프집에서 주방일을 하는 진혁. 불치의 병과 실연의 아픔에 죽음을 준비하며 마치 긴 여행을 떠난 것처럼 아무도 모르게 실종되듯 조용히 잊혀지는 죽음을 계획하며 살아간다. 어릴 적 아버지와의 추억이 있는 경포로 죽음을 계획하러 떠나는 마지막 동해 여행. 출발 전 졸음을 깨우기 위해 커피를 마시러 들른 맥도날드에서 우연히 가게 손님 가영을 만나 함께 여행을 떠나게 된다. 죽으러 동해 바다로 가는 진혁, 살기 위해 동해 바다로 도피하듯 진혁을 따라가는 가영, 44번 국도를 따라 여행하며 둘 사이에 벌어지는 코믹하고 서정적인 한 편의 로드무비와도 같은 겨울 여행 이야기. 쉼 없는 둘의 대화를 통해 자살을 꿈꾸던 진혁은 삶의 의지를 다시 찾고 미래를 꿈꾸게 되고, 엄마를 용서할 수 없었던 가영은 엄마에 대한 오해를 풀고, 경포해변에서 꿈에서라도 그렇게 보고 싶었던 누군가를 만나 마침내 집으로 돌아갈 용기를 얻는다.

코로나 팬데믹을 거치며 사회적 관계의 결핍 속에 살아가는 국내 고립, 은둔 청년의 수가 30만 명에서 약 60여만 명으로 크게 증가했다는 기사를 접했다. 그들이 가장 싫어하는 질문은 "앞으

로 뭐 하고 살래?"였다는 조사 결과를 본 적이 있다. 아이러니하
게도 가장 듣고 싶은 질문은 "뭐 하니?"란 관심을 바라는 물음이
었다.

　오래전 동네 바에서 술을 마시며 고등학교를 갓 졸업한 어린 알
바생과 대화를 나눈 적이 있다. 가정 형편상 공부를 더 잘하는 오
빠를 위해 대학 진학을 포기하고 아픈 엄마 대신 돈을 버는 그 알
바생의 뜻밖의 질문에 놀란 적이 있다. 패션이나 아이돌에만 관심
있을 것 같아 보였던 앳된 그녀의 입에서 나온 물음은…. "페르마
의 마지막 정리에 대해서 아세요?"였다. 수학을 좋아했지만 대학
진학을 포기할 수밖에 없었던 그녀에게 늦더라도 포기하지 말고
꼭 공부를 계속할 것을 권유했었다. 그리고 수학의 7대 난제에 대
한 대화로 우리의 이야기는 이어졌었다. '우리 주변에 있는 아무
것도 아닌 사람들이 아무것도 아닌 사람들이 아닐 수도 있다.'라
는 말을 한 때 수학 천재였던 진혁을 통해 말하고 싶었다.

　법정스님은 친절이 가장 위대한 종교라고 말했다. 내 이웃과
소외된 주변에 대한 따뜻한 관심과 배려를 말한 것일 거다. 내 가
까운 이웃, 나와 일상에서 만나는 아무것도 아닌 관계일 수도 있
는 사람들에게조차 따뜻한 시선으로 관심을 보이고 친절을 베푸
는 삶이 내 자신 또한 행복하게 해주는 삶임을 경험하며 살았으
면 한다.

마지막으로, 단 한 명이라도 방황하는 청소년이 이 책을 읽고 맘을 잡고 집으로 돌아갈 결심을 한다면 이 글을 쓴 보람을 느낄 수 있을 것 같다.

2023년 여름,

장준혁

맥도날드에서
아침을

초판 1쇄 발행 2023. 8. 1.

지은이 장준혁
펴낸이 김병호
펴낸곳 주식회사 바른북스

편집진행 황금주
디자인 김민지

등록 2019년 4월 3일 제2019-000040호
주소 서울시 성동구 연무장5길 9-16, 301호 (성수동2가, 블루스톤타워)
대표전화 070-7857-9719 | **경영지원** 02-3409-9719 | **팩스** 070-7610-9820

•바른북스는 여러분의 다양한 아이디어와 원고 투고를 설레는 마음으로 기다리고 있습니다.

이메일 barunbooks21@naver.com | **원고투고** barunbooks21@naver.com
홈페이지 www.barunbooks.com | **공식 블로그** blog.naver.com/barunbooks7
공식 포스트 post.naver.com/barunbooks7 | **페이스북** facebook.com/barunbooks7

ⓒ 장준혁, 2023
ISBN 979-11-93127-82-7 03810